WALDEN

# 瓦尔登湖

〔美〕亨利·戴维·梭罗 —— 著
孙致礼 —— 译

中国长安出版传媒有限公司

**图书在版编目（CIP）数据**

瓦尔登湖 /（美）亨利·戴维·梭罗著；孙致礼译 . 北京：中国长安出版传媒有限公司，2025.8. —— ISBN 978-7-5107-1194-7

Ⅰ . I712.64

中国国家版本馆 CIP 数据核字第 202502TH19 号

## 瓦尔登湖

〔美〕亨利·戴维·梭罗　著

孙致礼　译

| 出版发行 | 中国长安出版传媒有限公司 |
|---|---|
| 社　　址 | 北京市东城区北池子大街 14 号（100006） |
| 网　　址 | www.changancbcm.com |
| 邮　　箱 | capress@163.com |
| 责任编辑 | 刘英雪 |
| 策　　划 | 黄　利　万　夏 |
| 营销支持 | 曹莉丽 |
| 特约编辑 | 邓　华　顾忻岳 |
| 装帧设计 | 紫图图书 ZITO |
| 发行电话 | （010）55603463 |
| 印　　刷 | 艺堂印刷（天津）有限公司 |
| 开　　本 | 880 mm×1230 mm　32 开 |
| 印　　张 | 14.5 |
| 字　　数 | 336 千字 |
| 版　　次 | 2025 年 8 月第 1 版 |
| 印　　次 | 2025 年 8 月第 1 次印刷 |

| 书　　号 | ISBN 978-7-5107-1194-7 |
|---|---|
| 定　　价 | 65.00 元 |

亨利·戴维·梭罗

# 编者的话

美国作家亨利·戴维·梭罗的伟大经典散文《瓦尔登湖》，首次出版于1854年。通过记录自己在马萨诸塞州康科德附近的瓦尔登湖畔隐居生活两年多的经历，梭罗探索了极简生活的可能性，强调人与自然和谐共处的重要性。

《瓦尔登湖》不仅是一部关于自然观察的作品，还深入探讨了个人自由、社会责任和消费主义等问题。梭罗知识丰富，书中信息量非常大，若要读通，读者需要查阅多种资料，一遍又一遍地消化，以至于《瓦尔登湖》被称为重读次数最多的书之一。

为了帮助读者提高阅读效率，获取更多知识养分，我们以"通识图解"的方式编辑、出版本书。

本书的"通识图解"包括：书中提及的人物、动物、植物以及文化典故，皆以精确的图像和文字加以标注；每一章的末尾，以图说形式汇集本章节知识重点；梭罗著名的思想金句，则以意境插图增强其感染力并帮助读者理解。

# 目 录

把你的视线向内心转去　　　　　　　　　　1

## 一　俭朴之道　　　　　　　　　　1

如果我们能过着简朴而明智的生活，
那么在这个世界上谋生并非一桩苦事，
而是一种消遣。

## 二　寄居何地，为何目的　　　　　　101

要简单，简单，再简单！

## 三 阅读 129

怀着纯真的精神阅读纯真之书,
这是一种高尚的活动。

## 四 声音 147

我头一个夏天并没读书,我忙着种豆。

## 五 独处 173

我从未发现一个跟独处一样易于相处的伴侣。

## 六 来客 189

个人像国家一样,必须有适当宽阔而
自然的边界,甚至有一大片中立地带。

## 七 豆田 209

我喜欢上了我这一垄垄的豆苗,
它们把我和大地联结在一起。

## 八　村庄　　　　　　　　　　227

我没有向一个在其参议院门口像
买卖牲畜一样买卖男人、女人和儿童的
政府缴税，也不承认这个政府的权威。

## 九　湖泊　　　　　　　　　　239

湖是风光中最美丽、最富于表现力的景致。
它是大地的眼睛；观光者注视它时，
也在衡量他自己天性的深度。

## 十　贝克农场　　　　　　　　271

不要把谋生当作你的职业，而是你的娱乐。
要享用大地，但不是占有大地。

## 十一　更高法则　　　　　　　285

如果白天黑夜值得你欢天喜地地去迎接，
而生活又散发着鲜花和香草那样的芬芳，
更加轻灵、更加灿烂、
更加不朽——那就是你的成功。

## 十二　动物邻居　　　　　　　　　303

在某种意义上，动物承载着我们的某些思想。

## 十三　屋内取暖　　　　　　　　　323

我有一把谁也不稀罕的旧斧头，
冬天我会用来砍树桩。

## 十四　昔日居民，冬天来客　　　　345

我们让小屋时而荡起欢声笑语，
时而回响着肃然交谈的喃喃细语。

## 十五　冬天的动物　　　　　　　　367

野生的自由动物，
显示了自己的活力和大自然的尊严。

## 十六　冬天的瓦尔登湖　　　　　　　381

度过一个寂静的冬夜之后，
我醒来时仿佛觉得有人给我提出了一个问题，
——诸如为何——如何——何时——何地？

## 十七　春天　　　　　　　　　　　401

四季转换中，每个季节似乎与我们都最相宜，
因而春天的到来就像宇宙从混沌中开创出来，
黄金时代得以实现。

## 十八　结语　　　　　　　　　　　425

生活越是简单，宇宙的法则将变得越不复杂。

# 把你的视线向内心转去

亨利·戴维·梭罗（Henry David Thoreau，1817—1862）是19世纪杰出的文学家和哲学家，超验主义的代表人物。他不仅被誉为美国自然随笔之父，也是美国精神的奠基者之一。

梭罗于1817年7月12日出生在马萨诸塞州波士顿附近的康科德镇。父亲开了一个家庭铅笔厂，虽然收入有限，却供他读完了哈佛大学。1837年大学毕业后，他曾两度尝试到学校里教书，但都半途而废。梭罗在学生时代就结识了超验主义运动的领袖爱默生，接受了他的超验主义思想，并在他的影响下，大量阅读了柯尔律治、卡莱尔等人的文艺理论和历史哲学著作，接触了东方的哲学思想，逐步形成了自己的独立见解。从1840年起，他经常在爱默生主编的超验主义刊物《日晷》上发表诗文，还做过公开演讲，成为"超验主义俱乐部"的一员。

超验主义强调个人的重要性，认为个人才是社会中最重要的因素；与此同时，超验主义又提倡简化生活，回归本心，亲近自然。不过，梭罗与爱默生有所不同，"爱默生把自然界视为神的象征，梭罗则偏重把自然界看作人类进行活动的舞台。他的一个重要思想就是认为人要回到大自然中去寻找生活的意义"（董衡巽等《美国文学简史》，第64页）。因此，在康科德这样一个四季风景如画的地方，梭罗经常跑到野外，活跃在树木花草、鸟兽鱼虫之间，一边感受大自然的魅力，一边探寻人生的真谛。1839年，他和哥哥约翰在康科德河和梅里马克河上划船漂游，有心撰写游记，怎奈命运多舛，打击接二连三，先是他心仪的姑娘拒绝了他的求婚，接着是哥哥突然死于破伤风，继而是与朋友游玩时引发山火，烧毁了三百英亩林木，人言物议加上内心负疚，致使他很难在康科德继续待下去。这时，爱默生在瓦尔登湖畔买下十几英亩土地，恰好为梭罗提供了寄居之地。1845年3月底，梭罗来到瓦尔登湖畔，动手搭建小屋，并于7月4日美国独立日那天搬了进去，还在湖边种了一小块土地，借以维持起码的生活，一边考察林中的动植物，聆听自然界的启示，一边从事阅读和写作，终于完成了《在康科德河和梅里马克河上一周纪实》的初稿。该书于1849年自费出版，虽然销量有限，却不失为梭罗的第一部重要著作。

梭罗在林中隐居了两年两个月零两天，直至1847年9月6日离开。在此期间，除写作《一周纪实》之外，他还以他在瓦尔登湖畔的所见、所闻和所思为题材，着手撰写另一本更重要的作品《瓦尔登湖》。他在林中小屋写出了该书的大半部分，有些章节，如《贝克农场》和《更高法则》等，则是林中生活结束后增写的。从1847年到1854年，他利用在乡间制作铅笔、进行土地勘测的余暇，精心修订《瓦尔登湖》，七年中七易其稿，终于在1854年8月9日，这部精心结撰之作得以问世，初版书名为《瓦尔登湖，或林中生活》，但从第二版起，作者只保留了《瓦尔登湖》这个书名。

梭罗离开瓦尔登湖之后，先在爱默生家帮忙料理了两年家务，然后搬回到父母家中，仍以勘测土地和制作铅笔谋生，同时致力于其他作品的撰写和文稿的整理，直至1862年因肺病去世，终年不足45岁。

梭罗才华横溢，一生共创作了二十多部散文集。他的散文简洁有力，朴实自然，富有思想性，在美国19世纪散文中独树一帜。他的众多作品中，尤以《瓦尔登湖》最脍炙人口，最经久不衰。该书不仅生动地描述了作者独立不羁、悠闲自在的林中生活，而且处处蕴含着对人类价值体系的反省和批判，让人读后仿佛找到了一方心灵的净土，精神得到了升华；难怪该书被誉为"美国的圣经"，"构成美国人性格的十本奇书"之一。

《瓦尔登湖》由十八章组成，占全书四分之一篇幅的第一章《俭朴之道》，可谓全书的总则和导言。在这一章，梭罗如实地描述了他从容不迫、丰富多彩的林中生活，但是，与他自己形成鲜明对照的是，许多人过着"沉寂的绝望生活"，他们拼命地东奔西走，愚蠢地追名逐利，总是劳作过度，没有闲情逸致去获得一种真正的人格操守，除了当一台机器，无暇顾及其他。梭罗详尽地开列了他自力更生建造林中小屋的全部花销，除去自己的人工之外，建房成本只有28.125美元，如果换成买房的话，一幢普通的房子大概需要八百美元，而要攒足这笔钱，一个劳动者即便没有家室之累，也通常需要花费大半生的时间！在作者看来，不少年轻人继承（或购置）了房地产，变成了土地和房屋的奴隶，几乎被生活的重担所压倒，满脑子装的都是人为的烦恼，干的都是毫无必要的粗活，结果也就无法去采摘生活的美果。作者尖锐地指出，过分沉湎于物质享乐只会使人失去生活的方向和意义。这无疑是对资产阶级拜金主义和物质至上观念的颠覆。

作者还以他曾就读过的哈佛大学的学生公寓为例：在那里，一个学生的寝室只比他的林中小屋略大一点，"单是房租就是每年三十美元，而房产公司可在一个屋檐下并排建造三十二间房屋，从中大肆盈利，可居住者却要忍受众多嘈杂邻居之不便，或许还要住在四层"。在美国的高等院校，学生为自己所受的教育，"自己或他人要付出巨大的生命代价，这种代价是双方处理得当的情况下所需花费的十倍"。这不是赤裸裸的盘剥和犯罪又是什么？

梭罗还在书中暗示了资本主义发展的食人性质。就以代表物质文明顶点的、被作者称为"恶魔似的铁马"的铁路来说，作者愤慨地说道："不是铁路承载我们，而是我们承载铁路。你可曾想过，铺在铁路下面的那些枕木是什么？每一根枕木都是一个人，一个爱尔兰人，或一个美国人。铁轨就铺在他们身上，他们身体周围又铺上了沙砾，火车车厢就从他们上面平稳地驶过。"在这里，梭罗显然在暗示资本主义物质文明的发达是建筑在劳苦大众的白骨堆上。由于许多人很难接受梭罗这些不同凡响的观点，《瓦尔登湖》出版后被时人视为"异端"，直至20世纪50年代才被奉为经典。

梭罗认为，人不应该贪求财富，而应该把自己的生活需要压缩到一定限度。一个人只有跳出激烈的经济竞争，才会有闲情逸致去研究，去思索，去亲近大自然，开始创造丰富多彩的精神生活。作者通过形象的比喻说明：人生可以是丰富多彩的"航程"，但并非一定要周游世界，一定要耗资甚巨地去非洲、去南极探险，其实，探求"内心的航程"更有意义。作者在《结语》中借用英国诗人哈宾顿的诗句说道：

"把你的视线向内心转去，
你会发现心中还有上千个领域，
尚未开发。快去这些领域巡游，
做一个家庭宇宙学的里手。"

在这里，作者抨击了美国扩张主义的领土扩张，鼓励人们简化生活，将时间腾出来深入生活，品味人生。他对他的读者明言："你要成为发现你内心的整个新大陆和新世界的哥伦布，开辟的不是贸易的新渠道，而是思想的新渠道。"作者告诫人们不要被烦琐复杂的生活所迷惑，以致失去生活的方向和意义。人们应该追求的是人性的提升，客观环境的进步只能是服务于这个目标的手段。他敏锐地察觉到，生活的困顿通常不是物质的匮乏造成的，而是源自人们不知餍足的欲望。

超验主义的核心思想，是认为世界上存在着一种超越了经验和科学的精神实体，说它是真理也好，灵性也罢，这个东西无法通过理性和经验去把握，只能用直觉去感受。怎么感受呢？就是通过纯洁的自然去把握，因为超验主义认为世上的万事万物都是宇宙的一个缩影，自然界的一草一木都是这种灵性的表现。因此，梭罗总要跑到大自然中探索自己的精神世界，他在瓦尔登湖过着独处的生活，但是独处中他从不感到孤独，大自然总能使他感到一种无拘无束的快乐，更容易静下心来去体会大自然的魅力和神秘，从而加深对生活本真的理解。在他的笔下，自然、人以及超验主义理想交融汇合，浑然一体。比如，在《动物邻居》一章，作者不厌其详地描写了红蚂蚁和黑蚂蚁之间的惨不忍睹的殊死搏斗：这是一场"自相残杀的战争；一方是红色的共和党，另一方是黑色的保皇党"。显然，作者是醉翁之意不在酒，他以此来揶揄人类战争的惨烈——难怪他会坚决反对美国对墨西哥的战争！

《瓦尔登湖》写的是19世纪的人和事，然而作者对字句文体的选择似乎有点超前，颇具20世纪的风格。句子写得率真简洁，一扫早期那种漫无边际的文风，而且用字极其精当，从不堆砌虚饰、空洞的字句，这也是梭罗当时独树一帜的写作风格。所以，本人在翻译《瓦尔登湖》时，并未像有的译家那样，当作"美文"来翻译，而是尽量仿效原作的朴实简洁风格来传译，尽量让读者感受"原汁原味"的《瓦尔登湖》。

《瓦尔登湖》是一部具有超时代意义的伟大作品，又是一部需要我们花费时间和精力细细品味的深邃作品。这里有大自然给人的澄清的空气，而无工业社会带来的环境污染。作者在《湖泊》一章里说:"湖是风光中最美丽、最富于表现力的景致。它是大地的眼睛;观光者注视它时,也在衡量他自己天性的深度。"我们阅读这本书时,不妨也像梭罗那样,虔诚地投身到大自然的怀抱,聆听一下大自然给我们的启示,衡量一下我们自身天性的深度,以求不断地提升自己,完善自己。

《瓦尔登湖》不仅是一部深受世人喜爱的散文经典,也是一部具有一定阅读难度的作品,连作者自己都承认,他的这部作品确有"某些晦涩难懂之处"。译者认为,跟意识流作品相比,《瓦尔登湖》还算不上有多"晦涩难懂",而只是因为作者采取了独特的写作方式,读起来有些"费斟酌"而已。梭罗不仅是哲学家、博物学家,还是诗人,他表达自己的思想,有时不是采取"直抒胸臆"的方式,而是借用"诗化"的语言,作出富有诗意的表述。因此,这种写法对读者虽有一定的难度,但更是一种独特的魅力,我们无须惧怕挑战,而要尽情享受魅力。

孙致礼

2025 年 5 月 4 日修订

# 一 俭朴之道

如果我们能过着简朴而明智的生活,那么在这个世界上谋生并非一桩苦事,而是一种消遣。

我写作本书，或者确切点说，写作其大部分内容的时候，我是独自居住在树林里，就在马萨诸塞州康科德镇①的瓦尔登湖畔，方圆一英里②之内没有任何邻人。我住在自己建造的一座小屋里，全靠自己的双手劳动维生。我在那里住了两年零两个月。如今，我又成为文明生活的寄居者了。

若不是镇上的人对我的生活方式盘根究底，我还不会贸然端出自己的私事，引起读者的关注。有人会觉得如此盘根究底实属冒昧，可我却完全不这么看，考虑到种种情况，我反倒觉得非常自然，而又合情合理。有人问我拿什么充饥；是否感到孤独；是否害怕；如此等等。还有人出于好奇，想知道我收入中有多少捐献给慈善事业；另有些拖家带口的人，就想知道我抚养了多少可怜的孩子。因此，如果我在本书中试图回答若干此类的问题，就请那些对我并不特别感兴趣的读者见谅。在大多数书籍中，"我"，或者说第一人称，常被省略；在本书中，却要被保留；言必称"我"，这是本书的主要特点。我们通常都不记得，归根到底，发言者总是第一人称。倘若我有个像我对自己同样了解的什么人，我就不会如此大谈自己了。不幸的是，我由于阅历狭窄，也只能局限于这个主题了。再说，就我而言，我也要求每一个作家，迟早要对自己的生活做一个简单诚实的描述，而不仅仅是写他道听途说得来的别人的生活；就如同从遥

---

① 康科德镇，位于波士顿西北 18 英里处，虽然当时只是一个拥有 2200 名居民的村镇，却是美国当时一个重要的思想文化中心。——译者注（后同）

② 1 英里约为 1.61 千米。

远的国度致信他亲属时所做的那种描述；因为在我看来，一个人如果过着诚实的生活，就一定生活在一个遥远的国度。也许，本书格外适合穷学生阅读。至于我的其他读者，则可择取适合他们的那些部分。我相信，没有人会在穿衣服时把衣缝一起撑开，因为只有衣服合身，穿的人才会感到舒适。

我所乐于谈论的话题，与其说与中国人和桑威奇群岛①的岛民有关，不如说与你们这些本书的读者有关，据说你们都生活在新英格兰；书里说的都是你们的状况，尤其是你们在这个世界、这个城镇的外在条件或状况，究竟是什么状况，是否非得搞得这么糟糕，是否无法得到改善。我在康科德跑了许多地方；所到之处，无论商店，办公室，还是田野，在我看来，居民们都在用千奇百怪的方式进行赎罪。我听说，婆罗门②置身于四面烈火之中，两眼直视太阳；或者身体倒悬，头垂在火焰上方；或者扭头仰望天空，"直至他们的身体再也无法恢复其自然的姿势，而由于脖颈扭曲，只有液体才能流进胃里"；或者终生用锁链拴住，在树脚下度日；或者像毛虫一般，用身体来丈量庞大帝国的疆域；或者用一条腿站在木桩顶上——甚至这些有意识的赎罪形式，也并不比我每天目睹的场景更令人难以置信，更令人吃惊。与我邻人所作的苦修相比，赫拉克勒斯③的十二件

---

① 桑威奇群岛，是对 Sandwich Islands 的音译，意译为三明治群岛，美国夏威夷群岛的旧称。
② 婆罗门，印度种姓四大等级中的最高等级。
③ 赫拉克勒斯，古希腊神话中的大力神，古罗马神话中称为赫丘利，以完成十二件苦役著称。

**赫拉克勒斯**

赫拉克勒斯因出身受到宙斯之妻赫拉的诅咒,在疯狂中杀害了自己的妻子和三个儿女。为了赎罪,他接受了十二件"不可能完成"的任务(苦役)。

其中,第二件任务是杀死九头蛇。九头蛇如果被斩断一颗头,就会立刻再长出两颗新头。凭借智慧,赫拉克勒斯每砍下一个头,同伴伊奥拉斯就用火烧蛇的颈部,防止蛇头再生,这才完成苦役。

苦役也微不足道,因为他的苦役只有十二件,毕竟还有个尽头;可是我永远也见不到我的邻人杀死或捕获任何一个妖怪,或者完成任何一件苦役。他们没有伊奥拉斯①这样的朋友,用烧红的烙铁烙九头蛇的头颈,我的邻人刚把九头蛇的一颗头砍掉,又有两颗头冒出来。

我看到镇上的年轻人,他们的不幸恰恰在于继承了农场、房屋、谷仓、牛群和农具,因为这些东西得来容易去之难。倘若他们生在旷野由狼哺育,岂不更好,那样一来,他们就会用更明亮的眼睛,看清他们得在什么样的田野里劳作。是谁把他们变成了土地的奴隶?当人类命中注定只须吃一配克泥土的时候②,为什么他们却要吞食六十英亩呢?为什么他们一出生,就要动手挖掘自己的坟墓?他们得推着所有这些东西,来过人的生活,尽可能过得好些。我遇见多少可怜的不朽的灵魂,几乎被生活的重担所压垮、压窒息,在

---

① 伊奥拉斯,赫拉克勒斯的侄子,把多头蛇的颈上烫出疤,蛇头遂不能再生。
② 民间谚语说:"我们死之前,都必须吃上一配克泥土。"引申意义为:人生在世总会受点委屈或苦难。

生活的道路上踽踽爬行,前面推着一座七十五英尺长、四十英尺宽的大谷仓,他们的奥吉亚斯王的牛棚从未清扫过①,还有一百英亩的田地、耕地、草地、牧场和林地!那些没有遗产继承份额的人,虽然无须为没有必要继承下来的累赘而操劳,却觉得要开垦和栽培几立方英尺的血肉之躯也是够辛劳的。

但是人们是在错误观念的驱使下而辛劳的。人的精华部分②很快就被犁入泥土中,化作肥料。人被一种貌似的命运——通常称之为"必然"雇用了,像一本古书所说的,他们把财宝储藏起来,让蛀虫咬,铁锈腐蚀,窃贼入室来偷。③这是傻瓜的人生,如果说他们没有早些认识到这一点,等走到生命的尽头,他们也会恍然醒悟。据说丢卡利翁和皮拉从头顶往身后扔石头,从而创造了人类④:

> Inde genus durum sumus, experiensque laborum,
> Et documenta damus qua simus origine nati.⑤

---

① 传说古希腊奥吉亚斯王的牛棚饲养着三千头牛,三十年从未清扫过,大力神赫拉克勒斯引来河水清刷,完成了第五件苦差。
② 引自圣奥古斯丁(354—430)的《上帝之城》(*The Cty of God*):"灵魂不是人的全部,而是人的精华部分;身体不是人的全部,而是人的低级部分。"
③ 见《圣经·马太福音》第六章第十九节:"不要为自己积攒财宝在地上,地上有虫子咬,能锈坏,也有贼挖窟窿来偷。"
④ 据古希腊神话,丢卡利翁与妻子皮拉逃脱了主神宙斯所发的洪水,夫妇俩从肩头往身后扔石头,石头变成男男女女,从而重新创造了人类。
⑤ 古罗马诗人奥维德(前43—约17)的长诗《变形记》中的诗句。大致意思为:由此我们也就成为一个坚硬而又辛勤的种族,充分有力地证明了我们是源自石头。

我看到镇上的年轻人,他们的不幸恰恰在于继承了农场、房屋、谷仓、牛群和农具,因为这些东西得来容易去之难。

雷利①以铿锵有力的笔调,用诗句将其表达出来了:

"从此人类硬起了心肠,忍受着痛苦和忧伤,
证明我们的身体犹如石头一般坚强。"②

---

① 雷利(约1552—1618),英国探险家、作家,他对奥维德两行诗句的翻译,见于他的《世界史》一书,译文与原文略有出入。
② 梭罗在本书中,先后27次引用他人的诗句,5次引用他自己的诗句,并把他人的诗句置于引号内,而他自己的诗句则不加引号,译者沿用作者的这一标点符号体制,也可让读者一目了然。

**丢卡利翁和皮拉**

在古希腊神话中，宙斯曾发动了灭绝人类的大洪水。丢卡利翁和皮拉是这场洪水的少数幸存者。洪水平息后，他们听从女神忒弥斯的指引，向身后扔石头。丢卡利翁所扔的石头变成男人，皮拉所扔的石头则变成女人。

从头顶往身后扔石头，也不看石头落在什么地方，对于大谬不然的神谕的盲从，就到此为止吧。

　　大多数人，甚至在这个比较自由的国度里，仅仅由于无知和谬误，满脑子装的都是人为的烦恼，干的都是些毫无必要的粗活，结果也就无法去采摘生活的美果。他们的手指，由于劳作过度，变得过于笨拙，变得颤颤抖抖，以致无法采摘美果。其实，从事劳作的人没有闲情逸致去日复一日地培养一种真正的人格操守；他也无法与人们保持最具有男子气概的关系；他的劳动一旦进入市场就会贬值。他除了当一台机器，无暇顾及其他。他的成长需要他无知，可他又不得不经常运用他的知识，那叫他怎么能记得他的无知呢？我们有时要免费供他吃饭，供他穿衣，用我们的滋补饮料重振他的精神，然后才能评价他。我们天性中最优秀的品质，就如同水果上的粉霜，只有小心翼翼地摆弄，才能保留下来。然而，我们对待自己也好，彼此相待也好，都不这么谨慎小心。

我们都知道，你们当中有些人是贫困的，觉得生活艰难，有时好像连气都喘不过来。我毫不怀疑，你们这些本书的读者当中，有些人并非吃了饭并非顿顿都能付得起钱，衣服鞋子快磨坏了，或者已经磨坏了，也付不起买衣服鞋子的钱，而且是用借来或偷来的时间才读到这一页，这就剥夺了你们的债主一个小时的时间。我的视力被经历磨炼得敏锐了，因而看得很清楚，你们中的许多人过的是多么卑微低贱的生活；总是没有回旋的余地，既想做生意，又想摆脱债务，而债务是一个非常古老的泥沼，拉丁人称之为 aes alienum，即别人的铜币，因为他们的一些硬币是用黄铜铸造的；你们仍然靠别人的铜币在活着，在死去，被埋葬；总是答应偿还债务，答应明天就偿还，可又在今天死去，债务仍未偿还；尽量讨好人家，求得顾客的惠顾，用尽种种方法，只差没有犯下可进州监狱的罪行[①]；你们说谎，阿谀奉承，投票表决，把自己缩进一个谦和恭谨的硬壳里，或者让自己膨胀起来，笼罩在一种稀薄缥缈的慷慨气氛之中，这样你们就可以说服你们的邻人，让你们给他们做鞋、制帽、做衣服、造马车，或进些杂货；你们还可以把自己折腾病，这样你们就可能积攒点钱物，以备生病之需；那要藏在一只旧箱子里，或者藏在墙的泥灰面背后的一只袜子里，或者更保险些，藏在用砖砌成的储蓄库里；不管藏在哪儿，不管藏的是多是少，反正要藏起来。

我有时感到惊奇，我们怎么能这么轻浮，我几乎可以说，轻浮地关注起那极端丑恶而又多少是从异国引进的被称为"黑奴制"的

---

[①] 在美国，犯轻罪者关进县看守所，犯重罪者关进州监狱。

奴役形式，我们有这么多精明狡诈的奴隶主，奴役着北方和南方。有一个南方监工已经够令人难以忍受了；再来一个北方监工就更糟糕了；但是最糟糕的是，你成为你自己这个奴隶的监工。谈到人的神性！看看公路上那个赶牲畜的人吧，日夜兼程地赶往市场；难道他内心有任何神性在激荡吗？他的最高职责，是给他的牲畜喂料喂水！对他来说，与他的运送收益相比，什么是他的命运呢？难道他不是在为声名显赫的老爷赶牲畜吗？他哪里还有多么神圣，多么不朽？瞧他是多么畏畏缩缩，多么鬼鬼祟祟，整天搞不清为什么提心吊胆，哪里有什么不朽和神圣，只不过成了他本人对自己看法的奴隶和囚徒，这是他靠自己的所作所为而赢得的名声。与我们自己的个人看法相比，公众舆论只不过是个软弱的暴君。正是一个人对他自己的看法，决定了，或者说标示了他的命运。即使在想象中的西印度群岛各省的自我解放——有哪位威尔伯福斯[①]能够使之付诸实现呢？再想想这个国度的女士们，她们在编织梳妆坐垫以备世界末日之需，而并不对自己的命运显露出一种过于幼稚的兴趣！好像你能消磨时光，而又无损永恒似的。

芸芸众生都过着沉寂的绝望生活。所谓的听天由命，无非是根深蒂固的绝望。你从绝望的城市进入绝望的乡下，不得不用水貂和麝鼠的勇敢来安慰自己。甚至在人类的所谓游戏和娱乐的背后，也隐藏着一种陈腐而又无意识的绝望。其中并没有什么娱乐，因为那是工作之后的事。但是智慧的一个特征，是不因绝望而胆大妄为。

---

[①] 威尔伯福斯（1759—1833），英国政治家兼慈善家，主张废除奴隶买卖，废除英国海外属地的奴隶制。

用教理问答的话来说，当我们考虑什么是人类的主要目的①，什么是生活的真正必需品和手段的时候，看来人们似乎故意选择了共同的生活方式，因为与别的生活方式相比，他们更喜欢这种生活方式。然而他们又确信除此之外别无选择。但是清醒而健康的人总记得，太阳升起，万物皆明。什么时候抛弃我们的偏见，都不会为时过晚。任何思维方式或行为方式，不管多么古老，未经验证就不能信赖。今天人人对之随声附和或默认为真的事物，明天可能被证明是虚假的，仅仅是舆论的烟幕而已，有人却相信那是一片祥云，将会化作甘霖洒落在他们的田野上。老人说你不能做的事，你不妨试一试，倒发现你做得成。古人有古人的办法，今人有今人的招数。或许古人一度并不清楚，可以添加燃料让火继续燃烧；今人在水壶底下放进些许干柴②，便能以飞鸟的速度周游世界，此举正如俗话所说，气死老年人。老年人并非比年轻人更适合做导师，而且做得并不比年轻人好，因为他们一生中的获益也不见得比失去的更多。人们几乎可以怀疑，即使最聪明的人也未必就真的从生活经验中学到了任何具有绝对价值的东西。实际上，老年人并没有什么非常重要的忠告可以提供给年轻人，而且他们应该相信，由于个人的原因，他们自身的经验是很片面的，他们的生活都是一场场悲惨的失败。他们或许还保留着一点能够超越这些经验的信仰，只不过不像以前那么年轻罢了。我在这个星球上生活了三十来年，还从未从年长者

---

① 据新英格兰殖民地启蒙读物的简明教理问答，人类生存的主要目的为"赞美上帝并永远热爱他"。
② 指发明和运用蒸汽机。

那里听到一句有益甚至诚恳的忠告。他们什么也没告诉我，也许对我压根儿讲不出什么中肯的东西。这就是生活，是一种在很大程度上我从未尝试过的试验；虽然他们尝试过了，却也无益于我。如果我拥有什么我自认为有价值的经验，我心里肯定要嘀咕：我的导师们对此却没讲过只言片语。

有一个农夫对我说："你不能光靠吃蔬菜过活，因为蔬菜并不能提供营养让你长骨头。"因此他每天都虔诚地花费一部分时间，为他的身体提供长骨骼的原材料；他边走边说，一直跟在牛后边，而他的牛就是吃草长出的骨头，纵使有一个个障碍，还是硬拉着他和他那笨拙移动的犁往前走。对于某些人，如对百般无助和疾病缠身的人而言，有些东西确实是必需品，但对别的人却只是奢侈品，而对另一些人，它们又是全然闻所未闻之物。

在有些人看来，人生的所有领域，无论高山还是峡谷，都已让前人所踏遍，而且一切事务尽皆料理妥当。按照伊夫林[①]的说法，"博学的所罗门制定了条例，规定了树木之间的距离；而罗马的官员则作出决定，你隔多久可以到邻人的地里去捡落下的橡果而不算盗窃，而那个邻人可以分到多少橡果"。希波克拉底[②]甚至对于如何剪指甲都留下了指示，即要剪得既不长也不短，恰好与指头取齐。毫无疑问，那种悍然要把人生的多彩多姿和富有情趣耗损殆尽的单调乏味和百无聊赖，就像亚当一样古老。但是人类的能力从未得到衡

---

① 约翰·伊夫林（1620—1706），英国乡绅和著作家，写有美术、林学、宗教等方面著作三十余部。后面的引文见于他的《林木志》一书。
② 希波克拉底（前460？—前370），古希腊医师，被称为"医学之父"。

量；我们也无从根据任何先例来判断人能做些什么，因为这方面前人没有作过多少尝试。不管迄今为止你有过什么样的失败，"都不要苦恼，我的孩子，有谁会指派你去做你未竟的事业呢？"①

我们可以用上千种简单的测试来检验我们的生活；例如，同是一个太阳，既催熟了我的豆子，又照亮了与我们地球一样的行星组成的星系。倘若我早就记住这一点，那就会避免某些错误的发生。我为豆田锄草的时候，并没领悟到这一点。星星是多么奇异的三角形的顶点啊！在宇宙的各个星宿中，有着多么遥远而又截然不同的物类在同一时刻凝视着同一颗星辰！大自然和人生就像我们的不同体制一样景象万千。谁能说生活会给另一个人提供出什么样的景致？难道还会有比我们瞬间洞悉彼此的眼神更伟大的奇迹发生吗？我们将在一小时之内体验这个世界的所有时光；是啊，甚至是所有世界的所有时光。历史，诗歌，神话！——我不知道读哪个人的经历，会比这更令人惊异，更增长见识。

我的邻人称之为好的东西，我却在灵魂深处把大部分认作坏的，而如果我对什么事心存懊悔的话，那就很可能是我的良好行为。是什么魔鬼缠住了我，让我表现得如此之好？老兄，你可以说出你能说的最明智的话——你已经活了七十岁，不能不算是一种荣耀吧——我却听见一个不可抗拒的声音，要我离开这一切。一代人抛弃另一代人的事业，就像离开搁浅的船一样。

我认为，我们可以稳妥相信的东西，比我们实际上所相信的东

---

① 引自印度教经文《毗湿奴往世书》。

**孔子像**

在《瓦尔登湖》中,梭罗多次引用儒家经典,充分展示了他对孔子的崇敬。在此之前,梭罗在超验主义学会喉舌刊物《日晷》杂志上开辟专栏登载了他摘自《四书》的警句和格言。林语堂曾说:"梭罗的人生观在所有的美国作家中可说最富有中国人的色彩,作为中国人,我感到与梭罗心心相通……如果把梭罗的文章翻译成中文,说是一位中国诗人写的,一定不会有人怀疑。"

西要多得多。我们少为自己操几分心,便能坦诚地为别人多操几分心。大自然既能接纳我们的长处,也能宽待我们的弱点。某些人的没完没了的焦虑和紧张,可谓是一种不治之症。我们生来都喜欢夸大自己所做的工作的重要性,然而我们没有做的事情还有多少啊!还有,要是我们生病又会怎么样呢?我们是多么戒备小心啊!如果可能的话,决不靠信仰生活;整天处于警觉之中,到了晚上又很不情愿地做祷告,把自己交给变化无常的运数。我们是彻底而真诚地被迫生活,敬畏我们的人生,否认变更的可能性。我们说,这是唯一的途径;从一个圆心能画出多少个半径,就会有多少种人生的途径。一切变更都是一种值得思索的奇迹;然而它又是一种时刻在发生的奇迹。孔子说："知之为知之，不知为不知，是知也。"[1] 当一个人把想象中的事情归结为他所能理解的事情时，我就可以预见，所有的人最终都会在这个基础上构筑起他们的生活。

让我们来思考一下，我前面提到的烦恼和焦虑大多是些什么，我们为之烦恼，或者至少说为之关切，究竟有多大的必要。尽管置身于表面上的文明社会，但是若能过上一种原始的边远地区生活，倒也会有几分好处，哪怕只是为了了解生活大体上有哪些基本必需品，人们都用些什么办法来获取它们；甚至翻阅一下商人们的陈年旧流水账，看看人们在商店最常买些什么，储存些什么，也就是说，需求量最大的杂货是什么。因为时代的演进对人类生存的基本法则影响甚微：就像我们的骨骼，很可能与我们祖先的骨骼没有多大区别一样。

我所谓的"生活必需品"，指的是那些从一开始就对人类生活非常重要的东西，或者经过长期使用而变成非常重要，以至于极少有人愿意试图舍弃的东西，即使有人舍弃，也是出于落后、贫穷或哲学的原因。对于许多生灵来说，在这个意义上只有一种生活必需品，就是食物。对于北美草原上的野牛来说，生活必需品就是几英寸长的丰美青草，加上可以饮用的水；除非它还要在森林或山荫下寻求栖息之地。没有任何一种野兽除了食物和栖息地，还有别的需求。在本地的气候中，人类的生活必需品可以准确地分为以下几类：

---

[1] 见《论语·为政》第十七章。

食物、住所、衣服和燃料；因为只有获得这些必需品，我们才能自如地应对生活的实在问题，并有望获得成功。人类不仅建造了房屋，而且制作了衣服和熟食；还可能偶然发现了火能生暖，随着后来对火的应用，起初是一种奢侈，进而产生了如今烤火的必要性。我们观察到猫狗获得了同样的第二天性。借助适当的住所和衣着，我们理所当然地保留住了体内的热量；但是，如果住所和衣服温度过高，或者燃料过热，也就是说，外部的热量高于我们体内的热量，那岂不是可以名正言顺地说我们开始烧烤自己了吗？博物学家达尔文在谈到火地岛的居民时说道，他们一行人虽然穿着暖和的衣服，靠近火而坐着，却并未感到很暖和，而他大为惊讶地注意到，那些一丝不挂的野蛮人，尽管离火要远得多，却"经不住这样的烘烤而汗流浃背"[①]。于是，我们听说，新荷兰人[②]赤身裸体倒安然无恙，而欧洲人穿着衣服却瑟瑟发抖。难道就不能把这些野蛮人的强健体魄与文明人的聪明才智结合在一起吗？按照利比希[③]的说法，人的身体是一个火炉，食物就是让肺保持内燃的燃料。天冷时我们吃得多些，天热时则吃得少些。动物的热量是一种缓慢燃烧的结果，一旦燃烧过快，便会出现疾病和死亡；燃料不足，或通风设施出现故障，火便随之熄灭。当然，不可把维持生命所必需的热量与火混为一谈，类比就到此为止吧。从上面列举的情况来看，"动物的生命"几乎就成

---

① 火地岛，南美洲南端的岛屿，查尔斯·达尔文在他的《考察日记》（1839）中，描写了该岛居民的生活。
② 新荷兰人，即澳大利亚原住民。
③ 利比希（1803—1873），德国化学家。

为"动物的热量"的同义词；因为虽然食物可以被视为保持我们体内热量的燃料——而且燃料只是用来准备那种食物，或者从体外来增加我们体内的热量——但是住所和衣服也只是用来保持如此产生和吸收的"热量"。

于是，我们身体的一大需要，就是保持温暖，保持我们体内维持生命所必需的热量。因此我们费尽心机，不仅要获取食物、衣服和住所，而且还要搞到床铺，床铺就是我们夜间的衣服。我们还要抢夺鸟巢，拔掉鸟儿的胸部羽毛，来营造住所之中的住所，就像鼹鼠在其洞穴底部用树叶和草铺成床一样！穷人常爱抱怨这是个冰冷的世界；我们也总是把自己的大部分病痛直接归因于寒冷，既有生理上的寒冷，又有社会上的寒冷。在某些气候区里，夏天能使人过上一种乐土①的生活。这样一来，燃料除了煮饭，也就没有必要了；太阳就是它的火，太阳光足以把许多水果煮熟了；而食物一般说来更加多种多样，也更容易获取，衣服和住所则根本不需要，或基本不需要。我根据自己的经验发现，当前，在这个国家，有一把刀、一柄斧头、一把铁锹、一辆手推车等几件工具，而勤奋好学的人能有些重要性仅次于必需品的灯光文具，以及能读到几本书，也就足够了，所有这些东西只需花费少许钱便可买到。然而，有的人并不明智，非要跑到地球的另一边，来到处于野蛮状态而又不讲卫生的地区，倾心做上十年、二十年的生意，为的是能够活下去——也就是说，保持着令人舒适的温暖——最终死在新英格兰。生活奢侈的

---

① 乐土，古希腊神话中英雄及好人死后居住的极乐世界。

富人并非仅仅要保持令人舒适的温暖，而是要感受人为的炎热[①]；正如我在前面所指出的，他们是被烧烤了，当然是 a la mode[②]。

大多数的奢侈品，以及许多所谓生活的舒适品，不仅并非必不可少，而且还是人类进步的实实在在的障碍。就奢侈品和舒适品而言，大智者往往过着比穷人更俭朴、更节俭的生活。中国、印度、波斯和希腊的古代圣哲，属于这样一类人，在身外之财上谁也不像他们那样匮乏，而内心世界谁也不像他们那样富足。我们对他们所知有限。可是令人惊异的是，我们居然还能了解这么多。人类较为现代的改革家和行善者们，情况也是如此。一个人只有站在**我们称**之为安贫乐道的高度，才能成为一名公正睿智的人生观察者。无论在农业、商业，还是文学、艺术领域，奢侈的生活结出的总是奢侈的果实。如今有哲学教授，却没有哲人。然而当教授是令人羡慕的，因为活着曾经是令人羡慕的。做哲人不仅要有深奥的思想，甚至不仅要创立一个学派，而且要热爱智慧，从而按照智慧的意旨生活，过一种简朴、独立、豁达而又诚信的生活。哲人要解决生活的一些问题，不仅从理论上解决，而且还要在实际上解决。伟大的学者和思想家的成功，通常是朝臣式的成功，而不是帝王式的成功，也不是豪杰式的成功。他们只是因循守旧，勉强地应对生活，其实就像他们的父辈一样，而绝非人类更高贵种族的先驱。但是人类为什么总是堕落？是什么使得一个个家族没落衰亡？那种造成国家萎靡不振，进而使之毁灭的，究竟是一种什么性质的奢侈？难道我们能确

---

[①] 意即采用集中供暖法取暖。
[②] 法语，意为合时尚的。

保自己的生活中就没有这样的奢侈吗？哲人甚至在他生活的外在形式上，也走在时代的前面。他们的吃、住、穿和取暖，都与同时代人不同。如若不能用比别人高明的方式保持维持生命之热能的话，他又怎么能成为哲人呢？

一个人用我描述的几种方式获得热量之后，接下去想要什么呢？当然不会再要同一类的热量，诸如更多、更丰富的食物，更大、更阔绰的住宅，更漂亮、更充裕的衣物，更多烧得更久、更热的炉火，等等。当他获得了这些生活必需品之后，他可以有另外一个选择，而不必去寻求那些非必需品了。也就是说，他要告别卑微的劳作，踏上人生的猎奇征程。看来土壤是适宜于种子的，因为种子将其胚根朝下伸扎，现在又可能满怀信心地向上发芽。人若是不能相应地升入上面的天空的话，为什么又要如此牢牢地植根于大地呢？——因为更为珍贵的植物，是根据其最终在远远高出地面的地方，在空气和阳光里所结出的果实，来评价其价值的，而不会被当作卑微的植物来对待，即便是两年生的植物，对它们也只是培育到长好根为止，而且为了长好根还经常把顶部切割下来，结果到了开花季节大多数人都认不出它们是何物了。

我无意为天性坚强勇敢的人制定清规戒律，不管身处天堂还是地狱，他们都会管好自己的事，也许他们造起房来会比最富有的人更富丽堂皇，花起钱来比最富有的人更阔绰大方，而又不会使自己穷困潦倒，也不知道自己是怎样生活的——如果说像想象的那样，真有这样的人的话；我也不会为那些人制定清规戒律，他们恰恰是从事情的当前状态中获得了鼓舞和灵感，并以恋人般的柔情和热情，对之加以珍惜——在某种程度上，我把自己也列入这类人之中；我这番话不是针对那些在任何境况中都能安居乐业的人说的，而且他们都知道他们是否在安居乐业；——我所针对的，主要是那些芸芸众生，他们牢骚满腹，命蹇时艰本是可以改善的，他们却在枉自抱怨。有一些人，他们对什么事都抱怨得最起劲，最伤心欲绝，因为照他们的说法，他们是在恪守自己的职责。我还想到那些貌似富有，实则是各阶级中最为贫穷的一类人，他们把金属熔化后的浮渣积攒起来，但又不知道如何加以利用，也不知道怎样处理掉，于是便为自己锻造出了金脚镣或银脚镣。

假如我试图说出在过去几年中，我渴望过怎样的生活，那么多少了解点这段历史实情的读者大概就会感到诧异，而全然不了解实情的读者则肯定会感到惊讶。在此我只是略微提示一下一直念念不忘的几桩事。

不管在任何天气里，不管在白天还是黑夜的任何时辰，我都迫切地想要把握好关键时刻，并且将之刻在我的手杖上；迫切地想要站在过去和未来两个永恒的交汇点上，那恰好就是当前这一时刻；将脚尖抵住那条起跑线准备起跑。请原谅我的某些晦涩难懂之处，因为在我这个行当里有着比多数人的行当更多的秘密，虽说我也并非刻意保守秘密，却与我的行当的性质密不可分。我倒乐意尽情道出我所了解的我这一行当的全部底细，而决不会在我的门上写上"禁止入内"。

我很久以前失去了一条猎犬、一匹枣红马和一只斑鸠，至今仍在寻找。我曾对许多游客说起过它们，描述了它们的踪迹，以及对什么样的呼唤有回应。我曾遇见过一两个人，他们听见过那条猎犬

我所期盼的，不仅仅是日出和黎明，简直是大自然本身！

　　的吠声，那匹枣红马的蹄声，甚至还看见那只斑鸠飞入云层后面，他们似乎也急于找回它们，好像是他们自己丢失了一样。

　　我所期盼的，不仅仅是日出和黎明，如果可能的话，简直是大自然本身！不论夏天还是冬天，有多少个清晨，邻人们都还没起身忙碌之前，我已经早就忙起自己的事情！毫无疑问，许多镇民都曾看见我忙完事情归来，黎明时分动身赶往波士顿的农夫，前去干活的伐木工人，他们都曾碰到过我。的确，我从未对太阳的升起助过一臂之力，但毋庸置疑，最最要紧的是，太阳升起时，只要我在场就行。

这么多秋日，是啊，还有这么多冬日，我是在镇外度过的，试图听听有什么传闻，一经听到便立即发布出去！我为此拼命奔跑，几乎耗光了我的全部资本，而且连气都喘不过来。如果这传闻与两个政党有关，那一定是跟最新消息一起登在报[①]上了。在别的时候，我守望在峭壁或树顶的瞭望台上，一有什么新消息，就用电报发送出去；或者黄昏时分待在山顶上，等待夜幕降临，以便能抓到点什么，尽管总也抓不到多少，而所抓到的一点，却像吗哪[②]一样，在阳光下融化殆尽。

有很长一段时间，我是一家杂志的记者[③]，该杂志发行量不大，其主编认为我的大部分稿件不适于刊登，于是，正如作者们习以为常的那样，我的辛劳换来的只是酸楚。不过，在这种情况下，我的酸楚也就是它自身的酬报。

多年来，我曾自命为暴风雪和暴风雨的监察员，并且尽忠职守；如果说不是公路检查员的话，那也是林中小路和所有穿插路径的检查员，确保处处畅通，还给深谷架上桥梁，一年四季都可通行，众人的足迹已经证明了这些举措有多管用。

我照看过镇子里的野生牲畜，它们总爱跳过栅栏，给尽职尽责

---

① "报"字原文 Gazette 首字母用大写，可能系指当地的《康科德报》(*The Concord Gazette*)。
② 吗哪，指犹太教、基督教《圣经》故事中所说古以色列人逃离埃及后，在荒漠中获得的天赐食物。传说中吗哪被太阳晒化。
③ 可能指新英格兰的一家超验主义杂志《日晷》(1840—1844)，曾刊登过梭罗的几篇稿件；也可能指梭罗自己的日志，他于1837至1861年8月间坚持撰写日志，但在他生前没有公开出版。

**红橘**

红橘（Red huckleberry），学名 *Vaccinium parvifolium*，杜鹃花科越橘属植物。分布于北美洲阿拉斯加至加利福尼亚。

性耐寒，熟时味略酸甜，未熟略苦，生长在海拔 900～2000 米针叶林与阔叶树交混区，喜酸性潮湿土壤。果实可做果酱、鲜食，叶可制成茶叶泡饮，含有丰富的维生素。

的牧人带来不少麻烦；我还密切注视农场上那些人迹罕至的角角落落；尽管我并非总知道约拿斯[①]或所罗门今天是否在哪块田里干活；那可不关我的事。我给红橘、沙樱和荨麻浇水，给红松和黑桦浇水，给白葡萄和黄紫罗兰浇水，在干燥季节，这些植物不浇水都会枯死。

总之，我可以毫不自夸地说，我如此这般地持续了很长时间，兢兢业业地做事情，直到后来情况越来越清楚，镇民们终究是不会接纳我为镇政府的公务员，也不会给我一个闲职，让我领取一点微薄的薪水。至于我的账目，我敢发誓说总是记得清清楚楚，然而却从未有人检查过，更没有人认可过，更别说来付款结账了。不过，我从没把心思放在那上面。

不久前，一个四处流浪的印第安人跑到我家邻近一带一位著名律师家里兜销篮子。"你要买篮子吗？"他问道。"不要，我们一只也不要。"对方回答道。"什么！"印第安人走出大门时惊叫道，"难道你想把我们饿死吗？"看到他那些勤奋的白人邻居生活得那样富裕——律师只要把辩词编好，那就像变魔术似的，金钱和地位就会

---

[①] 约拿斯，即约拿，基督教《圣经·旧约》中的先知。

接踵而来——印第安人对自己说：我要做买卖，我要编篮子；这是我能做的事。他以为他编好了篮子，就算尽到了自己的本分，接下来就轮到白人来买他的篮子。可他并没发现，他必须把篮子做得值得别人购买，或者至少使别人认为值得购买，或者做点别的什么东西值得人家购买。我也编织了一种精致的篮子，但是我没有让人觉得值得购买。然而，就我而论，我也同样认为值得去编织，虽说我没有去研究怎样让人觉得值得购买，可我却研究了如何才能避免非得去推销。人们称赞并视为成功的生活，只不过是生活中的一种。我们为什么非要夸大其中的一种，而贬低其他的生活呢？

我发现，镇上的同胞们并不想在法庭给我谋个一席之地，也不想随便在别的什么地方给我个助理牧师的职位或生计，我只得自谋生路，因而我就越发彻底地把目光转向了树林，我对那里更熟一些。我决定立即开张，也不等凑足通常所需的资本，而是利用我手头已有的那点微薄资本。我去瓦尔登湖的目的，既不是过俭朴生活，也不是过铺张生活，而是尽可能少受干扰地做点私事[①]；免得由于缺乏常识、进取心和生意头脑，而导致事业失败，那不仅凄惨，而且愚蠢。

我总是尽力养成严格的生意习惯；对每个人来说，严格的生意习惯都是不可或缺的。如果你是与天朝[②]做生意，那么只要在塞勒姆港[③]的海岸上设一个小小的账房也就够了。你可以把本国出产的物

---

① 指写作《在康科德河和梅里马克河上一周纪实》一书。
② 天朝，指19世纪的封建社会的中国。
③ 塞勒姆港，马萨诸塞州港口城市。

品，纯粹的土特产，大量的冰块和松木，还有一点花岗岩，总用本地的货轮装载。这都是些很不错的买卖。不管多么细小的事，你都要事必躬亲；你既是领航员和船长，又是货主和保险商；既买进卖出，还要记账；阅读收到的每封来函，草拟审阅所要发出的每封回复；日夜监督进口货物的卸货；几乎同时出现在多处港口——往往装载量最大的货船在泽西①海岸卸货；充当你自己的电报机，不知疲倦地扫视着地平线，还要和沿着海岸线行驶的所有船只保持联系；对路途遥远而利润丰厚的市场，要保持稳定供货；了解各地的市场行情，战争与和平的前景，预见贸易和文明的趋向——利用一切探险的成果，运用新航道和所有先进的航海技术——研究海图，确定暗礁以及新的灯塔和浮标的位置，而且还要不断地校正对数表，因为计算上稍有差错，本该抵达友好码头的船只，往往会在礁石上撞得粉身碎骨——这就是拉佩鲁兹②难究其详的劫数；还要跟得上宇宙科学的发展，从汉诺③和腓尼基④人，再到今天一切伟大的发现者、航海家、探险家和商人，都要研究；最后，还要随时盘点存货，以便了解你的生意状况。这会促使一个人殚精竭虑，是对其能力的一种磨炼——诸如利润和亏损、利息、皮重和损耗，以及种种计量问题，都需要广博的知识。

---

① 泽西，新泽西的非正式称呼。许多船只曾在新泽西海岸失事。
② 拉佩鲁兹（1741—1788），法国航海家和探险家，1788年其船只在太平洋上遇险。
③ 汉诺，迦太基探险家和国务活动家，活动时期约公元前5世纪后半叶。
④ 腓尼基，地中海东岸的古国，约在当今黎巴嫩和叙利亚沿海一带。

我觉得瓦尔登湖将是一个做生意的好地方，这不仅仅由于铁路和冰块贸易，这里还有些有利条件，也许把它们透露出去并非明智之举；这是个好的交易场所，有一个好的基础。这里没有涅瓦河①那样的沼泽需要填充；虽说你必须到处打桩奠基。据说涅瓦河一涨潮，加上西风，再加上河中的冰块，便会把圣彼得堡从地球表面席卷而去。

由于这种生意不需通常的资本便可开张，于是也许不大容易猜测，将从哪里筹集到此类事业依然不可或缺的那些财力。说到衣着，便立即触及了实际问题，也许我们买衣服时，更多的是受喜新好奇和顾及别人看法的驱使，而不考虑其真正的实用性。让一个要做工的人记住，穿衣的目的，首先是保持维系生命之所需的热量，其次是在如今的社会状况下，掩盖赤裸的躯体，进而他可以判断：他可以完成多少必要的或重要的工作，而又不用给他的衣橱增添衣物。国王和王后一套衣服只穿一次，尽管都是御用裁缝为他们特制，他们却无法体验到穿一套合身衣服的舒适之感。他们不啻是挂着干净衣服的木架。而我们的衣服却一天天地跟我们融为一体，接受了穿衣人的个性特征，以致我们不忍将它们脱下；要丢掉它们，就像丢掉我们自己的身体一样，哪能不恋恋不舍，哪能不求医问药，哪能不黯然神伤。我从未鄙视一个身穿打补丁衣服的人，然而我又相信，人们通常更注重穿着入时，或者至少干干净净、没打补丁，而不讲

---

① 涅瓦河，俄罗斯西北部的一条河，流经圣彼得堡。

究心安理得。但即使衣服上的破洞没有补上，所暴露出来的最大缺点或许就是不修边幅。我有时用这种方法测试我的熟人——谁肯穿上膝盖上打了块补丁，或只破了两条缝的裤子？从表现来看，好像大多数人认为，谁要是这样做就会自毁前程。对他们来说，拖着一条断腿一瘸一拐地进城，也比穿着一条破马裤进城好受些。往往一位绅士的腿出了事故，那腿还能治好；可他的马裤的裤管若是出了同样的事故，那可就没救了；因为他所考虑的，并非什么是真正的体面，而是什么被视为体面。我们认识的人不多，可见到的衣服裤子却不少。把你的贴身衣服给稻草人穿上，而你则裸着身子站在一旁，谁不立刻向稻草人致敬呢？几天前，我打一块玉米田走过，在一个戴着帽子、穿着上衣的木桩旁边，我认出了那家农场的主人。与我上次见到他时相比，他只是略微增加了点风吹日晒的痕迹。我听说有一条狗，每见陌生人穿着衣服走近主人家就狂吠不已，但是一个赤身裸体的小偷却能轻而易举地让它平静下来。人要是脱掉了衣服，还能在多大程度上保持自己相对的社会地位呢？这是个有趣的问题。在这种情况下，你能否在一群文明人中，确切地说出谁属于最体面的阶级？法伊弗夫人[①]自东向西作环球探险旅行，快到俄罗斯的亚洲部分，要去拜访地方当局的时候，说她不能再穿旅行服装了，因为她"现在身处一个文明国家，这里是以衣着取人的"。即使在我们新英格兰的民主城镇里，谁要是意外地获得了财富，仅靠其在衣着和装备上有所显露，那也会使财富的拥有者几乎处处受人敬

---

[①] 伊达·法伊弗（1797—1858），奥地利旅行家和游记作家，其作品包括《一位妇人的环球旅行》（1852）。

重了。但是表示敬重的人，尽管人数众多，却都是些异教徒，需要给他们派去个传教士。此外，做衣服需要缝纫，这是一种你可以称之为没完没了的工作；至少是女人的衣服，就永远也做不完。

一个终于找到点事情可做的人，并不需要穿上一身新衣服去干活；对他来说，那身在阁楼上不知尘封了多久的旧衣服也就足够了。旧鞋让英雄穿起来，要比他的贴身男仆穿的时间长——要是他有贴身男仆的话——而打赤脚比穿鞋子历史更悠久，因而英雄也可以打赤脚。只有那些要去参加晚会和要去立法厅的人，才非得穿上新衣服不可。去那些场合的人经常变化，衣服也经常更换。但如果我的外套和裤子、帽子和鞋子都适合于做礼拜的时候穿戴，那就足矣，难道不是吗？有谁见到过他的旧衣服——他的旧外套实在破烂不堪，快分解成破布条了，即使把它送给一个穷孩子，都不能称之为善举，说不定他会转送给另一个更穷的孩子，或者说，既然这另一个孩子东西再少，却能照样过日子，那是不是该称他更富有呢？我说要提防所有那些要求穿新衣的职业，而不是提防新的穿衣人。如果没有新人，新衣服做出来又适合谁来穿呢？如果你面前有什么事业的话，那就穿着你的旧衣服去试试看。大家所需要的，不是**借助**什么，而是**做**什么，或更确切点说，是**成为**什么。也许我们根本就不需要新衣服，不管旧衣服有多破、多脏；后来我们经过努力，有了新的事业，驶向新的目标，觉得自己像是新人穿旧衣，若是继续穿旧衣的话，那就像是旧皮袋装新酒①。我们去旧换新的季节，就像飞禽换季

---

① 参见《圣经·马太福音》第九章第十七节："也没有人把新酒装在旧皮袋里，若是这样，皮袋就裂开，酒漏出来，连皮袋也坏了。唯独把新酒装在新皮袋里，两样就都保全了。"

**《大西洋月刊》载梭罗《散步》页面**

梭罗曾在随笔《散步》（发表于《大西洋月刊》第9卷第56期）中写道："在文学作品中，吸引我们的只有野性。沉闷只是驯服的别名。愉悦我们的，正是《哈姆雷特》与《伊利亚特》中，所有经典与神话中的不文明的、自由的而野性的思想，而不是学校中所学的。像野生的鸭比驯养的鸭更敏捷和漂亮一样，野性的——野鸭——思想也是如此，在滴落的露水间振翼掠过沼泽。真正的好书，有几分像西部大草原上或东部丛林里发现的野花般自然，出乎意料且无缘无故地悦目完美。"

一样，一定是我们生活中的一个紧要关头。潜鸟退隐到偏僻的湖畔去换羽毛。蛇蜕皮、蚕破茧，也都采取类似方式，都要通过体内的运作与扩张；而衣服只不过是外在的表皮和尘世的烦恼①而已。不然的话，人们一定会发现我们在挂着假旗扬帆航行，最终不可避免地被人类和我们自己的舆论所唾弃。

我们身穿一件又一件衣服，似乎我们就像外生植物一样，通过往外增长而生长。我们穿在外面的，往往是又薄又花哨的衣服，就是我们的表皮或假皮，它跟我们的生命毫不相关，可以随意脱下而不会带来致命的伤害；我们常穿的较厚的衣服，是我们的细胞壁，或者说皮层；我们的衬衫则是我们的韧皮，或者说真皮，如果剥掉的话，难免不撕扯皮肉，进而把人毁掉。我认为，各物种在某些季

---

① 尘世的烦恼，典出莎士比亚的悲剧《哈姆雷特》中哈姆雷特的独白。

节的穿着都相当于衬衫。一个人最好穿着简单,这样他在黑暗中一伸手就能摸到自身,而且在各方面生活得非常紧凑,随时有所准备,一旦敌人占领了镇子,他能像古代的哲人那样,空着手无牵无挂地走出城门。一件厚衣服在多数情况下顶得上三件薄衣服,而顾客也能以自己觉得合适的价钱买到便宜的衣服;五美元可以买一件厚外套,穿上五年,两美元可以买一条厚裤子,一点五美元买一双牛皮靴子,二十五美分买一顶夏天的帽子,六十二点五美分买一顶冬天的帽子,或者可以在家里自制一顶更好的,花费微不足道,一个人穿上一套**他自己赚来**的衣服,哪里还会穷得找不着有识之士对他怀有敬意呢?

当我要求做一件特别款式的衣服时,女裁缝一本正经地告诉我:"人家现在不做这种款式的衣服了。"她压根儿没有强调"人家"这个字眼,仿佛她是在援引三女神[①]那样的绝对权威,于是我发现我想要的款式难以做成,而这仅仅因为她不敢相信我说话当真,不相信我会如此冒昧。我听见这句神谕般的话,便沉思了一下,掂量着每一个字,以便能悟出其意思,搞清楚"人家"和"我"有多大的关系,以及在这样一件与我密切相关的事情上,"人家"可能拥有什么样的权威;最后,我倒想用同样神秘的方式回答她,而又不再强调"人家"这个字眼:"不错,人家近来是没做这种款式的衣服,不过现在又在做了。"她要是不测量我的个性,而只测量我肩膀的宽度,好像那只是挂衣服的钉子似的,那么对我的测量又有什么用呢?我们

---

① 指古希腊神话中的命运三女神。

**命运三女神**

命运三女神（the Fates），通常以女性长者的形象出现，手中持有纺锤、量杆、剪刀。她们分别为命运的纺线者克洛托、命运的决策者拉刻修斯、命运的终结者阿特洛波斯。人一旦降生，命运女神就会为其纺命运之线，丝线的长度代表人寿命的长短。在罗马神话中，她们被称为帕耳开（Parcae）三女神；在北欧神话中，她们被称为诺伦（Norn）三女神。

所崇拜的，并不是美惠三女神，也不是命运三女神，而是时尚女神。她纺纱、织布和剪裁，享有绝对的权威。巴黎的猴王戴上一顶旅行帽，美国所有的猴子都要跟着学。我有时感到绝望，在这个世界上要借助别人的帮助办点简单而真诚的事，简直是不可能。首先要让他们从强力压榨机中轧过去，把他们头脑中的各种旧观念给榨出来，搞得他们无法马上再站起来；然后，这群人中有一个人脑袋里长着一条蛆，那是从谁也不知道什么时候寄居其中的一只卵孵化出来的，由于连火都烧不死这些东西，你也就空忙了一场。不过，我们不会忘记，埃及有一种小麦就是由一具木乃伊流传下来的[①]。

总的说来，我认为不能说在这个国家或任何其他国家，衣着打扮已经提升到艺术的崇高地位。如今，人们还是勉强对付，能弄到什么就穿什么。他们就像船只失事的水手们，到了岸上能找到什么就穿什么，而且不管在空间还是在时间上，都隔着一点距离，互相

---

① 意即从埃及古墓里发现的种子生长出来的。

**美惠三女神**

美惠三女神（the Graces），古希腊神话中的三女神，分别为光辉女神阿格莱亚、欢乐女神欧佛洛绪涅、激励女神塔利亚。赫西俄德称她们拥有"美丽的脸颊，眼中散发的爱让灵魂都变得柔软"。她们常与小爱神厄洛斯一起，作为爱神阿芙洛狄忒的随从出现，传达着"美德与爱同在"的训诫。拉斐尔、波提切利等大师的《美惠三女神》举世闻名。在罗马神话中，她们被称为卡里斯（Charites）三女神。

嘲笑着彼此的装束。每一代人都在嘲笑旧款式，而虔诚地追求新款式。我们一瞧见亨利八世①的装束，或伊丽莎白女王②的装束，就觉得好笑，仿佛那就是食人生番群岛的国王和王后的装束似的。一切装束一旦脱离了人身，都是可怜或怪诞的。只有穿衣者的严肃目光及其度过的真诚生活，才能抑制住嘲笑，并把任何人的装束视为神圣。如果身着五颜六色服装的丑角突然腹绞痛发作，那他的服装也得帮助展现那副情状。当士兵被炮弹击中时，他的破烂军装就像帝王的紫袍一样得体。

男男女女对新款式所怀有的那种幼稚而又原始的趣味，使得不知多少人为之震颤，眯着眼睛看万花筒，指望可以发现这一代人今

---

① 亨利八世（1509—1547），英国国王。
② 伊丽莎白女王（1558—1603），即英国女王伊丽莎白一世。

天所需要的图案。生产商已经了解到,这种趣味纯属随心所欲。两种图案的区别,无非是某种颜色多缝上几针或少缝上几针,可其中的一种马上销售一空,而另外一种则在货架上滞销,尽管往往出现这样的情况:一个季节之后,后者又成了最时尚的款式。相比而言,文身算不得人们所谓的陋习。不能仅仅因为刺入肌肤,无法改变,就称其为野蛮。

我不相信我们的工厂体系是人们获取衣服的最佳模式。工人的状况正日益变得更像英国工人的状况;说来不足为奇的是,就我耳闻或目睹的情况而言,厂家的主要目标不是让人们穿得好、穿得体面,而毫无疑问是为了让公司发财。从长远来看,人们所能达到的,只能是他们的目标。因此,尽管一时难免会遭遇失败,他们还是把目标定得高些为好。

至于住所,我不否认,如今这是生活的一种必需品,尽管有事例说明,在一些比美国寒冷的国家里,人们也可以长期无需住所而照样生活。塞缪尔·莱恩[①]说:"拉普兰[②]人身穿皮衣,再把头和肩膀套在皮囊里,便可一夜接一夜地睡在雪地上……而那个天寒地冻劲儿,你不管穿着什么样的毛衣,待在冰天雪地里势必会冻死。"他曾见过拉普兰人这样睡觉。然而,他又接着说:"他们并不比其他人更

---

① 塞缪尔·莱恩(1780—1868),苏格兰游记作家,作品包括《挪威日记》(1837)。
② 拉普兰,北欧的一个地区,包括挪威、瑞典、芬兰等国的北部和俄罗斯的科拉半岛。

强悍。"不过,大概人类在地球上没生活多久,便发现房屋带来的舒适,也就是家的安逸,这个说法起初可能指房屋而不是家人带来的满足;然而在某些气候区里,房屋在我们看来主要是与冬季或雨季联系在一起,一年三分之二的时间里有把遮阳伞也就够了,并不需要房屋,因而说房屋给人带来舒适纯属以偏概全,只是偶尔适用而已。在我们这个气候区,到了夏天,以前夜里几乎只要盖点东西就行。在印第安人的记录里,一座棚屋就是一天行程的象征,在一棵树的树皮上刻出或画出一排有多少棚屋,就意味着他们宿营了多少次。人并非生来四肢发达,身强力壮,因而必须试图缩小自己的天地,用墙壁垒起一个适宜自己的空间。起初他们全都赤身裸体,生活在户外;但是,如果遇到晴朗温和的天气,白天还是挺宜人的,可是一到雨季和冬天,更不用说在灼热的骄阳下,人类若不是急急忙忙给自己搞了个栖身之所,那他的种族也许早就被扼杀在萌芽状态。照神话的说法,亚当和夏娃还没穿上衣服之前,先穿的是树叶。人类需要有个家,一个温暖或舒适的处所,首先是身体的温暖,然后是情感的温暖。

我们可以想象,人类还处于幼年期时,某个有胆魄的凡人钻进岩洞栖身。在某种程度上,每个儿童都以同样的方式踏上人世的历程,即便在雨天和冷天,也都喜欢待在户外。他们出于本能,喜欢玩过家家、骑木马。谁会不记得儿时曾带着怎样的兴致看着层叠倾斜的岩石,或通向洞穴的路径?这是我们的始祖出自本能的渴望,如今我们依然抱有这样的渴望。我们从住洞穴发展到住封顶的房屋,用料从棕榈树叶,到树皮树枝,到编织拉直的亚麻,到草芥和麦秆,到木板和木瓦,再到石头和瓦片。最后,我们不知道住在露天下是怎么回事，我们的生活比我们想象的还更具有居家的意味。从壁炉边到田野是一段漫长的距离。倘若我们有更多的日日夜夜是在与天体之间没有任何障碍物的情况下度过的，倘若诗人不是在屋脊下那样滔滔不绝，倘若圣人不是在屋里居住那么久，那该有多好。鸟儿不会在山洞里唱歌，鸽子也不会在鸽棚里珍惜它们的纯真。

然而，一个人要是打算建造一所住宅，那就有必要运用一点北方佬的精明，免得到头来发现自己住进了一家感化院，一个没有路标的迷宫，一座博物馆，一家救济院，一座监狱，或一座华丽的陵墓。首先要考虑，栖身之所其实并不是那么必不可少。我见到过本镇的佩诺布斯科特印第安人[①]，住在用薄棉布搭成的帐篷里，周围的雪差不多有一英尺厚，我想他们倒情愿雪再厚一些，以便挡住风。怎样才能诚实地谋生，而又给自己留下追求正当目标的自由，这是个以前比现在还要困扰我的问题，因为不幸的是，我现在变得有些麻木了。那时我时常在铁路旁见到一只大箱子，六英尺长，三英尺宽，工人们夜里把工具锁在里面；这让我意识到，每一个生活艰难的人都可以花一美元买上这么一只箱子，在上面钻几个孔，至少能透透气，在下雨天和晚上可以钻进去，盖上盖子，这样就能随心所欲，从而心灵上也获得了自由。这似乎并非最糟糕，也绝非什么可鄙的选择。你可以愿怎么熬夜就怎么熬夜，一旦起了身，就可以走出去，也没有房东或店主追着你要租金。许多人为了给一只更大更奢侈的箱子付租金而被折磨致死，可他若是住在这样一只箱子里，

---

[①] 佩诺布斯科特印第安人，居住在美国缅因州佩诺布斯科特河一带的印第安人。

那就绝对不会冻死。我绝非在开玩笑。节俭是一个可以轻视的问题,但处理起来却轻率不得。一个粗野强壮的种族,大部分时间住在户外,以前曾在这里建造了一座舒适的房子,用的几乎全是大自然给他们提供的现成材料。马萨诸塞殖民地的印第安人总管古金[①],于一六七四年写道:"他们最好的房子是用树皮封顶的,建造得非常整齐,既结实又温暖,那些树皮是在树液干枯季节从树干上脱落下来的,趁着树皮还绿的时候,又用重木将其压成大块的薄片。……简陋一些的房屋则用一种灯芯草编织的席子封顶,也还算结实温暖,但不如前者好。……我见过一些,六十或一百英尺长,三十英尺宽。……我常在他们的棚屋里寄宿,觉得跟英国最好的房屋一样温暖。"他还说,棚屋里通常铺着编织精致的绣花席子,还配备着各种器皿。印第安人取得了长足的进步,他们把一张席子悬挂在屋顶的通风口,用一根绳子来拉动,调节通风效果。这样的棚屋起初最多花上一两天工夫即可建成,几小时内便可拆掉再重新搭起来;每个家庭都拥有一座棚屋,或棚屋中的一个房间。

在野蛮的状态下,每个家庭都拥有一个几乎是最好的栖身之处,足以满足其粗陋简单的需求;不过,我想我可以毫不过分地说:尽管天空的飞鸟有窝,狐狸有洞,野蛮人有棚屋,可在现代文明社会里,却只有不过半数的家庭拥有住房。在文明发达的大城镇里,拥有住房的人数只占很小一部分。其余的人则要为这种冬夏都不可或缺的外罩支付年租,这笔年租本可以让他买下一个村子的印第安人

---

[①] 丹尼尔·古金(1612—1687),著有《新英格兰印第安人史料汇编》(1792)。

的棚屋，但现在却导致他终身受穷。在此我并不想认定租房比不上拥有住房，不过显而易见的是，野蛮人之所以拥有自己的住所，乃是因为花费甚少，而文明人之所以租房，通常因为他买不起房；而从长远看来，他也不见得更能租得起房。可是有人回答说，寒酸的文明人只靠支付这点租金，就能获得一个住所，这住所比起野蛮人的棚屋来，简直是一座宫殿。一年只需支付二十五美元到一百美元的租金（这是乡下的价格），便可获得经过世世代代的改进才得来的诸如宽敞的房间、洁净的油漆和壁纸、拉姆福德壁炉①、内抹灰泥的墙面、软百叶窗、铜水泵、弹簧锁、宽敞的地窖等众多好处。但据说享用这些东西的往往是**寒酸**的文明人，而无缘这些东西的野蛮人却因身为野蛮人反倒变阔气了，这究竟是怎么回事呢？如果说文明是人类状况的真正改进——我想也确实是改进，尽管只有智者才能充分发挥其优势——那也必须指出，文明造出了更好的住房，却没有造成房价的昂贵；一件物品的代价，我欲称之为用以交换物品所需要的人生付出，即时的付出或最终的付出。在本地区，一幢普通的房子大概需要八百美元，而要攒足这笔钱，一个劳动者需要耗费十年到十五年的生命，即便他没有家室之累——据估计，每个劳动者的金钱价值按一天一美元来计算，因为虽然有的人获得的多些，还有的人却获得的少些——因此，他通常需要花费大半生的时间，才能挣得**他**的棚屋。如果我们认为他还是租房为好，那也不过是两害

---

① 拉姆福德，即拉姆福德伯爵，原名本杰明·汤普森（1753—1814），生于美国的英国物理学家和政府官员，创立了现代热力学理论，无烟的拉姆福德壁炉即以他的名字命名。

相权未必择其轻。难道野蛮人会明智一些，按照这样的条件用他的棚屋换一座宫殿吗？

有人或许会猜测，我把拥有这份多余财产的全盘好处，几乎贬低为以备不时之需的一种储备，就个人而言，主要为了支付丧葬的费用。不过，人也许并不需要安葬自己。尽管如此，这却表明了文明人与野蛮人的一个重要区别；毫无疑问，他们是煞费心机为我们的利益着想，要使文明人的生活形成一种**制度**，个人的生活在很大程度上被同化了，以求保持和完善种族的生活。不过我要指出，我们付出了多大的代价，才获得了当前的这点好处；我还想指出，我们本来是可以不付出任何代价，就获得这众多好处的。你说常有穷人和你们同在[①]，或者说父亲吃了酸葡萄，孩子的牙也酸倒了[②]，你这些话是什么意思呢？

"主耶和华说，我指着我的永生起誓，你们在以色列中，必不再有用这俗语的因由。"[③]

"看哪，世人都是属我的，为父的怎样属我，为子的也照样属我，犯罪的他必死亡。"[④]

考虑到我的邻人，康科德的农夫们，他们至少也和别的阶级一样富裕，我发现他们大多已经劳作了二十、三十年甚至四十年，以

---

① 《圣经·马太福音》第二十六章第十一节说："因为常有穷人和你们同在，只是你们不常有我。"
② 《圣经·以西结书》第十八章第二节说："父亲吃了酸葡萄，儿子的牙酸倒了呢。"
③ 见《圣经·以西结书》第十八章第三节。
④ 见《圣经·以西结书》第十八章第四节。

便成为他们农场的真正主人，这些农场他们通常是在带有抵押权的情况下继承下来的，不然就是用借来的钱买下的——我们可以把那辛劳的三分之一视为他们房屋的代价——但通常他们尚未偿付购房的款项。的确，那种抵押权有时超过了农场的价值，于是农场本身也就成了一个巨大的累赘，可依然有人去继承它，因为据这位继承者说，他和农场的关系太密切了。我咨询了财产估价员，惊讶地获悉，他们居然无法立马说出镇上有一打人不折不扣地拥有自己的农场。如果你想了解这些家宅的历史，那就请到为它们办理抵押的银行里去询问。真正靠在农场上的劳作还清了农场债务的人，为数微乎其微，周边的人谁都能将其指出来。我怀疑在康科德有没有三个这样的人。据说商人中的绝大多数，甚至一百人中有九十七人，是肯定要亏损的，农夫的情况同样如此。不过，对于商人，他们中有一位中肯地说道，他们的大部分损失并非真正的金钱上的亏损，而仅仅因为手头不便导致未能履约；也就是说，是道德品质出了纰漏。但这却使问题糟糕透顶，而且这还意味，说不定连那剩余的百分之三的人也无法拯救自己的灵魂，比起那些实实在在的破产者来，他们也许陷入了更糟糕的境地。破产和拒付债款是我们的文明常用来跳跃和翻跟斗的跳板，但是野蛮人却站在饥荒这块没有弹性的木板上。然而，这一年一度的米德尔塞克斯牛展[①]却大放异彩，好像农业机器各个关节都运转顺畅。

农夫试图解决生计问题，采取的是比问题本身还要复杂的方

---

[①] 米德尔塞克斯，美国马萨诸塞州的县；牛展，指菜牛和乳牛的展出和评奖，每年9月与康科德的农业展览会一起举行。

**米德尔塞克斯农业协会记录
（1803—1892）**

米德尔塞克斯农业协会正式成立于1803年，自1820年起，协会相关活动集中在康科德开办。

年度牲畜展于1820年10月11日首次在康科德举行。牲畜展览会上，各类农产品、牲畜、手工艺品等的最佳表现者都会获得奖金。梭罗所说的年度米德尔塞克斯牛展即是牲畜展的一部分。

式。为了买几根鞋带，他做起牲畜的投机买卖。他以极其高超的技艺，用一根游丝设置了机关，以便能过上舒适安逸、独立自主的日子，随后他一转身，自己的一条腿给夹了进去。这就是他贫穷的原因；由于类似的原因，我们尽管被奢侈品所包围，但就野蛮人的上千种舒适条件而言，我们全都赤贫如洗。正如查普曼所吟唱的——

"这虚假的人类社会——
——为了尘世的伟大
把天国的舒适全都化作稀薄的空气。"①

农夫有了他的房屋，并不因此而更富，反倒因此而更穷，而且

---

① 乔治·查普曼（1559—1634），英国诗人、戏剧家、翻译家。这三行诗摘自他的《恺撒与庞培的悲剧》一诗。

可以说是房屋拥有了他。依我看来，这是莫摩斯对密涅瓦所造的那座房子所提出的令人信服的异议①，说她"没有把房子建造得可以移动，而只有可以移动，才可以避开糟糕的邻人"；如今仍然可以提出这样的异议，因为我们的房屋是如此不灵便的财产，我们往往不是住在里面，而是被囚禁在里面；而我们应该避开的糟糕邻人，则成为我们卑劣的自我。我在本镇至少熟悉一两家人，他们在几乎一代人的时间里，一直想把他们在郊区的房子卖掉，搬到村里去住，但一直没有了却此愿，只有死亡才能使他们得到解脱。

就算**大多数人**能够最终拥有或租用得到种种改进的现代房屋。虽然文明一直在改进我们的房屋，但却没有同样改进要住在里面的人。文明创造了宫殿，但要创造出贵胄和帝王却并不那么容易。**如果文明人的追求并不比野蛮人的来得更有价值，如果文明人把他的大半生仅仅用于获取基本的必需品和舒适品，那他为什么非得比野蛮人拥有更好的住宅呢？**

可那贫穷的**少数人**又过得怎样呢？也许人们会发现，有一些人外在条件比野蛮人好，另一些人则比野蛮人差，两种人数互成正比。一个阶级的奢侈被另一个阶级的贫穷抵消了。一边是宫殿，另一边则是贫民所和"沉默的穷人"②。成千上万建造法老陵墓金字塔的工匠，吃的是大蒜，死后可能得不到体面的安葬。装修出宫殿飞檐的石匠，晚上可能回到一个还不如棚屋的茅舍。如果以为在一个存在

---

① 莫摩斯，古希腊神话中的嘲弄与非难指责之神；密涅瓦，古罗马神话中掌管智慧、艺术、发明和武艺的女神，相当于古希腊神话中的雅典娜。
② 意思是有人默默无语地忍受贫穷，以免被送进贫民所。

通常文明迹象的国家里,有相当多的居民的境况不像野蛮人那样落魄,那可就错了。我指的是落魄的穷人,而不是落魄的富人。要了解这一点,我不必往远处看,只需看一看铁路两边随处可见的简陋小屋,那铁路可是文明进步的最新成果呀;我每天在那里散步,都看见有人简直住在猪圈里,为了透光,整个冬天都敞着门,见不到任何柴堆,那只是他们经常想象得到的东西,而不论老人还是年轻人,由于长期受到寒冷和痛苦的折磨,总习惯于蜷缩着身子,肢体和官能的发育受到了阻碍。当然应该关注这个阶级,正是他们的辛劳,才使得能彰显这一代人成就的工程得以完成。在某种程度上,英国这个世界大作坊里,各种名目的技工的处境也都大抵如此。我也可以跟你说说爱尔兰的情况①,地图上将其标为白色,或者是未开化地区。我们可以将爱尔兰人的物质条件,与北美印第安人,或南太平洋诸岛的岛民,或尚未跟文明人接触而堕落的其他任何野蛮人种族作一比较。我毫不怀疑,野蛮人的头领跟文明人的一般统治者一样聪明。他们的状况只是证明,什么样的污秽可能与文明并存。现在我无须提及那些生产出本国主要出口产品的南方各州的劳工,他们本身就是南方的一种主要产品②。我还是只谈谈那些据称处于**中等境况的人**吧。

大多数人似乎从未考虑过房屋为何物,就因为他们认为他们必须像邻人那样拥有一座房子,于是他们实际上毫无必要地终身受穷。

---

① 1845 年,爱尔兰土豆歉收导致大饥荒,一直持续到 1852 年,致使爱尔兰人口减少了 20%。
② 指蓄奴产品。

好像一个人必须穿上裁缝给他剪裁的衣服,或者逐渐抛弃了棕榈叶帽子或土拨鼠皮帽,抱怨时势艰难,因为他买不起一顶王冠!人们完全可以创造一种比现在更舒适、更豪华的房屋,然而大家又都承认负担不起这个费用。难道我们总是挖空心思要多捞一些这类东西,而不是有时能满足于少捞一点?难道可敬的公民就该通过言传身教,一本正经地教导青年人,让他们在临终之前,务必备好一些多余的雨靴、雨伞,为虚拟的客人开几间虚设的客房?为什么我们的家具就不能像阿拉伯人或印第安人的一样简单?我们把为人类造福的人奉为来自天国的信使,他们把天神的礼物带给人类,当我想起他们时,我在心目中并没看见他们有什么侍从相随,也没看见有成车的时尚家当。或者说,鉴于我们在道德和智力上优于阿拉伯人,我们的家具就该比阿拉伯人家的来得繁复,我若是认可这一说法,那又会如何呢?那岂非咄咄怪事?当前我们的房间里乱七八糟地塞满了家具,一个利索的家庭主妇会把其大部分扫进垃圾坑,而不把她的晨活丢下不做。晨活啊!迎着奥罗拉①的赧颜和门农②的乐声,人类在这个世界上的**晨活**该是什么呢?我的书桌上有三块石灰石,可我却惊恐地发现,它们需要每天除尘,而我脑子里的家具还全未擦拭,于是我带着厌恶之情把它们扔出了窗外。这样一来,我还怎么能拥有一个配备着家具的房子呢?我宁可坐在露天里,因为灰尘是不会

---

① 奥罗拉,古罗马神话中的曙光女神。
② 门农,古希腊神话中埃塞俄比亚人之王,在特洛伊战争中为阿喀琉斯所杀,主神宙斯赐予他永生。据说古埃及法老阿蒙霍特普三世神殿前的门农巨像在日出时分会发出乐声。

**底比斯巨像，门农（左）**

门农是古希腊神话中，黎明女神厄俄斯和特洛伊王子埃塞俄比亚国王提诺托斯之子，"像雄狮一样勇猛，像磐石一样坚定"。门农的故事记载于已失传的史诗《厄提俄皮斯》里。古罗马诗人奥维德在《变形记》中记下了厄俄斯为门农之死而落泪的故事。

落在青草上的，除非有人把地掘开。

引领时尚的皆是奢侈放浪之辈，芸芸众生则锲而不舍地跟着赶时髦。在所谓最好的旅店住宿的旅人，很快就察觉了这一点，因为店主把他当成萨丹纳帕路斯[①]，假如他任凭他们将他置入温柔之乡，那他很快便会丧尽阳刚之气。我认为在火车车厢里，我们往往是花钱买奢华，而不是安全和便利，结果也就没有安全和方便可言，车厢反倒变成了一个现代客厅，装备着长沙发、软垫凳、遮阳篷，以及上百种别的东方器物，那些东西本是为伊斯兰教徒的女眷和天朝的女娇客而造的，乔纳森[②]听到这些名物都会害臊，而我们却把它们带到西方来。我宁可坐在一只南瓜上，一个人独自拥有它，也不愿和别人挤在一个天鹅绒坐垫上。我宁可在大地上乘坐空气自由流通的牛车，也不愿坐进观光火车的豪华车厢去天国，一路上呼吸着污

---

[①] 萨丹纳帕路斯（公元前9世纪），传说中的亚述末代国王，以软弱无力和穷奢极欲而著称。

[②] 乔纳森，19世纪美国人的俗称。

浊的空气。

在原始时代，人生活得极其简朴，赤身裸体，这起码意味着这样一个优势：这使人仍然只是大自然中的一个寄居者而已。等他吃饱睡足，消除了疲乏，就又打算重新启程。他似乎住在这世上的一个帐篷里，不是穿过峡谷，便是越过平原，要么爬上山巅。不过，瞧啊！人类已经变成了自己的工具的工具。过去饿了就独自采摘果实的人，如今成了农夫；过去待在树下乘凉的人，如今成了管家。我们如今不再露营过夜，而是在大地上安居下来，忘记了天国。我们信奉基督教，却仅仅把它当成改善**农艺**的良方。我们为今生建造了家族大厦，为来世建造了家族陵墓。最好的艺术品表现了人类试图从这种状态中挣脱出来所进行的斗争，但是我们的艺术的效果，却仅仅是使得这种低级状态变得舒适些，而将更高级的状态置诸脑后。在这个村里，实际上并无**精美**艺术品的立锥之地，即便真有这样的作品传到我们的手中，我们的生活、我们的房屋和街道也没为它们提供合适的基座。没有一颗钉子可以用来挂画，也没有一个架子可以用来放置一位英雄或圣徒的半身像。当我考虑我们的房屋是如何建造的，如何付的款，或者如何没付款，以及其内部经济是如何管理维持的时候，令我感到奇怪的是，当一位来宾赞赏壁炉台上那华而不实的装饰品时，地板并没有塌下去，让他跌进地窖里，掉到那块虽是泥土但却坚固硬实的地基上。我不能不意识到，这种所谓的富裕而优雅的生活已是"跃而以求"的目标，我无法欣赏那些装饰这种生活的精美艺术品，我的注意力完全集中在那一"跃"上；因为我记得，单靠人的肌肉而做出的最了不起的真正跳跃记录，是由某些四处游荡的阿拉伯人创造的，据说他们在平地上跳出了二十五英尺①的距离。在没有人为的支撑物的情况下，人越过那个距离之后肯定要再回到地上来。我忍不住要向这粗鄙行为的事主提出的第一个问题，是谁在支撑你？你究竟是那九十七个失败者中的一位，还是那三个成功者中的一位？你要是回答我的这些问题，我也许就可以看看你的那些花哨的小噱头，发现它们确有装饰价值。车马倒置，既不美观，也不实用。在我们能用美丽的物品装饰房屋之前，必须先把墙壁刮干净，还得把我们的生活清理干净，而且要以美好的家务料理和美好的生活作为基础；不过，追求美好的品位大多是在户外培育出来的，户外既没有房屋，也没有管家。

老约翰逊②在其《创造奇迹的上帝》一书中，谈到了本镇的首批移民，他和他们是同时代人，他告诉我们说："他们在山坡下挖个山洞，作为最初的栖息所，把泥土高高地堆在木头上，在最高的一边点起冒着浓烟的火，烘烤泥土。"他说，"直到在上帝的保佑下，大地带来了供他们食用的面包之后"，他们才"为自己建造了房子"，而第一年庄稼又歉收，致使"在一个漫长的季节里，他们不得不把面包切得很薄"。一六五〇年，新尼德兰省③的总督用荷兰语为那些想去那里开发土地的人提供了书面信息，他特别声明："那些在新尼德兰，尤其是在新英格兰的人，他们一开始并没有能力按照自己的

---

① 1英尺等于0.3048米。
② 爱德华·约翰逊（1598—1672），美国历史学家，著作包括《创造奇迹的上帝》(1654)。
③ 新尼德兰省，指纽约，17世纪荷兰在北美洲的殖民地，1664年被英国占领，改名纽约。

意愿建造农舍，于是便在地上挖出一个四方形的坑，就像地窖一样，六七英尺深，长宽以他们认为合适为准，然后用木材把土坑的四壁封起来，再用树皮或别的东西塞住木材的缝隙，以防泥土塌落；还要给地窖铺上地板，顶上用护壁板作天花板，在天花板上方用圆材架起屋顶，圆材上覆盖着树皮或绿草皮，这样他们一家家人就能在这些干燥而暖和的屋子里住上两年、三年、四年；不言而喻，这些地窖按照家庭人数的多少分成一个个隔间。在殖民地的初期，新英格兰的富人和显要就是以这种方式开建了他们最初的住房，其中有两个原因：一是为了不把时间浪费在建房上，也使下一个季节不至于缺少食品；二是为了不让他们从故国带来的众多贫穷劳工丧失信心。在三四年的时间里，这个地区已经适应了农业生产，他们便花费几千美元，给自己盖起了漂亮的房屋。"[1]

我们的祖先所采取的这一做法，至少表现出了一种审慎，好像他们的原则是首先要满足更为迫切的需要。可是，那些更为迫切的需要现在得到满足了吗？当我想起要为自己建造一座豪华的住宅时，我又望而却步了，因为这个地区可以说尚未适应**人类**文化，我们仍然不得不把我们的**精神**面包切得很薄，比我们的祖先把他们的全麦面包切得薄得多。即使在最原始的时代，也并非要忽视建筑上的一切装饰；不过，还是让我们的房屋从一开始就是内在美的装饰，从与我们的生活息息相关的地方做起，就像贝类动物的栖息所一样，而不是外在美的堆砌。可是，天呀！我曾走进一两幢房子，知道它

---

[1] 引自埃德蒙·贝利·奥卡拉汉的《纽约州志》(1851)。

们内部是如何装饰的。

虽然我们没有退化到今天可能还需要住山洞、棚屋，或穿兽皮，但是对于人类的发明和工业所提供的种种好处，纵使是用高昂的代价换来的，当然还是接受为好。在这样一个住宅区，木板和木瓦、石灰和砖头都比较便宜，而且比起适宜的山洞、整根的原木、大量的树皮，甚至回火的黏土及平整的石块来，也更容易获得。我在这个话题上倒是有发言权的，因为我无论在理论上还是在实践上都熟谙此事。只需略增加点智慧，我们便可以应用这些材料，从而变得比如今最富有的人还富有，并使我们的文明成为上帝的赐福。文明人就是一种更有经验、更加聪明的野蛮人。不过还是让我赶快来谈谈我自己的试验吧。

一八四五年临近三月底，我借来一把斧头，走进瓦尔登湖畔的森林，来到最靠近我打算建房的地方，动手砍伐一些高大挺拔、仍然处于茂盛期的白松，用来作木料。要是不借点东西是很难开工的，不过这也许是最豪爽的做法，可以让你的同胞对你的事业产生兴趣。斧头的主人撒手借给我时，说那是他的宝贝；不过我还回去的时候，斧头比我借的时候还要锋利。我干活的地方是一片令人适意的山坡，遍地长着松树，透过松树可以望见瓦尔登湖和林中的一小片开阔地，那里的松树和山核桃树长势茂盛。湖里的冰尚未消融，不过有几处已经开冻，黑黝黝地渗着水。我在那儿干活的几天里，还下过几场小雪；但是我出了树林来到铁路上往家走时，在大半路程里，路边的黄沙堆一直向前延伸，在雾蒙蒙的氛围中微微泛光，而铁轨则在春天的阳光下闪闪发亮，我还听见云雀、美洲小鹩以及别的鸟儿已

一八四五年临近三月底，我借来一把斧头，走进瓦尔登湖畔的森林，来到最靠近我打算建房的地方，动手砍伐一些高大挺拔、仍然处于茂盛期的白松，用来作木料。

**美洲小鹟**

美洲小鹟（Pewee），学名 *Sayornis phoebe*，霸鹟科长尾霸鹟属动物。全名灰胸长尾霸鹟，也叫东菲比霸鹟，分布于北美洲东部，会迁徙至美国最南端和中美洲过冬。
春天来临，它们如时钟般准时回归，当你在三月中旬第一次听到它的叫声时，你就知道春天来了。

经来和我们迎接新的一年了。这是令人愉快的春日，在这些日子里，不仅冰冻的大地，而且还有人们不满的冬天[①]，都在冰消冻释，蛰伏的生命开始舒展了。一天，我的斧柄脱落了，我便砍下一截青绿色的山核桃木做楔子，用石头把它敲了进去，再把斧子整个浸在湖的小水湾里，让楔子膨胀，这时我看见一条带条纹的蛇游进水中，伏在湖底，显然没有觉得受到什么惊扰，我在那儿待了多久，它就伏在湖底多久，或许不止一刻钟；这也许因为它尚未从蛰伏状态完全解脱出来。在我看来，由于类似的原因，人们仍然处于目前这种低级而又原始的状态之中；但如果人们能感到春天的萌动在唤醒他们的话，那他们必然会上升到一种更崇高、更缥缈的生活中去。我曾在霜冻的清晨，在路上见到几条蛇，身体的某些部分仍然是麻木而僵硬的，等着太阳来给它们解冻。四月一日下了雨，冰融化了，那天早上浓雾笼罩，我听见一只离群的鹅，在湖上四处摸索，发出呱呱的叫声，好像迷了路一样，或者像是雾的精灵。

接连好几天，我继续伐木，砍削木料，也砍削立柱和椽子，全

---

① "人们不满的冬天"，出自莎士比亚的戏剧《理查三世》第一幕第一场第一行。

用的是我那把窄斧头,心中没有多少值得交流的或学术性的思想,我便对自己唱道——

  人们自诩他们见多识广,
  瞧!他们全都架起了翅膀,
  什么科学与艺术,
  还有上千种器具;
  只有那风吹个不歇,
  才是人所知晓的一切。

  我把主要的木料砍成六英寸见方,大多数立柱只砍两边,橡子和地板木料只砍一边,其余各边则留着树皮,这样一来,这些木料就像锯出来的木料一样直,而且坚固得多。每根木料上都仔细地凿出了榫眼,在根茬处劈出了榫头,因为这时我已借到了别的工具。我白天在树林里待的时间不是很长;不过我通常把面包黄油带去做午餐,中午就坐在我砍掉的绿松树枝当中,阅读那包着面包黄油的报纸,我的面包就给沾上了松树枝的芳香,因为我的双手覆盖着一层厚厚的松脂。我还没收工,松树就成了我的朋友,而不是敌人,尽管我已经砍伐了几棵,我却跟它们更熟悉了。有时林中的漫游者被我斧子的砍伐声吸引过来,于是我们就会面对着我砍下的碎木屑愉快地聊上一阵。

  我的活计不是赶得很急,而只想尽量做细一点,到了四月中旬,房子的框架做好了,就等着竖立起来。我已经买下了詹姆斯·柯林斯的棚屋,他是个爱尔兰人,在菲奇堡铁路上工作,我买他的房子是为了用他的木板。詹姆斯·柯林斯的棚屋被认为好得不得了。我去看房子的时候,他不在家。我在外面走动,起初屋里的人没有注意我,因为窗子又深又高。棚屋面积不大,屋顶是尖的,此外没有多少东西可看的,四周的尘土足有五英尺高,简直是个肥料堆。屋顶是最完好的部分,尽管被太阳晒得严重变形,脆弱不堪。没有门槛,门板下面则是母鸡的常年通道。柯太太来到门口,要我进去看看。我一走近,把母鸡也赶了进去。屋里很暗,大多是泥土地面,阴冷潮湿,让人打寒战,木板东一块西一块,经不起搬动。她点着灯,让我看内部的屋顶和墙壁,还有延伸到床下的木地板,提醒我不要踏进地窖——一个两英尺深的土坑。用她的话来说,"头顶上是蛮好的木板,四周全是蛮好的木板,还有一个蛮好的窗户"——窗户原先是两个完整的方洞,近来只有猫打那儿进出了。屋里有一个炉子,一张床,一个坐的地方,一个在这间屋里出生的婴儿,一把丝绸阳伞,一面镀金框的镜子,还有一台钉在一根橡木杆上的崭新别致的咖啡豆研磨机,总共就是这些。交易很快就谈妥了,因为詹姆斯这时已经回来了。我当晚要支付四美元二十五美分,而他则在明早五点把房子腾出来,在此期间不得卖给他人:我在六点钟来接收。他说我最好早点去,免得有人在地租和燃料上提出些不明不白而又绝对不合理的要求。他向我担保,这是唯一的障碍。六点钟,我在路上碰见了他和他的家人。一个大包袱把他们所有的家当全打包进去了——床、咖啡豆研磨机、镜子和母鸡——就是没见那只猫;它跑进树林里,成了一只野猫,后来我又听说,它踩上了一个捕捉土拨鼠的夹子,最终成了一只死猫。

当天上午,我把这座房子拆掉,拔去钉子,用小推车把木板运到湖边，摆在草地上，让阳光将其重新晒白扭正。我推着车子走过林中小路时，一只早起的画眉给我送来了一两支小曲。一个年轻的爱尔兰人诡秘地告诉我，在我推车的过程中，爱尔兰人邻居把那些还凑合的、比较直的、可以敲进去的圆钉、马钉和长钉，全都装进了自己的口袋，等我一回来，他就站在一旁跟我寒暄起来，兴致勃勃，满面春风，对这一片狼藉毫不以为意；如他所言，他没有多少活计可做。他要在那里代表观众，使这个貌似无足轻重的事件，能与盗走特洛伊神像①等量齐观。

我在一个朝南的山坡上，在土拨鼠打过洞的地方挖我的地窖，刨出漆树和黑刺梅的根，清除了植被在土壤深处的残留物，地窖六英尺见方，七英尺深，都挖到细沙土了，即便冬天再冷，土豆也不会冻坏。地窖四边是逐渐倾斜的，没有用石头砌住；不过，由于永远晒不到太阳，所以沙子也不会滑落。这只不过是两个小时的活。我特别喜欢这番掘土，因为在几乎所有的纬度地区，人们往地下挖掘，都可找到气温很少变化的地方。在城市里最豪华的房屋下面，仍然可以找到地下室，他们的块根照旧储藏在那里，而且在上层建筑消失了很久以后，子孙后代仍能看到它在泥土中的凹坑。房屋仍然只不过是洞穴入口处的一种门廊而已。

终于在五月初，我在几个熟人的帮助下，把房子的框架竖立了起来，之所以要请人帮忙，与其说是出于需要，不如说是为了利用这样一个大好时机来增强邻里情谊。能请人帮忙把框架竖立起来，

---

① 可能指希腊人盗走保存在特洛伊神庙中的雅典娜神像。据神话故事，只要特洛伊神庙中还保存着雅典娜的神像，希腊人便无法攻克特洛伊。

**美国《独立宣言》起草现场，约翰·特朗布尔19世纪插图**

1776年7月4日，北美独立军主导的大陆会议在费城正式通过《独立宣言》（Declaration of Independence），每年的7月4日成为美国独立日。
1845年7月4日，梭罗搬入他在瓦尔登湖畔的小屋，迎来他生命中的"独立日"。

感到最荣幸的莫过于我了。我相信，有朝一日他们定会帮忙竖立起更高的建筑。七月四日，房子一铺好地板，盖好屋顶，我就搬了进去，因为木板的边缘已被仔细地削薄，一块搭接一块，这样也就绝对不会漏雨，不过在铺地板之前，我已在屋子的一端为烟囱打好了基础，用双手将两手推车的石头从湖边运上山。秋天锄完地之后，我便把烟囱砌了起来，这还没到必须生火取暖的时候，与此同时我总是一大清早在户外地上烧饭：如今我仍然认为，就某些方面而言，这种烧饭方式要比通常的方式来得更方便，也更惬意。逢上下大雨，而我的面包还没有烤好，我就拿几块木板架在火堆上，自己坐在下面看着面包，以此度过愉快的几个小时。在那些日子里，我手里的活计很多，因而很少读书，然而散落在地上的几张小纸片，我的布衬垫或桌布，都给我提供了同样多的乐趣，其实达到了像阅读《伊利亚特》[①]一样的目的。

我盖房子还是值得搞得更周密一些，比如说，考虑一道门、一

---

[①] 《伊利亚特》，古希腊诗人荷马所著的史诗，讲述特洛伊战争的故事。

**牛鹂**

牛鹂（Cowbird），学名 *Molothrus*，分布于北美洲的温带和亚热带地区的是褐头牛鹂。牛鹂是一种巢寄生鸟类，会将卵产在其他鸟的巢中，由其他鸟代为孵化和育雏。它还会"暴打"那些发现并破坏牛鹂卵的鸟类，甚至破坏其他鸟的巢穴，打坏它们的蛋，促使它们"从头再来"，再生一窝蛋，以便自己能再次寄生。

扇窗、一个地窖、一间阁楼按照人的天性该有怎样的根基，也许在我们找到比世俗的需要更好的理由之前，决不去建造什么上层建筑。人建造自己的房屋，与鸟儿筑巢一样合情合理。如果人们用自己的双手建起了自己的住房，并且简朴而诚实地为自己和家人提供了食物，那么谁晓得诗性的天赋会不会得到充分的发掘，就像鸟儿在同样情况下到处歌唱一样呢？可是，唉！我们还就喜欢牛鹂和布谷鸟，它们把蛋下在别的鸟儿筑的巢里，而且叽叽喳喳的、不悦耳的叫声决不会让旅人为之振奋。难道我们要永远把建房的乐趣拱手交给木匠吗？建筑在大多数人的经验中算是什么呢？我在一次次的散步中，从未遇见哪个人从事像建造自己的房屋这么简单而又自然的职业。我们都是社会的成员。成为九分之一个人的，并非仅仅是裁缝①；传道士、商人和农夫也同样如此。这种劳动分工到何时才是个头？它最终服务于什么目的？毫无疑问，别人也**可以**替我思考；但是这并非说他替我思考就把我替自己思考排除在外，那当然也就不可取了。

---

① 英语有句古谚语说："九个裁缝方抵一汉。"

**布谷鸟**

布谷鸟（Cuckoo），学名 *Cuculus*，杜鹃科杜鹃属动物。

由于巢寄生行为，布谷鸟常被用来比喻不忠于配偶或伴侣的人。不过有时，它们也不失为一种讨喜的形象，在描写恬静田园风光的莎士比亚《春之歌》中，布谷鸟多次出场。在中国，布谷鸟也称杜鹃、子规、杜宇等，它被视作"春之使者"，象征爱情与忠贞，与悲伤、哀怨、不祥等含义。

---

的确，这个国家是有所谓的建筑师，至少我就听说过这样一位，他抱有一个想法，要使建筑装饰拥有一个真理的内核，一种必要性，继而是一种美，仿佛这是上天对他的启示。[①] 从他的观点来看，也许一切都挺好，但他比普通的业余爱好者高明不了多少。他是建筑上的一位感情用事的改革家，他的改革是从飞檐上着手，而不是从地基上着手。那只不过是如何用装饰物把真理的内核包装起来，以便使每一个球形小糖果里，确实含有一粒杏仁或葛缕子籽——尽管我认为，没有包糖的杏仁最有益于健康——那并不是要让居民，也就是住在里面的人，能够真正把屋里屋外建好，而装饰则听其自然。哪个通情达理的人会认为，装饰是外在之物，仅仅加在表皮上——认为乌龟壳上之所以有斑点，贝类之所以有珍珠母的色泽，仍是像

---

① 指格里诺（1805—1852），美国新古典派雕塑家，主张建筑装饰注重功能。

百老汇的住户一样,是通过签订这样一份合同,而得到三一教堂①的呢?但一个人与他房子的建筑风格没有什么关系,就像乌龟与它外壳上的风格没有什么关系一样;士兵也不必无聊地试图把他的美德的确切**颜色**涂在他的军旗上。②敌人会搞清楚的。考验临头的时候,他会吓得脸色煞白。在我看来,这位建筑师好像趴在飞檐上,胆怯地把他那半真半假的话,悄声说给屋里实际上比他更明白的粗野房主听。我现在见到的建筑之美,我知道那是由内向外逐渐发展起来的,是出自居住者的需求和个性,居住者是唯一的建筑者——出自某种无意识的纯真和高贵,而压根儿没有考虑到外表;而且不管要产生什么此类的附加之美,都会先有一种类似的无意识的生命之美。画家知道,本地最富有情趣的住所,通常是穷人的最朴实无华、最简陋的木棚和乡舍;它们是住户的外壳,正是住户的生活,而并非仅仅是其表面的任何奇特之处,才使得这些木棚和乡舍**美丽如画**;同样富有情趣的,是市民的郊外小屋,他们的生活就像那小屋一样简朴,如想象中一样惬意,而且也很少刻意追求住宅风格上的影响。建筑上的大部分装饰,实际上是虚有其表,九月的一阵大风就会将其一扫而光,就像吹走借来的羽毛③一样,并不伤害其实质。地窖中没有橄榄和美酒的人,不讲究建筑式样也过得去。倘若人们在文学

---

① 三一教堂,由理查德·厄普约翰(1802—1878)在纽约市建造的著名哥特复兴式教堂。
② 按中世纪标准,不同颜色代表不同美德,如白色代表纯洁,红色代表忠诚等。
③ 引自松鸦向孔雀借羽毛的寓言,暗指不属于本人的荣誉。

风格的装饰上同样煞费心机，而我们的《圣经》建筑师也在飞檐上花费了跟我们的教堂建筑师同样多的时间，那会怎么样呢？Belles-lettres①，beaux-arts②，及其教授们，就是如此造就出来的。是呀，让人绞尽脑汁的，是几根木棍究竟应该斜放在他上方，还是斜放在他下方，他的箱子应该涂上什么颜色。如果是**他**认真地把木棍放好了，给箱子涂上了颜色，那还是有一定意义的；但若是居住者徒有虚壳而失去了精神，那就与给自己做棺材一般无二了——也就是坟墓建筑学，而"木匠"只不过成了"棺材匠"的代名词。有一个人在对生活感到绝望或麻木不仁时说，捧起脚下的一把泥土，把你的房屋涂成那个颜色吧。难道他想起了他最终的斗室③吗？那就掷枚铜币来决定吧。他一定有的是闲工夫！你为什么要捧起一把泥土呢？最好把你的房屋涂成你自己的肤色；让房子替你变白或发红。这是一项改进乡舍风格的创举！等你给我准备好了装饰物，我就会佩戴起来。

冬天到来之前，我造好了烟囱，我的房子本来就不漏雨，我又给四壁贴上墙面板。这些墙面板是用原木上砍下来的第一层木料做成，粗糙不平，还有很多树液，我不得不用刨子把边沿刨平。

这样一来，我就拥有了一座贴上墙面板、抹上灰泥的严实房子，十五英尺长，十英尺宽，立柱八英尺高，加上一间阁楼，一个壁橱，每一边都有个大窗子，还有两个活动天窗，每一端各有一扇门，对面是一个砖砌的壁炉。下面就是我的房子的精确造价，支付的只是

---

① 法语，意为纯文学。
② 法语，意为美艺术。
③ 意指他的坟墓。

我所用材料的通常价钱，不过并没把人工费计算在内，因为全是我自己完成的；我之所以把细节列出来，是因为很少有人能准确地说出自己房子的造价是多少，而能分门别类地说出各种造房材料价格的人，那就更微乎其微了——

| | |
|---|---|
| 木板 | 8.035美元 |
| | （大多是从棚屋拆下的旧木板） |
| 屋顶和墙壁用的废旧木板 | 4.00美元 |
| 板条 | 1.25美元 |
| 两扇装有玻璃的旧窗 | 2.43美元 |
| 一千块旧砖 | 4.00美元 |
| 两桶石灰 | 2.40美元（买贵了） |
| 毛发① | 0.31美元（买多了） |
| 壁炉铁条 | 0.15美元 |
| 钉子 | 3.90美元 |
| 铰链和螺丝钉 | 0.14美元 |
| 门闩 | 0.10美元 |
| 粉笔 | 0.01美元 |
| 搬运费 | 1.40美元（大部分我自己背负） |
| 共计 | 28.125美元 |

---

① 通常指马毛，用作黏合剂掺入抹灰，可提高其强度。

这就是全部材料，木料、石头和沙子除外，因为根据擅自占地者①的权益，我是有权取用这几样材料的。我还在附近盖了个小柴棚，主要是用盖房剩下的材料盖成的。

我还打算为自己建一座比康科德大街上任何一座房子都要豪华和气派的房子，只要它同样令我感到适意，而且费用不超过我现在这座。

于是我发现，本想找个地方住宿的学生，却能用不超过他现在每年支付租金的钱，而获得一个终生的住所。如果我似乎有些言过其实的话，那我也有个开脱的理由：我是在为人类，而不是为我自己夸耀；我的诸般缺点和前后矛盾之处并不妨碍我言词的真实性。尽管有不少言不由衷和矫饰之词——就像难以从我的麦子中分离出去的秕糠，对此我像任何人一样感到抱歉——在这件事上，我还将自由呼吸，挺直腰板，这对心灵体系和生理体系都是一种缓解；我已下定决心，决不恭恭谨谨地成为魔鬼的代言人②。我要尽力说出真相。在剑桥学院③，一个学生的寝室只比我的住房略大一点，单是房租就是每年三十美元，而房产公司可在一个屋檐下并排建造三十二间房屋，从中大肆盈利，可居住者却要忍受众多嘈杂邻居之不便，或许还要住在四层。我情不自禁地想到，假若我们在这些方面确有

---

① 在美国的边疆地区，居住者可以靠宣布所占土地为己有的权利来开发。其实，梭罗在瓦尔登湖畔寄居，并非真正意义上的"擅自占地者"，因为他事先得到了爱默生的许可。
② 指授命于罗马天主教会来揭露圣徒缺陷的职员。
③ 剑桥学院，位于马萨诸塞州剑桥市的哈佛学院，是哈佛大学唯一的本科生学院，梭罗于1837年毕业于该学院。

真知灼见的话，那就不需要接受那么多的教育，因为毋庸置疑也早该获得了更多的教育，而且为受教育而付出的经费开支也可大幅节省。在剑桥或其他院校，学生为所需的那些便利，自己或他人要付出巨大的生命代价，这种代价是双方处理得当的情况下所需花费的十倍。需要花最多的钱去买的东西，从来就不是学生最需要的东西。例如，学费是费用清单中颇为重要的一项，而学生通过与最有教养的同时代人交往获得了远远更有价值的教育，可却不收费。创建一所学院，其方式通常是筹集不限额度的捐赠款，然后又盲目地将劳动分工的原则推向极致——其实，这本该是一条除非从慎而为，否则切勿恪守不怠的原则——那就是请来一位承包商，承包商又把这件事当成了投机买卖，于是便雇佣爱尔兰人或别的技工当真打起地基来，与此同时，将来的学生据说要使自己适应这样的机制；为了这样的疏忽失职，一代接一代的学生都得为之付出代价。我认为，如果让学生或那些希望从中获益的人自己来打地基，那就会更**好**。学生通过处心积虑地逃避人类所必需从事的任何劳动，获得了他所渴望的闲暇和清静，但那只不过是一种卑鄙无益的闲暇，因为这使他失去了唯一能使闲暇结出成果的经验。"不过，"有人会说，"你的意思不是说学生应该用双手而不是用头脑去工作吧？"我并没有这个意思，不过我的意思可能跟他的想法差不多；我的意思是说，他们不该拿人生当**儿戏**，或者仅仅**研究**人生，而让公众在这昂贵的游戏中供养他们，他们应该自始至终认认真真地生活。青年人除了立即尝试生活实践，还能怎样更好地学会生活呢？在我看来，这既会教他们学习数学，也训练他们的大脑。比如，我若是希望一个孩子了解点科学艺术方面的知识，我就不会采取通常的途径，即只不过把他送到某个教师那里，他那儿什么都教，什么都练，就是不教不练生活的艺术；让他用望远镜或显微镜来观察世界，可就是不用肉眼去观察；让他研究化学，却不懂得面包是怎么制成的，或者让他研究力学，却不研究力学的原理；让他发现海王星的新卫星，却发现不了他自己眼里的尘埃，或者他本人是什么流浪汉的"卫星"；或者在他目不转睛地盯着一滴醋里的怪物时，却被成群出没在他周围的怪物吞噬。到了月底，哪一个孩子的进步会更大些——是那个用他采掘并熔炼的矿石做成了折刀，并为此阅读了大量必要资料的孩子——还是那个与此同时在学院里上冶金课，并从他父亲手里接过一把罗杰斯牌折刀①的孩子？哪一位更容易割破自己的手指？……令我吃惊的是，我离开大学时被告知，我学过航海了！嗨，倘若我在港口兜上一圈，我定会掌握更多的航海知识。甚至连**穷**学生也学习，并且只教给他**政治**经济学，而与哲学同义的生活经济学，在我们的大学里却未曾认真教授过。其结果是，虽然他在阅读亚当·斯密、李嘉图和萨伊②的著作，他却让他父亲陷入了无法摆脱的债务。

跟大学的情况一样，许许多多的"现代进步"也是如此；人们对它们抱有幻想；而它们又并非总是确有进步。魔鬼早就拥有了股份，后来又有不计其数的后续投资，接着便持续不断地攫取复利。

---

① 约瑟夫·罗杰斯，英国刀具制造人。
② 亚当·斯密（1723—1790），苏格兰经济学家，著有《国富论》等作品。李嘉图（1772—1823），英国古典经济学家，主要著作包括《政治经济学及赋税原理》。萨伊（1767—1832），法国经济学家，主要著作为《政治经济学概论》。

我们的发明往往只是一些漂亮的玩具,分散了我们对正经事情的注意力。它们只不过是改进了的手段,用于未经改进的目标,这样的目标早就是极其容易达到的;就像铁路通向波士顿或纽约一样。我们急急忙忙地要建造一条从缅因州到得克萨斯州的磁力电报线路;但也许缅因州和得克萨斯州并没有什么重要消息可传送。就像一个男人急于被介绍给一位失聪的著名女士,两人都处于尴尬的境地,等男方给做了介绍,女方号角状助听器的一端也放在了他手上,这时他却无话可说了。仿佛主要目的就是说话要快,而不是言之有理。我们急于想在大西洋底下挖掘隧道,让旧世界和新世界拉近几个星期;但说不定泄露出来传给美国人的招风耳的头一条消息,是阿德莱德公主①患有百日咳。毕竟,骑着马一分钟跑一英里的人,并不会送来最重要的消息;他不是福音传教士,也不是吃着蝗虫和野蜜而来的。②我怀疑,飞马奇尔德斯③是否曾把一配克的玉米带到磨坊去。

有人对我说:"我感到纳闷,你怎么不攒钱;你喜欢旅游;你今天可以乘车去菲奇堡④,看看乡村风景。"不过我可没有那么傻。我晓得最快的旅行者是步行者。我对我的朋友说,让我们比试一下,看谁先到达。距离是三十英里;车费是九十美分。这几乎是一天的工资。我记得,就是在这条马路上,工人一天的工资是六十美分。好吧,我这就迈步出发,天黑以前便可到达;一个星期以来,我都是

---

① 阿德莱德公主(1792—1849),英王威廉四世的王后。
② 据《圣经·新约·马太福音》第三章第四节,施洗者约翰在传道的时候,"身穿骆驼毛的衣服,腰束皮带,吃的是蝗虫、野蜜"。
③ 飞马奇尔德斯,18世纪英国著名的纯血马,比赛用马。
④ 菲奇堡,康科德西边的小镇。

以这个速度行走的。与此同时，你会挣到你的车费，在明天某个时候到达那里，或者可能是今晚到达，如果你能幸运地及早找到工作的话。不过你不是去菲奇堡，而是要花大半天时间在这里干活。因此，如果铁路能通往世界各地，我想我应该走在你前头；至于看看乡村风光，获得这一类的阅历，那我只好与你完全断绝来往了。

这就是谁也无法超脱的普遍法则，至于说到铁路，那我们也可以说横竖都一样。要建造一条供全人类使用的环球铁路，就相当于要筑平这个星球的整个表面。人们有一种模糊的观念，认为只要他们坚持合资经营，不停地用铁锹挖掘，持续到足够长的时间，都会最终乘车到达某个地方，几乎不用花多少时间，也不用花多少钱；可是，尽管成群结队的人奔向车站，列车员大声喊道："大家都上车！"这时，烟被吹散，蒸汽凝结，这才发现只有少数人爬上了车，其余的人被碾过去——这将被称为，而且就是"一起可悲的事故"。毫无疑问，那些挣到车费的人，最终还是能够乘上火车的，也就是说，他们若是能活那么久的话，不过到那时他们也许早就失去了旅游的兴致和欲望。把人生的最好时光花费在赚钱上，以便在人生最没有价值的时光里享受一种值得怀疑的自由，这使我想起了那个英国人，他先要跑到印度赚一大笔钱，为的是回到英国过诗人的生活。其实他当初不如直接登上阁楼去写诗。"什么！"上百万个爱尔兰人从遍布全国的棚屋里冒出来，大声喊道，"难道我们建造的这条铁路不好吗？""是的，"我回答说，"还是**比较**好的，也就是说，你们或许可能做得更糟糕；不过，因为你们是我的兄弟，我希望你们把时光花在比挖掘泥土更有意义的事情上。"

还没建好房子之前，我便想通过某种诚实而惬意的方式，挣到十到十二美元，以便应付我的额外开销，于是我便在房子附近大约两英亩半的松软沙土地里，主要种上了豆子，但也有少量的土豆、玉米、豌豆和萝卜。整块地有十一英亩，大部分长着松树和山核桃树，上个季节每英亩卖到八美元零八美分。有一个农夫说，这里"毫无价值，只能养一些吱吱叫的松鼠"。我在这块地上没施任何肥料，因为我不是土地的主人，而只是一个擅自占有者，再说我也不期待再种这么多地，也就没有一次把地整完。我犁地的时候，挖出了几考得①的树墩，给我提供了够烧很长时间的燃料，还留下了一小圈一小圈未开垦过的松软沃土，夏天很容易辨认出来，因为那里的豆子长得格外茂盛。在我房后的那些死掉了而且大多没有销路的树木，以及从湖里捞上来的漂浮木，为我提供了其余的燃料。我不得不雇了一头牲口和犁，还有一个帮工来犁地，尽管扶犁的是我本人。我第一季度用在购买工具、种子和付工钱等方面的农场开支，是十四点七二五美元。玉米种子是别人送给我的。这方面花的钱微不足道，除非你种得过多。我收获了十二蒲式耳②的豆子，十八蒲式耳的土豆，此外还有些豌豆和甜玉米。黄玉米和萝卜种得太晚，没有什么收成。我农场的全部收入为：

|  | 23.44 美元 |
| --- | --- |
| 扣除支出 | 14.725 美元 |
| 结余 | 8.715 美元 |

---

① 考得，木材堆的体积单位，每考得为 128 立方英尺，约为 3.62 立方米。
② 英制 1 蒲式耳约为 36.37 升，美制 1 蒲式耳约为 35.24 升。

我做这番估价时，有些产品已经消费掉了，手头上还有价值四点五美元的产品——用这笔款项来抵消我没种植的一点草，还是绰绰有余的。通盘考虑下来，也就是说，考虑到人的灵魂和现时的重要性，尽管我做实验所占的时间很短，不，在一定意义上还正因为这种实验本来就不费什么功夫，因而我相信，我那一年的收成可比康科德的任何一位农夫都好。

第二年我的收成还要好，因为我把自己所需要的地，大约三分之一英亩，全都翻好了，而且我丝毫没有被众多的农业名著（其中包括阿瑟·扬[①]的著作）所吓倒，而是从两年的经验中意识到，如果一个人想过简朴的生活，只吃自己种植的庄稼，而且只种植够他吃的，并不想用之换取数量不足的较为奢侈、较为昂贵的东西，那他只需耕种几平方杆[②]的土地，而且用锹来挖比用牛来犁来得便宜，时不时地选择一块新地也比给旧地施肥来得便宜，到了夏天的闲暇时刻，好像用左手就能做完一切必须做的农活；这样一来，他就不会像眼下这样把自己与一头公牛、一匹马、一头母牛、一头猪束缚在一起。在这一点上，我想出言不带偏见，就像是一个对当今的经济社会体制之成败了无兴趣的人一样。我比康科德的任何农夫都更具独立性，因为我没有把自己束缚在一幢房屋、一座农场上，而是可以按照自己的天赋意向行事，而我的天赋意向又总是时刻变幻无常。我不仅比他们生活优裕，假若我的房子被烧掉，或庄稼歉收，我的生活还可以几乎像以前一样优裕。

---

[①] 阿瑟·扬（1741—1820），英国农业经济学家，著有《农业经济学》。
[②] 1 杆约为 5.029 米，1 平方杆约为 25.29 平方米。

我常想，与其说人是牲畜的饲养者，不如说牲畜是人的饲养者，牲畜比人自由得多。人和牛换了工；但如果只考虑必要的活计，那就会发现牛拥有巨大的优势，它们的农场要大得多。人在六个星期的割草翻晒过程中，完成了他那换工后的部分活计，这可绝非轻而易举之事。当然，没有哪个在各方面都过着简朴生活的国度，也就是说，没有哪个由哲人构成的国度，会利用牲畜的劳动，犯下莫大的错误。的确，以前从未有过一个由哲人构成的国度，以后也不大可能很快就出现一个，即便出现一个，也未必一定就是好事。然而，**我**可永远也不会驯服一匹马或一头牛，饲养它为我做什么活，唯恐我由此而变成一个十足的马夫或牧人；如果社会因为这样做而似乎有所获益的话，那我们是否能确信，一个人的收益就是另一个人的损失，马夫就跟他的主人有同样的理由感到满足呢？即使某些公共工程没有畜力相助也能建成，那就让人与牛马来共享这一荣光吧；是否可以由此断定，在这种情况下，人就无法完成与他自己更相配的工作了？当人在牛马的帮助下，着手做些非但不必要或装点性的工作，而且是些奢侈无聊的工作，那不可避免的是，有一些人完全是与牛马换工，换句话说，他们变成了最强大者的奴隶。这样一来，人不但为他体内的畜生而效力，而且作为这方面的一个象征，他还为他身外的畜生而卖命。尽管我们有许多用砖石盖成的坚实房屋，但是一个农夫的兴旺昌盛，仍然要看其牲口棚令其住房黯然失色的程度而定。这个镇子据说拥有这一带最大的牛棚和马房，而在公共建筑方面也不落后；但在这个国家，可供自由敬神和自由言论的厅堂却为数极少。一个国家不应该寻求把建筑用作自己的纪念物，可为什么甚至不拿其抽象思维的能力用作自己的纪念物呢？比起东方的所有废墟，《薄伽梵歌》①是多么更加令人赞叹不已啊！塔楼和庙宇是帝王的奢侈品。思想简朴而又独立的人，并不遵照帝王之命去劳作。天才并不是任何帝王的仆从，而造就天才的材料也并非银子、金子或大理石，充其量只有微不足道的一点点成分。请问：敲打出这么多石头究竟为何目的？我在阿卡狄亚②的时候，并没看见有谁在敲打石头。有些国家怀着疯狂的野心，想借助他们所留下的敲打出来的石头的数量，来使自己永垂不朽。假如他们同样不遗余力地改善自己的举止，使之温文尔雅，那又会怎么样呢？一个真知灼见，要比像月亮一样高耸入云的纪念碑更加令人难忘。我更喜欢看见石头适得其所。底比斯③的壮丽是一种庸俗的壮丽。它那一百座城门已经远远偏离了生活的真正目的，还不如环绕着一个诚实人的田地的一杆宽的石头墙来得合理些。那些野蛮而又信奉异教的宗教和文明，建造了富丽堂皇的庙宇，但你所能称之为基督教的却没有这样做。一个国家所敲打的石头，大多数只是奔向了坟墓。它们把自己活埋了。至于金字塔，它们本身毫无可惊叹之处，值得惊叹的倒是这个事实：居然有这么多人如此下贱，把自己的生命耗费在给某个野心勃勃的笨蛋建造坟墓上，对于这样的笨蛋，若是把他丢进尼罗河里淹死，然后把他的尸体扔给狗吃，那就会更明智，也更勇武。也许我可以为他们和那笨蛋找个借口，可我没有那个闲工夫。至于建筑

---

① 《薄伽梵歌》，印度教经典，收在印度史诗《摩诃婆罗多》中。
② 阿卡狄亚，古希腊的一个山区，世外桃源的代名词，作者只是在想象中到过那里。
③ 底比斯，埃及古城，以其城墙有一百座城门而著称。

者的宗教和艺术爱好，全世界大致都一样，不管建造的是埃及庙宇还是美国银行。成本总是高于效益。主要原因是虚荣心，加上对大蒜和黄油面包的喜爱。巴尔科姆先生是一位年轻有为的建筑师，他在他那本维特鲁威[①]著作的背后，用硬铅笔和直尺设计出了图案，把活计交给多布森父子采石公司去做。被鄙视了三千年的东西，现在开始受人景仰了。至于你们的高塔和纪念碑，这个镇里曾经有过一个疯子，他着手挖一个直通中国的地洞，而且已经挖得很深了，据他说，都听到中国的茶壶和水壶咕咕噜噜作响了；不过我想，我可不会不辞辛劳地去欣赏他所挖出的那个洞。许多人都在关注西方和东方的纪念碑——想知道都是谁建造的。就我而言，我倒想要知道，当年是谁没有建造纪念碑——是谁超然于这种琐事之上。不过，还是接着说我的统计吧。

在此期间，通过在村里做勘测、木工和各种各样别的日工——因为我的手艺像手指一样多，我挣了十三点三四美元。尽管我在那里住了两年多，我做出这些估算所涵盖的时间，是从七月四日到翌年三月一日，不算我所种的土豆、一点青玉米和一些豌豆，也不考虑最后一天仍在手头的东西的价值，我八个月的伙食开销是：

| | |
|---|---|
| 大米 | 1.735 美元 |
| 糖浆 | 1.73 美元（一种最便宜的糖精） |
| 黑麦粉 | 1.0475 美元 |

---

[①] 维特鲁威，公元前 1 世纪的古罗马建筑师，所著《建筑十书》系古典建筑之经典作品。

| | |
|---|---|
| 玉米粉 | 0.9975 美元（比黑麦便宜） |
| 猪肉 | 0.22 美元 |
| 面粉 | 0.88 美元（比玉米粉价钱贵，而且还麻烦） |
| 糖 | 0.80 美元 |
| 猪油 | 0.65 美元 |
| 苹果 | 0.25 美元 |
| 苹果干 | 0.22 美元 |
| 甘薯 | 0.10 美元 |
| 一只南瓜 | 0.06 美元 |
| 一只西瓜 | 0.02 美元 |
| 盐 | 0.03 美元 |

其中，从面粉到盐各项，全是失败的试验。

是的，我总共吃掉八点七四美元；不过，如果我不知道我的大多数读者也会跟我一样觉得有罪，而且他们的所作所为若是印刷出来也不见得比我雅观，那我也不会如此厚颜无耻地把我的罪过公之于众。第二年，我有时会捉几条鱼来当晚餐，有一次我甚至屠宰了一只糟蹋了我豆田的土拨鼠——就像鞑靼人所说，实现了它的转世——把它吞食了下去，在某种意义上是为了实验；不过，尽管土拨鼠有一股麝香味，却还是为我提供了一时的享受，可我又意识到，长期食用未必是桩好事，即便村里的屠夫似乎愿意帮你把土拨鼠收拾好。

在这期间,衣服和某些零星花销虽然微不足道,却也达到:

$$8.4075 \text{ 美元}$$

油和某些家用器皿　　2.00 美元

洗衣和缝补大多是拿到外面去做,而又不曾收到账单,除此而外的全部金钱支取列数如下——在这个地方的必要花费也就这么多了,可能还要多些:

| | |
|---|---|
| 房屋 | 28.125 美元 |
| 农场(一年) | 14.725 美元 |
| 食品(八个月) | 8.74 美元 |
| 衣服等(八个月) | 8.4075 美元 |
| 油等(八个月) | 2.00 美元 |
| 共计 | 61.9975 美元 |

现在我要针对我那些需要谋生的读者讲点情况。为了满足谋生的需要,我卖出的农产品的收益为:

| | |
|---|---|
| | 23.44 美元 |
| 打零工所得 | 13.34 美元 |
| 共计 | 36.78 美元 |

一方面,从开支总数中减去这些钱,还差二十五点二一七五美元——这几乎就是我用来启动的资金,也是预料中打算支出的费用;

**马齿苋**

马齿苋（Purslane），学名 *Portulaca oleracea*，原产于印度和伊朗一带，现已广泛分布于全世界温带和热带地区。

喜欢温暖湿润气候，适应性较强，耐旱亦耐涝，在丘陵和平地都可栽培。既可生吃亦可熟食，种植时病虫害少，生长快速。

马齿苋在希腊民间用于便秘和泌尿系统炎症的治疗。古罗马的老普林尼还建议人们佩戴马齿苋以驱邪。

另一方面，我除了因此而获得了闲暇、独立和健康之外，还得到一幢舒适的房子，我愿住多久就住多久。

这些统计数字，尽管看似信手拈来，因而不足为训，但由于具备某种完整性，也就具有一定的价值。凡是我所得到的，我无一遗漏地全记在账上。从上述估计可以看出，单是食品每周就花费我大约二十七美分的钱。此后将近两年的时间里，我吃的是黑麦、不发酵的玉米粉、土豆、大米、少量的咸肉、糖蜜和盐；我喝的是水。我十分喜爱印度的哲学，因此主要靠吃大米为生，这很适合我。为了应对某些惯于吹毛求疵之辈的责怪，我还是声明一下为好：要是我偶尔外出吃饭（我总会偶尔外出吃饭，相信将来还会有机会这样做），那会经常扰乱我的家务安排。但正如我已经说过的，外出吃饭是一种寻常之事，也就丝毫不会影响这样一份相对的报告单。

我从两年的经历中获悉，即使在这个纬度区，要获得人所必需的食品所造成的麻烦，真是少得令人难以置信；人可以采用跟动物一样简单的饮食，还能保持健康有力。我做过一顿令我满意的饭，在几个意义上令我满意，那仅仅是一盘马齿苋（*Portulaca oleracea*），从我的玉米地里采来的,煮熟了,加上盐。我之所以附上拉丁语学名,是因为其俗名之中含有美味之意。请问,一个通情达理的人,在和平时代,在平常的午间,除了足够数量的鲜嫩甜玉米,煮熟了再加上盐,还能希望再要什么呢?甚至我想来点小花样,也是顺从口味上的需求,而不是健康上的考虑。然而,人们却弄到这个地步:经常挨饿,不是由于缺乏必需品,而是由于缺乏奢侈品;我就认识一个善良的女士,她认为她儿子之所以丢了性命,是因为他养成了只喝水的习惯。

读者将会意识到,我是从经济学的角度,而不是从饮食学的角度,来处理这个问题的,一个人家里如果没有充足的食品储藏,是不会贸然尝试我的有节制的饮食的。

我起初是用纯玉米粉加盐制作面包,正宗的锄头玉米饼①,我是在户外的篝火前,用木瓦或建屋时锯下来的木料一端架着烤;不过这很容易把玉米饼熏黑,且带有一股松脂味。我也试用过面粉;但最终发现,还是黑麦和玉米粉混合起来最方便,也最好吃。在寒冷天气,接连烤上这样几块小面包,细心照料和翻动,就像埃及人照料和翻动孵化的鸡蛋一样,倒也颇有乐趣。这还真是让我鼓捣熟了的谷物成品,闻起来有一种像别的名贵果品一样的芳香,我用布把它们包起来,尽可能长久地把芳香保存住。我研究了古代不可或缺的面包制作工艺,请教了所能找到的权威,追溯到原始时代最初发明的未发酵的面包,当时人们从吃坚果、生肉的野蛮状态初次发展

---

① 锄头玉米饼,一种薄玉米饼,因原先将饼置于锄头上放入炉中烘烤而得名。

到吃这种温良精细的食品,我在研究中渐渐地读到了面团偶然发酸的事,据信这就让人懂得了发酵的过程,后来经历了各种各样的发酵,终于有了"优质、美味、健康的面包",生命的支柱。酵母,有人视之为面包的灵魂,是充满面包细胞组织的 spiritus①,像女灶神维斯塔的圣火②一样被虔诚地保存了下来——我想有几瓶珍贵的酵母,起初由"五月花"号③运进来,为美国解决了难题,而其影响仍然在上升、膨胀、扩展,在大地上掀起了谷物的波涛④——我总是定期而又虔诚地跑到村里去取这种酵母,直至一天上午我忘记了规矩,用开水烫坏了我的酵母;通过这起事故,我发现就连这酵母也不是不可或缺的——要知道我的发现不是通过综合法,而是通过分析法——从此以后我便欣然不再用酵母了,尽管大多数家庭主妇都一本正经地断定,不用酵母就不可能做出安全而健康的面包,而年长的人则预言,生命的活力将迅速衰竭。然而我发现,酵母并不是一种必不可少的原料,我有一年没用它,却还仍然活在世上;我感到高兴的是,我已经从口袋里放一瓶子酵母的烦琐小事中解脱出来,省得它有时砰的一声炸开,里面的东西撒了出来,搞得我好生

---

① 拉丁文,意为精灵。
② 古罗马神话中,女神维斯塔掌管炉火,相当于中国传统神话中的灶神。她的神庙中燃烧着永不熄灭的圣火,由6位处女祭司轮流守卫,以保护火焰不熄。
③ "五月花"号,1620年英国清教徒去北美殖民地时所乘坐的船。
④ 谷物的波涛,在英语中,cerealian(谷物的)与 cerulean(蔚蓝的)谐音,因而被视为双关语:看上去是"谷物的波涛",听上去又像"蔚蓝的波涛"。

**"五月花"号**

1620年9月,一批英国清教徒搭乘"五月花"号三桅帆船,自英国普利茅斯启航,于11月到达美国马萨诸塞州科德角。这些乘客在上岸前签订了《五月花号公约》,宣誓创立一个自治团体,这是美国历史上第一份重要的政治文献。

他们下船后,在这里建立普利茅斯殖民地,"五月花"号成为自英国驶向北美的最著名的移民船只之一。

狼狈。省掉这个麻烦,就要简单些,也体面些。人是一种动物,比任何别的动物更能适应各种气候和各种环境。我也不往面包里放苏打或其他酸性物质或碱。看来我像是按照马可·波尔基乌斯·加图[①]在大约公元前二世纪所提供的制作法来做面包。"Panem depsticium sic facito. Manus mortariumque bene lavato. Farinam in mortarium indito, aquae paulatim addito, subigitoque pulchre. Ubi bene subegeris, defingito, coquitoque sub testu."这段话我理解的意思是:"照此方法揉面。把手和揉面槽洗干净。把粗磨粉倒进揉面槽,逐渐加水,彻底搓揉。揉好以后,再捏成面包形,然后盖上盖子烘烤。"也就是说,在烤锅里

---

① 马可·波尔基乌斯·加图(前234—前149),通称老加图,古罗马政治家兼作家,拉丁散文文学的开拓者。梭罗所引的拉丁文摘自他的《农书》。

烘烤。只字未提酵母。不过我并非总用这种生命的支柱。有一段时间，由于囊中羞涩，我有一个多月都没见到它。

每一个新英格兰人，都可以在这片长着黑麦和玉米的土地上，轻而易举地生产出他自己制作面包的材料，而不用依赖遥远而又起伏不定的市场来提供。然而我们与简朴和独立相距太远，以至于在康科德，商店里很少销售新鲜可口的玉米粉，而还要粗糙的玉米片粥和玉米粉则几乎没有人吃了。农夫大多拿他自己生产的谷物去喂牛喂猪，而花费更高的价钱到店里购买并非更有益于健康的面粉。我意识到，我能轻而易举地生产出一两个蒲式耳的黑麦和玉米，因为前者能在最贫瘠的土地上生长，而后者也并不要求最肥沃的土壤，我们还能用手磨把它们碾碎，因此没有大米和猪肉也能将就过下去；如果我要吃些浓缩的甜食的话，我通过实验发现，不论用南瓜还是用甜菜，我都能做出优质的糖浆来，我还知道，我只需要栽种几棵槭树，便能更容易地获得糖浆，等这些还在生长的时候，除了我提到的那几样之外，我还可以使用各种各样的代用品。"因为，"正如前辈们所歌唱的——

"我们能用南瓜、欧洲萝卜和胡桃树的木屑
酿造出滋润我们双唇的玉液。"①

最后，谈到盐，这是最粗杂的杂货，为了搞到盐，正好可以趁机到

---

① 据说这是一位清教徒前辈移民写的诗句，讲的是在新世界里大麦的短缺。

海边跑一趟,或者,我要是压根儿不吃盐,倒可以少喝一些水。我没听说印第安人为了寻求食盐而费神过。

这样一来,就食物而论,我就可以避免一切贸易和以货易货了,而且我已经有了栖身之地,剩下来要解决的只是衣服和燃料。我现在穿的裤子,是在一个农夫家里织出来的——谢谢上帝,人身上还有这么多美德;因为我觉得,从农夫落到技工,就像人落到农夫一样了不起,一样令人难忘;而在一个新生的国家,燃料就是一种累赘。至于栖身之地,如果还不允许我擅自占用的话,我就可以用我所耕种的那块土地的卖出价格,购买一英亩的土地——也就是,用八美元八美分购买。不过实际上,我认为由于我的擅自占用,那块土地升值了。

有一类持怀疑态度的人,有时会向我问出这种问题:我是否认为我光靠素食就能生活?为了立即抓住问题的实质——因为实质就是信念——我习惯于这样回答:我靠吃木板上的钉子就能生活。如果他们理解不了这话,那他们也就理解不了我要说的好多话。就我而言,我倒乐于听说有人在做这种实验;比如有一个年轻人两个星期里试图光靠吃带穗的坚实的生玉米,把牙齿当成了石臼。松鼠族做过同样的尝试,而且获得了成功。人类对这些实验是感兴趣的,尽管有几位老妇人对此已经无能为力,或者在磨坊里拥有亡夫三分之一遗产的寡妇,可能对此感到惊恐。①

---

① 此处意指老妇人没有牙齿,无法再做这样的实验,或者考虑到自己拥有亡夫三分之一的遗产,若磨坊用得少了,她们应得的遗产也就相应减少。

我的家具有一部分是我自制的，其余的没花几个钱，我也就没记账，其中包括一张床、一张餐桌、一张书桌、三把椅子、一面直径三英寸的镜子、一把火钳和薪架、一只水壶、一口长柄平底锅、一口油炸锅、一只长柄勺、一个脸盆、两副刀叉、三只盘子、一只杯子、一把调羹、一只油罐、一个糖浆罐，还有一台日式的漆灯。没有人穷到非得坐在南瓜上。那是碌碌无能的表现。村里的阁楼上有好多椅子我都特喜欢，想要便可以拿走。家具呀！感谢上帝，我无需家具店相助，就能坐能站。一个人看见他的家具给装到车上，在光天化日、众目睽睽之下给拉到乡下，一看就知道是些寒酸的空盒子，那么除了哲人，谁能不感到羞愧呢？那是斯波尔丁[①]的家具。查看这样一车东西，我绝对说不准它们属于一个所谓的有钱人，还是属于一个穷人；其主人似乎总是穷困潦倒。确实，这样的东西你拥有得越多，你也就越穷。每一车似乎装载了十二个棚屋的东西；如果一个棚屋是贫穷的，那就意味着十二倍的贫穷。请问，我们若不是为了处理掉我们的家具，我们的 exuviae[②]，那为什么又要**搬家**呢；难道不是为了最终离开这个世界，来到一个装饰一新的天地，而将之付诸一炬吗？这就好像所有那些家当全都是拴在一个人腰带上的圈套，他走过那些撒下了绳索的崎岖不平的乡野时，势必要拽动那些套索——也就是拽动他的圈套。把尾巴留在圈套里的狐狸真算幸运。麝鼠为了逃命，不惜咬掉它的第三条腿。难怪人已经

---

① 斯波尔丁（1811—1880），美国著名的马戏团班主，曾率先带领马戏团坐火车四处演出。

② 拉丁文，意为废弃物品。

失去了自己的灵性。他会多么频繁地陷入绝境啊！"先生，恕我冒昧，你说的绝境是什么意思？"你若是一位预言家，那你每逢遇见一个人，你都会看到他身后拖着他所拥有的一切，唉，他还要假装有许多东西不是他的，甚至包括他的厨房家具和他积攒下来不愿烧掉的零星杂物，他似乎给拴在上面，呼哧呼哧地拖着往前走。那人穿过了木板上的一个节孔，或一道门，而他的一车家具却拖不过去，这就是我认为的他陷入了绝境。一个衣着整洁、身体结实的人，看起来自由自在，一切都像是有备无患，后来听他说起自己的"家具"是否上了保险，我不禁对他产生了怜悯之情。"可我的家具该怎么办呢？"这时我那欢快的蝴蝶给缠进一个蜘蛛网里了。甚至那些长时间以来似乎没有什么家具的人，你只要细加探究就会发现，他们也有几件家具贮藏在别人的仓库里。我把今天的英国看作一个老绅士，他带着一大堆行李去旅行，那是些从长期的操持家务中积累起来的零星杂物，他没有勇气把它们烧掉；大箱子、小箱子、硬纸盒和包袱。至少把头三件扔掉吧。如今即便是一个健康的人，要带着他的床铺走路也是力所难及的，我当然要劝告生病的人放下床铺去奔波。我看见过一个移民，背着一个装有他全部家当的包裹蹒跚而行——那包裹就像一个从他的颈背长出来的大粉瘤——我觉得他怪可怜，倒不是因为那是他的全部家当，而是因为他要携带**那么多**东西。我要是不得不拽着我的捕捉器的话，那我一定要留心搞个轻便玩意，而且不要夹住我的要害部位。不过最明智的办法，也许是千万不要把爪子伸进去。

我想顺便说一下，我没花钱买窗帘，因为除了太阳和月亮，我没有什么窥视者需要挡在窗外，而我又情愿太阳和月亮往屋里照。月亮不会让我的牛奶变酸，也不会使我的肉腐坏，太阳也不会伤害我的家具，或使我的地毯褪色；如果有时它是个过于热情的朋友，我发觉躲到大自然提供的某种帘状物后面，要比在家用细目中再添加一个窗帘还要经济些。有一次一位女士要送我一块地垫，但因我屋里没有空余地方可放，我又没有闲暇在屋内屋外抖弄它，于是我便谢绝了，我宁可在门前的草皮上擦擦脚。最好防患于未然。

不久前，我参加了一位教堂执事的财物拍卖会，因为他并非一生不才：

"人作的恶死后还要流传。"①

他的大部分财物，照例是他父亲在世时就开始积累的零星杂物。其中还有一条干绦虫。如今，在他的阁楼和其他尘封的垃圾坑里存放了半个世纪之后，这些东西居然没给烧掉；非但没有点起一把**火**，或者说加以净化销毁，反倒来了**一次拍卖会**，或者说为之增值。邻人们急不可待地聚集起来观看，把它们全都买了下来，小心翼翼地运送到他们的阁楼和其他垃圾坑里，堆放在那儿，直至清理家产时，这些东西又会再次搬出来。人死万事空，徒蹬两脚灰。

有些野蛮民族的风俗，我们若是加以仿效可能会颇有裨益，因为他们每年至少要像是蜕一次皮；他们有蜕皮的观念，不管是否付

---

① 参见莎士比亚《尤利乌斯·恺撒》第三幕第二场。

**列昂纳德·巴斯金设计的梭罗邮票**

在美国文学评论家范·威克·布鲁克斯（Van Wyck Brooks）的《新英格兰的盛世》（*The Flowering of New England*）一书中，梭罗被描述为"身材矮小、瘦削、脆弱……坚韧而肌肉发达，胸膛单薄，长臂从锁骨处垂下，手脚像工人，很像尤利乌斯·恺撒（Julius Caesar），有着明亮的蓝眼睛和亚麻色头发"。

诸实施。巴特拉姆①描述了马斯科吉印第安人②有一风俗，就是庆祝"巴斯克节"，或称"新果节"，倘若我们也来庆祝这样一个节日，岂不是很好吗？"一个镇子举行巴斯克时，"他说，"他们先给自己准备了新衣服、新罐子、新锅以及其他器物和家具，然后就把所有的破衣服和其他乌七八糟的东西收集起来，把他们的房屋、广场和整个镇子打扫干净，清除掉污物，将之连同剩余的谷物和其他陈年旧粮堆成一堆，点一把火烧掉。在吃了药并斋戒三天之后，镇上的火全熄灭了。在斋戒期间，他们戒绝了对每一种食欲和情欲的满足。大赦令颁布了；所有的罪犯都可以返回镇里。"

"第四天上午，大祭司在公共广场摩擦干柴，生起了火，镇里的

---

① 威廉·巴特拉姆（1739—1823），美国植物学家和探险家。后面的引文引自他的《南北卡罗利纳游记》（1791）一书。
② 马斯科吉印第安人是居住在美国东南部，讲北美印第安语群中的马斯科吉语的印第安人，英文应该是 Muskhogean Indians，梭罗有他独特的拼写法 Mucclasse Indians。

每家住户都从那里得到了纯洁的新火种。"

他们接着尽情享用新玉米和新水果，一连三天载歌载舞，"在随后的四天里，他们接待来访的客人，与来自邻镇的朋友们一道欢庆，而这些朋友也用同样的方式净化了自己，做好了准备。"

墨西哥人每隔五十二年也进行一次类似的净化仪式，他们相信世界每隔这么长时间，就要终结一次。

我从未听说过比这更真诚的圣礼，也就是说，像词典里所下的定义那样，是"一种内在的、心灵的美德之外在的、有形的表现"，我毫不怀疑，他们这样做，最初是直接从天国获得了灵感，尽管他们没有一部《圣经》来记录这一启示。


在五年多的时间里，我就这样仅靠自己双手的劳动来养活自己，我发现，一年只干大约六个星期，我就能支付全年的生活开销。我每个冬天和大多数夏天都闲着没事，可以用来学习。我极其认真地尝试过开办学校，发现收支大致平衡，确切点说，应是入不敷出，因为我得有相应的穿着和训练，更不用说要有相应的思想和信仰，而且我还损失了时间。由于我教书不是为了同胞的利益，而是纯粹为了生计，因此也就办砸了。我尝试过做生意；但我发现，做生意要花十年时间才能步入正轨，说不定到那时我已经见鬼去了。其实我所担心的是，到那时我可能正如人们所谓的生意兴隆。以前，遵从朋友们的意愿，我有过一些惨痛的经历，如今四处寻找谋生之路时，那些惨痛的经历仍然历历在目，让我费尽心机，便时常认真地想去采摘黑果；这我肯定干得了，有点薄利也够我生活了——因为我最大的能耐就是需求甚少——只需很少的本钱，又不偏离我的一

**阿波罗**

古希腊神话中,光明神阿波罗因为杀死了独眼巨人,被惩罚去人间的忒萨莉亚国服役,做国王阿德墨托斯的牧羊人。

阿波罗总是一边放牧一边吹奏芦笛,有时也会弹奏竖琴。每当这时,凶猛残暴的野兽也会为之迷醉,世间呈现出一片欢乐与祥和的景象。阿德墨托斯的王国也因此开始变得安宁且幸福。

贯心态,我就这么愚蠢地想着。当我的熟人毫不犹豫地去做生意或从事各种职业的时候,我在琢磨我这个职业与他们的职业最为相似;于是整个夏天我都在山上四处寻觅,见到黑果就摘下来,然后又随意处理掉;就这样,像是在放牧阿德墨托斯的羊群。① 我还梦想,我可以采摘草药,或者用运干草的马车把常绿树送给惦记着森林的村民们,甚至送到城里。但后来我便认识到,商业给它经营的一切带来诅咒;即使你经营上帝的福音,商业的全部诅咒也与这生意联系在一起。

由于我偏爱某些东西,尤其珍惜我的自由,又由于我能艰苦营

---

① 在古希腊神话中,阿波罗被逐出奥林匹斯山,被迫去放牧国王阿德墨托斯的羊群达9年之久。

生，还能获得成功，我也就不愿意把我的时光耗费在挣钱购买华丽的地毯，或其他漂亮的家具，或雅致的厨房，或希腊式或哥特式的房屋上。如果有人能毫无妨碍地获得这些东西，得到之后又知道如何使用，那我就会把这追求拱手让给他们。有些人很"勤劳"，似乎喜欢为劳动而劳动，也许是为了使自己别去干出更糟糕的恶作剧来；对这种人我眼下无话可说。对那些比现在享有更多闲暇就不知如何是好的人，我倒要奉劝他们加倍努力——直干到他们可以养活自己，并取得他们的自由证书。① 就我本人而言，我发现临时工是所有职业中最独立的职业，尤其在于一年中只需干三四十天活便能养活自己。临时工一天只干到太阳落山，然后他就可以自由地投身于他所爱干的事情，独立于他的差事之外；而他的雇主总要一个月一个月地算计，一年到头连个喘息的时机都没有。

总之，我相信，不论基于信念还是基于经验，如果我们能过着简朴而明智的生活，那么在这个世界上谋生并非一桩苦事，而是一种消遣；因为那些较为淳朴的民族所追求的，仍然是较为做作的民族的娱乐。人没有必要非得靠汗流浃背来谋生，除非他比我更容易出汗。

我所认识的一个年轻人，继承了几英亩地，他告诉我说，他觉得他应该像我一样生活，**假若他有办法的话**。我可决不愿意让任何人采用我的生活方式；因为还没等他学会我的生活方式，我可能为自己找到另一种生活方式了，除此之外，我还希望世界上有尽可能

---

① 1770—1900年来到美洲的异乡客，与人订约充当仆役若干年以偿付旅费和维持生活，从而获得自由证书。

多的不同的人；我又希望，每一个人都能小心翼翼地找到和追求**他自己**的道路，而不是走他父亲、他母亲或他邻人的老路。年轻人可以从事建筑、种地或航海，只是不要妨碍他从事他告诉我他想做的事情就行。只有从数学的观点来看，我们才是聪明的，正如水手和逃亡的奴隶都把眼睛盯住北极星那样；但这就足以指引我们一生了。或许我们在可预计的期间内还到达不了港口，但我们会坚持正确的航线。

无疑，既然是这样，适合于一个人的情况，也应该更适合于一千人，正如一座大房子按比例计算并不比一座小房子贵，因为一个屋顶可以覆盖几个房间，一个地下室可以位于几个房间底下，一堵墙可以把几个房间隔开。但就我而言，我更喜欢独门独户。而且，与其劝说别人与你共用一堵墙，通常还不如你自己全建起来花费更少些；你若是与人共用一堵墙，虽然花费少得多，但那墙一定很薄，而且对方可能是个糟糕的邻人，也就不会把他那边的墙维护好。通常可能达成的合作是极其有限而又流于表面；而那点微不足道的真正合作，好像并不存在似的，那仅仅是一种人们听不见的和谐。人若是有了信念，他就会抱着同样的信念处处与人合作；如果他没有信念，他就会继续像世界上其他人那样生活，不管他与什么人结伴。不论在最高意义上还是在最低意义上，合作都意味着**我们一起生活**。最近我听说有人提议，让两个年轻人一起环球旅行，一个没有钱，一路上要靠做水手或做农夫来赚钱，另一个口袋里则揣着一张支票。显而易见，他们不可能长期结伴或合作，因为有一位压根儿不用**做事**。他们在冒险途中的头一个有趣的关头就会分道扬镳。首要的是，正如我所指出的，独自上路的人今天就能动身；但是与另一个人结伴而行的人，却必须等到另一个人准备好，或许要等很久才能成行。

但我听到镇里的一些人说，这就太自私了。我承认，到目前为止，我很少从事慈善事业。我曾为责任感做出了某些牺牲，其中就包括牺牲了行善这种快乐。有些人使出浑身的解数，劝说我支持镇里的某个贫困家庭；倘若我无事可做——因为魔鬼专爱给游手好闲的人找事做——我就可以尝试一下这一类的消遣。然而，就在我想在这方面出点力，让穷人的天国负起责任，把某些穷人养活起来，各方面都能像我养活自己一样舒适——我甚至冒昧地表示愿意帮助他们，他们却一个个全都毫不犹豫地表示，他们宁可继续穷下去。当我镇上的男男女女都在以种种方式投身于为自己的同胞行善时，我相信至少可以省出一个人去干点别的较少慈善意味的事情。慈善事业与别的任何事业一样，必须有天赋才能做好。至于行善，那可是个业已满员的行当。再说，我也正儿八经地尝试过，说来似乎很奇怪，这一行并不投合我的个性，我反倒感到很高兴。也许我不该明知故犯，蓄意放弃了我这个特殊的行业，来做社会要求我做的善事，拯救宇宙免于毁灭；我相信，如今使宇宙得以保全的，正是别处的一种与慈善相类似，而又无比强大的坚忍不拔的力量。但我不会阻碍任何人去施展他的天赋；我谢绝了这项工作，而对于终生全身心地来做这项工作的人，我还是会说：坚持下去，即使世人将之称为作恶，而世人极有可能这么做。

我绝非认为我的情况是个特例；毫无疑问，我的许多读者会作同样的辩护。在做某件事时——我不敢担保我的邻人一定会说那是桩好事——我会毫不犹豫地说，我是一个可以雇用的顶呱呱的人；

**罗宾·古德费洛**

罗宾·古德费洛（Robin Goodfellow），英格兰民间故事中的代表性小妖精，热衷于恶作剧。

他是梭罗相当喜欢的角色，梭罗在弥尔顿《欢乐颂》和莎士比亚《仲夏夜之梦》与罗宾"结识"。梭罗在哈佛的笔记里收录了关于这个"绿林精灵"的各种资料。古德费洛是特定的名字，与更通用的"好人"（good folk）、"好邻居"（good neighbor）等礼貌委婉语相呼应。

但究竟是不是顶呱呱，还得由我的雇主来断定。我所行的**善**，在这个词的通常意义上，一定偏离我的主要轨道，而且大多完全是无意而为之。实际上，人们常说：就从你的足下，以你的本色开始吧，而不要把目标主要定在使自己更有价值上，要怀着仁慈之心去行善。倘若我以这种口吻来说教的话，我倒要说：开始做个好人吧。这就仿佛太阳燃起了火焰，达到月亮或六等星的亮度之后便该停下来，像罗宾·古德费洛一样四处走动，往每个村舍的窗里窥视，令人发疯，让肉腐坏，使黑暗可见，而不是逐渐增加其和煦的热量和恩泽，直至变得光芒万丈，凡人无法直视，接着，与此同时，它又按照自己的轨道绕着世界运行，为之带来恩惠，确切点说，正如一位真正的哲人所发现的那样，是让绕它运行的世界为之受益。法厄同[①]想用

---

① 法厄同，古希腊神话中太阳神赫利俄斯之子，驾驶其父的太阳车狂奔，险使整个世界着火焚烧，幸亏主神宙斯见状用雷将其击毙，使世界免遭此难。宙斯是古希腊神话中的主神，相当于古罗马神话中的朱庇特。

**撒哈拉沙漠**

撒哈拉沙漠是世界最热的荒漠，也是世界第三大荒漠，仅次于南极和北极，总面积与美国国土面积相当。

"撒哈拉"之名来源于阿拉伯语，意为沙漠。古希腊神话中，法厄同驾驶太阳车失控，致使埃塞俄比亚的皮肤被烤成了黑色，撒哈拉地区化作一片沙漠。

他的恩惠来证明自己出身天国，他驾驶着太阳车不过一天，便驶出了轨道，把下界好多街巷的房子烧掉，烧焦了大地的表面，烤干了每一处泉水，造就了撒哈拉大沙漠，直至最终朱庇特一个霹雳把他击倒在地，太阳神由于对他的死感到悲伤，有一年的时间没有发光。

善行一旦被玷污，便会臭不可闻。如同人的腐肉，神的腐肉。倘若我确知有个人朝我家走来，存心要向我行善，那我非要逃命不可，就像躲避非洲沙漠刮来的那种干热的西蒙风，那种风会把你的嘴巴、鼻孔、耳朵和眼睛全都塞满沙土，直至使你窒息，我还真怕他把善事做到我身上——让其中的某些病毒混入我的血液中。不行——在这种情况下，我宁可顺其自然地承受祸害。若是我挨饿，他给我饭吃，我受冻他给我温暖，我跌进沟里他把我拉上来，这样的人对我来说并非好人。我能为你找到一只纽芬兰[①]狗，这些事它全

---

① 纽芬兰，加拿大东部的一个岛屿。

能做得到。慈善不是最广义上的对同胞的爱。霍华德①按其本人的方式，无疑是一个极其慈善、极其可敬的人，而且也得到了报偿；但是，相对而言，即使有一百个霍华德在行善，可如果他们的善行不能在我们处于最佳状态而又最值得帮助的时候帮助**我们**，那他们对**我们**又有什么价值呢？我从未听说在哪个慈善会议上有人真诚地提议为我或我这样的人做点善事。

印第安人被处火刑的时候，居然向行刑者推荐新的折磨方式，耶稣会会士给搞得百般无奈。这些人不为肉体上的折磨而屈服，有时也可能不为传教士所能提供的任何安慰所打动；待人如待己的法则，在那些不在意别人怎样对待自己的人听来，并不那么有说服力，他们以一种新的方式爱他们的敌人，几乎宽宏大量地原谅了他们所做的一切。

请务必给予穷人他们最需要的帮助，尽管是你的榜样让他们远远落在后面。如果你给钱，那就跟着一起花，而不是把钱扔给他们了事。我们有时会犯下莫名其妙的错误。穷人往往与其说是挨冻受饿，不如说是肮脏、褴褛和粗俗。这在一定程度上是他的癖好所致，而不仅仅是命运不济。你若是给他钱，他也许会用来买更多的破烂衣服。我以前总爱怜悯那些笨拙的爱尔兰工人，他们穿着又难看又破烂的衣服，在湖上凿冰，而我则穿着比较整洁、也算比较时尚的衣服，却冻得直打哆嗦，后来在一个严寒的日子，一个落水的工人来我屋里取暖，我眼看着他脱掉三条裤子和两双长筒袜，才露出皮

---

① 约翰·霍华德（1726？—1790），英国监狱改革家。

肉来，尽管他那些衣物确实又脏又破烂，他还可以拒不接受我给他提供的**外**衣，因为他有那么多的**内**衣。看来他还正需要扎进水里泡一泡。接着，我开始怜悯自己了，依我看，送给我一件法兰绒衬衣，比送给他一整个廉价成衣店来得更仁慈。有上千人在砍伐邪恶的枝条，但却只有一人在砍伐邪恶的根基，而且很有可能，那个把大量时间和金钱赠送给贫困者的人，正在以他的生活方式竭尽全力制造他徒然想要消除的苦难。正是虔诚的奴隶主，把从奴隶身上获得的十分之一的收入捐献出来，为其余的奴隶购买了星期日的自由①。有些人雇用穷人到他们的厨房里干活，以此表现他们对穷人的仁慈之心。假若他把自己雇用在厨房里，岂不是更仁慈吗？你吹嘘说你把收入的十分之一用于慈善事业；也许你应该把那十分之九也用在这上面，然后一了百了。否则，社会回收的只是十分之一的财产。这究竟是出于财产拥有者的慷慨，还是由于法官们的玩忽职守？

慈善几乎是受到人类充分赞赏的唯一美德。非但如此，它还被大大地高估了；而正是我们的自私把它给高估了。在一个阳光明媚的日子里，在康科德这里，有一个身强力壮的穷汉向我夸奖起他的同乡，因为照他的说法，那人对穷人很仁慈；意思是说对他本人很仁慈。人类仁慈的叔叔阿姨们，比人类真正的精神父母更受人敬重。有一次我听到一位牧师以英国为题作演讲，此人既有学问又聪颖，他先列举了英国在科学、文学和政治上的杰出人物莎士比亚、培根、克伦威尔、弥尔顿、牛顿等人，接着谈起了英国的基督教英雄，仿

---

① 作者在此影射纳税者向教堂缴纳的收入"什一税"。

佛他的职业要求他这样做似的，他把他们远远地拔高到其他人物之上，成为伟人中至高无上的佼佼者。他提到的基督教英雄是佩恩、霍华德和弗赖夫人[①]。人人都会感到其中的虚假和伪善。最后这几个人并不是英国最优秀的男人和女人；也许只是英国最优秀的慈善家。

我决不想贬损慈善事业理应受到的赞扬，而只是要求公正对待所有那些用其生命和业绩给人类带来福泽的人。我所看重的，主要不是一个人的正直和仁慈，那可以说是他的枝叶。我们用植物枯萎的绿叶为病人制作草药茶，这些植物只给派上了低级用场，而且大多为冒牌医生所利用。我想要的是一个人的花与果；以便他能向我传来几分花儿的芬芳，为我们的交往增添几分硕果的馨香。他的善行绝不是一种偏狭而短暂的举动，而是一种持之以恒的充盈，他可以分文不花，也毫无察觉。这是一种掩盖了众多罪孽的慈善。慈善家经常通过回忆自己昔日的辛酸经历，将人类笼罩在一片凄惨的气氛中，并将之称为同情。我们要传授的是我们的勇气，而不是绝望，是我们的健康和安适，而不是疾病，并且留心不要引起传染。从南方的哪个平原[②]传来了恸哭之声？在哪个纬度地区居住着我们应该送去光明的异教徒？谁是我们想要救赎的放纵粗暴之徒？一个人如果生了什么病，他就不能履行自己的职责，即便是肚肠疼痛——那可

---

[①] 威廉·佩恩（1644—1718），英国基督教新教贵格会领袖，北美宾夕法尼亚殖民地创建人。伊丽莎白·弗赖（1780—1845），英国基督教新教贵格会会员，英国监狱改革家。霍华德即前文提到的约翰·霍华德。
[②] 指蓄奴的南方各州。

是怜悯之情之所在①——他就应该立即着手改造——这个世界。他本人就是一个微观世界，他发现——这也是个真实的发现，他就是那发现者——世人一直在吃青苹果；其实，在他看来，地球本身就是一只巨大的青苹果，一想到还没等苹果长熟，而人类的孩子就啃起来了，真可怕至极；他那强烈的慈善思想驱使他立即去寻找爱斯基摩人和巴塔哥尼亚人②，去拥抱人口稠密的印度村庄和中国村庄；于是，通过几年的慈善活动，有权有势的人在此期间利用他来达到自己的目的，而他无疑也治愈了他的消化不良，地球一边或两边的面颊上也泛出了淡淡的红晕，好像开始成熟了，而生活失去了其粗陋的一面，再次变得甜蜜，有益于健康。我做梦都没想到还有比我犯下的更严重的罪行。我过去从未见过，将来也决不会见到比我更罪孽深重的人。

我认为令改革家伤心的，并非他对穷苦同胞的怜悯，而是他个人的苦恼，尽管他是上帝最圣洁的儿子。假如他能把这种情况纠正过来，假如春天能来到他的身边，晨曦升起在他的卧榻前，那他就会毫无愧疚地抛弃他那些慷慨的同伴。我之所以不反对抽烟，是因为我从未嚼过烟草，而嚼过烟草的人即便改过自新了，也自会因为嚼过烟草而受到惩罚；不过我也嚼过不少东西，我倒可以加以反对。倘若你被引入歧途，参与了这样的慈善活动，那就不要让你的左手知道你的右手做了什么③，因为那并不值得知道。救起溺水的人，系

---

① 古代西方人认为同情的情感出自肚肠。
② 巴塔哥尼亚人，南美洲最南端的土著。
③ 引自《圣经·新约·马太福音》第六章第三节。

**底格里斯河**

据说,底格里斯河发源于《圣经》中的伊甸园,帮助了人类文明诞生。底格里斯河与幼发拉底河流域之间的平原孕育出了西亚最早形成的文明——美索不达米亚文明,又称两河文明。6000 年来,底格里斯河流淌在今伊拉克首都巴格达的心脏地带,养育着两岸的居民——提供水、食物、运输和娱乐。

好你的鞋带。从从容容地去做点自由自在的事情吧。

  我们与圣徒的交往败坏了我们的举止。我们的赞美诗里回荡着优美的旋律,是对上帝的诅咒和永远的容忍。可以说,即使先知和救世主也只能抚慰人的恐惧,而不能坚定人的希望。没有什么地方记载过对生命的馈赠所表现出的纯朴而又压抑不住的满足,也没有记载过对上帝的令人难忘的赞美。健康和成功全都有益于我,不管那益处可能显得多么遥远,多么渺茫;疾病和失败全都促使我悲伤,给我带来不幸,不管我们彼此之间怀有多少同情。这样一来,如果我们确实想通过真正是印第安式的、植物的、磁性的或自然的手段来使人类复原的话,那我们自己首先应该像大自然一样简朴健康,驱散挂在我们眉宇间的阴云,并向我们的毛孔注入一点活力。不要再充当教会执事济贫助理,而要努力成为一个举世闻名的杰出人物。

我从设拉子①的诗人萨迪②的《蔷薇园》(*The Gulistan*)中读到："他们问过一位智者说，在至高无上的上帝所创造的众多高大成荫的名树当中，除了不结果实的柏树之外，没有一种被称作阿扎德，或者说是自由之树的；其中有什么奥妙呢？智者回答说：每一种树都有其相应的果实，相应的季节，当季时则枝繁叶茂，开花结果，过季后则枝叶枯萎，花朵凋谢；柏树并不存在当季过季的问题，因而始终生长茂盛；而阿扎德，或独立派教徒，就具有这种天性。不要把你的心拴定在转瞬即逝的事情上；因为在哈里发③的部落灭绝之后，迪亚拉河④，或称底格里斯河，仍将奔流不息地穿过巴格达；如果你手头宽裕的话，那就像枣树那样慷慨大方吧；但如果没有条件施与的话，那就像柏树那样，做个阿扎德，或称自由人吧。"

---

① 设拉子，伊朗西南部城市，古波斯文化中心。
② 萨迪（1208？—1292），古波斯诗人，代表作有《果园》和《蔷薇园》。
③ 哈里发，伊斯兰教国家的教主和统治者。
④ 迪亚拉河，又名底格里斯河，西南亚一河流。

# 补充诗篇

## 贫穷的抱负

"可怜的穷光蛋,你真不知天高地厚,

居然要在苍穹索取一个立身之地,

因为你那座寒舍,或者说木桶,

在廉价的阳光里,阴凉的泉水边,

用树根和野菜哺育出慵懒或迂腐的德行;

在那儿,你用右手将仁慈的激情从心灵中攫走,

而在那里绽放的美德之花已是花团锦簇;

你使人性堕落,感官麻木,

就像戈耳工[①]一样,把活人变成石头。

我们并不要求与你那迫不得已的克制

进行乏味的交往,

也不与那不合人情的愚蠢交往,

那种愚蠢既无欢乐又无悲伤;

我们也不需要你把那故作崇高的消极坚毅

---

[①] 戈耳工,古希腊神话中三个蛇发女怪的统称,面目可怕,人见之立即化为顽石。

置于积极的坚毅之上。

这一伙卑劣怯懦的家伙,

全都把自己的位置锁定在平庸之中,

变成了你奴性的心灵;但我们只推崇

这样的美德,它容许豪放、

勇敢、慷慨的行为,以及帝王的威严,

洞察一切的审慎,无限宽广的胸怀,

这种崇高的美德古人并没留下名目,

而只留下了典范,诸如赫丘利、

阿喀琉斯、忒修斯[①]。回到你讨厌的陋室吧;

当你看到这片光明的新天空时,

研究一下他们是何方精英。"

托马斯·卡鲁[②]

---

[①] 阿喀琉斯和忒修斯都是古希腊神话中的英雄。
[②] 托马斯·卡鲁(1595?—1640),英国骑士派诗人,得宠于国王查理一世。这首无韵诗引自他的《不列颠的天空》,题目为梭罗所加。

## ⊙ 康科德镇

康科德镇在美国有着重要的历史和文化地位，它是美国革命的摇篮，美国独立战争就是在康科德和临近的列克星敦开火；它也是美国文化重镇，除了梭罗，爱默生、霍桑、奥尔科特皆长居于此。

**英军从康科德撤退　阿隆佐·查普尔 18 世纪复制品插图**

列克星敦和康科德战役是美国独立战争的第一场战役。1775 年 4 月 19 日，英军前往康科德，途经列克星敦，开出战役第一枪，民兵撤退后，英军继续西进，试图摧毁康科德的军火库，遭到强烈反击。

这场战役被指控为"英国军队的血腥屠杀"。美国人一度将这种几近虚构的（康科德北桥被称为"枪声响彻世界的地方"）情怀诉诸文学作品，如《康科德颂》《保罗·里维尔的夜行》。

1975 年 4 月，康科德镇举办了列克星敦和康科德战役的两百周年纪念庆典，时任总统的小杰拉尔德·福特巡游至老北桥并发表了演说。

**梭罗在康科德的故居**

1817年，梭罗出生于康科德。1833—1837年，在哈佛大学修读修辞学、经典文学、哲学、科学和数学。

1845年7月4日，梭罗开始了一项为期两年的试验，他移居到离家乡康科德不远，瓦尔登湖畔的森林里，过着简单的生活。1847年9月6日，离开试验地，和朋友爱默生一家在康科德生活。首次出版于1854年的《瓦尔登湖》详细记载了他在瓦尔登湖畔的生活经历。

1862年，梭罗因患肺病死于家乡康科德，被葬于当地的沉睡谷公墓。

**爱默生在康科德的故居**

梭罗小木屋所在的十几英亩土地为爱默生所有——爱默生允许梭罗在那里盖一座小屋，远离尘世地进行观察与实践。

爱默生，美国思想家、文学家，超验主义运动的核心人物，美国总统林肯称他为"美国的孔子""美国文明之父"。

1835年9月，爱默生和其他志趣相投的知识分子创立了"超验主义俱乐部"，他们主张人能超越感觉和理性而直接认识真理。

爱默生的《论自然》(*Nature*)出版后不久，他与梭罗结识，"这个男孩说的每一句话令他非常愉快"。据说，梭罗当时着迷于这部体现了超验主义哲学全部雏形的著作，连读了两遍。

**爱默生在康科德演讲　19世纪插图**

　　1844年8月1日，爱默生在康科德法院发表反奴隶制演讲。那时，西印度群岛作为英国殖民地，颁布废奴法案已有十年，梭罗和爱默生因而准备召开废奴主义者大会，但康科德镇的教堂都拒绝提供场地；后来梭罗获准使用法院大楼，亲自敲钟宣布大会开始。

**霍桑在康科德的故居**

纳撒尼尔·霍桑是19世纪美国最优秀的作家之一,1804年出生于马萨诸塞州的塞勒姆,家世显赫。少年时期因脚受伤,放弃成为水手的梦想,转向文学创作。

1842年,霍桑结婚后,搬到康科德居住。康科德生活为霍桑提供了丰富的创作素材。他的代表作《伊坎巴塔华山的房子》便是在此期间创作。

1850年,霍桑以马萨诸塞殖民地为背景的杰作《红字》问世,小说揭露了清教主义社会的虚伪,对当时的道德体系提出强烈质疑。

**奥尔科特在康科德的故居**

1832年,《小妇人》的作者路易莎·梅·奥尔科特出生于宾夕法尼亚州。1834年,她们全家搬到了康科德,她的故居如今已经成了一处知名的历史遗迹,被称为果园屋(Orchard House)。

《小妇人》首次出版于1868年,这部小说以奥尔科特自己的家庭生活为背景,讲述了美国内战时期,马奇家的四个女儿与母亲一起在马萨诸塞州的康科德镇度过了艰难的岁月。

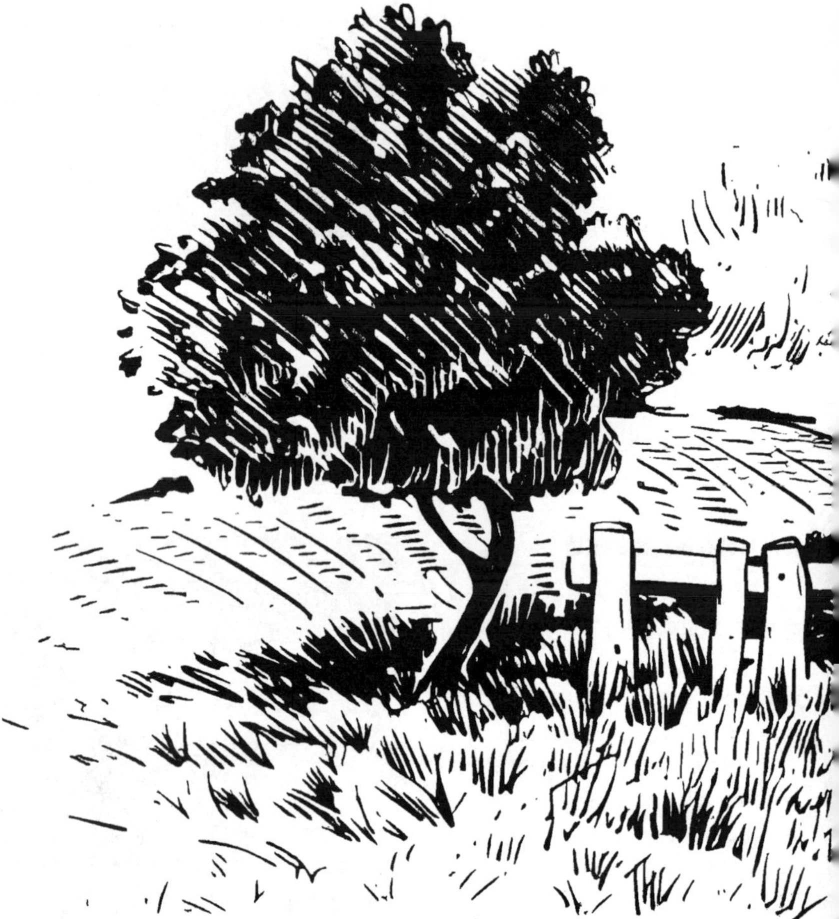

# 二 寄居何地,为何目的

要简单,简单,再简单!

人生到了一定阶段，通常会把每个地点视为可以安身的处所。于是，我也就把我住处周围方圆十几英里的乡间全都考察了一番。我在想象中把所有的农场都一个个买了下来，因为所有的农场都要出售，我也知道它们的价钱。我去看过每一个农场主的地盘，品尝了他的野苹果，跟他交谈了种庄稼，按他的开价买下他的农场，随便什么价钱都行，心想反正可以抵押给他；甚至付出更高的价钱——把什么都买下，就是没买地契——我把他的话当成地契，因为我太喜欢交谈了——我耕耘这片田地，我想也在某种程度上耕耘了他，我在尝到了足够的乐趣之后便告退了，让他继续耕作下去。凭着这番经历，我的朋友们就把我视为某种房地产经纪人。我不管在哪里坐下来，都可能在哪里生活，也会为那里的风景增添光彩。房子岂不就是 *sedes*，也就是座位？——如果是个乡下座位，那就更好了。我发现许多可以建房的地点不会很快得到改善，有人可能觉得离村子太远，但在我看来，是村子离它太远。好吧，我说，我可以在这儿生活；我还真在那儿待了一个小时，有了一个夏天和一个冬天的经历；看到如何让岁月流逝，如何挨过冬天，如何迎来春天。这个地区的未来居民，不管他们把住所安置在何处，都可以确信那里早已有人住过了。只消一个下午，就足以把这块土地设计成果园、林地和牧场，决定在门口应该留下哪几棵上好的橡树或松树，每一棵枯树立于何处效果最好；然后，我就让地闲置在那儿，或许称之为休耕，因为一个人的富裕程度，是与其可闲置财物的数量成正比的。

我真能想入非非，甚至设想我遭到了几家农场的拒绝——其实我还只想要人家拒绝我而已——但我从未因为真买到了手而害苦过自己。我距离真买到手最近的一次，是购买霍洛韦尔田庄的时候，我已经着手挑选种子，收集木料想做一辆手推车，以便把东西拉来或运走；但是没等农场主把地契交给我，他妻子——每个男人都有这样一个妻子——改变了主意，想把农场留下来，于是他提出要给我十美元，让我解除协约。说实话，我当时只有十美分的家当，而究竟我是那个拥有十美分的人，还是那个拥有一个农场的人，还是那个拥有十美元的人，还是那个样样都拥有的人，我还真是算不出来。不过，我让他既保留那十美元，又保留那个农场，因为我已经走得够远了；或者确切地说，为了慷慨起见，我就用我购买时付出的价钱，把农场卖给了他，又鉴于他不是个有钱人，我赠送给他十美元作礼物，而我还仍然留着那十美分，外加种子和制作手推车的木料。我由此发现，我原来是一个不失自己贫穷本色的有钱人。不过我把风景保留了下来，自那以后，我每年不用手推车便把那风景产生的果实搬走。谈到风景——

"我是我**勘察**过的所有土地的君主，
我在那里的权利毋庸置疑。"[1]

我时常看到，一个诗人在欣赏了农场最珍贵的景致之后便离去了，粗鲁的农夫以为他只带走了几只野苹果。嗨，过了多少年那位农场主都不知道，诗人把他的农场写进了诗里，那道令人赞赏的隐

---

[1] 梭罗在此引英国诗人威廉·柯珀（1731—1800）的题为"据传出自亚历山大·塞尔柯克的诗句"一诗。

形篱笆，几乎把农场全圈了起来，诗人挤出了牛奶，撇去了乳皮，把奶油全带走了，只给农场主留下了脱脂奶。

在我看来，霍洛韦尔农场的真正诱人之处在于：这是一个离群索居之处，离村子大约两英里远，离最近的邻居也有半英里，一片宽阔的田野把它与公路隔开；紧挨着一条河，据主人说，春天河上会起雾，因此没有霜冻，不过这对我来说无关紧要；房屋和牲口棚颜色灰暗，一派破壁残垣的景象，篱笆也破败不堪，表明我与上一位居住者之间已有好一段间隔；苹果树给兔子啃空了树心，长满了地衣，可见我会有什么样的邻居；但最主要的还是我最早逆河而上

一个诗人在欣赏了农场最珍贵的景致之后便离去了，粗鲁的农夫以为他只带走了几只野苹果。

的那段回忆,当时房子掩映在浓密的红色枫林中,从中传来家犬的吠声。我急于要把农场买下来,免得业主把有些石头搬走,砍掉中空的苹果树,掘走在牧场上长出的小白桦树,总而言之,免得他再做出进一步的改造。为了享受这些有利条件,我准备继续进行下去;就像阿特拉斯[①]一样,把世界扛在我的肩上——我从未听说他为此获得了什么补偿——我之所以这样做,并没有别的动机或借口,只是为了我好为之付款,顺顺当当地买下这座农场;因为我心里一直很清楚,只要我能放手把地闲置,那就能获得我所想要的好收成。但结果却如我上面所述。这一来,对于大规模种植——我总是在种植菜园——我所能说的是,我把种子准备好了。许多人认为,种子放得越久越好。我不怀疑,时间能甄别出优劣;最后我要种植时,我是不大可能失望的。不过我要断然对我的同胞说,尽可能长久地自由自在、无牵无挂地生活。你是给束缚在农场还是关进县监狱,并没有多少区别。

老加图的《农书》(*De Re Rustica*)是我的"培育者",他有一段话,我所见到的唯一译文使这段话成了一派胡言,这段话说:"你想购买一家农场时,心里要反复掂量,可别贪婪地把它买下来;也别嫌麻烦不去考察,别以为转上一圈就够了。如果农场真的很好,你去看的次数越多,就会越喜欢它。"我想我不会贪婪地去购买,但只要我活着,就会反反复复地去考察,死后就葬在那里,最终让我越发快乐。

---

① 阿特拉斯,希腊神话中以肩扛起天地的巨神。

现在要说的是我这同类别的下一次实验,我打算更加详尽地加以描述;为了方便起见,我把两年的经历并作一年来写。正如我所说的,我不打算写一篇忧郁颂,而要像清晨的雄鸡那样,立在鸡棚前雄赳赳地引吭高歌,只求能把我的邻人唤醒。

我最初在树林里栖身的时候,也就是说,我开始白天黑夜都待在那里的时候,那天恰巧就是独立日,也就是一八四五年七月四日。我的房子没有为过冬做好准备,只能避避雨,没有粉刷,也没装烟囱,墙壁用的是受风雨侵蚀的粗木板,上面尽是些宽阔的裂缝,一到夜里屋里就发凉。砍得笔直的白色立柱、刚刚刨平的门框窗框,使屋子看起来又干净又通风,尤其是在清晨,屋子的木料浸着湿漉漉的露水,于是我设想,到了中午会渗出一种甜树脂来。在我的想象中,这幢房子整天都会多少保留着曙光初照时的迷人特征,使我想起了一年前我见过的一座山上小屋。这是一座空气畅通、未经粉刷的小屋,适合接待游神,女神也可在此轻曳罗裙。从我住处上空掠过的清风,一如扫过山脊的疾风,带着断断续续的旋律,不啻是只有天堂才有的人间仙乐。晨风飘拂不息,创世的诗篇永不间断;可惜能聆听的人实在太少。奥林匹斯山[①]到处显现在大地之上。

我以前曾拥有过的唯一房舍,如果把一条船除外的话,那就是一顶帐篷,我夏天出门远足时偶尔用一用,现在仍然卷着放在我的阁楼上;不过那条船几经易手之后,已经顺着时光的溪流消逝了。有了这个比较坚实的栖身之所,我也就朝着在世上定居落户取得了

---

① 奥林匹斯山,希腊神话中的诸神之家。

"没有鸟儿的住所就像没加作料的肉。"我不是在笼子里关着一只鸟,而是把自己关进了鸟儿附近的一只笼子里。

一定的进展。这房子的框架只做了简单的包装,使我好像置身于一个水晶体里,同时也映射出其建造者的形象。这在一定程度上让人想到了绘画中的素描。我不必到户外呼吸新鲜空气,因为户内的空气丝毫没有失去它的清新。即使在大雨滂沱的天气,我坐着的地方,与其说是像室内,不如说是像门后。《诃利世系》①中说:"没有鸟儿的住所就像没加作料的肉。"我的住所并非如此,因为我发现自己突然成了鸟儿的邻居;我不是在笼子里关着一只鸟,而是把自己关进

---

① 《诃利世系》,印度史诗,一般认为是印度著名史诗《摩诃婆罗多》的一部分。

**鸫科鸣鸟**

鸫科鸣鸟（Wood thrush），学名 *Hylocichla mustelina*，鸫科森鸫属动物。它们繁殖于北美洲东部温带森林，秋冬季节迁至中美洲地区。鸫科鸣鸟被认为是墨西哥以北叫声最宛转悠扬的鸟类，主要栖息于有高大乔木并伴有灌木的成熟森林。容易受牛鹂的巢寄生行为影响。

了鸟儿附近的一只笼子里。我不仅更靠近那些通常频繁出入花园和果园的鸟儿，而且更靠近那些更野性的、更令人激动的森林歌手，它们从不或极少给村里人唱小夜曲——鸫科鸣鸟、威尔逊鸫、猩红比蓝雀、原野雀鹀、三声夜鹰，以及许多其他的鸟。

我的小屋坐落在一个小湖的岸边，在康科德村南大约一英里半的地方，地势比村子略高一点，位于康科德镇与林肯镇之间的广阔林地中，而在南边大约两英里处，便是本地唯一的名胜：康科德战场①；但是，由于我处于林中很低的地方，所以在半英里以外，那片跟别处一样林木葱郁的对岸，就成了我目所能及的最远的地平线。在第一周，我每次往湖上眺望，就觉得它像是高高坐落在山腰上的一个天池，其湖底远远高于别的湖面，太阳升起时，我看见它脱去了夜间披上的一层薄雾，湖上轻柔的涟漪或平静如镜的湖面逐渐在各处显露出来，雾气就像幽灵一样，偷偷摸摸地向四处退去，潜入树林，如同夜间秘密集会散场那样。像在山腰上的露珠一样，直到天大亮树上还悬挂着露珠，比通常挂的时间还长。

---

① 1775 年 4 月 19 日爆发的康科德战役，揭开了美国独立战争的序幕。

八月，一场轻柔的阵雨过后，这以湖为邻也就有了最大的价值。在这期间，无论空中还是湖水都是完全平静的，但天空乌云密布，下午刚过半晌就像傍晚一样宁静，鹟科鸣鸟在四周歌唱，隔岸都能听到。这样的一个湖，从来没有比此时此刻更平静的了；湖上方的那片清澈空气变得稀薄，被乌云遮暗，湖面一片波光潋滟，本身变成了一个下界的天国，显得越发气势不凡。在附近的一个山顶，树林不久前刚被砍掉，从那里朝南往湖对面望去，是一片令人赏心悦目的景色，对面的山峦之间有一个宽阔的缺口，形成了湖岸，两个相对的山坡朝彼此倾斜，让人觉得有一道溪流穿过郁郁葱葱的山谷，朝那个方向流出，不过那里并没有溪流。我就这样通过附近的青山之间，越过青山之上，眺望地平线上某些遥远而又更高的染成蔚蓝色的山峦。我一踮起脚尖，还真能瞥见西北方向更蓝、更遥远山脉的一些山峰，那是天国自己的造币厂铸造的纯蓝色硬币，还能瞥见村子的一角。但是朝别的方向，即使从这个位置，我也看不到环绕着我的树林以外的地方。附近有水倒也再好不过，水能给大地以浮力，使其漂浮起来。即使最小的水井也有这样一个价值：你朝井里望去时，能发现大地并不是连绵的一大片，而是一个孤岛。这一点就像井水能冷藏黄油一样重要。我从山顶眺望湖对面的萨德伯里草地，觉得发洪水时那片草地升高了，就像脸盆里的一枚硬币，这或许是山谷中热气升腾导致的幻象，而湖对岸的土地似乎成了一层薄薄的外壳，甚至被这介乎其中的小小水面隔离并浮载起来，我这才意识到，我居住的这块地方只是一片**陆地**。

尽管从我的门口望出去，视野还很狭小，但我丝毫没有拥挤或局促之感。有一大片牧场可供我的想象驰骋。湖对岸是矮橡树丛生

每个清晨都是一次令人愉悦的邀请，让我们的生活变得像大自然本身一样简朴，也可以说一样纯真。

的高地，向西部大草原和鞑靼草原①伸展开去，为所有的游牧人家提供了足够的活动空间。当达摩达拉②的牛羊需要新的、更大的牧场时，他说："只有自由享受广阔地平线的人，才是世界上最幸福的人。"

时过境迁，我居住在更接近宇宙中最令我向往的地方，生活在更接近最令我向往的历史时代。我的住地就像天文学家在夜间观测

---

① 鞑靼草原，从东欧到西伯利亚的大片平原地区。
② 达摩达拉，印度史诗《诃利世系》中的一个神。

到的许多天体一样遥远。我们惯于想象在星系中某个遥远的天国的一角,在仙后星座的背后,有一些罕见的怡人之处,远离喧哗与骚动。我发现,我的房子实际上就位于宇宙间这样一个僻静的、但却永远新鲜、不染尘垢的地方。假如离昴宿星团或毕宿星团、毕宿五星或牵牛星较近的地方值得居住的话,那我还就真住在那里,或者说距离被我遗弃的尘世生活一样遥远,黯然发出一缕同样纤细的光线,朝着离我最近的邻居闪烁,而邻居只有在没有月光的夜晚才能看见我。我所擅自占用的,就是这样一片天地——

>"那里曾住着一个牧羊人,
>
>　　他的思想像高山一样高昂,
>
>他在山上放牧的羊群,
>
>　　时时刻刻将他哺养。"

如果他的羊群总是漫游在比他的思想还要高的牧场上,那我们应该怎样看待这个牧羊人的生活呢?

每个清晨都是一次令人愉悦的邀请,让我们的生活变得像大自然本身一样简朴,也可以说一样纯真。我一直就像希腊人那样,是奥罗拉的真诚崇拜者。我早早起来,到湖中沐浴;这是一种带有宗教意味的修炼,也是我做的最好的事情之一。据说成汤王的浴盆上刻着这样的文字:"苟日新,日日新,又日新。"[①] 我能理解其中的意

---

① 成汤王,中国商朝(前1766—前1122)的奠基者,引文见于孔子的《大学·曾传》。

思。清晨带回了英雄时代。天一破晓，我便敞开门窗坐着，一只蚊子穿过我的房间作一次我无法看见也无法想象的旅行，发出了微弱的嗡嗡声，听到这个声音，我就像听到永远歌颂英名的号角一样振奋。这是荷马的安魂曲；它本身就是空中的《伊利亚特》和《奥德赛》，唱出了自己的愤怒与漂泊。其中蕴涵着宇宙的禅机；只要不被禁止，总在昭示世界的永恒活力和生生不息。清晨是一天中最难忘的时刻，是促人苏醒的时刻。这时我们最无睡意；至少有一个小时，我们身体中日夜昏睡的某个部分却苏醒过来了。假如我们不是被自己的灵感唤醒，而是被仆从机械地推醒；假如我们不是伴随着天国的悠扬音乐和四周的扑鼻芳香，被我们内心新凝聚的力量和渴望唤醒，而是随着工厂的铃声醒来——假如我们醒来时没有比睡着时上升到一个更高的生活境界，那么这样的一天，如果可以称作一天的话，就没有什么可期待的；这样一来，黑暗就结出了果实，证明自己是有益的，可以与光明相媲美。一个人如果不相信每天都有一个更早、更神圣的、未被他亵渎过的黎明，那他就对生活绝望了，走上一条越来越黑暗的下坡路。感官生活部分地中断了一阵之后，人的灵魂，或者确切地说，承载灵魂的器官，每天都给注入了新的活力，他的灵性又在尝试能创造出什么样的高尚生活。我敢说，一切难忘的事件都发生在清晨时分和清晨的氛围里。《吠陀经》[①]说："一切灵感都随着清晨苏醒。"诗歌和艺术，人类最美好、最难忘的行为，都始于这样一个时刻。所有的诗人和英雄，例如门农，都是奥

---

① 《吠陀经》，印度教的经典文献。

罗拉的孩子,在日出时分奏出他们的音乐。对于思维敏捷、精力充沛、与太阳同步的人来说,白天就是永恒的清晨。时钟如何报时,别人怎么看、怎么干,都无关紧要。清晨是我醒来的时刻,我有了一个内在的起点。精神上的改造就是要力图驱散睡意。假如人们不是总在昏昏欲睡的话,那为什么又会对他们的白昼作出那么蹩脚的描述?他们并不是如此蹩脚的计算者。他们若不是给搞得昏昏沉沉的话,本来是可以有所作为的。数以百万计的人清醒得足以从事体力劳动;但一百万人中只有一人清醒到足以从事有效的脑力活动,而在一亿人中只有一人清醒到足以过上一种富有诗意的或神圣的生活。清醒才是活着。我还从未遇见一个十分清醒的人。如果遇见了,我又怎么能直面他呢?

我们必须学会再次觉醒,并保持清醒,不是借助机械的手段,而是对黎明寄予无穷尽的期望,这种期望在我们睡得最熟的时候也没抛弃我们。人类毫无疑问有能力依靠自觉的努力来提升自己的生活,我不知道还有什么比这更鼓舞人心的事实。能画一幅独特的画,或雕刻一座塑像,从而产生几件绝美的物品,那是非同寻常的事;但更为荣耀得多的,则是雕出和画出我们所洞察的那种氛围和媒介,这是我们确实做得到的。能影响时代特征的艺术,才是最高境界的艺术。每个人都有责任使自己的生活,甚至在其细节上,都能经得起最崇高、最关键时刻的审视。假若我们拒绝,或者确切地说,耗尽了我们所获得的那点微不足道的信息,那么神谕就会清晰地告诉我们如何做到这一点。

我之所以隐居林中,乃是因为我想从容不迫地生活,只是面对生活的基本要素,看看我是否能学到生活要教给我的东西,而不要

我之所以到树林里，乃是因为我想从容不迫地生活，只是面对生活的基本要素，看看我是否能学到生活要教给我的东西，而不要等到我临终的时候，却发现自己没有生活过。

等到我临终的时候，却发现自己没有生活过。我不想过那种不是生活的生活，生活是那样珍贵；我也不想听天由命，除非那是完全必要的。我要深入地生活，把生活的一切精髓都吸出来，要顽强地生活，像斯巴达人一样，铲除一切非生活的东西，大刀阔斧，披荆斩棘，把生活驱逐到角落里，把生活条件降低到最低限度，如果生活证明是卑微的，那就将其全部的、真正的卑微都挖出来，将之公之于世；而如果生活是崇高的，那就通过亲历加以体验，并且在下一次远足时能作出真实的描述。因为在我看来，大多数人都奇怪地搞不清楚什么是生活，不管那是魔鬼的生活还是上帝的生活，而且他们**有点匆忙**地下结论说，这里的人们的主要目的，是"赞美上帝，永远享受他的赐福"。

我们仍然卑微地生活着，像蚂蚁一样；尽管神话里说，我们很久以前就变成了人[①]；我们像小矮人一样与鹤作战[②]；这是错上加错，补丁摞补丁，我们最美好的品德却因此招来大可不必的、本可避免的不幸。我们的生命被琐事消耗殆尽。一个老实人只需数数他的十个手指头，在极端情况下，可以加上十个脚趾，其余的全可归并在一起。要简单，简单，再简单！我说，把你的事情简化成两三件，而不是上百、上千件；不是上百万，而是按半打计算，把账目记在你的拇指甲上。在文明生活这个波涛汹涌的大海中，要考虑到那么多的乌云、风暴、流沙和不计其数的变故，一个人如果不想船只失

---

[①] 希腊神话中说，有一王国闹瘟疫，主神宙斯将蚂蚁变成人，为该国补进新的人口。

[②] 在《伊利亚特》中，特洛伊人被比作与小矮人作战的鹤。

事,沉入海底而无法入港的话,那就要靠准确的航位推测①,获得成功的人必定是个了不起的计算家。要简化,再简化。如有必要,每天只吃一餐,而不是三餐;只吃五个菜,而不是一百个菜;并且相应地减少别的食品。我们的生活就像日耳曼邦联②,由一些小国组成,其疆界总是变幻不定,因而即便德国人也说不清在某一特定时刻是如何划界的。这个国家尽管有众多所谓的内在的改善,可是要顺便说一句,这些改善只是虚有其表、装潢门面,那仅仅是一个庞大臃肿、运作不便的机构,里面塞满家具,一片狼藉,到处磕磕绊绊,由于奢靡和恣意挥霍,加之缺乏深谋远虑和明确的目标,一切都毁之殆尽,就像这个国家的上百万家庭一样;要医治这个国家,就像医治众多家庭一样,唯一的办法就是厉行节约,过一种严格的、比斯巴达人有过之无不及的简朴生活,并且拥有同样非凡的崇高目标。如今的生活太放荡了。人们认为,**国家**必须振兴商业,出口冰块,用电报进行交谈,乘坐每小时要行三十英里的交通工具,不管**他们**是否真有这些需要;不过我们究竟应该像狒狒一样生活,还是像人一样生活,却有点捉摸不定。如果我们没有生产枕木,没有锻造出铁轨,没有日日夜夜投身于这项工作,而只是对我们的**生活**修修补补,以这样的方式改善我们的**生活**,那谁会去建造铁路呢?若是铁路没有修建出来,我们又怎么能及早地到达天国呢?但假若我们待在家里,只管自己的事,那又有谁会需要铁路呢?不是铁路承载我

---

① 航位推测,系指通过计算船只的航向和行程,而不是通过观察太阳和星星,来估计船只的位置。
② 日耳曼邦联,1871年统一之前的德国,由一些大公国和小王国拼凑而成。

们,而是我们承载铁路。你可曾想过,铺在铁路下面的那些枕木是什么?每一根枕木都是一个人,一个爱尔兰人,或一个美国人。铁轨就铺在他们身上,他们身体周围又铺上了沙砾,火车车厢就从他们上面平稳地驶过。我敢保证,它们是睡得沉、铺得稳的枕木①。每过几年,又有一块新地段建好了铁路,又有火车行驶过去;这样一来,如果有些人有幸乘车奔驰在铁路上,那就会有另一些人倒霉地被碾压过去。如果他们碾压的是一个梦游的人,是一根错了位的多余的枕木,并把他惊醒时,他们就会突然刹车,大喊大叫,好像那是一次例外。我高兴地获悉,每隔五英里就需要一帮人,使枕木平平稳稳得像是卧在路基上,因为这意味着,枕木有时可能从路基上爬起来。

我们为什么会如此匆忙地生活,如此耗费生命?我们在没有感到饥饿之前,就下定决心要挨饿。人们说,一针及时,可省九针,因此他们今天缝上千针,免得明天缝九针。至于**工作**,我们并没有什么重要的工作。我们患有圣维特斯舞蹈症②,**无法**使头部静止不动。假若我只拉几下教区的钟绳,比如说只是报个火警,也就是说,没有猛力把钟拉成口朝天,那么在康科德郊区农场上干活的人,尽管早上还多次借口说农活如何要紧,却全都会放下手里的活,朝钟声跑去,我几乎可以说,孩子女人都会往那里跑,主要不是从火中抢

---

① 睡得沉、铺得稳的枕木:原文 sound sleepers 是个双关语,兼有"稳当的枕木"和"酣睡者"两层意思。
② 圣维特斯舞蹈症,多见于儿童的一种疾病,症状为面部和身体突然出现轻微的失控性痉挛。

救财物，如果我们承认事实的话，大家更是要去看火怎么燃烧，因为火是一定会燃烧的，而且事情明摆着，又不是我们放的火——不然就是去看着火被扑灭，如果是举手之劳的话，也可助上一臂之力；是的，即便着火的是教区教堂本身。一个人饭后睡了半个小时，醒来后便抬起头来问："有什么新闻？"好像世界上其余的人都在为他放哨。有些人指示别人每隔半小时叫醒他一次，无疑没有别的意图；然后，为了回报，他们就讲述自己做了什么梦。睡了一夜之后，新闻就像早餐一样不可或缺。"请告诉我在这个世界上任何地方任何人所发生的任何新鲜事。"他一边喝咖啡，吃面包卷，一边从报纸上读到：当天早晨在瓦奇托河[①]上，有一个人给挖掉了眼睛；而他做梦也没想到，他就生活在这个世界深不可测的大黑洞里，其本人的视觉器官早已退化。

就我而言，没有邮局我也能从容地对付下去。我认为，很少有什么重要信息是通过邮局来沟通的。不客气地说，我一生中只收到过一两封对得起那邮资的信——我几年前就写过这么一句话。一便士邮政[②]通常是这样一种机构，你一本正经地付给一个人一便士，来换取他的思想，而那人往往以开玩笑的方式，稳妥地把他的思想提供给你。我敢担保，我从未在报纸上读到任何值得关注的新闻。如果我们读到一个人被抢劫，或被谋杀，或因事故丧命，或房屋被烧，或船只失事，或蒸汽船被炸，或牛在西部铁路被撞死，或疯狗被打

---

① 瓦奇托河，流经阿肯色州和路易斯安那州的河流。
② 一便士邮政，英国在 1840 年所定的邮政制度，无论邮件路程远近均收一便士邮资。

死，或冬天冒出一大群蝗虫——我们大可不必再读别的新闻了。一条足矣。你若是熟悉了新闻中的套路，又何必在意那不计其数的详情实例呢？在哲人看来，所谓的**新闻**，全都是流言蜚语，而新闻的编辑和读者则是些喝茶的老太婆。然而对这流言蜚语趋之若鹜的又并非少数人。我听说，几天前有一大群人冲进一家报馆，想了解最新的国际新闻，结果报馆的几大块平板玻璃都给挤碎了——而那新闻，我倒正经八百地认为，但凡头脑灵敏的人，谁都能在十二个月或十二年前相当准确地写出来。比如说西班牙，如果你能时不时地按恰当的比例，把唐·卡洛斯和公主，以及唐·佩德罗、塞维利亚和格拉纳达①抛出来——自从我读报以来，他们可能把这些名字稍许作了改动——并在没有别的娱乐活动可写时奉献出一场斗牛，这就会成为不折不扣的新闻，就像报纸上以此为题的最简明的报道一样，让我们很好地了解西班牙的确切状况和衰败势态。至于英国，一六四九年的革命②几乎就是来自该国的最后一条重要新闻；如果你已经知晓了英国历年的谷物平均产量，那你可就再也不需去关心这件事了，除非你所从事的是纯属与金钱相关的投机买卖。假如一个很少看报的人可以作出判断，那么国外就从来没有什么新闻，就连法国革命也不算新闻。

---

① 梭罗在此所列举的人物，涉及的都是19世纪三四十年代西班牙和葡萄牙的权力之争。西班牙的斐迪南七世与其弟唐·卡洛斯进行王位争斗，结果是斐迪南的女儿、十三岁的公主捷足先登，成为伊莎贝尔女王二世；唐·佩德罗系巴西国王，其女儿当上了葡萄牙女王。
② 1649年，英国清教徒联邦临时取代了英国王室。

什么新闻！懂得什么是从不过时的事情，这要重要得多！"（卫国大夫）蘧伯玉使人于孔子。孔子与之坐而问焉。曰：'夫子何为？'对曰：'夫子欲寡其过而未能也。'使者出。子曰：'使乎！使乎！'"[①] 周末本是农夫的休息日，他们已昏昏欲睡——因为星期日顺理成章地成为虚度了一周的结束，而不是新的一周充满活力的良好开端——牧师不应该用另一套又长又臭的布道，来骚扰他们的耳朵，而应该用雷鸣般的声音喊道："停下来！停住！为什么看似走得很快，但却慢得要命？"

假象和错觉被奉为最可靠的真理，而现实却令人难以置信。假如人们一味地坚持观察现实，不让自己受到蛊惑，那么把生活与我们知道的事情相比较，生活就会像童话和《一千零一夜》的故事一样。假如我们只重视不可避免的、有权存在的事物，那么音乐和诗歌就会沿街回荡起来。当我们从容不迫而又聪颖明智的时候，就能领悟到，只有那些伟大而又有价值的东西，才会永久而确凿地存在下去，委琐的恐惧和委琐的喜悦只不过是现实的幻影。这总是令人振奋、令人崇敬。人们闭上眼睛睡觉，听任假象欺骗，从而到处确立并巩固了他们的日常生活习惯，而这生活习惯仍然建立在纯粹虚幻的基础上。儿童拿生活当儿戏，能比成年人更清晰地辨明生活的真正法则和关系，而成年人明明过不上有意义的生活，却自以为凭借经验而更加聪明，换句话说，凭借失败而更加聪明。我在一本印度书中读到："从前有个王子，幼儿时被放逐出故都，由一位山林居

---

① 出自《论语·宪问》第二十五章。

民收养，就在这种状况下长大成人，于是便以为自己属于他与之生活在一起的那个野蛮种族。他父亲的一位大臣发现了他，向他揭示了他的身世，有关他身份的误解消除了，他知道自己是个王子。因而，"印度哲人继续说道，"灵魂从它所处的环境出发，看错了自己的身份，直至圣哲向它披露了真相，它才知道自己原来是梵天[①]。"我领悟到，我们这些新英格兰的居民之所以过着这种简陋的生活，是因为我们的眼力看不透事物的表面。我们以为，**表象就是本质**。如果一个人从这镇里走过，并且只看到现实的话，那你认为"磨坊水坝"[②]通向哪里呢？假若让他给我们讲述他在那里看到的现实的话，我们还真认不出他所描述的那个地方。你若是看到一座礼拜堂，或一个法院，或一座监狱，或一家商店，或一幢住宅，并在眼睁睁地盯着它时，能说出那究竟是什么地方，那它们在你的描述中全都会分崩离析。人们认为真理非常遥远，在宇宙的边缘，最远的星星背后，在亚当之前和最后一个人之后。在永恒之中，确实存在着真实而崇高的东西。但这些时间、地点和场合全都在此时此地。此时此刻上帝本身已是至高无上，决不会随着时代的流逝而变得更加神圣。我们只有永远沉浸和沐浴在周围的现实之中，才能领会什么是崇高和高贵。天地万物经常顺从地对我们的观念作出回应；不管我们走得快还是走得慢，总是为我们铺好了路。那就让我们倾注毕生精力去感悟吧。诗人或艺术家还从未有过如此美好而高贵的构想，不过在子孙后代中，至少有人能够完成此举。

---

① 梵天，印度教主神之一，为创造之神，亦指众生之本。
② "磨坊水坝"，康科德的主要商业街，街上商店密布。

让我们像大自然那样从容不迫地度过一天，不要一有坚果壳和蚊子翅膀落在铁轨上，就给甩出了轨道。我们早早起床吧，早饭可吃可不吃，心平气和，无忧无虑；任友人来去，任钟声响起，任孩子哭泣——下决心过好这一天。我们为什么要屈服，要随波逐流呢？我们不要在位于子午线浅水区，那所谓正餐的可怕急流和漩涡中被打翻、被吞没。你要是经受住这场艰险，可就平安无事了，因为剩下的都是下坡路。带着紧绷的神经，带着清晨的活力，像尤利西斯[①]一样把自己绑在桅杆上，眼望着另一方向，打旁边绕过去。如果发动机发出吼叫，那就让它吼叫下去，直至落得声嘶力竭。如果钟声敲响，我们为什么要跑呢？我们要考虑，它像哪一种音乐。让我们定下心来干活，把双脚踏进观念、偏见、传统、幻觉和表象的泥沼之中，踏进那个覆盖着地球的淤积层，穿过巴黎和伦敦，穿过纽约、波士顿和康科德，穿过教会和政府，穿过诗歌、哲学和宗教的沙洲，直至我们踩到一片可以称作现实的坚硬地面和岩石上，于是便说：这就对了，没错；由于有了一个 point d'appui[②]，我们又开始在山洪、霜冻和烈火下面，建造一堵墙或一个国家，或者牢靠地立起一根路灯柱，或者也许安装一个测量仪，不过不是水位测量仪，而是"现实测量仪"，这就能使将来各个时代都能认识到，假象和表象的洪水时常积累得有多深。如果你恰好面对一个事实，你会看到太阳从两个表面同时发光，好像一把曲剑，并且感受到它的甜蜜利

---

[①] 在荷马史诗《奥德赛》中，尤利西斯把自己绑在桅杆上，以便既可倾听女海妖塞壬的优美歌声，又不至于因受其诱惑而丧命。
[②] 法语，意为支点。

刃穿过心脏和骨髓把你劈开，这样你就可以愉快地结束你的凡人生涯。不管生死，我们只追求现实。如果我们当真要死去，就让我们听到喉咙里发出的格格声，感到四肢冰凉；如果我们还活着，就让我们去干自己的事。

　　时光只是供我垂钓的溪流。我饮用溪水；但我饮水时看见了沙床，发现溪流有多浅。它的涓涓细流徐徐流去，但却留下了永恒。我要饮更深处的水；要在天穹钓鱼，天底点缀着鹅卵石般的星星。我一个也数不出来。我不认识字母表中的第一个字母。我始终为之感到遗憾，我还不如我出生那天来得聪明。智力是一把切肉刀；它洞察并切入事物的奥秘。我不想让我的双手毫无必要地忙碌。我的头脑就是双手和双脚。我感到我最好的功能都集中在头脑中。我的本能告诉我，我的头脑是一个掘洞的器官，就像有些生物使用它们的前吻和前爪那样，我想用我的头脑在山中挖掘开矿。我想最丰富的矿脉就在这附近；因此，我就借助占卜杖[①]和升腾的薄雾来判断；我要在这里采矿了。

---

① 占卜杖，一种叉形杖，据称可以用来探寻矿脉或水源。

⊙ **通识漫谈**

### 阿特拉斯

阿特拉斯是希腊神话中的擎天神,第一代泰坦神之一伊阿珀托斯的长子。泰坦之战中,包括阿特拉斯在内的泰坦神族与奥林匹斯神族敌对,结果战败,阿特拉斯因此被宙斯惩罚,在世界西极擎起天空。

大西洋(Atlantic Ocean)和亚特兰蒂斯(Atlantis)的词源都与阿特拉斯有关,前者的意思是"阿特拉斯之海",后者的意思则是"阿特拉斯之岛"。

欧洲人多以他的画像装饰地图封里,故地图集也称 Altas。

*就像阿特拉斯一样,
 把世界扛在肩上。

**奥林匹斯山**

在希腊神话中,奥林匹斯山为众神居住之地,希腊语为 Ὄλυμπος,即"发光、光之处",象征着力量与权力,是希腊神话乃至西方文明起源之地。

奥林匹克运动会之名也源于此。据说,希腊人为表达对居住在奥林匹斯山的主神宙斯的崇敬,举行盛大的祭祀,并开办短跑竞赛活动,后来逐渐增加了摔跤、掷铁饼、投标枪等其他项目。

\*晨风飘拂不息,奥林匹斯山到处显现在大地上。

**斯巴达青年做体操训练  墨西哥周报《插画世界》19 世纪插图**

　　斯巴达是古希腊一个奴隶制城邦,位于希腊半岛南部的拉哥尼亚平原。
　　斯巴达以独裁专制、军国主义和严酷的纪律而闻名,与当时雅典的民主制度形成鲜明对比。斯巴达人不论男女,都要接受军事化体育训练以磨炼体魄与意志,田径、攀岩、近身搏斗等都是必要技能。"斯巴达式"后被引申为"严格,简单,明了"等意思。

＊我要深入地生活,像斯巴达人一样,把生活条件降到最低限度。

**尤利西斯与塞壬　英国画家约翰·威廉·沃特豪斯 19 世纪插图**

据荷马史诗《奥德赛》，特洛伊战争结束后，古希腊城邦的大英雄尤利西斯乘船返回家乡伊萨卡岛，为顺利通过有海妖出没的塞壬岛，他下令让水手们用蜂蜡堵住耳朵，而自己则决定听一听海妖的歌声，和"未来不理智的尤利西斯"签订了一个合约。他要求水手们用铁链将他绑在桅杆上，且不能回应他的请求更不能释放他。

尤利西斯合约，通过设置外部约束，让人做出有利于未来的决策，利用过去的自己阻止未来的自己做出非理性行为。

\* 带着紧绷的神经，带着清晨的活力，像尤利西斯一样。

### 达摩达拉

达摩达拉（Damodara），又名黑天、奎师那（Krishna），一般被认为是印度教主神毗湿奴的第八个化身。

该形象最早出现于印度史诗《摩诃婆罗多》中，关于他的最主要故事则多保存在《诃利世系》中。他自小放牧长大，常以吹笛的牧人形象出现。

\* 当达摩达拉的牛羊需要新的、更大的牧场时，他说："只有自由享受广阔地平线的人，才是世界上最幸福的人。"

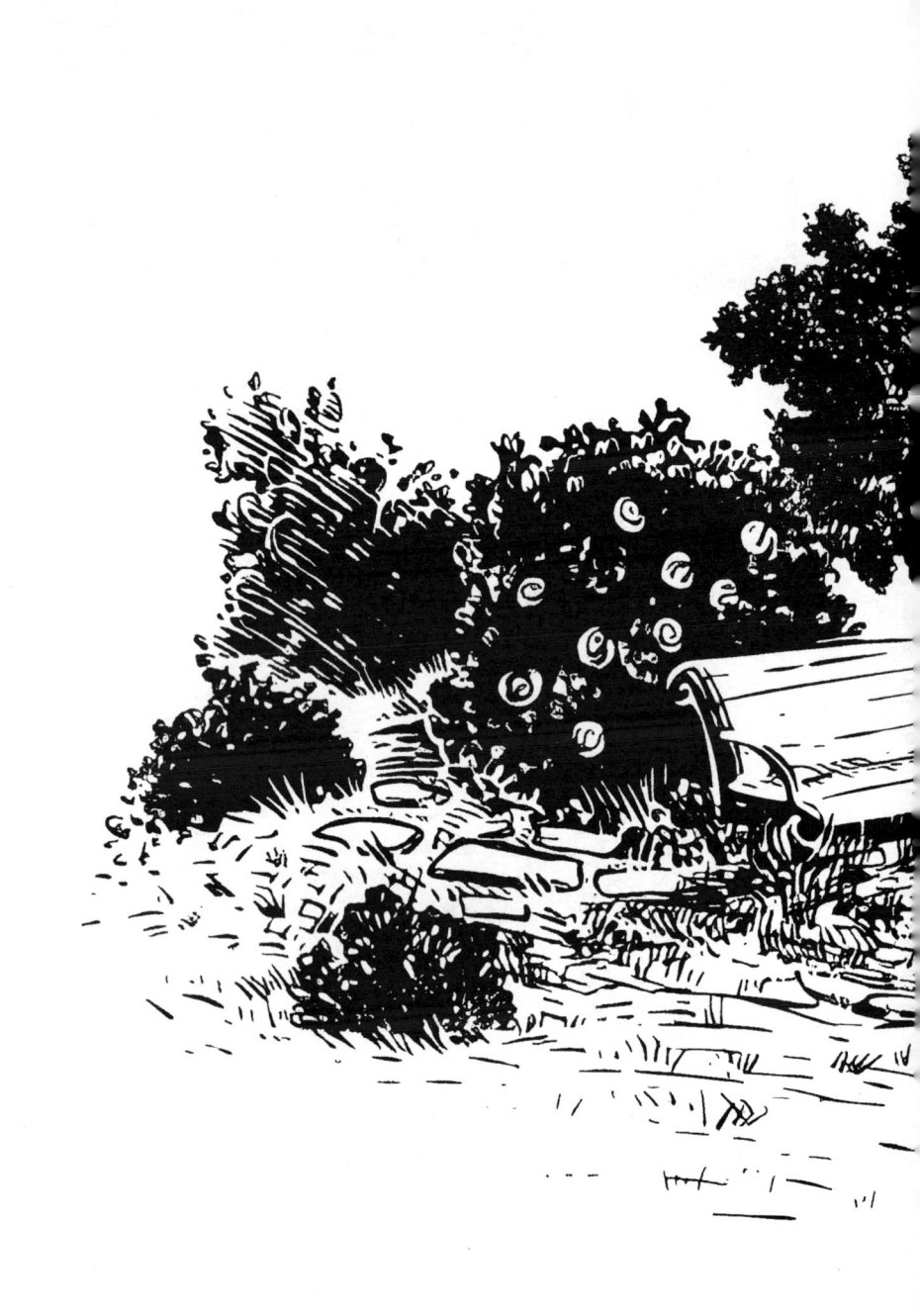

# 三 阅读

怀着纯真的精神阅读纯真之书,这是一种高尚的活动。

如果在选择职业时能够稍微审慎一些的话，那所有的人或许基本上都会成为研究者和观察者，因为这二者的性质和命运当然是大家都感兴趣的。在为我们自己或后代积累财富上，在建立家庭或创建国家上，甚至在追逐名誉上，我们都是凡夫俗子；但在探索真理时，我们却是不朽的，不必害怕变革和事故。最古老的埃及或印度哲人撩起了神像面纱的一角；那件颤抖的罩袍至今仍然撩开着，因而我就像古代哲人一样，凝视着璀璨的荣耀，因为正是他身上的我变得如此无所畏惧，而眼下正是我身上的他在审视着那个幻景。那件罩袍上没有落下任何尘土；自从那神灵被揭示出来，时间并没流逝。我们确实在改善的时刻，或可以改善的时刻，既不是过去和现在，也不是未来。

我的住处与一所大学相比，不仅更有利于思考，而且更有利于严肃的阅读；尽管我的阅读超出了一般流通图书馆的范畴，但却比以往任何时候都更多地受到了在世界各地流通的那些图书的影响，那些书中的语句最初是写在树皮上，现在只不过是不时地抄在亚麻纸上。诗人米尔·卡马尔·乌迪恩·马斯特①说："坐着驰骋于精神世界的领地，我从书中获得了这份好处。一杯美酒即令人陶醉；我喝下奥秘学说的琼浆时，便体验到了这般愉悦。"整个夏天我把荷马的《伊利亚特》放在桌上，尽管我只是偶尔才翻开来看看。起初，我手头有没完没了的活要干，既要盖房子，又要给豆子锄草，因而无法读更多的书。但是想到以后可以多读些书，我又不禁为之振奋。

---

① 米尔·卡马尔·乌迪恩·马斯特，18世纪印度诗人，下文引自法文作家加尔辛·德·塔西的《印度教和印度斯坦文学史》。

我在干活的间隙，读过一两本浅薄的游记，后来这份差事使得我为自己感到羞愧，我便责问自己：当时**我**究竟置身于何处。

学生可以阅读希腊文的荷马或埃斯库罗斯①的作品，而没有落得放荡奢靡的危险，因为这正表示他在一定程度上是在仿效他们的英雄，并把清晨的时光奉献给他们的史诗。这些英雄诗篇，即便用我们母语的文字印刷出来，也总归只是存在于另一种语言，一个颓唐的时代是无法理解这种语言的；我们必须煞费苦心地去探寻一字一行的意思，竭尽我们的智慧、胆魄和气度，从通常的用法中，挖掘出其深层的含义。现代廉价而又多产的出版社，尽管推出了众多译作，却未能拉近我们和古代史诗作家的距离。他们似乎还是那样孤独，印刷他们作品的文字还是那样稀奇生僻。哪怕只学到一种古代语言的某些词语，也值得花费青春岁月和宝贵时光，因为那都是从街头的琐碎语言中提升出来的，具有永恒的联想和激发意义。农夫记住并重复使用他所学到的几个拉丁词语，并非徒劳无益。人们有时谈论起来，好像对古典作品的研究终将让位给更为现代、更为实用的研究；但富有进取心的学子却总要研究古典作品，不管它们是用什么语言写成的，也不管它们有多么古老。古典作品如果不是用文字记载的人类最崇高的思想，那又是什么呢？它们是唯一不朽的神谕，其中就有对最现代的探询的回答，这可是德尔斐和多多纳②的神谕从未做到过的。我们不妨舍弃研究大自然，因为大自然老了。

---

① 埃斯库罗斯（前525—前456），古希腊三大悲剧作家之一，共创作了七十多部作品，现存的只有七部，梭罗翻译过《被缚的普罗米修斯》等剧。
② 德尔斐、多多纳均为古希腊城市，都设有神士所，即神谕发布地。

读好书，也就是说，怀着纯真的精神**阅读**纯真之书，这是一种高尚的活动，比当今所认可的任何惯有做法，都更能促使读者殚思竭虑。这需要采取运动员那样的训练，几乎终生抱定这个目标，坚持不懈。读书与著书一样，既要仔细斟酌，又要有所保留。即便你能讲原著撰写所使用的那个民族的语言，那也是不够的，因为在口语和书面语之间，在听到的语言和读到的语言之间，还存在着不容忽视的差异。前者通常是转瞬即逝的，只是一种声音，一种口舌，一种方言，几乎是野蛮的，而我们就像野蛮人一样，无意间从母亲那里学到了它；后者则是前者的成熟和凝练。如果前者是我们的母语，那后者就是我们的父语，一种含蓄的、字斟句酌的表达，寓意无穷，并非耳朵所能领悟，为了能说这种语言，我们必须再生一次。那些仅仅会**说**中世纪希腊语和拉丁语的芸芸众生，并不能凭着生来走运就有资格**阅读**用这两种语言写成的天才作品；因为这些作品并不是用他们所熟悉的希腊语或拉丁语写成的，而是用字斟句酌的文学语言写成的。他们并没学会希腊和罗马那些更加高贵的方言，而写出那些作品所依据的材料在他们看来无非是一堆废纸，他们反倒珍惜一种廉价的当代文学。但当欧洲的几个国家获得了尽管粗陋、但却自具特色的书面语言，足以满足其日渐增长的文学的需要时，对最早的学问的研究复兴了，学者们得以从久远的过去识别出古代的瑰宝。罗马和希腊的民众当年**听**不到的作品，经过多少时代之后，却让几位学者**读**到了，而且如今也只有几位学者仍在阅读。

不管我们会如何赞赏演说家偶尔的妙语连珠，口若悬河，最高雅的书面语言，通常掩藏在转瞬即逝的口头语言的背后或之上，就像缀满星星的苍穹隐蔽在云彩后面一样。**天上**是有星星，眼明的人就能观察到它们。天文学家总在评说它们,观察它们。它们不同于我们日常的谈吐和雾气氤氲的呼吸。讲坛上的所谓雄辩,通常就是书斋里的修辞。演说家受转瞬即逝的灵感的驱使,对他面前的人群讲话,对那些能听见他的人讲话;但是作家需要的是比较平静的生活,激发演说家灵感的事件和人群只会让他分心,他在对人类的心智说话,对任何时代能够**理解**他的所有人说话。

难怪亚历山大①远征时,随身携带装在一只珍贵盒子里的《伊利亚特》。书面文字是最珍贵的文字。比起任何其他艺术品来,它既与我们更加亲密,同时又更有普遍意义。这是最接近生活本身的艺术品。它可以被翻译成各种语言,不仅可以阅读,而且确实人人都在吟诵;不仅能在画布或大理石上描绘出来,而且能从生命的气息中雕琢出来。古人思想的符号,变成了今人的言语。两千个春秋给希腊文学的丰碑带来的,跟希腊大理石雕像的情况一样,只是一种更为成熟的金秋色调,因为它们把自己宁静而神圣的气氛带到了世界各地,使之免受时光的侵蚀。书籍是世界的宝贵财富,是各个民族世代相传的珍贵遗产。最古老、最优秀的书籍,自然而然、理所应当地摆在家家户户的书架上。它们没有什么好为自己张言的,但它们启迪和激励读者的时候,有见识的读者是不会拒绝它们的。它们的作者是每个社会天经地义的、不可抗拒的贵族,给人类带来的影响胜过帝王。那些没有文化,也许还目空一切的商人,凭借进取心和勤奋,赢得了梦寐以求的闲暇和独立,跻身于财富和时尚圈,最

---

① 亚历山大,即亚历山大大帝(前356—前323),马其顿国王,先后征服了希腊、埃及和波斯,并侵入印度,建立亚历山大帝国。

终不可避免地转向更高的、但却不可企及的知识和天才圈，这才意识到自己教养上的缺陷，意识到他的全部财富的虚幻和不足，他要进一步证明他的远见卓识，便竭力为他的孩子们谋求他深感他们所欠缺的知识文化；照此一来，他就成为一个家族的鼻祖了。

那些没有学会用作品的写作语言来阅读古代经典的人，对人类历史的认识一定很不完备；因为值得注意的是，那些古代经典还没有被翻译成任何现代语言，除非我们的文明本身被视为一种现代译文。荷马的作品还从未出过英文版本，埃斯库罗斯的作品也没出过英译本，就连维吉尔[①]的作品也没这样出过——这些作品几乎像清晨一样清雅，一样坚实，一样美妙；因为后来的作家，不管我们怎么说及他们的天赋，很难有人比得上古人的精巧之美与优雅，及其终生崇高的文学劳动。那些对古代经典一无所知的人，才会谈论要把它们忘却。等我们拥有了使我们能够阅读和欣赏它们的学识和才能的时候，再去忘记也不迟。到时候，那些我们称之为经典作品的遗物，以及各个国家更为古老、比经典还经典、但却更鲜为人知的圣书还会更多地积累起来，梵蒂冈宫摆满了《吠陀经》《阿维斯陀》[②]和《圣经》，藏满了荷马、但丁和莎士比亚的著作，继之而来的多少世纪又把这些纪念品陈列在世界论坛上，这样的时代有多么富丽堂皇啊。靠着这样一大堆宝藏，我们可望最终攀上天堂。人类还从未读懂伟大诗人的作品，因为只有伟大诗人才能读懂伟大诗人的作品。人们读这些诗作，只能像芸芸众生观看星星一样，充其量是观看星

---

① 维吉尔（前70—前19），古罗马诗人。
② 《阿维斯陀》(Zendavestas)，波斯琐罗亚斯德教的经书。

象，而不是研究天文。大多数人学习阅读，是为了求得一种微不足道的便利，就像学习做算术，是为了记账，做生意不会受骗；但是把阅读当成一种高贵的智力锻炼，他们却知之甚少，甚至一无所知；然而，在更高的意义上，这才是真正的阅读，它并非像奢侈品一样麻痹我们，听任我们更高贵的官能昏昏欲睡，而是我们必须踮起脚来阅读，献出最警觉、最清醒的时光。

我认为，在学会认字之后，我们就应该阅读最优秀的文学作品，而不是在四五年级的时候，总在没完没了地死记硬背字母表和单音节词，一辈子都坐在最低年级的最前面一排。大多数人满足于能读读书，或能听人读读书，或许还领受了一本好书《圣经》里的智慧，准备在余生中过着无所事事的生活，把自己的聪明才智耗费在所谓的轻松读物上。在我们的流通图书馆里，有一部几卷本的著作，名曰"Little Reading"①，我还以为是我没去过的一个名叫"里丁"的镇子。有一些人就像鸬鹚和鸵鸟一样，甚至在饱餐了一顿肉和蔬菜之后，仍能把这类东西全消化掉，因为他们不能容忍浪费任何东西。如果说别人是提供这种食物的机器，那他们就是阅读这种故事的机器。他们阅读了泽布伦和塞芙罗尼亚②的第九千个故事，从没有人像他们那样相爱过，而他们真心相爱的道路并不平坦——反正是他们如何相爱，如何栽跟斗，如何再爬起来，继续前进！一个可怜的不幸的人，本来压根儿就不该爬到钟楼上，却愣是爬到了尖塔上；然

---

① 英文的 Little Reading 既可理解为"小读物"，又可理解为"小里丁"——里丁即马萨诸塞州的里丁镇。
② 当时畅销小说中的男女主人公。

### 鸬鹚

鸬鹚（Cormorant），学名 *Phalacrocoracidae*，广泛分布于世界各大洲的沿海和内陆水域。

作为"水中猎手"，鸬鹚主要以鱼类为食，且捕食速度极快，它们往往偷偷靠近猎物，继而猛地伸长脖子叼住猎物，曾被训练成专门用来捕鱼的工具。

英语中，cormorant 也有"贪婪的人"的语义，鸬鹚在西方文化中也代表贪婪、欺骗和背叛。

---

后，在大可不必地让他爬了那么高之后，快活的小说家便敲起钟来，让普天下的人聚集起来听。哦，天哪！他是怎么又下来的！就我而言，我认为他们最好把天下小说中的所有意气风发的英雄全都变成风向标，就像以前总把英雄摆在星座中间一样，让他们四处摆动，直至生锈，说什么也别再下来拿恶作剧作弄老实人。下一次小说家再敲钟，即便礼拜堂给烧光了，我也一动不动。"《踮脚尖者的蹦跳》[①]，一部中世纪传奇，为《小不点托尔坦》的著名作者所著，每月出一集；购者如潮，欲购从速。"人们瞪大眼睛，带着高涨而纯真的好奇心和永不倦怠的胃口读着这些文字，胃里的皱褶甚至不需打磨，就像一个四岁小孩坐在凳子上，读着他那本两美分一本的封面烫金的《灰姑娘》一样——我看得出来，在发音、重音或加强语气上都没有任何改进，在提取或加进寓意上也没有什么技巧。结果就是目光迟钝，要害器官循环停滞，所有的智力官能普遍衰弱退化。每天

---

① 《踮脚尖者的蹦跳》(*The Skip of the Tip-Toe-Hop*)，梭罗杜撰的书名，可能在戏仿詹姆斯·库柏的小说《祝愿者的哭泣》(*The Wept of Wish-ton-Wish*)。

## 鸵鸟

鸵鸟（Ostrich），学名 *Struthio camelus*，十分耐热的卵生动物。

鸵鸟食性杂，主要吃植物的茎、叶、果实等，也吃昆虫、小型爬行类动物等，偶尔吞食沙子、小石子以帮助消化。

英语中，有 have a stomach like an ostrich（有鸵鸟一样的胃）的俗语，用来形容人的消化能力强。

此外，由于其遇险喜欢把头扎进沙里的习性，鸵鸟也被引申指逃避现实的人。

---

都在烘烤这种姜饼，几乎在每一个烤炉里，都比纯麦面包或黑麦加玉米粉面包烤得更起劲，也有更好的销路。

最优秀的作品，甚至连所谓的优秀读者都不读。我们的康科德文化氛围又怎么样呢？在这个镇上，除了极少数人，人们甚至对英语文学中优秀的或最优秀的作品，大都不感兴趣，尽管这些作品使用的文字大家全能念、全会拼写。各地甚至受过大学教育和所谓的文科教育的人，实际上对英语古典作品所知甚少，或者说一无所知；至于记录着人类智慧的书籍，即古代经典和宗教经典，但凡想要了解它们的人皆有机会读到，但不论在什么地方，都很少有人肯花点功夫去熟悉它们。我认识一位中年伐木者，他订了一份法文报纸，据他说不是为了看新闻——他不屑于看新闻，而是为了"坚持练习法语"，因为他生为加拿大人；我就问他，他认为在这世上他能做的最好的事情是什么，他便说，除此之外，就是坚持提高他的英语水平。这大致就是受过大学教育的人通常所做的或渴望做的，并为此目的而订一份英文报纸。一个刚刚读完也许是一本最优秀的英语书的人，能找到多少人与之谈论这本书呢？或者假定他刚刚读过一本希腊或拉丁经典原著,即便所谓的文盲也很熟悉人们对该书称颂不已;但他根本找不到一个可以交流体会的人,而只能对此保持缄默。的确,我们的大学里很难有哪位教授,既掌握了语言的疑难之处,又相应地掌握了希腊诗人在心智和诗意上的疑难之处,而且有心将其传授给敏锐而有胆识的读者;至于那些圣书,或人类的宗教经典,在这镇上有谁能把它们的书名告诉我?大多数人并不知道,除了希伯来人以外,还有哪个民族拥有一部圣书。一个人,任何一个人,都会不怕麻烦地去捡起一枚银币;但摆在我们面前的是金子般的言语,出自古代最聪明的人之口,后来历代的有识之士使我们对其价值确信无疑;然而我们学习阅读的,只不过是些简易读物,是初级读本和课堂读本,离开学校之后,则读《小读物》和故事书,都是供孩子和初学者读的书;我们的阅读、交谈和思维全都处在一个很低的水平,只配得上侏儒和矮子。

我渴望结识一些比我们康科德这片土地上生育出来的更聪明的人,他们的名字在这里还无人知晓。难道我会听说过柏拉图的名字,而又从未读过他的书?好像柏拉图就是我的同镇人,而我却从未见过他——我的隔壁邻居,而我却从未听过他说话,或从未聆听过他的睿智之见。但实际情况又是怎样的呢?他那部蕴含着不朽见解的《对话录》就摆在近旁的书架上,而我还从未拜读过。我们都缺乏教养,浅薄无知;在这方面,我承认,镇上那些一字不识的文盲和只能读儿童读物和低智读物的文盲,我看不出多大的区别。我们应该像古代的圣贤一样优秀,但在一定程度上先要知道他们是如何优秀。我们属于侏儒之族,在智力上飞得再高也越不过日报专栏的高度。

并非所有的书都像它们的读者那样乏味。有些话可能恰恰是针对我们的情况而写的,如果我们确能加以聆听和理解,那就会比清晨和春天更有益于我们的生活,还可能让我们看到事物的新层面。多少人通过阅读一本书,而使其生活出现了一个新纪元。书之所以为我们存在,也许因为它能解释我们那些不可思议的事情,并能揭示新的不可思议的事情。那些当前不可言传的事情,我们可能发现在某个地方给言传出来了。那些让我们心烦意乱、困惑不解、不知所措的问题,照样发生在所有智者的身上;没有一人得以幸免;而且每个人都尽其所能,用自己的语言,根据自己的生活经历,做出了回答。除此之外,有了智慧我们就会学会宽怀大度。那个住在康科德郊外农场上的孤独雇工,获得了精神上的新生和独特的宗教经历,觉得是信仰把他带进一种肃穆庄重而又孤傲的境界,但他又可能认为并非如此;不过在几千年以前,琐罗亚斯德[①]就走过同样的道路,有过同样的经历;但他很明智,知道他的经历具有普遍意义,便以相应的姿态对待邻人,据说甚至发明并创建了在世人中的敬神活动。那就让他恭恭谨谨地去和琐罗亚斯德进行沟通,并在众多圣贤自由精神的感召下,也和耶稣基督本人进行沟通,让"我们的教会"永远消失吧。

我们吹嘘说,我们属于19世纪,迈出的步伐比哪个国家都快。但是考虑一下,这个村镇为它自己的文化所做的努力是多么微不足道。我不想恭维我的同乡,也不想接受他们的恭维,因为这无助于我们双方取得进步。我们需要鞭策——就像牛群一样,被赶着奔跑。

---

① 琐罗亚斯德,公元前6世纪古代波斯琐罗亚斯德教的创始人。

我们有一个比较体面的公立学校体制，有只为幼儿开办的学校；但除了冬天那个半死不活的系列讲座，以及近来根据州政府建议而勉强开张的图书馆之外，并没有为我们自己开办的学校。我们在身体营养或疾患上几乎每一项物品的花费，都高于我们在精神营养上的花费。现在到了我们该有非同寻常之学校的时候了，以便我们即使长大成人也不脱离教育。到了村镇应该成为大学的时候了，村镇的年长居民应该是大学的研究员，如果确实富裕的话，余生就利用闲暇，做些文科研究。难道世界要永远局限于一个巴黎或一个牛津吗？难道学生们不能在这里上寄宿学校，在康科德的天空下受到文科教育吗？难道我们不能聘用一位阿伯拉尔[①]来给我们讲学吗？唉！由于要给牲口喂料和照料商店，我们离开学校的时间太久了，我们的教育被可悲地忽略了。在这个国家，村镇应该在某些方面取代欧洲贵族的位置，应该成为高雅艺术的资助人。村镇够富裕了，所缺的只是恢宏气度和优雅气质。它可以把足够的钱花费在农夫和商人珍惜的东西上，但是要提出把钱花费在知识水平较高的人认为更有价值的东西上，那就可要被视为乌托邦式的空想。仗着有财有势，该镇斥资一万七千美元盖了一座镇政厅，但是在一百年内，它大概不会把这么多钱花在活人的智力上，尽管那是真正应该放进那蚌壳里的肉。每年冬天给系列讲座捐助的一百二十五美元，比该镇所筹集的任何一笔同样数额的资金都花得更有意义。既然我们生活在十九世纪，那我们为什么不该享受19世纪所提供的种种优越条件

---

① 阿伯拉尔（1079—1142），法国哲学家、神学家兼教师。

呢？为什么我们的生活竟会在某一方面如此偏狭呢？如果我们要读报纸，为什么不撇开波士顿的流言蜚语，立即订阅一份世界上最好的报纸呢？而不去吸吮"中立派"报纸①的乳头，不去翻阅新英格兰这里的《橄榄枝报》②。若是把所有学术团体的报告都摆在我们面前，我们就能知道他们是否了解什么新闻。我们为什么要让哈珀兄弟出版公司和雷丁出版公司为我们选择读物呢？正如那趣味高雅的贵族周围摆着种种文化素养的补益之物——天才、学问、智慧、书籍、绘画、雕塑、音乐、哲学器材③等等；让我们的村镇也照此办理——不要在有了一个教师、一个教区牧师、一个教堂司事、一个教区图书馆和三位村镇管理成员之后，便就此打住，因为我们的清教徒前辈当年就是靠着这些人，在光秃秃的岩石上度过了一个寒冬。采取集体行动，是按照我们的习俗精神行事；我坚信，随着境况的改善，我们也会比贵族更有办法。新英格兰可以聘请世上所有的智者前来执教，同时给他们提供食宿，而毫无偏狭之感。这就是我们想要的**非同寻常**的学校。我们不要贵族，而要建立人类的高贵村镇。如果有必要的话，就在河上少建一座桥，稍微绕一点路，至少在我们所陷入的更加昏暗的无知深渊上，架起一座拱桥。

---

① "中立派"报纸，指避谈政治，偏重家庭娱乐的报纸。
② 《橄榄枝报》，波士顿出版的一种基督教卫理公会周刊。
③ 现代科学未发展之前，对于自然和物理空间的研究被称为自然哲学，自然科学家使用的电器、气筒等工具则被称为哲学器材。

## ⊙ 通识漫谈

### 生命与生育之神伊西斯

古埃及神话中,生命与生育之神伊西斯(Isis)被视为完美女性的典范。据说,她的神龛上刻有:"我是过去、现在和未来的一切;未曾有凡人揭开我的面纱。"撩开神像面纱喻指破解神秘现象。

而在印度传统宗教哲学中,神秘的"幻象、幻术"被称为摩耶(Maya),人们必须要破除摩耶才能找到永恒的存在,即"梵"。

\* 最古老的埃及或印度哲人撩起了神像面纱的一角,那件颤抖的罩袍至今仍然撩开着。

### 埃斯库罗斯

古希腊作家埃斯库罗斯(Aischulos)被称为"悲剧之父"。他通过塑造意志坚强、正直勇敢的普罗米修斯式的人物,颂扬为人类进步、幸福而献身的精神和为实现理想忍受极大痛苦的不屈不挠精神。

他坚称:"人不应该有高傲之心,高傲会开花,结成破灭之果。在收获的季节,会得到止不住的眼泪,胆怯之心随着时间的流逝而消失。"

\* 学生可以阅读希腊文的荷马或埃斯库罗斯的作品,而没有落得放荡奢靡的风险,因为这正表示他在一定程度上是在仿效他们的英雄。

**梵蒂冈圣彼得广场　古斯塔夫·斯特拉弗雷洛 19 世纪插图**

　　梵蒂冈（the Vatican）是意大利首都罗马城内的内部城邦，以 0.44 平方公里的国土面积位列世界领土面积最小的国家，被称为"国中之国""城中之国"。

　　梵蒂冈本身就是一件文化瑰宝，城内建筑如圣彼得大教堂、西斯廷教堂等是世界著名的建筑作品，包含了波提切利、贝尔尼尼、拉斐尔和米开朗琪罗的作品。梵蒂冈还有馆藏丰富的图书馆与博物馆，收藏着无数艺术珍品。

\* 梵蒂冈宫摆满了经典，继之而来的多少世纪又把这些
　纪念品陈列在世界论坛上。

**柏拉图在苏格拉底墓前思考永生　19世纪插图**

柏拉图（Plato），古希腊哲学家，其著作大多以对话形式记录。柏拉图师承苏格拉底，是亚里士多德的老师，他们三人被广泛认为是西方哲学的奠基者，誉称"希腊三哲"。

柏拉图认为，理念是人类最高的追求，物质追求则是辅助的手段。"在这个纷扰复杂的世俗世界里，能够学会用一颗平常心去对待周围的一切，也是一种境界。"

*柏拉图那部蕴含着不朽见解的《对话录》就摆在近旁的书架上，而我还从未拜读过。

**琐罗亚斯德教祭司在圣火前诵经　19 世纪插图**

　　琐罗亚斯德（Zoroaster），也称查拉图斯特拉，琐罗亚斯德教创始人，因该教信徒在火前祷告，琐罗亚斯德教也名拜火教或袄教。

　　琐罗亚斯德教认为，水、火、土都是神圣的，而火象征至善，是"正义之眼"，所以庙中都设神火祭台，常举行烦琐的祭祀仪式。

　　琐罗亚斯德教主张善行与正义，推崇真理与诚实。他们认为，日常行善，便可在来世获得神的奖赏，而诚实可以使他们与神保持良好的关系。

＊在几千年以前，琐罗亚斯德就觉得是信仰把他带进一种肃
　穆庄重而又孤傲的境界。

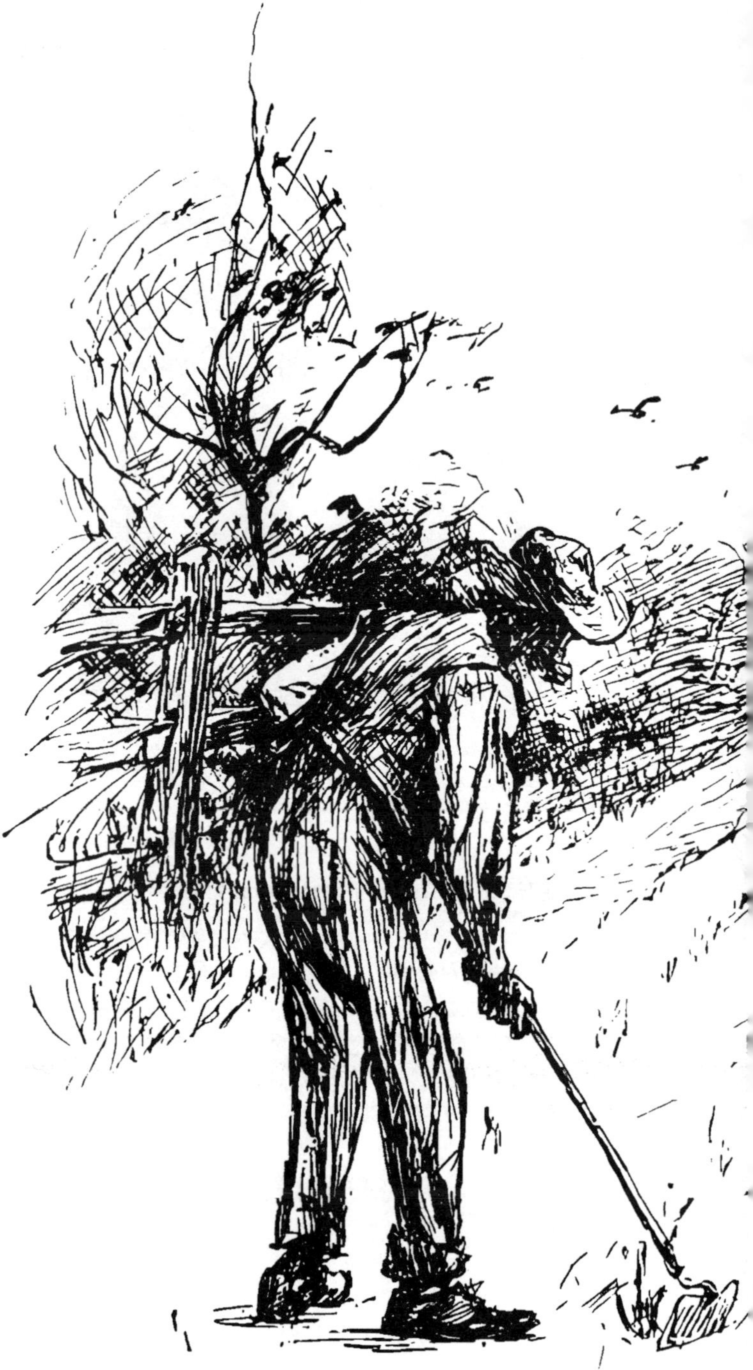

# 四

# 声 音

> 我头一个夏天并没读书,我忙着种豆。

不过，我们一门心思读书的时候，尽管读的都是最精粹、最经典的作品，而且只读特定的书面语言，而那些语言本身无非是些方言土语，但这时我们就会面临忘记一种语言的危险，这种语言无须借助比喻就能把万事万物表达出来，只有这种语言最富于表现力，也最规范。凡事公之于众的很多，付印成书的却很少。透过百叶窗照射进来的光线，在百叶窗全取下来以后，也就无人记得了。没有一种方法，没有一种准则，能够取代总是保持警觉的必要性。不管历史课、哲学课、诗歌课做了怎样的精选，也不管社会多么优越，生活习惯多么令人赞赏，与总是看那值得一看的准则相比又算得了什么？你想成为一个读者，仅仅当个书生，还是做一个先知？预卜一下你的命运，看看等待你的是什么，迈步走向未来。

我头一个夏天并没读书，我忙着种豆。不仅如此，我往往比这做得好。有时候，我不忍心把当前这鸟语花香的大好时光牺牲在干活上，不管是脑力活还是手工活。我喜欢给生活留有宽松的余地。有时，在夏天的早晨，我按习惯沐浴过之后，便坐在阳光明媚的门口，四周都是松树、山核桃树和漆树，在孤寂和宁静之中，从日出到中午，我一直沉湎于冥思遐想；这当儿，鸟儿在四周鸣唱，或悄悄地从屋里掠过，直至太阳射进我的西窗，或远处的公路上传来旅人马车的喧闹声，这才让我想起时光在流逝。在那段时间，我成长得像夜间的玉米一样快，这样的经历比做任何手里的活要可心得多。它们并不是从我的生命中扣除的时间，而是大大超出了我平常应有的时光。我意识到东方人所说的敛心默想和清静无为是什么意思。大体说来，我并不在意时光是如何流逝的。白昼向前推移，仿佛为了照亮我的哪桩活计；这是早晨，哟，转眼是傍晚了，什么难以忘

## 珠光香青

珠光香青（Life-everlasting），学名 *Anaphalis margaritacea*，菊科香青属植物，产于美洲、亚洲东部与印度。

有人认为，《诗经》中的"苹"就是珠光香青。

怀的事情也没做。我不是像鸟儿那样歌唱，而是默默地对我持续不断的好运发出会心的微笑。就像栖息在我门前山核桃树上的那只麻雀在啭鸣，我也发出了咯咯的暗笑，或者说低声鸣啭，它也许在我的巢外可以听到。我的日子不是带有异教徒神祇标记的一周中的日子①，也没有细分成一个个小时，也不被时钟的滴答声所烦扰；因为我像布里印第安人②那样生活，据说对他们来说，"昨天、今天和明天都只有一个词，要表达不同意思的时候，往后指表示昨天，往前指表示明天，往头上指表示当天"。无疑，在我的同镇人看来，这纯属懒惰；不过，若是鸟儿和花儿用它们的标准来考验我，就不会发现我有什么欠缺。确实，人必须从自身找到自己的机缘。自然的光阴非常平静，不会责怪那就是懒惰。

---

① 西方的周几是以古希腊、古罗马的诸神命名的，如星期二（Tuesday）源自战神 Tyr；星期三（Wednesday）源自主神 Odin，亦称 Woden；星期四（Thursday）源自雷神 Thor；星期五（Friday）源自爱神 Freya。

② 布里印第安人，曾是巴西东部的原住民，下文引自法伊弗夫人的《一位妇人的环球旅行》。

**一枝黄花**

一枝黄花（Goldenrod），学名 *Solidago*，主要分布于北美洲，少数分布于欧洲和亚洲。在中国，"加拿大（北美）一枝黄花"因为根茎发达，会侵占其他草本植物的地下部分，且通过根系向土壤释放有毒物质，被列为外来入侵物种。

 

与那些不得不到外面的交际场和戏剧院寻求娱乐的人相比，我的生活模式起码有这样的优势：我的生活本身就成了我的娱乐，而且永远不会失去新奇感。那是一出多幕剧，没有终场。倘若我们总是实实在在地来谋生，依据我们所学到的最新、最好的方式来调节生活，那我们也就永远不会感到无聊。如果你能步步紧跟你的天赋，那它随时都能向你展现出一个新的前景。家务活是一种愉快的消遣。我的地板脏了，我便早早地起床，把家具全都搬出门外，放在草地上，床和床架堆在一起，用水冲刷地板，再撒上从湖里取来的白沙，然后用扫帚把地扫得白白净净；等到村民们吃完早饭，朝阳已把我的屋子晒干，可以把家具再搬回去，而我还在冥思遐想，几乎没被打断。眼见着我的全部家当都摆在草地上，像吉卜赛人的行囊一样堆成一小堆，而我那张三条腿的桌子，就立在松树和山核桃树当中，上面的书和笔墨都没拿掉，还真够赏心悦目的。它们似乎很乐意待在外面，好像不愿意再给搬进去。有时我忍不住想在它们上方撑起一个顶篷,我就坐在那儿。看见阳光照在这些东西上,听见风自由自在地吹拂着它们,倒也值得;大多数最熟悉的物品在户外看上去,要比在屋内看有趣得多。一只鸟栖息在旁边的树枝上,珠光香青长在桌子底下,黑莓的藤蔓缠绕着桌子腿;松果、栗树刺果和草莓叶散落得到处都是。好像这些东西就以这样的方式变成了我们的家具,变成了桌子、椅子和床架——因为它们曾一度置身于那些家具当中。

我的房子坐落在山坡上,紧挨着那片高大树林的边缘,周围是一片北美油松和山核桃树的幼树林,距离瓦尔登湖有六杆远,一条狭窄的小径顺着山腰通到湖边。在我的前院里,长着草莓、黑莓、珠光香青、金丝桃、一枝黄花、矮橡树、沙樱(*Cerasus pumila*)、乌饭树和野豆。临近五月底,沙樱开出的柔美花朵,像是一把把小伞,呈圆筒状排列在其短茎上,把小径两边装点得越发美丽,等到了秋天,短茎被又大又漂亮的樱桃压弯,一只只花环像光芒一样,垂洒向四面八方。出于对大自然的敬仰,我尝了尝沙樱果,尽管并不好吃。漆树(*Rhus glabra*)在小屋旁边长得郁郁葱葱,穿出我所建造的那道堤围,头一个季节便长了五六英尺。它那宽阔的羽状热带树叶,虽然看上去古怪,倒也让人感觉惬意。晚春时节,从貌似枯死的干枝条上突然冒出的偌大叶芽,好像中了魔法一般,长成了娇嫩的绿色枝干,直径足有一英寸;有时我坐在窗前,那些枝干肆无忌惮地生长着,让它们的脆弱关节不堪重负,只听一个新的嫩枝突然像把扇子坠落在地,这时压根儿没有一丝风,那嫩枝完全是被自身的重量压断的。八月,大量的浆果花团锦簇,招来了众多野蜜蜂,渐渐呈现出明亮的天鹅绒般的深红色,同样被自身的重量压弯下去,折断了嫩枝条。

在这夏天的下午，我坐在窗前，几只鹰在我的林中空地上空盘旋；野鸽在疾飞，三三两两地从我眼前掠过，或是烦躁地栖息在我屋后的白松枝上，向空中发出一阵叫声；一只鱼鹰在光滑的湖面激起一道涟漪，叼起了一条鱼；一只水貂偷偷地从我门前的沼泽地窜出来，在岸边捉住了一只青蛙；莎草架不住芦苇莺飞飞落落，也给压弯了腰；在后半个小时里，我听见了火车车厢发出的哐啷哐啷声，时而消失，时而重现，像山鹑拍打翅膀一样，将旅客从波士顿载往乡下。我不像那个孩子那样与世隔绝，听说他被送给了镇子东部的一个农夫，但是不久便又跑回了家，衣衫褴褛，非常想家。他从未见过一个如此乏味、如此偏僻的地方；人全都跑光了；嗨，你甚至都听不见汽笛声！我怀疑马萨诸塞州现在是否真有这样一个地方——

"的确，我们的村庄变成了靶子，
被铁路上一只飞矢射中，在宁静的平原上，
传来慰藉人心的声音——康科德。"①

在我住处以南大约一百杆之处，菲奇堡铁路与瓦尔登湖毗连。我经常沿着铁道往村里去，这可谓是我与社会联系的纽带。跟着货物列车跑全程的货运工，像老熟人一样向我点头致意，他们经常从我旁边经过，显然把我当成了铁路工；我也确实是铁路工。我也很

---

① 该诗引自作者的朋友威廉·埃勒里·钱宁（1817—1901）所作《瓦尔登之泉》一诗。诗中"康科德"的原文Concord既指康科德镇，又是"和谐"之义，因而有"慰藉人心"之说。

一只鱼鹰在光滑的湖面激起一道涟漪，叨起了一条鱼。

乐意成为地球轨道某处的轨道修理工。

夏天和冬天，机车的汽笛声穿透了我的树林，听上去就像苍鹰掠过某个农夫院子发出的尖鸣，告诉我许多躁动不安的城市商人正进入镇子的范围之内，或者富于冒险精神的乡下投机商从另一边来到镇上。由于进入同一视野，他们彼此发出喊叫，警告对方给自己让路，这喊叫声有时响彻了两个镇子。乡村啊，你们的杂货到了；乡亲们啊，你们的粮食配给到了！没有任何人能靠自己的农场而自立，因此谁也不敢拒不接受。这就是你们为之付出的代价！乡下人的汽笛尖叫着；木材犹如长长的攻城槌，以每小时二十英里的速度撞向城墙，而且还有足够多的椅子，可供住在城里的所有疲惫不堪、负载累累的人们就座。乡下小题大做，以笨拙的姿态，给城市递过一把椅子。印第安人的黑果山全给摘光，越橘草坪全都用耙子挖进了城里。棉花运来了，棉布运走了；蚕丝运来了，毛织品运走了；书籍运来了，但是作者的智慧却运走了。

机车的汽笛声穿透了树林,听上去就像苍鹰掠过某个农夫院子发出的尖鸣。

我看见机车拖着一列车厢像行星那样向前运行——或者更确切点说，就像一颗彗星那样，因为照这样的速度、这样的方向来看，观看者还真拿不准火车能否回到地球上来，它的轨道并不像是一条能返回的曲线——机车冒出的蒸汽就像一面旗帜，编织成金色和银色的花环在后面飘扬，就像我见过的许多绒羽般的云朵，高悬在天空，在阳光下舒展开一个个云团——仿佛这个正在旅游的半人半神，这个驭云之神，不久便把晚霞映染的天空当成它的车身的装束；我听见这匹铁马鼻息如雷，让群山发出回响，它的脚步震撼着大地，鼻孔里喷出烟火来（他们将会把什么样的飞马或火龙放进新的神话里，我无从得知），这时好像地球上有了一个现在配得上居留其间的族类。倘若一切都像表面上呈现的那样，那人们就把各种要素变成了服务于各种崇高目的的仆从！倘若机车上悬浮的云彩是创建英雄业绩而挥洒的汗水，或者像漂浮在农夫田野上空的云彩那样有益于人类的话，那各种元素和大自然本身就会甘愿陪伴人们完成他们的使命，成为他们的护卫。

我怀着观看日出时的同样感受，看着早班火车驶过，其实朝阳并不比早班火车来得更准时。列车在开往波士顿，一串长烟远远地拖在后面，往天上越升越高，一时间遮住了太阳，把我远处的田野笼罩在阴影之中。这是一辆天国的火车，而它旁边那辆紧挨大地的小火车，只不过是长矛的倒钩而已。在这冬天的早晨，铁马的厩主一早就起床，在群山之中星光的辉映下喂马，套上马具。火也是这样早早地点燃，以便使马体内获得必不可少的热量，让它奔波。假若做事业不仅要早起早干，而且要心净无邪，那该有多好！如果积雪很深，人们给铁马穿上雪鞋，用巨大的雪犁，从群山到海岸开出一道犁沟，各车厢就像挂在后面的播种机，把烦躁不安的人们和流动的商品当作种子撒在乡下。这匹火马整天在乡间飞奔，只有主人要休息时才停一停，半夜里我被它那沉重的脚步声和无所顾忌的鼻息声所吵醒，这时在林中某个遥远的峡谷里，它遇到了冰雪裹挟下的恶劣天气；它只能和晨星一起到达它的马厩，接着既不休息，又不睡觉，再次登上旅程。或许到了傍晚，我会听见它在马厩里把白天剩余的能量释放光，以便让神经安静下来，让肝脾和头脑清静下来，求得几小时的"钢铁"睡眠。假若事业不仅旷日持久而又不知疲倦，且同样英勇豪迈而又举世瞩目，那该有多好！

在镇区人迹罕至的树林里，以前白天只有猎手才能进入，如今在漆黑的夜晚，灯火通明的客车在当地居民浑然不觉中疾驰而过；此刻列车还停留在某个市镇灯火辉煌的火车站，那里在举行交谊会，下一站来到迪斯默尔沼泽①，使猫头鹰和狐狸惊恐不已。列车的开出和到达，如今成了村里一天值得欢庆的大事。车子来来去去，既有规律，又很准时，汽笛声传得很远，农夫们便拿它们来校正钟表，就这样，一家管理得当的机构借此来规范并调度了整个国家。自从发明铁路以来，人们在守时方面岂不是有所改善吗？他们在火车站交谈和思考，难道不比在驿站里更快些吗？在火车站的氛围中，有一种令人振奋的感觉。它所创造的奇迹，让我为之震惊；而我的一些邻人，我本来可以断言他们绝不会乘坐这么迅速的交通工具去波士顿，现在却铃声一响，他们已经到了。以"铁路方式"办事，如

---

① 迪斯默尔沼泽，位于弗吉尼亚州东南部和北卡罗来纳州东北部的近海沼泽。"迪斯默尔"（dismal）字面意思是"凄凉的"。

今成了口头禅；不管哪个职权部门经常提出忠告，要人们离开铁道远一些，听一听还是值得的。那样的话，就不用停下来宣读"取缔闹事法"①，也不用冲着乱民头上鸣枪示警。我们构筑了一种从不背离的命运，一个阿特洛波斯②。（让这成为你机车的名字吧。）人们从公告上得知，某时某刻这些弩箭会朝罗盘的特定点射去；然而它却不干预任何人的事，孩子们则沿另一条轨道上学去。我们因此生活得更加安定。我们全被教育成退尔③的儿子。空中到处都是肉眼看不见的弩箭。除了你自己的道路之外，每一条道路都是命运之路。那就继续走你自己的路吧。

在我看来，商业的可贵之处在于它的进取心和勇气。它并不合起手掌向朱庇特祈祷。我看见那些人每天都带着或多或少的勇气和得意之情，在生意场上四处奔波，所作所为甚至超出了自己的预期，也许比自己蓄意筹划的干得还好。那些在布埃纳维斯塔前线④英勇奋战了半小时的英雄固然使我感动，但是还比不上把铲雪机当作冬天住宅的人，他们所表现出的坚定、乐观的英雄气概更使我深受感染；

---

① 英国于1715年通过一项法令，规定12人以上非法集会扰乱治安者，经宣读此法一小时内应即解散，否则科以重罚。
② 阿特洛波斯，古希腊神话中的命运三女神之一，掌管人的寿命。
③ 退尔，瑞士传说中反奥地利统治、争取瑞士独立的民族英雄，曾被迫用箭射落置于其子头顶的苹果，而其子安然无恙。
④ 布埃纳维斯塔，指1847年的墨西哥战争期间的布埃纳维斯塔战役，美国部队击败了墨西哥军队。

他们不仅拥有被波拿巴[①]视为最难得的凌晨三点钟的勇气，而且他们的勇气不会早早地跑去休息，只有在风暴停息下来，或他们的铁骑筋腱冻僵之后，他们才会睡觉。这天早晨，也许大雪暴仍在肆虐，令人寒彻筋骨，我听见机车嘶哑的鸣叫从列车呼出的冰冷的浓雾中传过来，宣告列车**就要到达**，尽管从新英格兰东北方向刮来的一场暴风雪不肯放行，列车却不会延误很久。我看到铲雪工披雪戴霜，头部隐约露出在铲雪机上方，而被铲雪机铲翻的不是野菊和田鼠窝，而像是内华达山脉上的巨砾，这些巨砾盘踞在天地的外沿。

　　商业是出人意料的自信、沉静、机警、敢作敢为、孜孜不倦。而且，它所采取的方法又很自然，比许多异想天开的事业和感情用事的实验要自然得多，因而取得了非同寻常的成功。当货物列车哐啷哐啷地打我旁边驶过时，我感到精神振奋，心旷神怡，我闻到了各种储存品的气味，从长码头一直散发到尚普兰湖，使我想到了异域风情、珊瑚礁、印度洋、热带气候以及整个地球。看见明年夏天那么多亚麻色头发的新英格兰人要戴上棕榈叶帽子，看见马尼拉大麻和椰子壳，看见废旧杂物、黄麻袋、废铁和生锈的钉子，我会觉得自己更像一个世界公民。这一车厢的破帆，像现在这样，比把它们制成纸、印成书，读起来更明了也更有趣。谁能把自己经受住惊涛骇浪考验的故事，像这些破帆那样栩栩如生地描绘出来？它们是

---

[①] 波拿巴即法国皇帝拿破仑一世。法国作家卡斯伯爵在其所著《圣赫勒拿岛回忆录》中引用拿破仑的话说："谈到道义勇气，我很少见到凌晨两点的那一种。我指的是毫无准备的勇气。"梭罗记错了时间，把凌晨两点写成凌晨三点。

无须校正的校样。这是从缅因州林区运来的木材，上一次山洪暴发没有运出海，结果有的流失，有的破裂，造成每一千根上涨了四美元；松木、云杉木、雪松木——不久前还都属于同一等级，在熊、麋鹿和驯鹿上方摇曳，如今却被分为一、二、三、四等品。接着滚滚而来的是托马斯顿①的石灰，是上等品，要运到深山里熟化。这一大捆一大捆的破旧衣服，有着各式各样的花色质地，却把棉布和亚麻布的身价降到最低点，成为衣着的最终结局——如今再也没有人赞赏这样的款式，除非是在密尔沃基②；从各地的富人和穷人那里搜集来的这些花哨衣服，英国、法国或美国的印花布、方格布、平纹细布等，将要变成只有一种颜色或几种色度的纸张，上面写着真实生活的故事，有上层社会的故事，也有下层社会的故事，都以事实为依据！这一辆封闭车厢散发出腌鳕鱼的气味，那种新英格兰和商业的强烈气味，使我想起了大浅滩③等渔场。为了这个世界而把鳕鱼彻底腌制起来，使它在任何情况下都不会变质，让锲而不舍的圣徒们为之脸红，谁没见过这样的腌鳕鱼呢？你可以用腌鳕鱼打扫或铺设街道，或者劈柴，车夫可以用腌鳕鱼掩身蔽货，避开日晒、风吹和雨打——而商人，正如康科德的一位商人做过的那样，刚开张时把腌鳕鱼挂在门口当招牌，直到后来他最老的主顾都搞不清这究竟是动物、植物还是矿物，然而它仍像雪花一样洁白，如果放进锅里煮熟，定会为周六的正餐烧出一道美味的烧褐鱼。接着运送的是

---

① 托马斯顿，缅因州一小镇。
② 密尔沃基，俄勒冈州一小镇。
③ 大浅滩，指北美洲纽芬兰岛东南广阔的大西洋浅滩，为世界大渔场之一。

西班牙皮革，尾巴仍然弯曲着向上翘起，正是当年披挂着这些皮革的公牛在南美大陆加勒比海沿岸的无树大草原上飞奔时的姿态——这是极端固执倔强的典型，表明一切与生俱来的邪恶几乎形同绝症，无可救药。我承认，说实话，我一旦了解了一个人的真实性格，对于要在这种生存状况下使其变好或变坏，我并不抱有任何希望。正如东方人所说："一条恶狗的尾巴可以加热，挤压，用带子扎起来，但你这么折腾了十二年之后，它仍然保持其自然的形态。"① 对于狗尾巴所呈现的这种根深蒂固的习性，唯一有效的办法是把它们熬制成胶，我想人们通常采取的就是这个做法，然后它们就粘住不动了。这是一大桶糖蜜或白兰地，发给佛蒙特州卡廷斯维尔的约翰·史密斯，他是格林山②中的一位商人，为他林中空地附近的农夫们进口货物，眼下也许正站在他的舱壁旁，琢磨刚刚到岸的货物会怎样影响他的价格，并告诉他的顾客们说，他期待下一班车能拉来一些头等质量的货物，其实今儿上午之前他已告诉过他们二十遍了。这已在《卡廷斯维尔时报》上做过广告。

有些货物运往镇上，有些货物运往乡下。我被嗖嗖的响声所惊动，便撂下书抬起头来，看见一棵高大的松树从遥远的北山上砍下来，飞跃过格林山和康涅狄格河，像箭一般在十分钟之内便穿过镇子，别人的眼睛简直来不及看；它将

---

① 引自查尔斯·威尔金斯翻译的《梵语寓言谚语故事集》中狮子和兔子的故事。
② 格林山，美国佛蒙特州的山脉。

"成为

某艘卓著的旗舰的桅杆"①。

听啊！运牲畜的列车来了，所运的牲畜来自上千个山区，空气中飘溢着羊圈、马厩和牛棚的气味，赶牲畜的人拿着棍棒，牧童待在羊群中，除山上的牧场外全都来了，犹如山中的树叶被九月的大风刮得飞旋而过。空中充满了牛犊和绵羊的咩咩声，牛群急促的奔跑声，好像一个放牧着牛羊的山谷正从旁边通过。系着铃铛的老头羊叮叮当当地摇响铃声时，大山还真像公羊那样蹦跶，小山真像羔羊那样跳跃。一整车厢赶牲畜的人也夹在其中，现在与他们的牲畜处于同等地位，他们的职位已不复存在，但却仍然紧紧抓住那些没用的棍棒，作为职能的象征。但他们的牧犬到哪儿去了？对它们来说，这是一场溃逃；它们完全被抛弃了；嗅觉也不管用了。我想我听见它们在彼得波罗山②后面吠叫，或者在气喘吁吁地往格林山的西坡上爬。它们不会见到牛羊被宰杀的场面。它们的职位也已不复存在。它们的忠诚和智慧已是今非昔比。它们将灰溜溜地溜回它们的狗窝，或者变成野狗，与狼和狐狸为伍。你的田园生活就这样急转而去。不过铃响了，我必须离开轨道，让列车过去——

铁路与我有何干系？
我从不去看

---

① 引自弥尔顿（1608—1674）所著《失乐园》中的诗句。
② 彼得波罗山，位于新罕布什尔州南部。

> 它的终点在哪里。
> 它填平了几处坑洼,
> 为燕子筑起堤坝,
> 它使沙尘飞扬,
> 让黑刺莓成长。

可是我穿过铁路,就像穿过林中的车径一样。我可不想让火车的烟雾、蒸汽和嘶鸣,伤害我的眼睛,损坏我的耳朵。

现在列车过去了,焦躁不安的世界也随之过去了,湖里的鱼再也感觉不到那轰隆声了,我也就比任何时候都更加孤单。在那漫长下午的余下时间里,我的冥思遐想也许只被远处公路传来的微弱的车马声所打断。

有时在礼拜天,我听见了钟声,是林肯、阿克顿、贝德福德或康科德的钟声,逢到顺风的时候,那是一种隐约、悦耳的旋律,犹如天籁之音,值得被引入荒野。在林地深处上方,这声音发出一种嗡嗡的震颤声,好像地平线上的松针就是风儿弹拨的竖琴的琴弦。在最远处听到的一切声音,都产生了一种相同的效果,那是宇宙里拉琴[①]的颤动,恰似横亘在天地之间的大气,给遥远的山脊涂上一抹蔚蓝色,看上去令人赏心悦目。在这种情况下,一个经空气过滤过的旋律传到我的耳边,它与树林中的每一片树叶、每一根松针进行

---

[①] 里拉琴,古希腊的一种弦乐器,尤用于为唱歌和朗诵伴奏。

**三声夜鹰**

三声夜鹰（Whippoorwill），学名 *Caprimulgus vociferus*，因其强有力的不慌不忙的鸣声（第一及第三音节重）而得名，可不停地鸣叫数百次。夜行性鸟类，生活在靠近开阔地的林中。日间在林床睡眠或纵躺在大树枝上栖息，黄昏和拂晓追捕昆虫。

了交谈，这是大自然所接受并作了调整的声音，在一个个山谷之间发出回响。在某种意义上，这回响又是一种原声，这也正是其魔力和魅力之所在。它不仅仅是重复钟声值得重复的音调，而且在一定意义上也是树林的声音，是林中仙女唱出的纤细词调。

傍晚时分，树林尽头的地平线上传来远方哞哞的牛叫声，听上去又美妙又悦耳，起初我误以为是有时为我吟唱小夜曲的行吟歌手在吟唱，他们或许正在翻山越谷，四处游荡；但不久声音拉长了，变成了母牛那廉价而自然的哞哞声时，我虽然为之失望，但却不无欣慰之感。我要是说我清楚地意识到那些年轻人的吟唱与牛的哞哞声相近似，说两种声音终究都是天籁，我可并无讽刺之意，而是想表达我对年轻人吟唱的赞赏之情。

夏天的某些日子，通常在下午七点半晚班列车驶过之后，三声夜鹰便栖在门前的树桩上，或房屋的脊梁上，唱上半小时的夜祷曲。它们几乎像时钟一样准时开唱，每天都定在傍晚的日落时分，每次的误差都在五分钟之内。我得到一个难得的机会来熟悉它们的习性。有时我听见四五只三声夜鹰在林中的不同方位同时歌唱，偶尔一只比另一只慢了一小节，而且离我这么近，我不仅能听清每个音符后面的咯咯声，并且经常能听清像苍蝇粘在蜘蛛网里发出的那种奇异

**东美角鸮**

东美角鸮（Screech owl），学名 *Megascops asio*，一种小型猫头鹰，常见于美国。

东美角鸮繁殖栖息于东北美的落叶林或混合树林，白天在巢中或附近的树干上休息，夜间活动。

东美角鸮通常在树洞中筑巢，羽毛有绝佳的保护色，可以帮助它们很好地"隐身"，与树干融为一体。

的嗡嗡声，只不过声音相应地更大些罢了。有时一只三声夜鹰在林中离我几英尺的地方绕着我转来转去，好像被一根绳子拴住了似的，那八成是我挨近它的鸟蛋了。它们整夜都在断断续续地歌唱，黎明前后还会一如既往地发出悦耳的声音。

别的鸟儿寂静无声的时候，东美角鸮便接过这曲调继续唱下去，就像服丧的女人发出自古相传的"呜—噜—噜"的哀号。它们凄厉的尖叫声，是真正的本·琼森[①]的风格。聪慧的午夜女巫呀！那不是诗人真诚而直率的"嘟喧—嘟呼"[②]，不过，并非开玩笑地说，那是一支极其庄重的墓园小曲，是一对殉情的恋人，在地狱丛林里缅怀他们超凡爱情的痛苦和欢乐，聊以互慰。然而，我喜欢听他们在树林边缘用颤音发出的哀诉，作出的悲伤回应；有时使我想起了音乐和啭鸣的鸟儿；仿佛那是音乐阴郁沉闷、催人泪下的一面，是情愿被唱出来的悔恨、叹息之情。它们是堕落灵魂的幽灵，是低落的情绪

---

① 本·琼森（1572—1637），英国剧作家、诗人，其抒情诗以格调忧郁著称。此处可能指他的《妖女之歌》。

② "嘟喧——嘟呼"，英语中猫头鹰鸣叫声 tu-whit tu-who 的音译。

**长耳鸮**

长耳鸮（Long-eared owl），学名 *Asio otus*，中型猫头鹰，体形修长，夜行性鸟类。

长耳鸮夜视能力强，羽毛除美观、保暖等作用，还可消除飞行产生的噪声，因此成为夜晚树林中的"顶级猎手"。

典型的鸣声是间隔数秒发出一次低沉的呼声。雄鸟发出含糊的 ooh 叫声，约两秒钟一次。雌鸟回以轻松的鼻音 paah。告警叫声为 kwek、kwek。雏鸟乞食时发出悠长而哀伤的 peee-e 声。

和令人沮丧的预感，那些灵魂一度被赋予人形在大地上梦游，干出了邪恶的勾当，眼下就在它们犯下过失的现场，唱着哀号的圣歌或挽歌来为自己赎罪。它们使我们对我们共同居住的大自然的多样性和能力，有了一个新的认识。"哦——呵——但愿我从未出——生！"一只长耳鸮在湖的这边叹息道，带着焦躁绝望的情绪盘旋着，飞往灰色橡树上的一个新的栖息处。接着——"但愿我从未出——生！"湖对面另一只长耳鸮颤抖而真诚地回应道，随即——从远处林肯树林里隐约传来了"出——生！"的声音。

一只森鸮[①]也为我唱起了小夜曲。待在近前，你可以把它想象成大自然中最忧郁的声音，好像这森鸮想借助她的歌唱，把人类临死前的呻吟加以模式化，使之永存下去——这是凡人留下的可怜而又无力的声音，他们把希望留在后面，在进入黑暗的山谷时，像动物一样嚎叫，却又像人一样啜泣，一个汩汩作响的悦耳声音使之更加可怕——我试图模仿时，发现自己说出了"汩"字——表明在一切健康而勇敢的思想受到抑制的情况下，心灵达到了胶凝、发霉的阶

---

① 森鸮和长耳鸮属于不同种类的猫头鹰。

## (黑顶)山雀

(黑顶)山雀(Chickadee),学名 *Poecile atricapilla*,一种生活在北美洲森林中的鸣禽。通常组成一小群,在树枝间跳跃。飞行时呈波浪状,一起一落。生性活泼大胆,具有很重的好奇心。

黑顶山雀最常发出的叫声是一串急躁的"chick-a-dee-dee-dee-dee",用来警告同伴有潜在的危险,另外,它还会发出一种听起来像"wee dee, wee dee"的声音,用来宣示它的领地。

段。这让我想起了食尸鬼、白痴和疯子的嚎叫。这当儿从远处树林里传来一声回应,由于距离遥远,那曲调变得委实悦耳——"呼——呼——呼——呼啦——呼";的确,这声音多半只引起愉快的联想,不管是白天听到还是黑夜听到,也不管是夏天听到还是冬天听到。

我很高兴有猫头鹰。让它们替人类发出愚蠢而疯狂的嚎叫吧。这种声音极度适应于没有光亮的沼泽地带和昏暗树林,使人联想到那个尚未被人类认识的浩瀚而又未开发的自然。它们代表着人人皆有的蒙昧无知和未能满足的思想。太阳整天照在一片蛮荒的沼泽地上,一棵高耸的云杉披着松萝地衣矗立在那儿,一只只小鹰在上空盘旋,山雀在常绿树中叽叽喳喳地叫着,鹧鸪和野兔则在下面偷偷摸摸地走来走去;但现在一个更加阴沉、更加相宜的白昼降临了,一个别样的物群醒了过来,以表达出那儿大自然的意蕴。

快到深夜时,我听见从远处传来马车过桥的隆隆声——这种声音在夜里几乎比任何别的声音传得都远——还有汪汪的犬吠声,有时又从远处谷仓里传来某头哀伤老牛的哞哞叫声。与此同时,整个湖滨回荡着牛蛙的奏鸣声,就像古时的酒鬼和畅饮者的强悍鬼魂,依然不思悔改，试图在它们那冥河般的湖里唱上一段——但愿瓦尔登湖的仙女们能原谅我作此比方，因为那里虽然几乎没有杂草，但却有牛蛙——那些鬼魂乐于把它们古老节日宴席上的逗噱习惯保持下去，尽管它们的嗓音在嘲弄欢乐的过程中已渐渐变得嘶哑肃穆，而酒也失去了其芳香，变成只是为它们扩充肚皮的液体，甜蜜的陶醉也从未淹没对过去的回忆，而得到的仅仅是喝饱灌足，腹胀肚圆。那个最有市政委员派头的家伙，下巴搭在一片荇菜叶上，权当它那流着口水的嘴巴下面的餐巾，就在这北岸下面，它痛饮了一大口以前不屑一顾的水酒，接着便把酒杯传了下去，一边发出"特鲁恩克——特鲁恩克——特鲁恩克！"的叫声，即刻间，从远处湖湾的水面上传来了同样的口令，在那儿资历和腰围均列第二的牛蛙把那杯酒一口喝到给它的标记处；当这一礼仪在湖边行过一圈之后，典礼官满意地发出了"特鲁恩克！"的叫声，随即每只牛蛙依次重复这一叫声，直至肚子最不膨胀、最不漏水、肚皮最松弛的牛蛙也叫过了，丝毫没有差错；接着，酒杯又一次次地传下去，直至太阳驱散了晨雾，只有族长没有跳下湖里，还在徒劳地不时发出"特鲁恩克！"的吼叫，等着能有牛蛙回应。

我拿不准是否在林中空地听见过公鸡的叫声，我觉得即便只是为了听音乐，也值得把一只小公鸡当鸣禽养起来。这一度曾是印第安野鸡的鸣叫声，无疑是所有鸟类中最动听的，如果这些野鸡不经过驯化就能适应异域环境，那这个叫声很快就会成为我们林中最精彩的声音，胜过鹅的嘎嘎声和猫头鹰的咕咕声；然后可以设想，公鸡的嘹亮歌声一停息下来，母鸡的咯咯声便可填补空白！难怪人类把这种鸟加入驯养的家禽中——更不用说还能提供鸡蛋和鸡腿。冬

**蓝背樫鸟**

蓝背樫鸟（Blue jay），学名 *Cyanocitta cristata*，原产于北美洲，偏爱包括橡树和山毛榉的混合林，也时常出现在公园和住宅区，特别是有橡树的地方。

蓝背樫鸟叫声嘹亮，常模仿老鹰的叫声，以驱赶入侵者。它们在秋季鸣叫得更为频繁。到了冬季，大多数鸟类都已南迁，它们的叫声就显得更为突出。

在英语中，jay 也用来指叽叽喳喳爱讲话的人。

天的早晨，漫步于群鸟麇集的树林里，在这众鸟的家园里，听见野公鸡在树上啼叫，声音既清晰又尖锐，传到几英里以外，在大地上发出回响，淹没了其他鸟儿比较微弱的鸣叫——请想想看！这啼声会叫各个民族都保持警觉。谁不会早起，不会在余生中一天比一天地起得越来越早，直至他变得说不出的健康、富有、聪慧呢？这种异国鸟儿的歌声，受到所有国家的诗人的赞美，就像赞美他们本国歌手的歌声一样。什么气候都适合于威武的雄鸡。雄鸡甚至比本地的禽鸟还要土生土长。它总是很健康，肺部功能健全，情绪永不低落。甚至大西洋和太平洋上的水手，也被它的啼鸣声所唤醒[1]；但它那尖锐的啼叫却不曾把我从睡眠中唤醒。我不养狗、猫、牛、猪，也不养母鸡，因此你会说缺少了家畜家禽的声音；我也没有搅乳器，没有纺车，甚至没有水壶的嘟嘟声，没有咖啡壶的嘶嘶声，也没有

---

[1] 意即舰艇携带活鸡提供鸡蛋和鸡肉。

**潜鸟**

潜鸟（Loon），学名 *Gavia immer*，广泛分布于北美洲。它是加拿大安大略省的省鸟与美国明尼苏达州的州鸟，其形象还出现在 1 加元硬币和 20 加元纸币的背面。潜鸟发出的高低音交替的声音，近似怪异的悲鸣。因此，潜鸟的叫声经常在影视作品中充当恐怖气氛的营造者之一。

在英语口语中，loon 也有疯子、狂人、愚人等意思。

孩子啼哭，全然没有这样的慰藉。一个老派守旧的人可能会神经失常，或者没等失常就死于无聊。我的房子甚至墙里也没有老鼠，全都给饿得跑出来了，或者确切点说，从未被引诱进来过——只有屋顶和地板下面有松鼠，房梁上有一只三声夜鹰，一只蓝背樫鸟在窗户底下尖声啼叫，房子下面有一只野兔或土拨鼠，房后有一只长耳鸮或猫头鹰，湖上有一群野鹅或一只怪笑的潜鸟，还有一只狐狸在夜里呜呜叫。甚至连云雀或黄鹂这类种植园常见的温柔鸣禽，也未曾光顾过我的林中空地。院子里没有小公鸡在啼叫，也没有母鸡在咯咯叫。压根儿没有院子！只有没有篱笆围住的大自然直通到你的门槛。一片幼树林在你的窗户下面长了起来，野漆树和黑刺莓的藤蔓爬进了你的地窖；苗壮的油松树由于缺乏空间，摩擦着墙面板，发出嘎吱嘎吱的响声，树根则钻到房子底下。刮大风时，不是天窗或百叶窗被吹掉，而是你房后的一棵松树啪的一声被折断，或者被连根拔起，成为燃料。下大雪时，不是无路通往前院的大门——而是没有前院——没有大门——因而也就无路通往文明世界！

## ⊙ 通识漫谈

**迪斯默尔沼泽　19 世纪照片**

迪斯默尔沼泽，曾被称为"最令人嫌弃的美国领土"，现为世界十大最美沼泽之一。这片沼泽一度是逃亡奴隶的避难所。

20 世纪中后期，在人口爆炸和经济发展的双重压力下，大量湿地被改造成农田，加上过度的资源开发和污染，湿地面积大幅度缩小，迪斯默尔沼泽的规模因此缩减到不足 18 世纪时的一半。

\* 列车停留在某个市镇，那里在举行交谊会，下一站来到迪斯默尔沼泽。

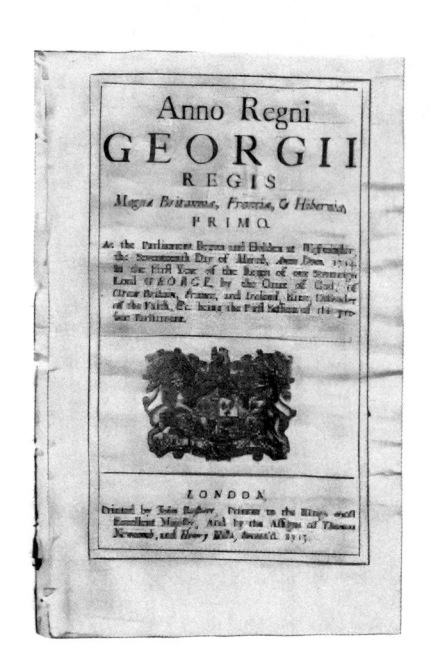

**1715 年印刷版《取缔闹事法》**

《取缔闹事法》(*The Riot Act*)，全名为"防止骚乱和暴乱集会以及更迅速有效地惩罚暴徒"的法案，于 1715 年 8 月生效，规定十二人及以上非法集会扰乱治安者，经宣读此法一小时内应立即解散，否则处以重刑。

在英语中，"read the riot act"已经成为一种常用语，用来表示严正警告、注意言行。

\* 不用停下来宣读"取缔闹事法"，也不用冲着乱民头上鸣枪示警。

**威廉·退尔手持弩箭　约翰·莱昂哈德·拉布 19 世纪插图**

　　威廉·退尔，开启瑞士独立运动先河，被誉为瑞士国父。德国作家弗里德里希·席勒的剧本《威廉·退尔》与意大利音乐家安东尼奥·罗西尼的歌剧《威廉·退尔》使他名声大振。

　　13—14 世纪的瑞士还不是统一国家，而是松散的邦联。某日，乌里州总督盖斯勒在阿尔特多夫城市广场中央立起了一根挂有国王帽子的柱子，规定瑞士人不向帽子敬礼即是犯罪。威廉·退尔拒绝向帽子敬礼，被传话到广场上，以其子的性命要挟，退尔一箭射中了苹果救下儿子。在逃跑的路上，退尔射杀了盖斯勒，乌里州得以解放。

　　自此，瑞士的独立运动愈演愈烈，后从神圣罗马帝国彻底独立。

\* 我们全被教育成退尔的儿子。空中到处都是肉眼看不见的弩箭。

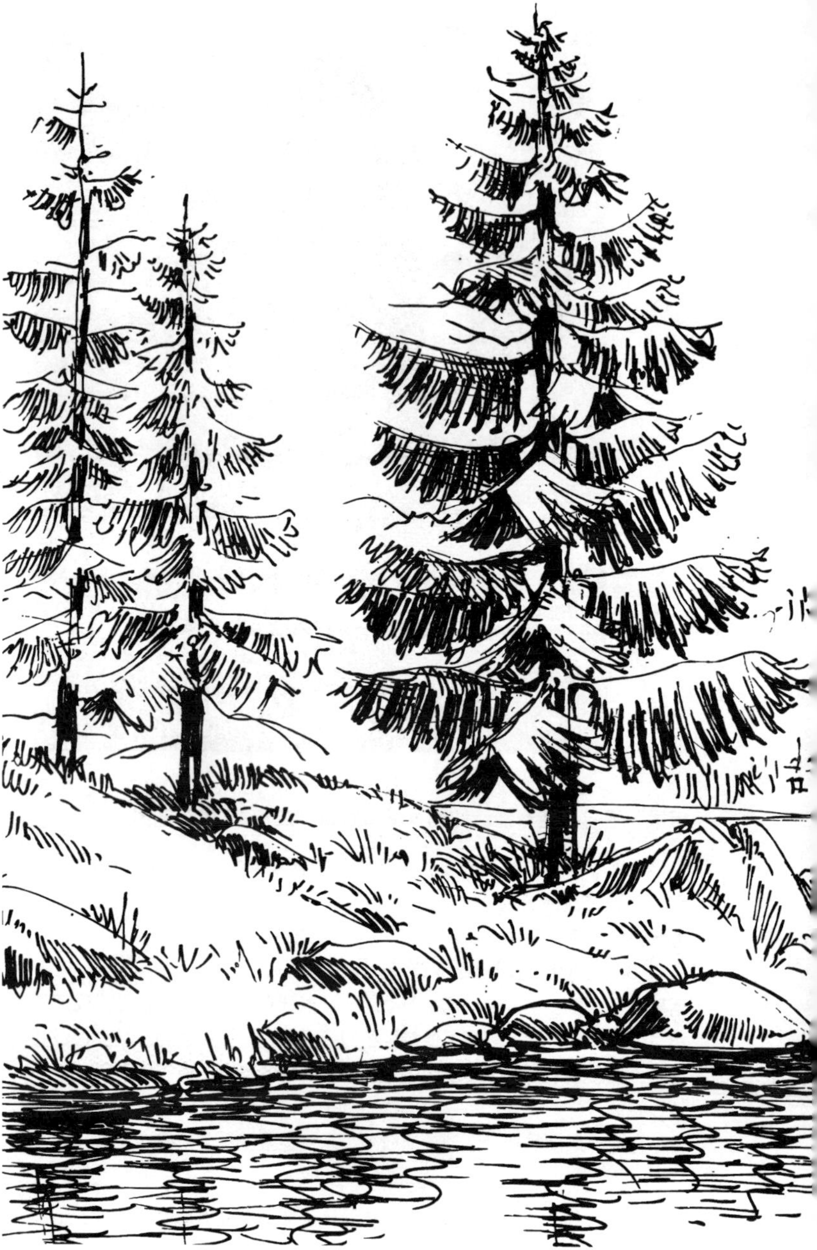

# 五 独处

我从未发现一个跟独处一样易于相处的伴侣。

这是一个怡人的夜晚，浑身上下就是一个感觉，每个毛孔都吸吮着愉悦。我带着一种奇妙的释然在大自然中来来去去，与她融为一体。尽管多云有风，天气凉爽，也没见到什么特别吸引我的东西，我还是穿着衬衫，沿着湖的石岸走去，这时整个环境令我感到异常适宜。牛蛙吹起喇叭，宣告夜幕降临，三声夜鹰的啼鸣则随着微风拂起的涟漪从湖上传来。我与桤木和杨树瑟瑟抖动的树叶所产生的心灵感应，几乎使我激动得透不过气来；然而，就像那湖水一样，我宁静的思绪也被激起了涟漪，但却没有被扰乱。傍晚的风吹起的微波，就像平静如镜的湖面一样远离风暴。尽管现在天色已暗，但林中风依然在吹、在呼啸，波浪依然在撞击，有些动物在用它们的歌声为别的动物催眠。从来没有绝对的安静。最凶猛的动物现在并不在安息，而是在寻找猎物；狐狸、臭鼬和兔子现在无所畏惧地在田野和树林里游荡。它们是大自然的守夜者——是衔接生气勃勃的白昼生活的纽带。

我回到家里，发现有客人来过了，留下了他们的名片，诸如一束花，或一只常青藤花环，或用铅笔在黄色胡桃树叶上或木屑上写下的名字。那些难得到树林里来的人，拿起林中的一小片物品沿途把玩，然后有意无意地将之留下。有一个人扯下一根柳条编成一个环，丢在我的桌上。我总能察觉我不在家时是否有客人来过，所依据的无外乎弄弯的嫩枝或青草，或来人的脚印，而且一般还能根据留下的某些蛛丝马迹，比如丢下的一朵花，或者拔出来又扔在哪怕是半英里之外的铁路上的一把草，或者雪茄或烟斗留下来的气味，来断定来客是男是女，多大岁数，品性如何。不仅如此，我还时常通过烟斗的气味，得知六十杆以外的公路上有旅人走过。

**臭鼬**

臭鼬（Skunk），学名 *Mephitis*，广泛分布于北美洲墨西哥以北，常见于加拿大和美国。
臭鼬是夜行动物，主要在黎明和黄昏出外觅食。太阳升起后，它们就躲到自己的巢穴中或者岩石下。
臭鼬以奇臭的腺体分泌物作为防卫武器，会导致被击中者短时间内失明，它也是北美地区主要的狂犬病毒携带者之一。
在英语俚语中，skunk 也指讨厌鬼、卑鄙的人等。

    我们四周通常有着足够的空间。我们的地平线从来就不是近在咫尺。茂密的树林并非就在我们的门口，那瓦尔登湖也是如此，总有一块我们熟悉的、被我们踩出来的空地，那是从大自然那里开拓出来的，被我们所占有，围上了篱笆。人们为什么要把这么大范围的一片地，方圆几英里人迹罕至的森林，放弃给我，作为我的隐居之处？我最近的邻居也在一英里之外，除非从离我家半英里的山顶望去，否则四周看不见一座房子。我的地平线全都跟我自己的树林接界；举目远眺，一边是与湖畔连的铁路，另一边是环绕着山林公路的篱笆。但是大体说来，我住的地方就像大草原一样孤寂。这里既是新英格兰，又像是亚洲或非洲。我似乎有自己的太阳、月亮和星星，有一个完全属于我自己的小世界。夜里从来没有一个旅人经过我家，或敲我的门，仿佛我成了天地间的第一个，或最后一个人；除非是在春天，隔了很长时间之后，有人从村里跑来钓鳕鱼——他们显然更多的是由着自己的性子在瓦尔登湖上钓鱼的，把黑暗用作鱼钩上的钓饵——但他们很快又退却了，因为他们的鱼篓通常空空如也,把"世界留给了黑暗和我"①,而夜晚的黑色核心从未受到人类邻里关系的亵渎。我相信,尽管女巫全都被吊死,基督教和蜡烛也已被引介进来,但人类一般说来还是有点害怕黑暗。

然而我有时体验到,即便是可怜的遁世者和极为忧郁的人,也可以从自然万物中找到最甜蜜最温柔、最纯真最鼓舞人心的伴侣。一个人只要生活在大自然当中,而且还有理智的话,就不可能沉湎于极度的忧郁。对于健康无邪的耳朵来说,风暴只不过是风弦琴②奏出的乐曲。没有什么东西可以理所当然地让一个纯朴而无畏的人陷入庸俗的悲伤。当我享受着四季的情谊时,我相信什么也无法使生活成为我的负担。浇灌着我的豆田,也让我整日不得出门的绵绵细雨,并不令人感到沉闷忧郁,而是还有益于我。尽管雨下得我无法锄草松土,但雨露的滋润比锄草松土有价值得多。即便阴雨连绵,泡烂了地里的种子,毁掉了低地里的土豆,可依然有益于高地上的青草,既然有益于青草,那就会有益于我。有时,我拿自己跟别人比较,似乎觉得我比他们更受众神的眷顾,完全超出了我所意识到的应得的眷顾;好像我从众神那里得到了我的同伴们所没得到的授权和担保,受到了特殊的指导和庇护。我可不想抬举自己,但若是可能的话,倒是众神抬举了我。我从未感到孤寂,或者说极少尝到孤独的滋味,只有一次,那是我来到林中几周之后,有一小时的工夫,我曾怀疑近邻是否真的对静谧而健康的生活无关紧要。独自一

---

① 引自英国诗人托马斯·格雷(1716—1771)的名诗《墓园挽歌》。
② 在希腊神话中,风弦琴是风神埃俄罗斯的乐器,古希腊人制造的这种乐器是由风来弹奏的。

人是有点令人不快。不过我又意识到我的情绪略微有点失常,而且我似乎预见自己可以恢复正常。蒙蒙细雨中我一门心思想着这些事,突然省悟到与大自然交流是如此美好、如此大有神益,就在雨点的滴答声中,在屋外的每一个声响、每一处景致中,一种博大无涯而又难以名状的友情顷刻间像大气一样维系着我,使得人类邻里关系那些想象出来的好处顿时显得无足轻重,从那以后我再也没有想过邻里关系的好处了。每一根小小的松针都会脉脉含情地扩展膨胀,待我如同挚友。我由此清楚地感受到这里跟我有点血脉相通,即便在人们通常称之为荒芜凄凉的场所中也是如此,我还感到跟我血缘最近和最富于人情味的并不是某个人,也不是某个村民,因此我想再也不会有什么地方让我感到陌生了。

"哀痛过早地吞噬了哀伤的人;
生者的国度已经来日不多,
托斯卡的美丽女儿。"①

我有些最愉快的时光是在春秋两季漫长的雨暴中度过的,上午、下午都给关在屋里,屋外的轰鸣声、哗哗声不绝于耳,叫人心里好生熨帖;早临的暮色迎来了漫漫长夜,这时有许多念头趁机萌生并展现出来。来自东北方向的滂沱大雨给村里的房舍带来严峻考验,女仆们拿着扫把和水桶,立在各个门口,准备拦截洪水,而我的小

---

① 引自苏格兰诗人詹姆斯·麦克菲斯(1736—1796)的《奥西恩》(1762)一诗。

屋仅有一道门,我就稳坐在门后,尽情地享受这道门的保护。在一场凶猛的雷阵雨中,闪电击中了湖对面的一棵高大的油松,从上到下劈出了一道十分醒目而又极其匀称的螺旋形沟槽,约莫一英寸深,四五英寸宽,就像你刻在手杖上的纹饰。几天前我又路过此地,抬头望去,只见八年前那可怕的、不可抗拒的霹雳从并无恶意的空中劈下时留下的那道疤痕,如今显得格外清晰,真让人望而生畏。人们常对我说:"我想你在那儿会感到孤单,便想跟人们靠近一些,雨雪天尤其如此。"我忍不住想这样回答:我们所居住的整个地球,只不过是茫茫太空中的一个小点。请想想,远处那个星球,它那球体的直径我们的仪器都无法测量,那它两处最遥远的居民相距有多远啊?我为什么要感到孤独呢?难道我们的星球不在银河系吗?你提出的这个问题,在我看来并不是最重要的问题。是什么样的空间把一个人同他的伙伴分开,使他感到孤独?我发现,两条腿再怎么疲于奔波,也无法使两颗心更加贴近。我们最希望自己的住处挨近什么地方?当然不是人多的地方,不是人口密集的火车站、邮局、酒吧、礼拜堂、校舍、杂货店、比肯山、五点区①,而是挨近我们生命的永恒之源,一切经验告诉我们那是生命的源头,正如柳树会傍水而立,并把根须朝水边伸展。当然这也因人而异,不过明智人总会选择这样的地方挖他的地窖……一天傍晚,我在瓦尔登湖畔的公路上赶上了一位同乡,他积累了一笔所谓的"可观的财富"——不过我可从未**正眼**瞧过——他正赶着两头牛往集上去,问我怎么忍心放

---

① 比肯山,波士顿的一个繁华住宅区;五点区,位于纽约市曼哈顿,以堕落腐化而著称。

弃这么多人生的乐趣。我回答说，我确信我相当喜欢这种生活；我并非戏言。我说罢就回家上了床，让他在黑暗和泥泞中，小心翼翼地走向布莱顿①——亦即光明镇——他在拂晓时分也该到那儿了。

对死者而言，只要能苏醒或复活，何时何地都无所谓。能发生这种事的地点总是相同的，让我们的感官体验到不可言喻的愉悦。我们通常只把无关紧要或稍纵即逝的事情当成自己的要务。其实，正是这些事导致我们分了心。**最接近**万物的，是塑造了万物的那股力量。最接近我们的，是那些正在不断实施的至高无上的法则。**最接近**我们的，并不是我们雇来做工，并喜欢与之交谈的工匠，而是创造了我们的创世主。

"鬼神之为德，其盛矣乎。"

"视之而弗见，听之而弗闻，体物而不可遗。"

"使天下之人，齐明盛服，以承祭祀。洋洋乎，如在其上，如在其左右。"②

我们都是一个实验的对象，而我对这个实验又颇感兴趣。在这种情况下，难道我们跟亲朋好友须臾不可离——不能用自己的思想来自娱自乐吗？孔夫子言之有理："德不孤，必有邻。"③

有了思想，我们即便情不自禁也能保持气定神闲。通过心智的自觉努力，我们能够超然于行为及其后果之外；世间万物不论好坏，

---

① 布莱顿（Brighton），波士顿的郊区镇名，与作者杜撰的光明镇（Brighttown）谐音。
② 引自孔子《中庸》第十六章。
③ 引自孔子《论语·里仁》第二十五章。

都从我们身边滔滔流过。我们并未完全投身于大自然之中。我既可以是溪流中的浮木，也可以是空中俯瞰下界的因陀罗[①]。**我可以被一场戏剧表演打动**；另一方面，我又会对一件似乎与我利害攸关的真实事件**无动于衷**。我只知道自己是个人的实体；可以说是思想和情感的布景；我意识到我有一定的双重性，由于这种双重性，我既可远离自己，也可远离他人。不管我的体验多么强烈，我总能感觉到我的一部分站出来批评我，似乎可以说，那又不是我的一部分，而是一个旁观者，并没有分享我的体验，只是关注到了而已；那不是我，同样不是你。人生的戏剧（可能是一出悲剧）一旦演完，这个旁观者便离去。就他而言，那只是一种虚构，无非是想象的产物。这种双重性有时难以使我们成为好邻居和好朋友。

我发现在大部分时间里孤身独处有益于身心健康。与朋友在一起，即便是最好的朋友，很快就会为之生厌，感到烦神。我喜欢独处。我从未发现一个跟独处一样易于相处的伴侣。我们出去置身于人群当中，往往比待在自己家里还要孤独。一个人思索或劳作的时候总是孤独的，任凭他待在什么地方。孤独并不是根据一个人与同伴相距多远来衡量的。在哈佛学院一个熙熙攘攘的学堂勤奋学习的学子，跟沙漠里的苦行僧一样孤独。农夫可以整天独自在田间耕作，或在林中伐木，而并不感到孤独，因为他在忙于干活；但是晚上回到家里，他却不能独自坐在屋里冥思苦索，而必须待在能"见到人"的地方找点娱乐，照他的想法，这是对他一天孤独的补偿；因此他

---

[①] 因陀罗，印度神话中主管空气、雨水、雷电、土地的主神。

感到诧异,那位学子怎么能够几乎整日整夜地独自待在屋里,而不觉得无聊和忧郁;但他却没有意识到,那位学子虽然待在屋里,却依然在**自己**的田野里耕耘,在**自己**的林中伐木,正如农夫在自己的田野和林中劳作一样,而且也会像农夫那样,寻求同样的娱乐和交际,只是形式可能要紧凑一些。

交际通常太没有意思。我们三天两头地聚会,无暇感受彼此间有什么可珍惜的。我们一日三餐都要见面,让彼此重新尝一尝我们自己这些发霉的旧奶酪。我们不得不遵从一套被称为礼仪和礼貌的规矩,以便大家能容忍这种频繁的聚会,避免发生公开的冲突。我们在邮局里见面,在交谊会上见面,每天晚上在炉火边见面;我们住在人口稠密的地方,彼此间互相妨碍,磕磕绊绊,于是我想,这一来我们之间也就没有了什么尊敬可言。即便是重要而又诚挚的交流,少来几次肯定足够了。想一想工厂里的女工吧——她们从不独处,甚至在睡梦中也是如此。若是一平方英里只有一个居民,就像我的住处这样,岂不是更好。一个人的价值并不在于他的皮囊,我们非得摸着它不可。

我听说有个人在树林里迷了路,在饥饿和精疲力竭的折磨下,倒在一棵树下奄奄一息;由于身体虚弱,他那病态的想象使他周围浮现出种种怪诞的幻觉,他信以为真,因此孤独感也就得以缓解。同样的道理,由于身心健康、强壮有力,我们就可能不断地被一个类似的、但却更加正常、更加自然的交际对象所激励,从而认识到我们从来就不孤单。

我屋内有许多伴侣,尤其是早晨无人来访的时候。让我来做几个比较,或许哪个比较可以让诸位对我的境况有一个大致的了解。

**毛蕊花**

毛蕊花（Mullein），学名 *Verbascum*，生长繁殖能力强，多生于山坡草地、河岸草地。

叶子及花朵可食，西方人曾采来煮茶，认为有消炎、止痛、利尿等功能。有轻微毒性，在中西草药上有多种用途，可治呼吸道疾病及哮喘。

我并不比湖中纵声大笑的潜鸟更孤独，也不比瓦尔登湖本身更孤独。请问，那个孤独的瓦尔登湖有什么伙伴呢？然而在它那蔚蓝色的水中，并没有蓝色的魔鬼，只有蓝色的天使。太阳是孤独的，除非在阴霾天气，有时似乎会出现两个太阳，但有一个是幻日。上帝是孤独的——但魔鬼却绝不孤独；他结交甚广，宾朋如云。我绝不比草场上任何一株毛蕊花或蒲公英、一片豆叶、一株酢浆草、一只马蝇、一只大黄蜂来得更孤独，也绝不比米尔溪、风信标、北极星、南风、四月的阵雨、一月的解冻、新房里的第一只蜘蛛来得更孤独。

在漫漫的冬夜，大雪纷飞，狂风呼啸，偶尔会有一位老住户兼最初的业主来访，据说是他挖掘了瓦尔登湖，砌上了石岸，围起了松树林；他给我讲述古老的传说和来世的传奇；我们俩满怀交际的喜悦，愉快地交流对事物的看法，一起度过了一个欢快的夜晚，甚至都没有苹果和果酒助兴——他是一个极其聪明、极其幽默的朋友，我好喜爱他，他行踪隐秘，甚至胜过戈菲和怀利[①]；尽管人们认为他

---

① 戈菲（1613？—1679）和怀利（1607？—1675？），英国清教徒弑君党人，1649年签署了英国国王查理一世的死令状，1660年王室复辟后，逃往美国，隐身于康涅狄格河的河谷里。

**酢浆草**

酢浆草（Sorrel），学名 *Oxalis*，喜生于向阳、温暖、湿润的环境，抗旱能力强，品种较多。

酢浆草广泛分布于世界各地，是观赏性强的良好林下地被植物，也是盆栽的良好材料。可作观赏植物，还可食用、入药。

已经故世，但无人知道他葬于何处。还有一位老太太也住在我附近，多数人都见不到她，我有时喜欢到她的香草园里去走走，采摘点药草，听她讲些寓言故事；她具有无与伦比的丰富创造力，她记忆中的故事比神话还要久远，她能告诉我每个寓言的起源，以及各有什么事实依据，因为那都是发生在她年轻时候的事情。她是个面色红润、精神矍铄的老太太，喜欢各种天气、各个季节，还可能比她的子女活得都长。

大自然那无法言喻的纯洁和仁慈——太阳和风雨，夏天和冬天——它们永远在提供这样的健康，这样的欢乐！它们一向对我们人类满怀怜悯，如果有人因为正当的理由而悲伤的话，那整个大自然也会为之动容，太阳失却光彩，风像人一样叹息，云下泪雨，树木在仲夏凋零，穿上丧服。难道我不能与大地情愫相通吗？难道我本人在一定意义上不也是培育绿叶和菜蔬的沃土吗？

能让我们保持健康、安宁和满足的良药是什么？并非你我曾祖父的药物，而是我们曾祖母大自然的万能的、菜蔬性、植物性药物，她就借助这种药物使自己青春永驻，比她同时代的许多老帕尔[①]活

---

[①] 帕尔，指英国人托马斯·帕尔，据说活了 152 岁。

得都长，她是靠植物腐化的脂肪来增进她的健康的。我的万应灵药可不是庸医用冥河水和死海水混合而成的瓶装江湖秘方，我们有时就看见那些像黑帆船似的又长又浅的大篷车就专门兜销这种瓶装药，还是让我吸一口纯净的清晨空气吧。清晨的空气啊！如果人们不愿在一天的源头吸吮这清晨的空气的话，那么，为世界上那些失去了清晨订购单的人们着想，我们甚至要把空气装入瓶里，放在商店里出售。但要记住，即便放在最凉爽的地窖里，这气体也保存不到中午，它早在那之前已从瓶里逸出，追随奥罗拉的脚步向西而去。我并非许革亚[①]的崇拜者，她是那个老草药医生阿斯克勒庇俄斯的女儿，她在纪念碑上的形象为一只手抓住一条蛇，另一只手举着一只杯子，那条蛇有时就饮用杯里的水；我崇拜的是为朱庇特掌杯的赫柏[②]，她是朱诺[③]吃了野莴苣后生下的女儿，具有让诸神和凡人恢复青春活力的魔力。她或许是在地球上行走过的唯一一个最健全、最健康、最强壮的青年女性，她走到哪儿，哪儿就是春天。

---

① 许革亚，古希腊神话中的健康女神，为医药之神阿斯克勒庇俄斯的女儿。
② 赫柏，古希腊神话中赫拉和宙斯之女，青春女神，专为奥林匹斯众神司酒。
③ 朱诺，古罗马神话中的天后，主神朱庇特之妻，主司生育婚姻等，相当于古希腊神话中的赫拉。

## ⊙ 通识漫谈

**生怪病的女孩玛丽·沃尔科特指控女巫　19世纪插图**

　　塞勒姆女巫审判案（Salem Witch Trials），1692年2月至1693年5月间，马萨诸塞湾省塞勒姆（现属马萨诸塞州），牧师塞缪尔·帕里斯的女儿和她的7个同伴突然得了一种怪病，医生检查未果后，人们认为是"巫师"作恶。

　　女孩们平日不喜欢的女奴提图芭、女乞丐萨拉·古德和老妇人萨娜·奥斯本被指控为"女巫"。在无根据的控诉下，她们为求生被迫认罪并指认邻里为新女巫。有200多人被指控使用巫术，19人被处以绞刑，1人被石头堆压死，5人死于狱中。

　　1697年，马萨诸塞州殖民当局宣布该案为历史冤案。

\* 我相信，尽管女巫全都被吊死，基督教和蜡烛也已被引介进来，
但人类一般说来还是有点害怕黑暗。

**孟子像**

梭罗在《瓦尔登湖》中多次引用孔孟名句，他并不懂中文，引文是转译自法国汉学家鲍狄埃（Jean-Pierre Guillaume Pauthier）的《孔子与孟子，中国道德与政治哲学》(*Confucius et Mencius，Les Quatre Livres de Philosophie Moral et Politique de la Chine*)。

鲍狄埃（1801—1873），其名亦译作鲍吉耶、卜铁等。他曾将《诗经》《道德经》《论语》《孟子》等众多中华经典译成法文。

\* "鬼神之为德，其盛矣乎。"

**健康女神许革亚**
**弗朗索瓦·大卫 18 世纪插图**

许革亚（Hygeia）是古希腊神话中医药之神阿斯克勒庇俄斯之女，健康女神。对应古罗马神话中的萨卢斯（Salus）。

她是预防医学和营养科学的化身，衍生名词 hygiene 意为卫生、卫生学。她手中的蛇象征医学知识，杯子则象征医学与健康。

\* 许革亚是阿斯克勒庇俄斯的女儿，她一只手抓住一条蛇，另一只手举着一只杯子。

**赫柏为化身为鹰的朱庇特斟酒　安吉莉卡·考夫曼18世纪插图**

　　赫柏（Hebe）是古希腊神话中永生不老的青春女神，是奥林匹斯山诸神的斟酒官，诸神喝下她斟的酒，便可永葆活力并永无倦意。

　　在古罗马神话中，她被称作朱文塔斯（Juventas）。在欧·亨利的《吝啬的情人》中，富豪卡特用"赫柏"来形容平民姑娘玛西尔的美丽。

*我崇拜为朱庇特掌杯的赫柏，她走到哪儿，哪儿就是春天。

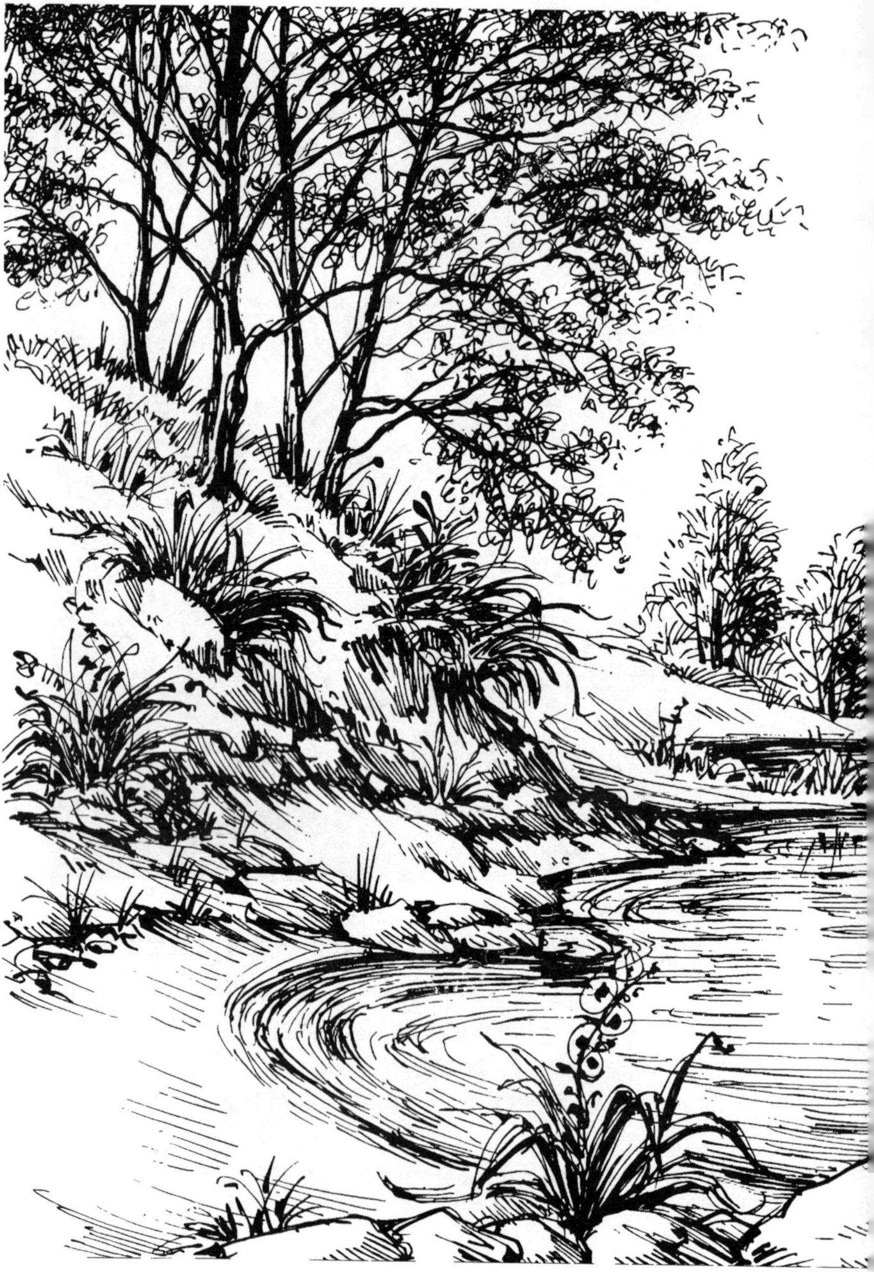

# 六 来客

个人像国家一样,必须有适当宽阔而自然的边界,甚至有一大片中立地带。

我觉得我像大多数人一样喜欢交际，只要遇到血气充足的人，我就会像水蛭那样吸住不放。我并非天生的隐士，若是我有事来到酒吧，就可能比最有韧性的泡吧常客坐得还久。

我的小屋里有三把椅子；独处时用一把，交友时用两把，交际时用三把。当来客多得超出预期的数目时，他们所有的人也只有那第三把椅子可用了，不过他们通常为了节省空间而站着。一幢小屋能容下多少了不起的男士和女士，真令人惊讶。有一次，居然有二十五到三十个灵魂连同躯体同时待在我屋里，然而告别时大家往往意识不到彼此间挨得有多近。我们的许多房子，无论是公房还是私宅，都有着几乎数不清的房间，硕大的厅堂，还有偌大的酒窖，藏着各种酒类及和平时期的军需品，比起里面的居住者来，我觉得这房子实在大得出奇。房屋如此高大，如此宏伟，房里的人似乎只是一些寄生其中的虫豸。我感到惊讶的是，当侍者在特雷蒙特、阿斯特或米德尔塞克斯哪家酒店前通报来客时，只见一只滑稽的耗子偷偷摸摸地溜出了房客的游廊，转眼间又鬼鬼祟祟地钻进了人行道的某个洞穴里。

有时候我在这小屋里感受到的一个不便之处，就是我跟客人一旦高谈阔论起来，就觉得我们之间很难保持足够的空间。你需要一定的空间，让你的思想进入扬帆状态，运行一两段之后再抵达港口。你的思想的子弹必须先克服横飞和跳飞，进入最后稳定的飞行方向，才能射入听者的耳朵，否则它会从听者的脑袋旁边穿过去。再说，我们的语句也需要空间来展开，形成段落。个人像国家一样，必须有适当宽阔而自然的边界，甚至有一大片中立地带。我发现跟对岸的一位同伴隔湖交谈是一种奇特的享受。在我的小屋里，我们离得太近,讲话根本听不见——说话声无法低得让对方听见,就像往静水中投下两块石子,由于离得太近,两个波纹就会互相扰乱一样。如果我们只是喋喋不休、大声喧哗的人,那我们倒可以紧紧地挨在一起,脸贴着脸,感受到彼此的气息;但如果我们矜持少语、出言谨慎的话,那我们就想把距离拉开一些,好让体温和汗液有机会挥发掉。如果我们想与各人身上的那种无法言传、无须言传的东西,进行最亲密的交流的话,那我们不仅要保持沉默,而且一般说来身体要相距远些,使我们无论如何也听不见彼此的声音。依照这个标准,言语只是为了方便听觉不好的人而已;但是世上有许多美妙的事物,很难说是否非得大声喊叫不可。随着谈话调子越来越高、越

我的"雅"间,就是我屋后的那片松树林,可谓是我的客厅。

来越庄重,我们便会把椅子渐渐往后移,直至碰到后面的墙壁,然后往往就再也没有活动的空间了。

然而,我的"雅"间,就是我屋后的那片松树林,可谓是我的客厅,随时准备接待客人,尽管阳光很少照在它的地毯上。夏天贵客光临的时候,我把他们带到那里,一个难能可贵的仆人已清扫了地板,擦拭了家具,把一切收拾得井井有条。

要是来了一位客人,有时他可以和我一起吃顿便饭,一边搅拌玉米粥,或是照看面包在灰烬中慢慢膨胀烤熟,这并不妨碍我们说话。但若是来了二十个人,坐在我的屋子里,大家绝口不提吃饭的事,尽管可能有够两个人吃的面包,但吃饭若是成了一种被戒掉的习惯,那可是两个人也吃不完的;不过我们自然而然地实行斋戒了;我们从不觉得这有违好客之道,而是感到这是最为合适、最为体贴的举动。血肉之躯的消耗和衰退是需要经常修补的,通过经常的修补,消耗和衰退神奇地得到了减缓,维持生命所必需的活力也坚守阵地。这样一来,我既能招待二十人,也能招待一千人;如果有人发现我在家而我却让他们心灰意冷或饥肠辘辘地离去的话,他们尽可相信我至少对他们心怀同情。尽管许多管家表示怀疑,但是建立更好的新风俗取代旧风俗,还是很容易的。你不必把你的声望建立在你所提供的饭食上。就我本人而言,能有效地制止我不要常往某人家跑的,与其说是担心他家有什么类似刻尔柏洛斯①那样的三头猛犬,不如说是怕他大张旗鼓地请我吃饭,在我看来,那不啻是客气

---

① 刻尔柏洛斯,古希腊神话中守护地狱的猛犬,有三个头。

而婉转地暗示我：以后不要再打扰他。我想我以后决不会再送上门了。我的一位来客曾在一片核桃木黄叶上写下了斯宾塞的几行诗作为名片，我要自豪地把这几行诗当作我小屋的座右铭：

"他们到了那里，把小屋挤满，
　　不是寻求款待，那里并不担负；
休息就是他们的宴席，一切随其所愿：
　　最高尚的心灵得到了最大的满足。"①

后来成为普利茅斯殖民地总督的温斯洛②，曾与一个同伴一起，徒步穿过树林，去对马萨索伊特酋长③作礼节性拜访。他们到达酋长的住处时又累又饿，受到了酋长的盛情接待，但是那天只字未提吃饭的事。当夜幕降临时，引用他们自己的话来说，"他让我们跟他们夫妇俩一起睡在床上，他们睡一头，我们睡另一头，那床只不过是块离地一英尺的木板，上面铺了一块薄垫子。他还有两位首领，由于没有空间，便挤压着我们；因此，晚上睡觉比白天跋涉还要疲惫"。第二天一点钟，马萨索伊特"带来了他猎获的两条鱼"，约有鳊鱼的三倍大；"鱼正煮着，至少有四十人期待着分到一份。大多数

---

① 斯宾塞（1552—1599），英国文艺复兴时期诗人，此处所引诗句出自其著名长篇寓言诗《仙后》。
② 温斯洛（1595—1655），英国人，北美普利茅斯殖民地的开拓者，曾任该殖民地三届总督。
③ 马萨索伊特（1580—1661），北美万帕诺亚格印第安人首领，1621年白人移民乘"五月花"号驶抵普利茅斯后，他与殖民者订立和平协议。

人都吃到了。我们在一天两夜间还就吃了这一顿饭;我们若不是有人买了一只山鹑,那我们就得饿着肚子赶路"。由于饮食和睡眠不足——这睡眠不足又起因于"野蛮人的野蛮歌唱(他们习惯于唱着歌入眠)"——他们便担心自己会头晕目眩,同时又想趁自己还走得动的时候赶回家,于是便启程往回走。至于住宿,确实是接待不周,不过客人所遇到的不便,其初衷无疑是出于一种礼仪;不过就饮食而言,我无法想象印第安人怎么还能做得更好。他们自己都没有东西可吃,而他们又很聪明,懂得道歉取代不了向客人提供食物;因此他们只能勒紧腰带,对此一言不发。后来温斯洛又来造访,适逢对方物资充盈,这次在饮食方面就没出现短缺。

至于人,你在什么地方都少不了人。我在树林里居住期间,我的来客比我人生中任何别的时期都多;我的意思是说,我的确有过一些来客。我在那儿遇见了几个人,相聚时那情势比任何别的地方都更惬意。但是绝少有人为琐事来找我。究其原因,仅凭我与镇上的这段距离,就帮我筛选了朋友。我深深地退居在孤寂的汪洋大海之中,交际的河流在这里已经干涸,因而在很大程度上,就我的需要而言,在我周围沉淀下来的只是最精纯的沉积物。此外,还会从大洋彼岸飘来阵阵习风,传来未经勘测、未曾开发的大陆的讯息。

今天早晨能到我的小屋来的,只能是一个真正具有荷马气质,或帕夫拉戈尼亚人[①]风格的人——他有一个如此恰当而又富有诗意的名字,我不能在这里把它印出来真感到遗憾——他是加拿大人,是

---

[①] 帕夫拉戈尼亚,小亚细亚的一个古国,该族是安纳托利亚最古老的民族之一。

个伐木制柱工,一天能凿好五十根柱子,他上一顿晚餐吃的是他的狗逮住的一只土拨鼠。他也听说过荷马,"要不是多亏有书",还真"不知道下雨天能干什么",尽管好多个雨季过去了,他也许还没把一本书从头读到尾。有一位会念希腊文的牧师,在他遥远的家乡教区里教他阅读《圣经》的诗篇;现在他就捧着这本书,我必须给他翻译出来,那是阿喀琉斯对普特洛克勒斯①愁容满面的批评:

"普特洛克勒斯,你为何哭得像个小女孩?
或是只有你听到了来自菲提亚的什么消息?
据说阿克托耳的儿子墨诺提俄斯依然活着,
而埃阿科斯的儿子珀琉斯则活在密尔弥多涅人那里,
不管两人中哪个亡故,我们都会不胜悲伤。"

他说:"写得好啊。"他腋下挟着一大捆白栎树皮,是星期天早上为一个病人采集的。"我想今天做这样的事情没问题吧。"他又说。在他看来,荷马是个大作家,尽管他并不知道他写的是什么。很难找到比他更单纯、更质朴的人。那些给人间抹上阴暗道德色彩的颓风陋习,在他身上似乎绝少痕迹。他大约二十八岁,十二年前离开加拿大和他父亲的家来美国干活,打算挣了钱最终买一个农场,也许还要回加拿大去买。他是用最粗糙的模子铸造出来的;长着一副强壮而迟缓的身躯,然而举止优雅,粗脖子给晒得黑黑的,头发又黑

---

① 普特洛克勒斯,古希腊神话中的英雄,阿喀琉斯的密友。下面的诗行引自荷马史诗《伊利亚特》第十六卷。

**土拨鼠**

土拨鼠（Woodchuck），学名 *Marmota monax*，又名美洲旱獭，主要分布于美国与加拿大。土拨鼠善于游泳、挖洞和攀缘；以食草为主，也吃昆虫。

土拨鼠毛皮坚实柔韧，耐磨性、保温性好，是制作裘皮、衣帽等的上等原料；骨骼、油脂等则可入药，常被培养为实验动物。但它们耐受鼠疫病菌，感染后不易死亡，对人畜的健康威胁很大。

又密，那双呆滞惺忪的蓝眼睛偶尔会神采奕奕。他头戴一顶灰色平顶布帽，身穿一件褴褛的羊毛大衣，脚蹬一双牛皮靴。他很能吃肉，因为整个夏天都在伐木，通常把午饭装在一只马口铁桶里，到我的房子两英里开外的地方去干活；铁桶里盛着冷肉，通常是土拨鼠冷肉；还有一只粗陶罐，里面装着咖啡，用绳子系在腰带上；有时他会请我喝上两口。他很早就过来了，穿过我的豆田，不紧不慢地往工地上走，不像北方佬那样急急匆匆。他可不想伤害自己。他哪怕只能挣口饭吃，那也无所谓。要是他的狗在路上捉住一只土拨鼠，他通常会把午饭放在树丛里，然后往回走上一英里半路，把土拨鼠收拾好，放在他借宿的那家人的地窖里，而在此之前，他要先仔细考虑半个小时：是否能把土拨鼠沉在湖里安全地保存到晚上——他喜欢长时间地琢磨这些问题。他早上路过的时候，总会这么说："鸽子可真多啊！假若我不用天天干活的话，那我只凭打猎便可搞到我所需要的全部肉食——鸽子、土拨鼠、野兔和山鹑——天哪！我一天就能搞到一个星期要吃的食物。"

他是个技术娴熟的伐木工，喜欢搞点艺术的润饰和点缀。他砍树时能贴着地面齐平地砍下，这样，新生的嫩枝就会更加茁壮，运木料的雪橇也可以从木桩上滑行过去；砍伐的时候，他不是在整棵树上系好绳子把它拉倒，而是把树削成细条或薄片，最后只需用手一推便能推倒。

他之所以令我感兴趣，是因为他如此安静、喜欢独处，而又如此开心；他的双眼洋溢着喜悦和满足之情。他的喜悦并不掺有杂质。有时我看见他在树林里砍伐树木，这时他会用一种无法言传的得意笑声向我致意，同时会用加拿大法语跟我打招呼，尽管他也会讲英语。我走近他的时候，他会停下手里的活计，带着有所抑制的喜悦，顺着他砍倒的松树干躺下来，撕下内层的树皮，卷成一个小团，一边咀嚼，一边说笑。他如此生气蓬勃，有时遇到引他思索、逗他乐的东西，他会笑倒在地打起滚来。他会一边环顾四周的树木，一边大声惊呼："好家伙！在这里伐木真开心；没有比这更带劲的。"有时，在空闲的时候，他会带着一把小手枪整天在树林里寻开心，每走几步便放一枪，算是向自己致意。到了冬天，他就生起一堆火，好在午间拿水壶煮咖啡；他坐在原木上用餐的时候，山雀有时就飞来，落在他的手臂上，啄食他手上的土豆；他说他"喜欢身边有这些**小家伙**"。

在他身上，主要是人的动物性能比较发达。就肉体的耐力和满足而言，他可以说是松树和岩石的远房兄弟。我有一次问他，劳作了一整天之后，有时夜里是否会感到疲乏；他板起脸来，一本正经地回答说："天啊，我这辈子还从没疲乏过。"但他那人的智力性能，或所谓的精神性能，却像婴儿一样在沉睡。他所受过的教育，只是天主教神父教育土著居民所采用的那种纯真无效的教育方式，用这种教育方式培养出来的学生，绝不可能达到自觉的程度，而仅仅能达到信任和尊敬的程度，结果孩子没有被培养成人，还依然是个孩子。造化把他创造出来的时候，赋予他强健的体魄和对自己命运的满足，并让他在各方面都以尊严和信赖作为生命的支撑，以使他年过七十依然童心不泯。他是如此真诚和单纯，对任何人介绍他都没有必要，正如你不必为邻人介绍土拨鼠一样。他得逐渐认识自己，就像你得逐渐认识你自己一样。他从不装模作样。人们请他干活给他发工钱，从而帮助他解决了衣食问题；但他从不与他们交换意见。他的谦恭——如果没有抱负可以称为谦恭的话——是那样纯朴，那样自然，以至于谦恭并非他身上的一个显著品质，他自己对此也一无所知。在他看来，智者简直是半神半人。如果有人告诉他智者就要来临，他似乎觉得这等大事别指望与他有什么干系，而是该怎么样就怎么样，还是把他忘掉吧。他从未听过赞扬之声。他尤其尊敬作家和牧师。他们简直在创造奇迹。我跟他说我写了不少东西，他有很长时间都以为我只是指写字而已，因为他自己也写得一手好字。我有时发现在公路旁的雪地上写着他家乡的教区的名字，字写得很漂亮，标有正确的法语重音符号，我便知道他曾经到过那里。我问过他是否想把自己的思想写出来。他说他曾给不识字的人念过信、写过信，但从未试图把思想写出来——不，他写不了，搞不清楚该先写什么，那简直是要他的命，何况与此同时还得注意拼写！

我听说一位著名的智者兼改革家曾问过他是否不希望这个世界得到改变；他压根儿没想到有人还会考虑这个问题，便发出了惊讶的咯咯笑声，操着加拿大口音回答道："是呀，我挺喜欢这个世界的。"哲人跟他打交道定会受到许多启发。在陌生人看来，他对人情世故似乎一无所知；但我有时却觉得他像一个我未曾见过的人，因此我说不清他究竟是像莎士比亚一样聪明，还是像孩子一样单纯无知，究竟觉得他有诗情雅兴，还是认定他愚不可及。镇上有一个人告诉我，他遇见他戴着一顶又小又紧的帽子，吹着口哨在村里闲逛，不禁让他想起了乔装打扮的王子。

他只有两本书，一本是年历，一本是算术，他尤为擅长后者。前者对他来说不啻是百科全书，他认为这书中包含了人类知识的精华，在很大程度上也确实如此。我喜欢试探他对当前各种改革的看法，而他总能以最简单、最实际的眼光看待这些问题。他以前从未听说过这类话题。我曾问他：没有工厂他能行吗？他本来就穿家里做的佛蒙特灰布衣服，他说，那就挺好嘛。他能免掉茶和咖啡吗？除了水之外，乡下还能提供什么饮料？他曾经拿铁杉叶子泡水喝，觉得在热天比水好喝。我问他没有钱是否也能行时，他说明了钱的便利之处，这一说法既让人想起了货币机制的起源，又与货币机制起源的最有哲理的解释相吻合，同时也符合 pecunia①这个词的派生渊源。如果他的财产是一头牛，而他又想到商店里买针线，那每次都拿牛的一部分抵押针线所需的费用，他会觉得既不方便也不可能。他能比任何哲人更好地为许多社会机制辩护，因为在描述与他有关的机制时，他讲出了它们得以盛行的真正原因，而不是胡乱推测出个什么理由。又有一次，他听到柏拉图给人下的定义——没有羽毛的两足动物——有人拿出一只拔了毛的公鸡，并称其为柏拉图的人，

---

① 拉丁文，意为钱，由 pecus（牛）派生而来。

他认为两者的一个重要区别,是**膝盖**弯曲的方向不一样。有时他会感叹:"我多喜欢讲话啊!天啊,我能讲上一整天!"有一次,我好几个月没见到他了,便问他这个夏天可有什么新的想法。"天哪!"他说,"像我这样必须干活的人,如果没有忘记原有的想法,那就不错了。说不定跟你一起锄地的人想跟你比赛;那样一来,上帝作证,你的心思一定全都放在那上面;你脑子里只想着杂草。"在这种情况下,他有时会先问我是否取得了什么进展。冬季的一天,我问他是否总是对自己感到满意,希望能为他内心确立点什么观念,以取代身外的牧师,从而对生活有更高的追求。"满意!"他说,"有人为这件事满意,有人为那件事满意。如果有人什么都有了,他或许会满足于整天坐着,背对着炉火,肚子对着餐桌,天啊!"然而,我再怎么煞费苦心,也难以让他从精神的角度看待事物;看来他所能想象的最高境界就是一种简单的权宜之计,你可以期望一个动物也会欣赏的那种权宜之计;实际上,大多数人都是如此。如果我建议他改进一下他的生活方式,那他只会说"那太晚了",丝毫没有遗憾之情。然而他却绝对信奉诚实和类似的美德。

在他身上可以发现一种积极的独创能力,尽管有点微不足道,我偶尔会注意到他在独立思考,并表达出自己的见解,这是一种罕见的现象,我情愿每天跑上十英里去观察,这不啻是许多社会机制起源的再现。尽管他有所犹豫,也许还不能清楚地表达自己的观点,但背后总有一种拿得出来的思想。然而他的思想还真够原始的,沉浸在他的野性的生活中,尽管比专职的学究来得更有意味,但很少能发展为成熟的、可资报道的思想。他有这样的设想:在社会的最底层可能有天才人物,尽管他们终生身份卑微、不识字,但他们总有自己的见解,绝不会假装什么都明白;他们甚至像人们想象的瓦尔登湖那样深不可测,尽管他们可能蒙昧混沌。

许多旅人特意跑来看我和我小屋里的摆设,为了给拜访找个借口,还会跟我要杯水喝。我告诉他们我就从湖里舀水喝,并朝湖边指去,提出要借给他们一把长柄勺。尽管我离群索居,但却免不了要受到一年一度的巡访,我想那是在四月一日左右,大家纷纷上路;我也分享到一份好运,不过我的来客中夹杂几个好奇的家伙。有些傻瓜从救济院和别处赶来看我;不过我还是竭力让他们充分发挥自己的才智,向我倾诉衷肠;在这种情况下,智慧便成为我们交谈的主题;我也因此得到了回报。果然,我发现他们有些人比所谓的穷人监管员和镇政管理委员还要聪明,于是便觉得应该扭转一下这个局面。至于才智,我认为弱智和智力健全之间并无多大差异。特别是有一天,一个并不讨人嫌的纯朴穷人前来见我,表示希望能像我那样生活。我常见他跟别人一起,站在或坐在田间的一只桶上,被人当作篱笆桩使用,以防牛群和他自己随意乱窜,他的谈吐极其纯朴,极其真诚,跟所谓的谦恭比起来,显得颇为优越,或者毋宁说更加**谦卑**。他跟我说,他"智力低下"。这是他的原话。上帝把他造成了这样,不过他觉得上帝也像眷顾别人那样眷顾他。"我从童年开始,"他说,"始终是这个样子;我从来没有多少心眼;我不像别的孩子;我智力低下。我想这是上帝的旨意。"说到这儿,他要证明自己说的是实话。对我来说,他是一个神妙莫测的谜。我难得遇见一位像他这样大有希望的同胞——他说的话是那样纯朴真诚,又是那样真实。而且,毋庸置疑的是,他好像越是自贬,就显得越发高尚。

我起初并不知道,这是一种明智策略带来的结果。看来,由这位可怜的、智力低下的穷人奠定了这种真诚坦率的基础之后,我们两人的交谈可望达到圣贤难以企及的境界。

我还有一些客人,他们通常不被算作镇上的穷人,可实际上就该是穷人;无论如何,他们属于世界上的穷人;他们不求你热情好客,而是求你**发发善心**;他们诚恳地希望得到帮助,并在恳请之前就先说明,首先他们决计永不自助。我要求来客可别当真饿肚子,尽管他可能是世界上胃口最好的人——也不管他的好胃口是怎样得来的。慈善的对象可不是来客。有的人意识不到来访已经结束,尽管我又忙活起了自己的事,回答他们的问题时离他们也越来越远。在农工们四处找活干的季节,几乎各种智力程度的人都来访问过我。有些人的聪明才智多得不知道怎么用;逃亡的奴隶仍然带着在种植园生活的姿态,像寓言里的狐狸一样,时不时地竖耳倾听,仿佛听见了猎犬已接踵而至的吠叫,便以恳求的神情望着我,似乎在说——

"哦,基督徒,你要把我送回去吗?"

其中有一个真正的逃亡奴隶,我曾帮助他朝北极星的方向逃去。只有一个念头的人,就像只有一只小鸡的母鸡,只有一只小鸭的母鸭;那些心绪繁杂、头脑凌乱的人,就像有些母鸡,本来得照顾上百只小鸡,却全都去追逐一只小虫,致使每天都有二十来只小鸡在晨露中丢失——到头来一个个身上变得乱蓬蓬、脏兮兮的;只有思想而没有腿的人,就像一条聪明的蜈蚣,能让你浑身直起鸡皮疙瘩。有人建议我准备一个簿子，让来客留下姓名，就像在怀特山①那样；可是，天呀！我的记性太好了，根本用不着。

我情不自禁地能察觉来客的一些癖性。少男少女和少妇常常为来到林中而喜兴不已。他们观湖赏花，玩得好生开心。生意人，甚至农夫，只想到孤寂和干活，想到我的住所距离某桩事务有多远；虽然他们嘴里说喜欢偶尔到林中散散步，可显然并非如此。那些坐立不安、有所承诺的人，他们的时间全都花费在谋取或维持生计上；牧师们谈起上帝，好像他们就喜欢独享这个话题，无法容忍各种各样的观点；医生、律师以及爱操心的管家婆，非要趁我外出时窥视我的橱柜和床铺——不然某某夫人怎么会知道我的床单没有她的干净呢？已经不再年轻的年轻人则认定：不管哪行哪业，走老路最为稳妥——这些人通常总说，在我的处境中不可能有多少好处。唉！这就是问题之所在。年老体弱和胆小怕事的人，不管年龄大小，也不管是男是女，他们想得最多的就是疾病、突发事故和死亡；对他们来说，生活似乎充满了危险——如果你连想也不去想，那会有什么危险呢？人们认为精明人会谨慎地选择最安全的去处，在那儿巴医生②可以随叫随到。对他们来说，村落就是一个名副其实的com-munity③，一个共同防御联盟，你会认为若是不带药箱的话，他们是

---

① 怀特山，位于美国新罕布什尔州中北部和缅因州西部，主要山峰以美国历届总统命名，故有"总统群峰"之称。
② 指康科德的乔赛亚·巴特勒医生。
③ 英语 community 一词本为"公社""社区"之意，梭罗稍加处理，写作 com-munity，使其带有"利益共同体"之意。

不会去采蓝莓的。这意思是说，一个人只要活着，就始终存在着可能死去的**危险**，尽管他若是从一开始就处于半死不活的状态，那这种危险就会相应地小一些。人坐着所冒的风险与跑步时一样多。到头来就冒出了那些自封的改革家，他们可是最令人厌烦的人，总以为我一直在歌唱——

    这是我造的屋子；
    这是住在我造的屋子里的人；

但是他们并不知道第三行是：

    正是这些人在烦扰
    住在我造的房子里的人。

我不害怕捉小鸡的鹞子，因为我并不养小鸡；但是我却害怕捉人的鹞子。

  比起这最后一批来客，我有一些更令我高兴的来客。跑来采浆果的孩子，礼拜天早上穿着洁净的衬衫来散步的铁路工人、渔夫、猎人、诗人和哲人；总之，所有诚实的朝圣者，都为了自由的缘故，跑到树林里来，确实把村庄抛在了身后，我准备如此迎接他们："欢迎，英国人！欢迎，英国人！"[①]因为我曾与这类人打过交道。

---

① 据说这是英国清教徒在普利茅斯登陆后，一个名叫萨摩赛特的印第安人对移民所致的欢迎词，梭罗借此对他的来访者表示欢迎。

## ⊙ 通识漫谈

**《神曲》中但丁和维吉尔面对三头犬刻尔柏洛斯**
**威廉·布莱克 19 世纪插图**

　　古希腊神话中，刻尔柏洛斯（Cerberus）为冥王哈迪斯看守冥界入口，它只允许亡灵进入冥界，不让任何活人进出。

　　刻尔柏洛斯是有三头、蛇尾、马鬃毛和狮爪的地狱犬。赫西俄德在《神谱》中说该犬有 50 个头，后世艺术作品多演绎为 3 个头。

＊能有效地制止我不要常往某人家跑的，与其说是担心他家有什么类似刻尔柏洛斯那样的三头猛犬，不如说是怕他大张旗鼓地请我吃饭。

**坐在瓮中的第欧根尼　让·莱昂·杰罗姆 19 世纪插图**

柏拉图在《政治学》中声称，人是一种没有羽毛的两足动物。第欧根尼听说后，带着一只被扒光了毛的鸡来到雅典学院，说"这就是柏拉图定义的人！"

第欧根尼（前 413？—前 323？）是古希腊哲学家，犬儒学派代表人物。据说第欧根尼住在一个瓮（亦说是木桶）里，拥有的所有财产只包括这个瓮、一件斗篷、一根棍子和一个面包袋。

有一次，第欧根尼正在晒太阳，适逢亚历山大大帝前来拜访他，问他需要什么。第欧根尼回答道："我希望你闪到一边去，不要遮住我的阳光。"亚历山大大帝后来说："我若不是亚历山大，我愿是第欧根尼。"

\* 他听到柏拉图给人下的定义——没有羽毛的两足动物。

**废奴主义者哈莉特·塔布曼**
**约翰·G. 达比 19 世纪插图**

据说，美国内战爆发前期在夜间逃亡的奴隶，往往通过追随北极星走向自由。

19 世纪美国废奴运动领袖弗雷德里克·道格拉斯曾于 1847 年，在罗切斯特创办废奴主义刊物《北极星报》。黑人女性哈莉特·塔布曼（Harriet Tubman）曾在 1849 年秋跟随北极星指引，逃至宾夕法尼亚州；后来，她化名"摩西"，通过"地下铁路"帮助许多奴隶逃跑。

*有一个真正的逃亡奴隶，我曾帮助他朝北极星的方向逃去。

**阿喀琉斯在普特洛克勒斯的尸体旁**
**19 世纪插图**

普特洛克勒斯（Patroclus），名字意为"父亲的荣耀"，斯巴达国王墨诺提俄斯之子，儿时被塞萨利的菲提亚国王珀琉斯收养，与其子阿喀琉斯结为好友。

在特洛伊战争中，普特洛克勒斯假扮阿喀琉斯参战，击退特洛伊人，后被特洛伊王子赫克托耳所杀，在他的尸体被取回后，阿喀琉斯为其报仇。

*有一位牧师，在他遥远的家乡教区里教他阅读《圣经》的诗篇，那是阿喀琉斯对普特洛克勒斯愁容满面的批评。

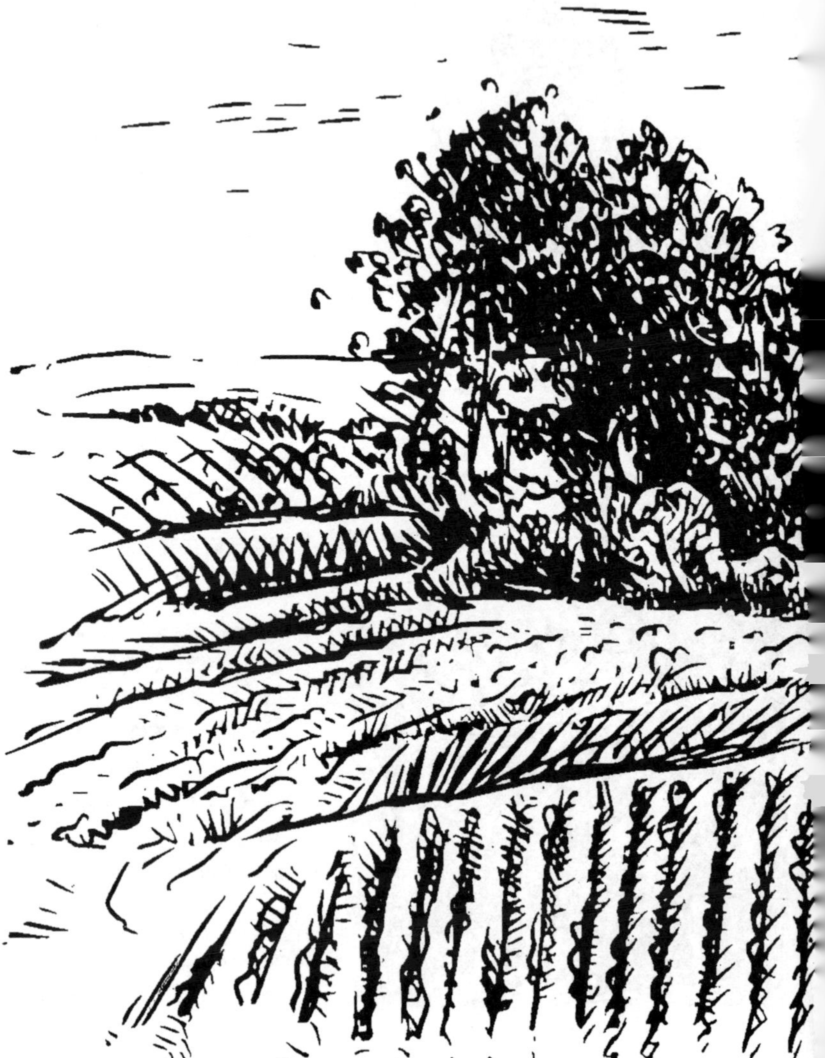

# 七 豆田

我喜欢上了我这一垄垄的豆苗,它们把我和大地联结在一起。

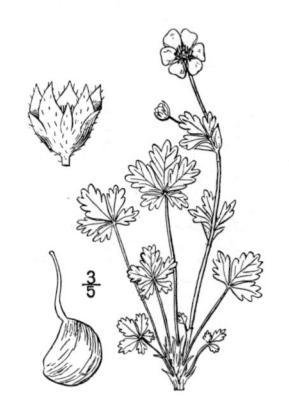

**委陵菜**

委陵菜（Cinquefoil），学名 *Potentilla* 源于拉丁语，意为"力量"。
委陵菜原产于北半球，种类很多，在温带到寒带都有生长，可入药。

　　我的豆子，一垄垄地加在一起，已种上的有七英里长，这时急需锄草松土：虽然最后播种的那批尚未破土，可最早的那批却已长得很高；因此实在不容再拖延。这份赫拉克勒斯式的小小苦差，需要如此坚持不懈，如此自尊自重，我不知道究竟有何意义。我喜欢上了我这一垄垄的豆苗，虽然种的远远超过了我的需要。它们把我和大地联结在一起，我因此获得了像安泰俄斯①那样的力量。但是，我为什么要种豆呢？只有天知道。这是我整个夏天的奇妙活计——这片地以前只生长委陵菜、黑莓、约翰草等植物，以及甜美的野果和招人喜欢的野花，现在我要让它生产这种豆子。我该如何了解豆子，豆子该如何了解我？我珍惜它们，给它们锄草松土，早晚照看它们；这便是我一天的活计。精致的宽叶就是好看。我的盟军是浇灌这片干燥泥土的雨露，而肥料就是土壤本身，尽管其大部分是贫瘠匮乏的。我的敌人是害虫、冷天，尤其是土拨鼠。土拨鼠把我四分之一英亩的豆田啃了个精光。可我有什么权利除掉约翰草之类的杂草，进而毁掉那个古已有之的百草园呢？不过，剩下的豆苗很快

---

① 安泰俄斯，古希腊神话中的地神之子，战斗中只要不离开地面就威力无穷，一旦离地便会失去生存能力。

**约翰草**

约翰草（Johnswort），学名 *Hypericum perforatum*，有药用价值，是海外常用的草本制剂。

约翰草的采收季节在夏至日前后。据说，它是北欧神话中光明之神巴德尔最喜欢的植物，因而储存了太阳的能量，帮助人类预防和治愈，抵挡有害的无形力量。

就会长得茁壮起来，让那些敌手奈何不得，而且还要挺身迎击新的敌人。

  我清楚地记得，四岁的时候，我被从波士顿带到了我出生的这个镇上，穿过眼前这些树林、这片田野，来到了湖边。这是铭刻在我记忆中最早的景象之一。今夜，我的笛声又在同一片水域上激起了回响。比我还年长的松树矗立在这里；如果有几棵已经倒下，我就会用树桩来烧晚饭，四周又会长出新树来，为新生代的稚嫩眼睛提供另一番景象。在这片牧场上，几乎是同样的约翰草，从几乎是同样的多年生草根上冒了出来，甚至我也最终帮助装点了我童年梦幻中的绝妙景致，而我寄居此地所产生的影响，其中的一个结果，就见之于这些豆叶、玉米叶和土豆藤。

  我栽种了大约两英亩半的山地；由于这块地开垦出来只有十五年的时间，我自己又挖出了两三考得的树桩，我也就没有往地里施肥；不过我在夏天锄草的时候刨出了一些箭镞，看来在白人来这里开垦土地之前，早就有一个已经灭绝的部落在这里生息，种植玉米和豆子，因而在一定程度上耗尽了地力，不适合种植这些作物。

  还没等土拨鼠或松鼠穿过马路，也没等太阳爬到矮橡树丛上方，当万物都还披着露水的时候，我就动手铲除我豆田里芜生蔓长

粟草（Millet Grass），梭罗曾在日记中写道："我将金狗尾草（*Setaris Glauca*）和绿狗尾草（*Setaria Viridis*）称为粟草"。

金狗尾草，狼尾草属，分布于欧亚大陆的温暖地带，美洲、澳大利亚等也有传入。生于林边、山坡和荒芜的园地及荒野。草叶量大、草质柔软，秆、叶可作牲畜饲料。

的杂草，并把它们埋在土里，尽管有人告诫我不要这样做——我还是要奉劝你，尽可能把所有的活计赶在露水未干之前做好。一大清早，我赤着脚干活，像一个雕塑艺术家，脚踏浸着露水的松软沙土，但是等到烈日当空，我的脚就给烫起泡了。我在阳光的照耀下锄豆，在黄沙砾的山地上缓慢地来回走动，走在十五杆长的一垄垄的绿色豆苗之间，一边的尽头是矮橡树丛，我可以在树荫下休息，另一边的尽头则是一块黑莓地，我每走一个来回，那绿浆果的色泽也更深一层。除去杂草，给豆茎培上新土，促使我所种下的作物尽快生长，让黄色的土壤用豆叶和豆花，而不是用苦艾、胡椒和粟草，来表达它的夏日情怀，让大地生产豆子而不是野草——这就是我每天的活计。由于我没有牛马、雇工或伙计帮忙，也没有改良的农具，所以我干起活来比通常慢许多，跟豆子也比通常亲密得多。但是靠双手劳作，即使达到了做苦工的地步，也许总不会成为最糟糕的懒惰吧。其中蕴涵着一种经久不灭的寓意，给学者带来一种经典的成果。在那些向西穿过林肯和韦兰德前往谁也不知道什么地方的旅人看来，我是一个非常 agricola laboriosus[①]；他们悠然自得地坐在轻便的双轮

---

① 拉丁文，意为辛勤的农夫。

绿狗尾草，狗尾草属，种子适生性强，耐旱耐贫瘠，常见于农田、路边、荒地。广泛分布于温带、亚热带地区，与作物争夺肥力能力强，易造成作物减产。秆、叶可作饲料。穗大、苗壮、不落粒、分藤少的绿狗尾草是粟（小米）的祖先。

马车里，两肘撑在双膝上，缰绳松弛地垂成花彩形状；我则是个守着故土辛勤劳动的当地人。但是没过多久，他们对我的家园就眼不见心不想了。在公路两旁相当长的一段距离内，这块豆田是唯一一片开阔的耕地，因此他们对之格外关注；有时在田间劳作的人听到行人在说话，那些话本不是说给他听的，而只是闲聊和议论："这么晚了种豆子！这么晚了种豆子！"原来人家都动手间苗松土了，我倒还在播种——而那牧师出身的农夫①却对此浑然不觉。"伙计，这是做饲料的玉米吧；做饲料的玉米吧。""他就住这儿吗？"那个穿灰衣戴黑帽的人问道；相貌粗陋的农夫勒住了他那温顺的驽马，眼见犁沟里没有肥料，便问我在干什么，并建议我撒点粪肥、垃圾、灰烬或灰泥。可这里有两英亩半的犁沟，没有大车，只有一把锄头和两只手来运送——我可是又讨厌别的车马——而粪肥又距离很远。旅伴们坐在马车里吱吱嘎嘎地走过时，大声地把这块豆田与他们所见过的田野作了比较，这样一来我也就得知了我在农业世界的位置。

---

① 指马萨诸塞州农业官员亨利·科尔曼牧师（1785—1849），他于1837年对马萨诸塞州的农业进行调查，所写的四份报告由州政府于1838至1841年陆续发表。

**棕鸫**

棕鸫（Brown thrasher），学名 *Toxostoma rufum*，主要分布于北美落基山脉以东和得克萨斯州东部，佐治亚州的州鸟。棕鸫擅长模仿其他鸟类的叫声，据说，它可以唱出1100多种不同类型的"歌曲"。

这是一块没有进入科尔曼先生的农业报告里的土地。在此要顺便说一句，对于尚未被人类改良，仍然处于荒芜状态的田野里所生产出来的庄稼，有谁会去估价它们的价值呢？英国收获的干草给精确地称过重量，其湿度和硅酸盐、碳酸钾的含量都计算出来了；但在树林、牧场和沼泽地带的沟沟谷谷里，全都生长着各种各样繁茂的草类作物，只是无人去收割罢了。我的豆田似乎介于荒野和耕地之间；就像有的国家是开化的，有的国家是半开化的，还有的国家是野蛮的或未开化的，所以我的豆田就是一块半耕地，尽管这一说法并非含有贬义。这些豆子在我的培育下，欣然回到了它们那野生的原始状态，我的锄头则为它们吟唱起 *Rans des Vaches*[①]。

在附近，一棵白桦树的梢头上，一只棕鸫——有人喜欢管它叫红歌鸫——整个早晨都在歌唱，乐滋滋地就想跟你做伴，如果你的田地不在这儿，它会找到另一个农夫的田地。你播种的时候，它便

---

① 拉丁文，意为瑞士牧歌。

苍鹰是波浪的空中兄弟，它的羽翼回应着大海那未饰以羽毛的天然翼翅。

唱道："撒下，撒下——埋上，埋上——拔起，拔起，拔起。"不过这并不是玉米，在它这样的敌人面前定会安然无恙。你也许会感到诧异，它的喋喋不休，它那业余帕格尼尼[①]在独弦或二十根弦上的演奏，跟你的播种有什么关系，不过你还是觉得那比滤掉了养分的灰烬和灰泥要好。这是我绝对信得过的廉价顶肥。

我用锄头给一垄垄的庄稼培上新土，也就搅动了没有载入史册的民族的遗迹，这些民族在远古时代就生活在这片天空之下，他们那些作战狩猎的小小器具，终于在今天得见天日。这些器具跟别的天然石头混在一起，其中有一些带有印第安人用火烧过的痕迹，有一些带有太阳炙烤的痕迹，还有一些陶器和玻璃的碎片，是由近代的耕种者带到这儿来的。锄头碰到石头就会叮当作响，这悦耳的声

---

[①] 帕格尼尼（1782—1840），意大利小提琴大师兼作曲家。

音就会在林中和天空回荡，算是给我劳作的伴奏，瞬息间即产生了无可估量的收成。我锄的不再是豆田，锄豆田的也不再是我；如果我还记得什么事的话，那就是有些熟人跑到城里去看清唱剧了，我不禁又怜悯又自豪。在阳光明媚的下午——我有时会整天在豆田里忙活——夜鹰在头顶上盘旋，就像眼中的微尘，或天眼里的微尘，它时不时地伴着尖叫猛扑下来，好像天空被撕裂了，最终被扯成了破布碎片，然而最后剩下的依然是无缝的天穹；空中尽是些小小的精灵，在山顶光秃秃的沙地或岩石地上产卵，很少有人发现；它们一个个既优雅又苗条，就像湖上泛起的涟漪，又似随风而起的树叶，在空中轻轻飘动；大自然中就有这样的亲缘关系。苍鹰是波浪的空中兄弟，它在波浪上空翱翔俯瞰，其鼓满空气的完美羽翼，回应着大海那未饰以羽毛的天然翼翅。有时我注视着一对雌性苍鹰在高空盘旋，忽升忽降，忽即忽离，好似我思想的体现。有时我被一群野鸽所吸引，它们从这片树林飞向那片树林，带着轻微的振翼之声，疾飞而去；有时我的锄头从烂树桩下挖出一只呆滞怪诞、布满奇特斑纹的蝾螈，它带有埃及和尼罗河的遗迹，然而又与我们同属一个时代。我停下来倚着锄柄歇息，在田垄的任何地方都能听见这些声音，看到这般情景，这只是乡下给我提供的无尽乐趣的一部分。

逢到节庆，镇上便放礼炮，在这林中激起玩具枪那样的回响，零星的军乐声偶尔也能传到这么远的地方。我在镇子另一头的豆田里，那大炮听起来就像马勃菌爆裂了一般；遇有我事先不了解的军事活动，我有时整天都隐约感觉身上发痒要犯病，好像随时都会发作，不是猩红热就是溃疡皮疹，直至后来刮来一阵宜人的清风，匆匆掠过田野和韦兰德公路,给我带来了"操练者"[1]的信息。远方传来一阵嗡嗡声,像是谁家的蜜蜂倾巢而出,邻居们便按照维吉尔的忠告,在他们能发出最洪亮声音的家用器皿上敲出了微弱的**叮当声**,试图把蜂群召回蜂巢。当敲击声沉寂下来,嗡嗡声随之消失,最顺畅的风也不再讲述故事,我便知道他们已把最后一批雄蜂平安地引回到米德尔塞克斯的蜂房,现在一门心思想着那涂满蜂巢的蜂蜜了。

得知马萨诸塞州和我们祖国的自由受到妥善的保护,我感到自豪;我又动手锄草时,心里充满了难以言传的自信,并怀着对未来的笃信无疑,乐滋滋地干着手头的活儿。

要是有几支乐队在演奏,听起来好像整个村子变成了一只大风箱,所有的房屋在喧闹声中时而膨胀,时而瘪掉。但是,有时传到林中的委实是庄严昂扬的曲调,小号颂扬着英名,我觉得我可以痛痛快快地刺戳一个墨西哥人[2]——我们为什么总要在琐事上一忍再忍?我四下环顾,想找一只土拨鼠或臭鼬,来展示我的骑士精神。这些军乐像巴勒斯坦那样遥远,让我想起了远在天际行进的十字军,使悬垂在村庄上空的榆树顶梢也在轻轻摇曳和颤动。这又是个**非凡**的日子;尽管从我的林中空地望去,天空依然带着平日那恒久不变的恢宏神态,我从未看出有什么不同。

通过播种、锄草、收割、脱粒、挑拣和销售——这最后一项最为艰难——还可加上吃,因为我确实品尝了,我跟豆子培养了长久

---

[1] 此处指民兵武装操练团的训练活动,为美国对墨西哥的战争进行训练。
[2] 梭罗在此挖苦美国与墨西哥之间的战争(1846—1848)。战争开始时,梭罗正在瓦尔登湖,他反对这场战争,因为它会扩大奴隶制。

## 罗马苦艾

罗马苦艾（Roman wormwood），学名 *Artemisia pontica*，多年生香草植物，维护成本低，在各种条件下都能茁壮成长，有药用价值。

罗马苦艾等多种艾草可被制成苦艾酒。19 世纪末 20 世纪初，苦艾酒在法国大受欢迎，海明威、波德莱尔、兰波、梵高、王尔德等都是苦艾酒的知名拥趸。但这种酒也曾一度与社会动乱画上等号，而遭到禁止。

的交情，这真是一桩奇特的经历。我下定决心要了解豆子。豆子成长的时候，我从早晨五点到中午通常都在锄地，其余的时间一般用来干别的事。想一想人跟各种杂草打交道结下的亲密而又奇异的情谊——这在我的叙述中会反复出现，因为在我的劳作中就是反复出现的——毫不留情地破坏了杂草的纤弱组织，用起锄头来不分青红皂白，把一种草全部铲掉，却不遗余力地培育另一种草。这是罗马苦艾——那是苋草——那是酢浆草——那是胡椒草——干掉它，铲了它，把根翻过来晒太阳，连一根须也别留在阴凉地里，不然它就会一转身又立起来，只消两天就像韭菜那样绿油油了。这是一场持久战，不是跟苍鹭，而是跟杂草，跟那些有阳光雨露为之助阵的特洛伊人。那些豆苗每天都看着我荷锄前来拯救它们，消减敌方的阵营，让杂草在壕沟里陈尸累累。许多身强力壮、盔缨飘舞的赫克托耳[1]，比成群的同伴高出整整一英尺，都在我的兵刃面前纷纷倒下，滚落在尘土之中。

---

[1] 赫克托耳，特洛伊战争中的英雄。

**苋草**

苋草（Pigweed），学名 *Amaranthus* 源自希腊文，意为"永不凋谢"。希腊寓言作家伊索曾以玫瑰和苋草来比较短暂与永存的美丽。

苋草原产于热带美洲及印度，种类繁多；是北美常见的杂草，当地人也称为"猪草"。部分品种可食用、入药。

　　在那些夏日里，我的同时代人有的醉心于波士顿或罗马的精美艺术，有的在印度敛心冥想，有的到伦敦或纽约做生意，我则跟新英格兰的其他农夫一样，专心务农。并非我想吃豆子，我天生是个毕达哥拉斯①的信徒，就豆子而言，尽管可以用它煮粥喝或者用来计算选票，我可是拿它换大米；不过，如果仅仅为了比喻和表达，以便有朝一日能为寓言作家所用，那也得有人在田间劳动。总的说来，这是一桩难得的乐事，但若持续的时间过长，或许会成为一种挥霍。尽管我没给豆子施肥，锄草也不是一次全都锄上一遍，但只要是锄过的，总是锄得特别好，而且最终都得到了回报。"的确，"正如伊弗林②所言，"没有任何混合肥料或粪肥可以跟不断挥动铁锹翻土相比。""土壤，"他在别处又说道，"尤其是新土，含有某种磁力，能

---

① 毕达哥拉斯（前580？—前495？），古希腊哲学家，提倡禁欲主义，其信徒过着纯洁的生活，不吃豆类。
② 伊弗林（1620—1706），英国日志作者。引文见于其《土壤：关于土地的哲理之谈》（1729）。

吸纳盐分、能量或效力（两种叫法皆可），这就赋予土壤以生命，也是我们为了生存，而对之不断劳作、不停翻动的原因所在；所有的粪便和其他污浊的混合物只不过是这种改良措施的替代品。"此外，由于这是一片"地力耗尽，不宜续种，正在休耕的土地"，狄格比爵士[1]便设想，它可能从空气中吸收了"生命的活力"。我收获了十二蒲式耳豆子。

不过，有人抱怨说，科尔曼先生所报道的主要是有身份的农场主代价高昂的实验，因而为了更加具体些，我把我的支出开列如下：

| | |
|---|---|
| 一把锄头 | 0.54 美元 |
| 耕地、耙地、开沟 | 7.50 美元（花费太多） |
| 豆种 | 3.125 美元 |
| 土豆种 | 1.33 美元 |
| 豌豆种 | 0.40 美元 |
| 芜菁种 | 0.06 美元 |
| 防乌鸦篱笆所用的白线 | 0.02 美元 |
| 耕马及雇工　三小时 | 1.00 美元 |
| 收割所用车马 | 0.75 美元 |
| 总计 | 14.725 美元 |

我的收入（patrem familias vendacem, non emacem esse oportet[2]）

---

[1] 狄格比爵士（1603—1665），英国哲学家、自然学家。
[2] 拉丁文，意为户主应为卖方，而非买方。引自老加图《农书》第二章。

来自：

| | |
|---|---|
| 出售 9 蒲式耳 12 夸脱豆子 | 16.94 美元 |
| 5 蒲式耳大土豆 | 2.50 美元 |
| 9 蒲式耳小土豆 | 2.25 美元 |
| 草 | 1.00 美元 |
| 秸秆 | 0.75 美元 |
| 总计 | 23.44 美元 |

正如我在别处提及的，刨除开销，尚有盈余 8.715 美元

  这是我种豆经历的总结。普通的白色小角矮菜豆，六月一日前后下种，垄宽三英尺，株距十八英寸，精心挑选新鲜饱满、没有掺杂的种子。首先要当心虫子，缺苗的地方要补种。然后，如果田地没有遮拦，就要防范土拨鼠，只要它们一出动，就会把最早长出的嫩叶啃个精光；再往后，等一长出嫩卷须时，土拨鼠又会盯住不放，就像松鼠那样直立起来，连芽蕾带初生的豆荚统统啃掉。最重要的是，如果想躲过霜冻，获得一个可供销售的好收成，那就尽早收割；这样一来，你会避免好多损失。

  我还获得了更多的经验。我对自己说，来年夏天我不会如此辛苦地种植豆子和玉米，而要播下诸如真诚、真理、简朴、信仰、纯真之类的种子（如果种子尚未失传的话），看看在耕作和肥料投入不太充裕的情况下，能否在这片土地上生长，能否维持我的生活，因为对这些作物来说，这块地的地力肯定没有消耗殆尽。唉！我是对自己这么说的；但是又一个夏天过去了，接着又过了一个，然后再

过去一个,我不得不对你说:读者君,我播下的种子,如果确系具备那些美德的种子的话,那也是被虫子吃掉了,或失去了生机,因而没有破土。通常,人们只会像父辈那样勇敢,或像父辈那样怯懦。每到新的一年,这一代人种植玉米和豆子,跟印第安人几百年前的做法及其教给最初移民的做法肯定完全一样,好像是命中注定。前几天,我看见一个老人,让我吃惊的是,他至少是第七十次在用锄头挖洞,而且并不是为了让自己躺进去!但是新英格兰人为什么不作些新的尝试,别再这么看重他的谷物、土豆、草料和果园——而去另种一些作物呢?为什么如此关心播种的豆子,而却全然不把新一代人放在心上呢?如果我们遇见一个人,确信看见他身上有我列举的一些品质,比起其他产品来,我们更加珍惜这些品质,尽管这些品质大多传来传去飘忽不定,现在却在这人身上扎根成长,我们委实会感到宽慰和庆幸。有一种微妙而难以言喻的品质,诸如真理或正义,虽属微乎其微的新品质,却沿着大路走来。我们应该指示我们的大使把这样的种子送回国①,让国会帮助将之分发到全国各地。我们绝对不要对真诚讲究客套。如果世上存在价值和友情这个核心的话,那就绝对不要采取卑劣的行为彼此欺骗、凌辱和排斥。我们不该只是匆匆地打个照面。大多数人我压根儿就没见过面,他们似乎没有时间;他们在为豆子奔忙。我们别去搭理如此忙忙碌碌的人——在工作的间隙倚着锄头或铁锹当拐杖,虽然不像是蘑菇,却从土里冒出一截,不仅挺得直直的,还像燕子飞落下来,在地上行走:

---

① 美国的亚当斯政府曾指示所有领事搜集稀有植物和种子运回华盛顿,并在全国推广。

"他呢喃时，会不时展开双翼，

像是要飞，却又重新收起——"①

因此我们会料想，我们或许在与天使交谈。面包可能并非总能滋养我们，但却总是有益于我们，甚至在我们不知遭受何种病痛时，能解除我们关节中的僵硬，使我们变得身体柔韧，神清气爽，从而感受到人类或大自然的宽怀大度，分享一份纯粹而豪迈的快乐。

古代诗歌和神话至少表明，农业曾是一门神圣的艺术；但是，我们却带着有失虔诚的仓促和冒失来务农，我们的目标只是开办大农场，获得大丰收。除了农夫为表达其职业的神圣感，为回想其职业的神圣起源而举行的牛展及所谓的感恩节之外，我们既没有节日，又没有游行，还没有庆典。如今能吸引农夫的是奖金和盛宴。他不是向刻瑞斯和人间的朱庇特献祭，而是向冥界的普路托斯②献祭。由于无人能摆脱的贪婪、自私和奴性，总是把土地视为财产，或获取财产的主要手段，结果使风景遭到破坏，农事跟我们一起堕落，农夫过着最卑贱的生活。他只是从强盗的角度了解大自然。老加图说，农业的收益格外虔诚或公正（maximeque pius quaestus），据瓦罗③说，古罗马人"把同一个大地称作母亲和刻瑞斯，认为大地的耕耘者过

---

① 引自英国诗人夸尔斯（1592—1644）的《牧羊人的启示》一诗。
② 刻瑞斯，古罗马神话中的谷物和耕作女神；朱庇特，古罗马神话中的地神；普路托斯，本是古希腊神话中的财神，但梭罗加了"冥界"二字，可能指冥界之王普鲁托。
③ 瓦罗（前116—前27？），古罗马学者、作家。

着虔诚而有益的生活，而且只有他们才是萨图恩王①的后裔"。

我们往往会忘记，太阳一视同仁地照耀着我们的耕地、草原和森林。它们全都同样反射和吸收太阳的光线，而我们的耕地只是太阳在每日的行程中所目睹的灿烂美景的一小部分。在它看来，大地就像花园一样处处得到平等的耕作。因此，我们应该怀着相应的信任和气度，来接受它那光和热的恩泽。尽管我珍惜这些豆种，当年秋天就能收获，那又怎么样呢？我审视了这么久的这片宽阔的田地，并不把我视为主要的耕作者，而是撇下我去亲近那些浇灌它、绿化它、待它更亲切的化育力量。这些豆子有些成果并非由我来收获。难道它们在某种程度上不是为土拨鼠而生长的吗？麦穗（拉丁文为 spica，古词为 speca，源自 spe，意为希望）不应该只是农夫的希望；它的核或称麦粒（拉丁文为 granum，源自 gerendo，意为结果实）并非它结出的全部果实。那么，我们怎么会歉收呢？大量杂草的种子成为鸟儿的粮仓，难道我不该为此而高兴吗？相对而言，田野的产品是否能装满农夫的谷仓并不重要。真正的农夫将不再担忧，就像松鼠并不担心今年树林能否结出栗子一样，每天完成他的劳作，放弃对他田野的产品的一切要求，在他心中不仅献出他最初的成果，而且献出他最后的成果。

---

① 萨图恩王，古罗马神话中的农神。

⊙ **通识漫谈**

**萨图恩王**

萨图恩王（King Saturn），古罗马神话中的古老神祇，与古希腊神话中的克洛诺斯（Cronus）对应。

古罗马神话中，萨图恩在被朱庇特推翻后逃到了拉丁姆王国，并教会了那里的人民耕种土地，因此被罗马人尊为农神。

星期六（Saturday）与土星（Saturn）的命名均源自萨图恩王。

* 古罗马人认为大地的耕耘者过着虔诚而有益的生活，而且只有他们才是萨图恩王的后裔。

**赫拉克勒斯和安泰俄斯　18 世纪插图**

赫拉克勒斯十二项苦役的第十项是牵回巨人革律翁的牛群。赫拉克勒斯在前往巨人所在的伊比利亚半岛的途中，听闻附近有一个怪物——嗜血成性且好战的安泰俄斯，路过的人都不免与他进行决斗。

安泰俄斯是大地之母盖亚之子。他只要接触土地，就可获取源源不断的力量，因而战无不胜。赫拉克勒斯在与他交手几个回合后发现了这个秘密，设法将他举离地面，最终战胜了他。

* 它们把我和大地联结在一起，我因此获得了像安泰俄斯那样的力量。

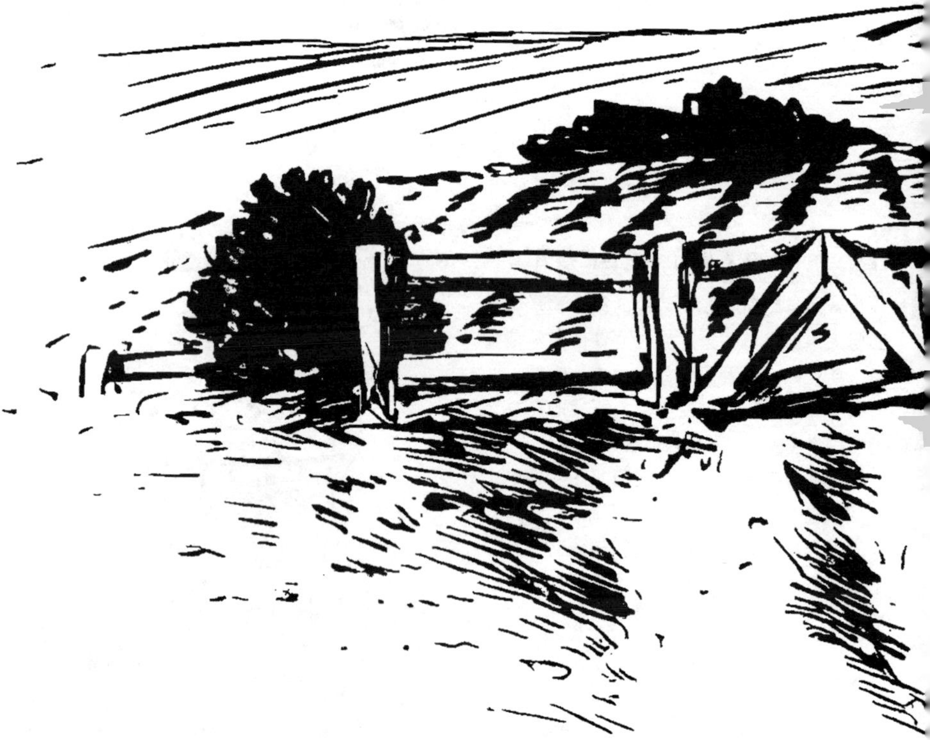

# 八 村庄

我没有向一个在其参议院门口像买卖牲畜一样买卖男人、女人和儿童的政府缴税,也不承认这个政府的权威。

正如我走在林中观看鸟儿和松鼠一样,我走在村里则是观看大人和孩子。

　　上午,锄完了地,或者也许在阅读和写作之后,我经常在湖里再洗个澡,游过一个小湾放松一下,洗掉身上因劳作而沾染的尘土,或者抚平因思索而留下的最后一抹皱纹,整个下午就彻底自由了。每一两天,我都要溜达到村里听听小道消息,那儿的小道消息从不

间断，或是口口相传，或是一家家报纸相互转载，如果按顺势疗法[①]那样微量接受一点，还真像树叶的飒飒作响和青蛙的呱呱叫唤，令人耳目一新。正如我走在林中观看鸟儿和松鼠一样，我走在村里则

---

[①] 顺势疗法，由德国医生萨缪尔·哈尼曼创立的一种以毒攻毒的治疗方法，在临床上很少应用，其药物剂量极少。

是观看大人和孩子；听见的不是松林中的飒飒风声，而是辚辚的车马声。从小屋往一个方向望去，在河边草甸上有一群麝鼠；在另一个方向上，是一片榆树和梧桐树林，树林下住着忙忙碌碌的村民，我一看好生怪异，宛如草原犬鼠，个个坐在洞口，或是跑到邻居家去说长道短。我经常去那儿观察他们的习性。在我看来，那村子就是一个巨大的新闻编辑室；一侧为了资助编辑室，就像国务街上的雷丁公司[①]一度表现的那样，经营起了坚果和葡萄干，或食盐、玉米粉等杂货。有些人对前一种商品（也就是新闻）的胃口真够大的，消化器官也真够发达的，以至于能够没完没了、一动不动地坐在大街上，让新闻像地中海的季风那样慢慢沸腾，沙沙作响地打他们身边吹过，要么就像吸入了乙醚，只会带来麻木，不会使人疼痛——否则新闻听起来时常是令人痛苦的——也影响不了意识。我在村里闲逛的时候，几乎总会看到一排这样的名流，不是坐在梯子上晒太阳，时不时地附身向前，眼睛东张西望，脸上带着骄奢淫逸的神情，就是靠着谷仓，双手插在口袋里，好像一根根女像柱，支撑着谷仓。他们通常待在户外，因而一有风吹草动都能听到。这是些最粗粝的碾磨机，所有的闲言碎语先在这里粗略消化或粉碎，然后倒进屋内更精细、更精致的漏斗里。我注意到，村里的要害部门是杂货店、酒吧、邮局和银行；作为机器的必要部件，他们还在便利的位置放了一口钟、一门炮和一辆消防车；房子的布局足以充分发挥人的潜力，排成一条条巷子，彼此门户相对，以至于每位过客都得受到夹

---

① 国务街是波士顿市最古老的街道之一，雷丁公司是一家著名的出版公司。

道鞭打，每个男人、女人和孩子都能抽他一鞭子。当然，那些最靠近巷口的人，最能看清别人，也最能被别人看清，自然可以先抽第一鞭，并为他们的近水楼台付出了最高的代价；少数人散居在郊外，那儿出现长长的豁口，过客可以翻墙而出，或转入羊肠小道，从而逃过一劫，这些郊外居民只需缴纳一点微不足道的地皮税和窗口税。四周全都挂起了诱人上钩的招牌；有些招牌抓住你的胃口，例如小酒馆和食品窖；有些抓住你的喜好，例如干货铺和珠宝店；还有些抓住你的头发、双脚或裙子，例如发屋、鞋铺或裁缝店。此外，还有一种更可怕的长久性诱惑，让你逐门逐户地去探访这些人家，这时免不了有人候在那里。通常我都能奇妙地从这些险情中逃脱出来，或者立马无所畏惧、毫不迟疑地直奔目的地，就像人们对遭受夹道鞭打的人所建议的那样，或者让脑子里尽想些崇高的事物，就像俄耳甫斯[①]，"弹着竖琴，高声吟唱对众神的赞美，淹没了塞壬的声音，避开了危险"。有时我会突然拔腿跑掉，谁也说不出我的去向，因为我并不在乎优雅得体，遇见篱笆上有缺口会毫不犹豫地钻出去。我甚至会习惯于闯进某些人家，在那里享受热情接待，了解核心新闻和最新筛选过的新闻，什么事件已经平息，战争与和平的前景如何，世界是否能长久团结一致，然后我得以从后街脱身，再次逃进了树林。

我在镇里逗留得晚了，再投身到夜幕之中，还真感到非常快活，尤其是在天黑风雨大作的时候，我肩上扛着一袋黑麦或玉米粉，从

---

① 俄耳甫斯，古希腊神话中的诗人和歌手，善弹竖琴，弹奏时猛兽俯首，金石为开。他曾用乐声帮助寻找金羊毛的英雄们摆脱女海妖塞壬的诱惑。

镇上某个亮着灯的客厅或演讲室扬帆起航，驶往我在树林里的那个温暖舒适的港湾，把外面的东西全部扎牢之后，便带着满怀的愉悦之情撤回到舱口下面，只留下我的躯壳去掌舵，而当船行驶得一帆风顺时，我甚至把舵拴起来。"我航行的时候"，坐在船舱的炉火旁，心中冒出许多欣慰的想法。无论遇到什么天气，我的船从未失事，我也从未陷入困境，尽管我也遭遇过几次狂风恶浪。即使在寻常的夜晚，树林里也比多数人想象的要昏暗。在最黑的夜晚，在树林中间，我时常得抬起头，望着路上方树木之间的空隙，以便确定我的路径，而在没有车道的地方，我得用脚摸索自己踩出的那条模糊的小径，或者用手触摸某些树，通过树与树之间已知的关系来给自己导向，比如说从两棵松树之间通过，两者相距不过十八英寸。有时在漆黑、闷热的夜晚回家，眼睛看不见路，就靠脚来探索，一路上做梦似的，魂不守舍，直至抬手拔起门闩，才如梦初醒，一步也想不起来我是怎么走回来的，于是我就想：即便我的躯体被它的主人遗弃了，也许这躯体还能找到回家的路，就像手无须帮助就能摸到嘴巴一样。有几次，客人碰巧逗留到晚上，而那又是一个漆黑的夜晚，我只好把他送到屋后的车道上，然后给他指出他要走的方向，而要想不迷失方向，他就得靠脚而不是靠眼睛来引导。在一个黑漆漆的夜晚，我就这样给两个在湖边钓鱼的年轻人带路。他们住在树林里大约一英里的地方，很熟悉这条路线。一两天以后，其中一位告诉我，他们在他们的驻地附近兜来兜去折腾了大半夜，直到天快亮时才回到家，在此期间下了几阵大雨，树叶湿淋淋的，他们也成了落汤鸡。我听说，在一个如俗话所说的夜色浓得可以用刀子切割的黑夜里，许多人甚至在村里的街道上迷了路。有些人住在郊外，乘坐马车到镇上购物，不得不住下来过夜；外出造访的绅士淑女，才走偏了半英里路，便不得不用脚来探路，还不知道什么时候该拐弯。不管什么时候在树林里迷路，都是一桩令人惊讶、难以忘怀而又颇为难得的经历。遇上暴风雪，即便是白天，人们出了林子来到一条非常熟悉的公路上，可往往不知道去村里该走哪条路。尽管他知道这条路他走过上千次，但却丝毫辨不出它有什么特征，在他看来它就像西伯利亚的公路一样陌生。当然，到了夜间，你会更加茫然失措。我们在日常散步中，尽管无意识，但却不断地像舵手一样，借助某些著名的灯塔或海岬来把握方向，如果我们驶出了通常的航道，我们的头脑里依然有附近某个海角的方位；直到我们完全迷失了航向，或者转了向——因为人只需闭上眼睛转一次向，就能迷失航向——我们才能领会到大自然的浩瀚和奇异。每个人一醒过来，不管是从睡梦中醒来，还是从心不在焉中醒来，都必须再度学习鉴别罗盘的方位，醒来几次就学习鉴别几次。直到我们在树林里迷了路，或者说直到我们失去了这个世界，我们才开始认识自己，意识到我们和世界之间的关系是无限的。

头一个夏天快结束时，一天下午，我到镇上鞋匠那里去取鞋，却被抓起来投进了监狱，这是因为，正如我在别处谈及过的[①]，我没有向一个在其参议院门口像买卖牲畜一样买卖男人、女人和儿童的政府缴税，也不承认这个政府的权威。我出于别的目的跑到了树林里。但是，一个人无论走到哪里，人们总会利用他们的肮脏机构来

---

[①] 指作者梭罗的论说文《论公民的不服从》(1849)。

**山毛榉**

山毛榉（Beech），学名 *Fagus*，落叶乔木。广泛分布于欧洲、亚洲和北美，生存能力强。山毛榉木材易切削、加工。古代日耳曼人把山毛榉削成可刻写的木片，做成他们最早的书。
《福尔摩斯探案集》中出现的 Copper Beech 是欧洲山毛榉的一种，因其叶片变老后变为紫铜色，得名"铜山毛榉"。在古希腊神话中，山毛榉象征宙斯。

追逐他，把他抓起来，如果可能的话，还要把他强行拉进他们那个无法无天的秘密共济会式的社团。本来我倒真可以作出强有力的抵抗，取得或多或少的效果，也可以"疯狂地"反抗社会；不过我倒宁愿社会"疯狂地"反抗我，因为社会才是那穷凶极恶的一方。然而，第二天我就获释了，拿到了我补好的鞋子，回到树林里，及时赶到费尔黑文山饱餐了一顿黑果。除了政府的代理人，我从未受到任何人的骚扰。除了存放文稿的桌子之外，我压根儿没有锁或插销，就连门闩和窗户上也不钉一根钉子。我白天晚上都不闩门，尽管我要离开好几天；即使第二年秋天我在缅因州的树林里待了两个星期，也没闩门。然而，你就是派出一队士兵来看守，我的房屋也不会如此受尊重。疲惫的旅人可以在我的火炉旁休息取暖，文学爱好者可以拿桌上的几本书消遣，而好奇的人则可打开我橱柜的门，看看我午饭吃剩了什么，晚饭打算吃什么。然而，尽管有众多各阶层的人取此道来到湖边，我并没有因此感到多大的不便，我没有丢过任何东西，除了一本小书，那是一卷荷马史诗，也许封面镀金有失妥当，我想我们阵营里的一个士兵这时已经发现了这本书。我相信，如果所有的人都像我当时那样生活简朴的话，那就不会发生盗窃和抢劫的事。这种事只会发生在有人富得取之不尽、有人穷得入不敷出的社会里。蒲柏所译的荷马史诗很快就会理所当然地传播开来。

"Nec bella fuerunt,
Faginus astabat dum scyphus ante dapes."

"人间不会再有战乱，
如果世人只需要山毛榉木碗。"

"子为政，焉用杀？子欲善而民善矣。君子之德风，小人之德草。草上之风必偃。"①

---

① 语见《论语·颜渊》第十九章。

## ⊙ 通识漫谈

### 俄耳甫斯

古希腊神话中,俄耳甫斯(Orpheus)继承了太阳神阿波罗与缪斯女神卡利俄帕的艺术才华,具有超凡入化的音乐天资。

除了找寻金羊毛与击败海妖塞壬的英雄事迹,俄耳甫斯与爱人欧律狄刻的故事也广为流传。

欧律狄刻不慎被毒蛇咬死,俄耳甫斯闯入地狱,用琴声打动了冥王哈迪斯与冥后珀耳塞福涅,欧律狄刻获得生机。但俄耳甫斯忘记了"不要回头"的告诫,导致欧律狄刻再次堕回冥界。

俄耳甫斯痛失爱人,在酒神的节日里拒绝演奏,最终被撕成了碎片。他的头颅随着海水漂到了列斯波斯岛,这里后来成为抒情诗歌的故乡。他的七弦琴后来被挂在天上化为天琴座。

\* 俄耳甫斯弹着竖琴,高声吟唱,淹没了塞壬的声音,避开了危险。

**印度甘地与追随者在贾拉尔普尔游行　阿奇·贝尔特拉姆 20 世纪插图**

梭罗因反对奴隶制和墨西哥战争而六年不缴"人头税",于1838年被捕入狱。

出狱后,他思考写就著名政论《论公民的不服从》(Civil Disobedience),主张公民面对不合理的法律或规定,遵从内心的良知,可以在不诉诸暴力的情况下拥有拒绝的权利。

这篇文章对托尔斯泰、美国黑人运动领袖马丁·路德·金、印度甘地等人产生巨大影响。圣雄甘地在南非做律师时宣读这篇文章为触犯了种族歧视法规的印度人辩护,他领导印度人民进行的"非暴力抗争",完全体现了梭罗的精神。上图中,甘地与近80位追随者进行了从萨巴马蒂到丹迪,全程达240英里的游行,对英国向印度征收盐税的政策表示抗议。

\* 正如我在别处谈及过的,我没有向一个在其参议院门口像买卖牲畜一样买卖男人、女人和儿童的政府缴税,也不承认这个政府的权威。

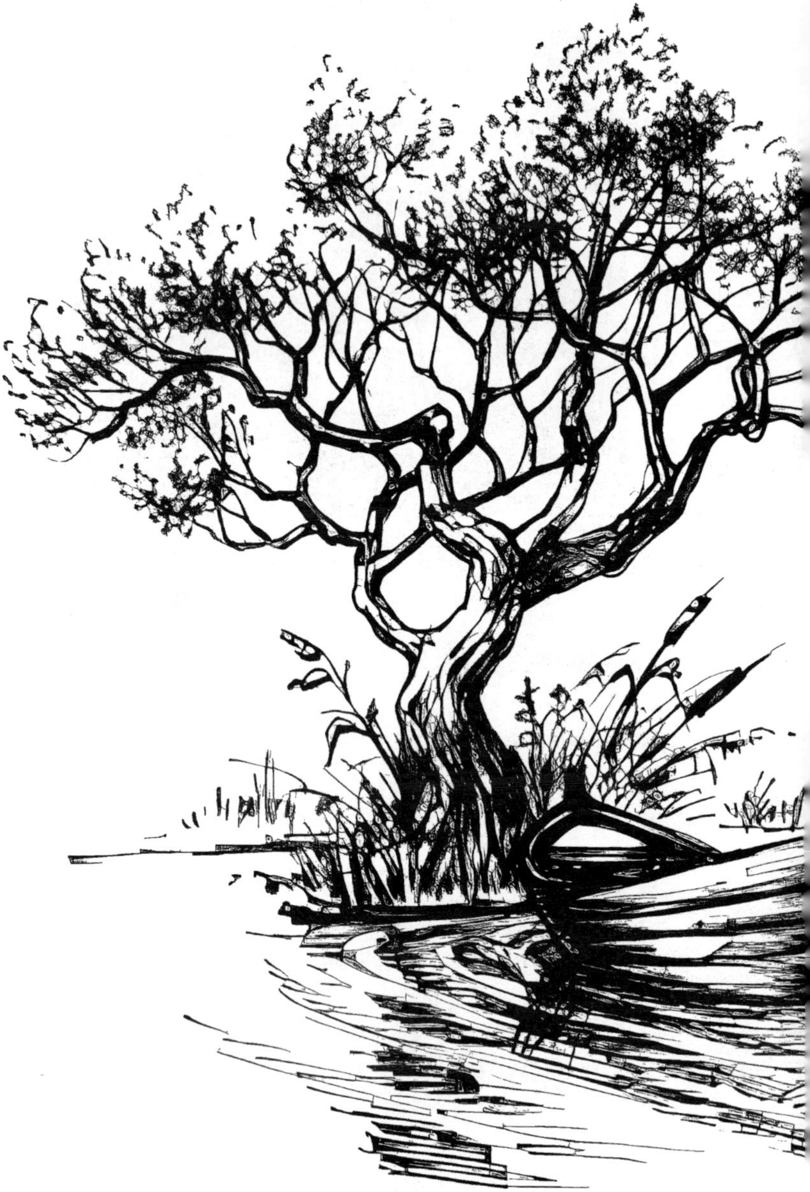

# 九 湖泊

湖是风光中最美丽、最富于表现力的景致。它是大地的眼睛;观光者注视它时,也在衡量他自己天性的深度。

有时，我对人际交往和闲言碎语感到厌烦，对村里的所有朋友感到厌倦，于是便出去逛游，向我住处的更西边走去，进入镇上人们更少涉足的地方，到达"清新的树林和新的牧场"[1]，或在夕阳西下时，在费尔黑文山采摘黑果和蓝浆果做晚餐，还储存了可供几天的食用量。这些果实，购买它们的人是品尝不到它们的真实滋味的，为上市而种植它们的人也品尝不到。只有一种方式可以获得这种滋味，然而很少有人采用这种方式。如果你想知道黑果的滋味，那就去问问牧童或鹧鸪。本来从未采摘过黑果，却自以为品尝过黑果，这岂不是无稽之谈。黑果从未到过波士顿；那里的人们还不知道黑果为何物，尽管黑果长在波士顿的三座山上。在拉往市场的车上，果实上的粉霜给蹭得精光，其芳香和精华也随之丧失殆尽，而仅仅成了寻常的果腹之物。只要还有永恒的正义，这些纯真的黑果休想有一只能从乡村的山野运送到那里。

我一天的锄草活干完之后，偶尔会跟一个没耐性的伙伴凑到一起，他从早上起就一直在湖上钓鱼，恰似一只鸭子，或一片漂浮的叶子，一声不响，一动不动，尝试了各种哲学之后，通常在我到来之前便已得出结论，认为自己属于古老的无欲教派，或称"无鱼"派[2]。有一位老者，是一个捕鱼能手，还擅长各种木工活，兴高采烈地把我的小屋视作为方便渔人而建；而他坐在我门口打理钓线时，我也同样感到高兴。偶尔我们会一起在湖上泛舟，他坐在船的一头，

---

[1] 引自弥尔顿《利西达斯》(1637)一诗的最后一行。
[2] 原文为 Coenobites，意为无欲教派，因为与 See no bites（没见鱼上钩）发音相近，故有"无欲"和"无鱼"双关意思。

我坐在另一头；不过我们之间言语不多，因为他上年纪后耳朵不太灵，但他偶尔会哼起一首圣歌，而那圣歌跟我的人生哲学颇为融洽。因此，我们之间的交流纯属一种天衣无缝的融洽，比起用言语进行的沟通，回味起来心里越发愉悦。我一般是无人可以交流的，在这种情况下，我往往会用船桨敲击船舷激起回声，那回声在四周的林中回旋扩散，就像动物园的管理员激发野兽一样，我也把周围的树林唤醒了，终于让每个林木葱郁的溪谷和山坡发出了咆哮。

在温暖的傍晚，我时常坐在船上吹笛，看见鲈鱼似乎被我的笛声陶醉，在我身边游来游去，月亮则在棱纹状的湖底晃动，那里还散落着森林的碎木断片。以前，在漆黑的夏夜，我时常会携伴到这湖畔探险，在水边生起一堆火，心想把鱼吸引过来，然后在钓线上

*在温暖的傍晚，我时常坐在船上吹笛，看见鲈鱼似乎被我的笛声陶醉，在我身边游来游去，月亮则在棱纹状的湖底晃动。*

穿上一串蚯蚓，捕到一条条鳕鱼。捕完后已是深夜，我们把燃烧着的木头高高地抛向天空，犹如火箭一般，落进湖里发出嘶嘶响声，随之熄灭，顿时我们又在一团漆黑中摸索。我们吹着口哨，穿过黑暗，又回到了尘世间。而如今我已在湖边安好了家。

有时我在村里人家的客厅里待到主人家都就寝了，这才回到树林里。在一定程度上为了打点第二天的午饭，我便在午夜花上几个小时，乘坐小船在月光下钓鱼，猫头鹰和狐狸为我唱着小夜曲，不时还听见一只不知名的鸟儿在附近吱吱啼叫。对我来说，这是一些难以忘怀而又弥足珍贵的经历——在水深四十英尺处抛锚，离岸二三十杆远，四周间或有数以千计的小鲈鱼和小银鱼在环游，月光下鱼尾在水面搅起点点涟漪，我用一根长亚麻绳与四十英尺的水下神秘的夜间游鱼进行交流；有时小船在柔和的夜风中轻荡，拖着一条六十英尺长的钓线在湖上漂流，钓线会不时微微颤动，表明有生命在围着钓线的末端徘徊，呆头呆脑，犹豫不定，迟迟拿不定主意。最后，你两手交替着缓慢地拉起钓线，把一条长角的鳕鱼拽到了空中，它一边吱吱直叫，一边扭动身子。当你的思绪驰骋于其他行星那浩瀚的天体演化问题时，却感到了钓线上这轻微的拉动，打断了你的幻想，将你与大自然再度联系起来，这是非常奇特的，在漆黑的夜晚尤其如此。看来下一步我既可以把钓线向上抛到空中，也可以将其向下扔进并不比空气稠密的水中。因此，我可谓是一钩双鱼呀。

瓦尔登湖的风景，就规模而言并不起眼，虽然煞是绮丽，但却算不上壮丽，不常来或不住湖边的人对它未必会产生多大兴趣；然而这个湖泊异常深邃，异常清澈，值得细加描绘。它犹如一泓澄清碧绿的池子，半英里长，周长一又四分之三英里，面积约六十一英亩半；又如一眼常年不枯的清泉，掩映于松树和橡树林中，除了云雨和蒸发之外，看不到任何入水口或出水口。四周的山峰从水边突兀升起，高达四十至八十英尺，但在东南和东边，则分别达到一百英尺和一百五十英尺，离湖边分别为四分之一和三分之一英里。山上全是林地。康科德的水至少有两种颜色；远看是一种颜色，近看是另一种颜色，而且更显其本色。前一种颜色主要取决于光线，随天色而变化。夏季天气晴朗时，水在稍远处显得一片蔚蓝，波澜荡漾时尤其如此，而从更远处看，则全都浑然一色。在暴风雨天气，水有时呈现暗蓝灰色。不过，据说海水一天是蓝的，另一天是绿的，而却察觉不到天气出现什么变化。我曾目睹过这里的河流，在大地银装素裹的时候，水和冰都几乎像青草一样翠绿。有人认为，蓝色乃是"纯净水的颜色，不管那水是液态的还是固态的"[①]。但是，从船上直视下面的水时，那水则呈现出大为不同的颜色。即便从同一角度来看，瓦尔登湖也时而是蓝色的，时而是绿色的。由于居于天地之间，因而兼有二者之色。从山顶望去，它映出天空的颜色；但在近旁，在能见到沙底的湖岸附近，湖水却是淡黄色的，然后是淡绿色，渐远渐深，到了湖的主体部位融入了清一色的墨绿。在某种光线下，甚至从山顶望去，湖边的水也呈现鲜绿色。有人将之归因于青翠草木的反射；但是在背对着铁路沙坝的地方，湖水同样是绿

---

① 引自苏格兰物理学家詹姆斯·D.福布斯对阿尔卑斯山冰川颜色的描绘。

色的，而春天树木尚未绽开叶子之时，情况也是如此，这可能只是无处不见的蓝色与沙滩的黄色混合而成的结果。这就是它的彩虹色。到了春天，也正是在这个地方，湖底反射的太阳光热和通过大地传输的热量，使冰块升温并首先融化，在仍然冰冻的湖心周围形成一条狭窄的水道。像当地的其他水域一样，每逢天清气朗，波澜激荡之际，水面恰好能成直角地把天空反射出来，或者由于有更多的光与之相混合，因而往稍远一点距离望去，那水比天空本身还要深蓝；这时泛舟湖上，眼往不同角度望去，借以观察水中倒影，我捕捉到一种无与伦比而又无法描绘的淡蓝色，宛如波纹绸或闪光绸及剑锋一般，比天空本身还要蔚蓝，与浪峰另一面的原始墨绿交相变幻，相形之下，这原始墨绿只显得有些浑浊。我记得那是一种玻璃状的、偏绿的蓝色，就像太阳落山之前，透过西天的云景所看见的一片片的冬日的天空。然而，把一玻璃杯的湖水拿到亮处看，就跟一杯空气一样没有颜色。众所周知，一大块玻璃就会呈现出绿色，据制造玻璃的人说，那是由于"体积"的缘故，故而小块的玻璃则没有颜色。瓦尔登湖需要多大体量的水才能呈现出绿色，我可从未验证过。我们这条河的水若是直往下看去，那就是黑色或深棕色，而且像大多数湖水一样，给水中的浴者身上抹上淡淡的黄色；但这瓦尔登湖的水却像水晶一样纯净，给浴者的身体敷上一层雪花石膏般的白色，更为奇特的是，随着那人的四肢在水中被放大、扭曲，产生了一种怪异的效果，成为类似于研究米开朗琪罗[①]作品那样的绝佳研究对象。

---

[①] 米开朗琪罗·博纳罗蒂（1475—1564），意大利文艺复兴时期雕刻家、画家、建筑师和诗人，以巨大的、肌肉发达的雕像而著称于世。

湖水清澈透明，二十五或三十英尺深的湖底历历在目。泛舟湖上，可在湖面几英尺之下，见到成群的鲈鱼和银鱼，每只或许只有一英寸长，不过只要看见它身上的横向条纹，便可知道那是鲈鱼，而且你会觉得它们在那里求生，一定是过着清苦生活的水族。有一次，那是多年前的一个冬日，为了捕捞梭鱼，我在冰上凿洞，上岸后又把斧子扔回冰面，好像鬼使神差似的，斧子滑行了四五杆远，直溜溜地掉进了一个冰洞里，那里的水有二十五英尺深。出于好奇，我趴在冰上往洞里张望，终于见到斧子稍微偏向一侧，头朝下立着，斧柄笔直，随着湖水的脉搏轻轻地晃动；倘若我不去打捞的话，它就会一直竖在那里摇晃，直至斧柄最终烂掉为止。我用带来的一把冰凿，在斧子正上方又凿了一个洞，并用刀子砍下了在附近所能找到的最长的桦木条，打了一个活结套，系在树条的一端，然后小心翼翼地放下去，套进了斧柄上的节瘤，随即拉动桦木条上的绳子，终于把斧子又捞上来了。

湖岸除了一两处短短的沙滩，其他地方都由光滑的白色鹅卵石构成，就像铺路石一样。岸边十分陡峭，许多地方，你只要纵身一跳，便可投入没顶的水中；若不是湖水异常清澈，那就休想看见湖底，除非在对岸湖底慢慢升上来。有人认为这湖没底。湖中绝无浑浊之处，漫不经心的观察者会说水中丝毫没有杂草；至于显而易见的植物，只有新近被淹没的小块草滩上才有，而这些草地原本算不得湖中植物，除此之外，你再怎么仔细搜寻，也发现不了一棵鸢尾，一根灯芯草，甚至见不到一株百合，不管是黄百合还是白百合，而只能看到几棵小小的鱼腥草和眼子菜，也许还能发现一两棵莼菜；不过所有这些水草，在湖中沐浴的人可能全都察觉不到；这些水草

**眼子菜**

眼子菜，学名 *Potamogeton*，淡水生草本植物，属于池塘杂草。种类繁多，分布于全球。有药用价值。

明明净净，如同它们置身其中的湖水一样。岸边的石头向水里延伸了一两杆，然后湖底便全是纯净的细沙了，只不过最深的地方通常有一点沉积物，或许是经历了多个秋天之后，飘来的落叶腐烂而成的；即便在仲冬时节，起锚的时候，也能带出鲜绿的水草来。

在西边大约两英里半的九英亩角，还有一个跟瓦尔登湖极为相像的白湖；不过，尽管我对方圆十二英里之内的大多数湖泊都很熟悉，我却不知道还有第三个湖能如此纯净清澈、深幽似井。也许先后有许多民族饮用过它，赞赏过它，测量过它，然后离去，而这湖水依旧翠色不减，清澈如初。这可不是一个间歇泉！也许就在亚当和夏娃被逐出伊甸园的那个春晨，瓦尔登湖就已经存在了，甚至就在那时，霏霏春雨伴着薄雾和南风飘落，湖面上泛起粼粼碧波，野鸭和天鹅不计其数，它们可没听说过亚当和夏娃的堕落，对它们来说，能有这般清澈的湖泊已经足矣。即便在那时，湖水已开始涨落，澄清了水质，着上了现在的色彩，获得了天国的特许，成为世间独

**莼菜**

莼菜（Water target），学名 *Brasenia schreberi*，水生植物。叶形圆润，光泽鲜亮，广泛分布于全球的温带和热带地区，可食用、入药。莼菜会杀灭同水域的其他植物，所以周围的水较清澈。

一无二的瓦尔登湖，成为天国甘露的蒸馏器。又有谁知道，在多少个被忘却的民族的文献中，这个湖就是卡斯塔利亚泉[①]？在古代神话的黄金时代，又有哪些居于山林水泽的仙女司掌此湖？这是康科德的王冠上的最璀璨的明珠。

也许最早来到这湖边的人已经留下了某些足迹。我惊讶地发现，甚至在湖边一片密林刚被砍伐掉的地方，环湖有一条窄窄的格架般的小道，在陡峭的山腰上蜿蜒盘旋，时而攀升，时而下降，忽而靠近水边，忽而又离开水边，大概跟这里的人类种族一样悠久，那是最早的猎人踏出来的足迹，如今的居民还时常不知不觉地打上面行走。冬天，刚下过一场小雪，人站在湖中央看得格外分明，只见一条清晰的白线在眼前绵延起伏，没有被杂草和树枝所遮掩，而且在许多地方，四分之一英里以外都看得很清楚，而在夏天，即便近在咫尺也很难分辨。可以说，是雪把它雕琢成了清晰洁白的隆高浮雕。

---

① 卡斯塔利亚泉，古希腊神话中的诗歌灵感之泉。

也许就在亚当和夏娃被逐出伊甸园的那个春晨，瓦尔登湖就已经存在了，甚至就在那时，霏霏春雨伴着薄雾和南风飘落，湖面上泛起粼粼碧波，野鸭和天鹅不计其数，它们可没听说过亚当和夏娃的堕落，对它们来说，能有这般清澈的湖泊已经足矣。

将来这里有朝一日要建造别墅，但愿庭园的装饰仍能保留这条小路的某些遗迹。

湖水时涨时落，但是有无规律，又在何时涨落，却无人知晓，尽管照例有许多人佯装知晓。通常，冬天的水位高，夏天的水位低，不过跟平常的多雨和干旱并不一致。我还能记得，跟我住在湖畔的时候相比，湖水何时下降了一两英尺，何时又上涨了至少五英尺。有一道狭窄的沙洲通到湖中，沙洲的一侧水很深，大约在一八二四年，在离主岸约莫六杆远的地方，我曾搭手在这儿煨了一锅杂烩，

**桤木**

桤木（Alder），学名 *Alnus*，也称赤杨，全世界有桤木属植物 30 余种。

桤木喜水湿，多生于河滩低湿地，适应性强，生长迅速。此外，桤木根系发达，具有根瘤或菌根，能固沙保土，增加土壤肥力。

桤木木材硬度适中，纹理通直，结构细致而松，是制作乐器、家具等制品的重要原料。

而在近二十五年来，这可是办不到的事了；另一方面，我曾对朋友们说，几年后我会经常在林中一个僻静的小湾里泛舟垂钓，他们听来总是将信将疑，原来那小湾离他们所知道的唯一湖岸有十五杆之遥，早已变成一片草地。不过，湖水已经持续上涨了两年，现在，一八五二年夏天，比我住在那里的时候正好高出了五英尺，也就是说跟三十年前一样高，因而在那块草地上又可以钓鱼了。水位高低的升降幅度至多达到六七英尺；而从周围山上流下的水又微不足道，因而水位上涨势必跟导致地下泉涌的因素相关。同年夏天，湖水又开始回落了。值得注意的是，这一涨一落，不管是不是周期性的，都需要经年累月才能完成。我目睹了一次涨水，两次不完整的回落，因此便料想，十二年或十五年之后，湖水又会回落到我所见过的低点。位于东面一英里处的弗林特湖，水位会受进水口和出水口的影响而发生变化，还有一些居间的小湖，它们的情况与瓦尔登湖相似，近来也涨到了最高水位。据我的观察，白湖也是如此。

瓦尔登湖间隔很长时间的涨与落，至少有这个好处：湖水在这样的高水位上持续了一年多的时间，虽然让人难以绕湖而行，但自从上次涨水后在湖边冒出的灌木和树木，诸如北美油松、白桦、桤木、白杨等等可遭了殃，水退之后，湖岸便一片通畅；因为，跟许多湖泊和每天潮起潮落的各个水域不同，瓦尔登湖在水位最低的时候，湖岸也就最为干净。在我屋旁的湖边，有一排十五英尺高的北美油松，已经被湖水泡死，然后像是被杠杆撬倒了似的，因而也就无法继续扩充地盘了；从树身的尺寸可以看出，自上次水涨到这个高度，那该过了多少个年头。通过这水涨水落，瓦尔登湖也就维护了它对湖岸的拥有权，于是**湖岸**得到**护理**，树木也就无法取得占有权。这就是瓦尔登湖的不长胡须的嘴唇。瓦尔登湖不时地舔舔口颊。每当湖水涨到最高点，桤木、柳树和枫树会滋生出大量坚韧的红色根须，从浸在水中的树干四周，长到离地三四英尺的高度，力图保存自己；我知道湖畔高处的乌饭树平常不结果，可是在这种情况下却果实累累。

湖岸铺砌得如此齐整，有人觉得大惑不解。我的同乡都听说过这样一个传说——年长者告诉我，他们年轻的时候就听说过：古时候，印第安人在这儿的一座山上举行一场帕瓦仪式①，瓦尔登湖如今陷入多深的地壳，这座山当年就耸入多高的云天，据传闻，他们说了不少亵渎神明的话，尽管这是印第安人从未犯下的邪恶行为，而就在他们说亵渎的话的时候，山摇动起来，突然下陷，只有一个名叫瓦尔登的老妇人得以幸免，这湖就是以她的名字命名的。人们猜测，山摇地动的时候，这些石头从山腰上滚落下来，形成了当前的湖岸。不管怎么说，可以肯定的是，以前这里没有湖，现在却有了一个；这个印第安人的传说，与我提及的那个老移民的说法丝毫也

---

① 帕瓦仪式，北美印第安人为了祈求神灵治病或保佑战斗、狩猎等胜利而举行的仪式，通常伴有巫术、盛宴、舞蹈等环节。

不冲突，他清楚地记得，他手执占卜杖初临此地时，看见从草皮上升起一团薄薄的水汽，而那根榛木占卜杖一个劲儿地向下指着，于是他决定在此挖一眼井。至于那些石块，许多人仍然认为很难用山体摇动、石头滚落来解释；不过我注意到，在周围的群山里，这样的石头比比皆是，因此，人们在最靠近湖的铁路两侧不得不把这些石头堆积成墙；再说，在湖岸最陡峭的地方，石头也最多；这样一来，令人遗憾的是，这个传说对我来说也就没有什么神秘可言了。我发现了铺石者①。如果这个湖的名字不是源自英国的某个地名——比如萨福隆瓦尔登②——那么人们或许会认为，它原先被称为**围而得湖**③。

这个湖是早已为我挖好的一眼井。一年中有四个月，湖水始终是既纯净又冰凉；我想，在镇子里，这水即便不是最好，也绝不比别的水逊色。在冬天，所有露天的水，都比受到遮掩的泉水、井水来得更凉。一八四六年三月六日，从下午五点到次日中午，我一直坐在屋里，由于太阳对屋顶的照射，室温有时升到六十五度或七十度，但置于室内的湖水却只有四十二度，比村里刚打出来的最凉的井水还低一度。在同一天，沸泉④的温度是四十五度⑤，这是测试过

---

① 铺石者，意指冰川运动。
② 萨福隆瓦尔登，伦敦附近一村庄。
③ 英文原为 Walled-in Pond，一方面发音与"瓦尔登湖"有些相近，另一方面又含有"被墙围起之湖"的意思，为了尽可能一举两得，暂且译作"围而得湖"。
④ 沸泉，瓦尔登湖附近一眼冒泡的泉水。
⑤ 这几处都是指华氏度。华氏四十二度、四十五度、六十五度和七十度分别约等于摄氏五点五度、七度、十八度和二十一度。后文中提到的温度也都是华氏度。

的水中温度最高的，尽管这又是夏天我所了解的最凉的水，因为这时地表的浅水、死水尚未混入其中。另外，瓦尔登湖由于水深，即便在夏天，也绝不像暴露在阳光之下的其他水域那样温暖。在最热的天气里，我常会把一桶水放在地窖里，到了夜间水会变凉，第二天一直保持凉爽；不过我也会去打一点附近的泉水。过了一个星期，湖水还像刚舀出来的那样清爽，也没有水泵的味道。谁要是夏天在湖边宿营一周，只需把一桶水埋入宿营地阴凉处几英尺深的地方，那就用不着冰块这样的奢侈品了。

有人在瓦尔登湖捕捉到梭鱼，有一条重七磅，更不用说另外一条了，它嗖地一下拽走了钓丝螺旋轮，渔夫因为没有瞧见那条鱼，保守说有八磅重；还有鲈鱼和鳕鱼，这两种鱼都有一些超过了两磅重；还有银鱼、白鲑或鲷鱼，很少的几条鲷鱼，两条鳗鱼，其中一条重四磅——我之所以写得这么具体，是因为鱼通常全靠重量出名，而且这又是我在本地听说过的仅有的两条鳗鱼；我还隐约记得有一种小鱼，大约五英寸长，两侧呈银色，背部发绿，性似雅罗鱼，我之所以在此提及这种鱼，主要是想让我的经历带有几分传奇色彩。然而，瓦尔登湖的渔产并不怎么丰富。梭鱼虽然不太多，却也是它引以为豪的主要产品。有一次我趴在冰面上，看见至少三种不同种类的梭鱼：一种又长又扁，铁灰色，很像从河里捕捞上来的那种；一种是鲜亮的金黄色，泛着绿光，深居水下，算是本地最常见的一类；还有一种金黄色的，状似前一类，但两侧布满深棕色或黑色斑点，夹杂着几个模糊的血红色斑点，十分像鳟鱼。其学名

reticulatus① 有些名不符实；不如称作 guttatus② 为好。这全都是很结实的鱼，看起来不大，分量却很重。银鱼、大头鱼，还有鲈鱼，其实，栖息在瓦尔登湖里的所有的鱼，都比河里和大多数湖里的鱼要干净得多，漂亮得多，肉也结实得多，由于这里的水更纯净，各种鱼类也就很容易辨认。很多鱼类专家或许能从中培养出一些新品种来。这里还有纯种的青蛙和乌龟，也有少数的贻贝；麝鼠和水貂在湖里留下了它们的踪迹，偶尔还会有一只泥龟漫游到这里。有时，我早晨把船推离湖岸时，就会惊动夜间藏匿在船底下的一只大泥龟。春秋两季，野鸭和大雁经常来到瓦尔登湖，白腹燕子（*Hirundo bicolor*）从湖面飞速掠过，而斑鹬（*Totanus macularius*）整个夏天都在石头岸边"逛荡"。我有时惊扰了栖息在湖水上方白松上的一只鱼鹰；我看这里未必像费尔黑文湾③那样受到海鸥翅膀的亵渎。充其量，它只容许每年仅来一次的潜鸟。瓦尔登湖如今的重要常客全在这里了。

在风平浪静的天气，你可以在水深八到十英尺的东边沙岸附近，以及湖的其他一些地方，从船上看见一些直径六英尺、高一英尺的圆形石堆，由不及鸡蛋大的小石子垒成，周围全是黄沙。起初你会纳闷，莫非是印第安人出于什么目的，在冰上垒起了这堆石头，等冰一融化，就沉到了湖底；但石头垒得太规整了，而且有一些显然刚垒成不久，因此不大可能是这么回事。河里也发现了类似的石堆；

---

① 拉丁文，意为网纹。
② 拉丁文，意为斑纹。
③ 费尔黑文湾，萨德伯里河上的一个水湾，离瓦尔登湖大约一英里。

**胭脂鱼**

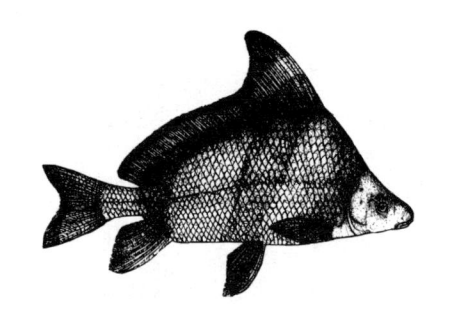

胭脂鱼（Suckers），胭脂鱼属（*Myxocyprinus*）卵生动物，口呈吸盘状，能用嘴叼起或搬动石头。性情温顺，行动迟缓；体形优美，色泽鲜艳，兼有观赏和经济价值。

胭脂鱼的幼、成鱼形态不同，生态习性也不相同。鱼苗和幼鱼常喜欢群集于水流较缓的砾石之间生活。

但是这里既没有胭脂鱼，又没有七鳃鳗，我也就不知道这些石堆能是什么鱼儿筑成的。或许它们是白鲑的洞穴。这些石堆为湖底平添了一种令人惬意的神秘感。

湖岸错落有致，毫无单调之感。在我的心目中，西岸是犬牙交错的深水湾，北岸陡峭一些，南岸像美丽的扇贝，一个个岬角互相交叠，说明其间还有未经探索的小湾。湖水边缘群山耸立，从小湖湖心望去，森林的背景格外悦目，风致格外娟好；在此情景下，湖水映照着林木，不仅描绘出了最美的前景，而且由于湖岸蜿蜒迤逦，又勾画出了令人赏心悦目的天然边界。此处的湖岸巧夺天工，完美无瑕，不像斧头劈出之地，也无耕田与之毗连。在水边，树木有充裕的扩展空间，每株树都把最强劲的枝条伸向这个方向。在此，造化编织出了一道自然的织边，举目向上看去，从岸边的矮树丛到最高的树木，层次分明，一览无遗。这里很少见到人工雕琢的痕迹。湖水像千年前那样冲刷着湖岸。

湖是风光中最美丽、最富于表现力的景致。它是大地的眼睛；观光者注视它时，也在衡量他自己天性的深度。湖岸边的水生树木是眼睛边缘的细长睫毛，而四周树木葱茏的群山和悬崖，则是悬垂于其上的眉毛。

## 七鳃鳗

七鳃鳗（Lamprey），学名 *Petromyzon americanus*（*Petromyzon marinus*），眼睛后方有 7 对略成椭圆形的鳃孔，鳗鱼状无颚软骨鱼类，能用嘴吸咂鸡蛋大小的石头，将其拢成圆圈。
大仲马《基督山伯爵》中曾描述晚宴上"富扎罗湖的七鳃鳗"。据说，英格兰国王亨利一世死于不顾医生劝诫，大量食用七鳃鳗。

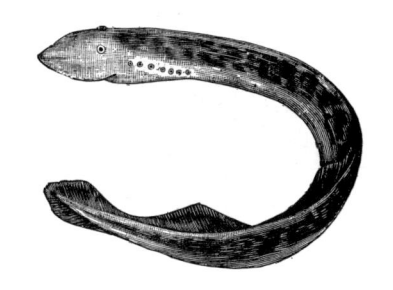

  九月一个宁静的午后，我站在湖东端平坦的沙滩上，眼见薄雾把对面的湖岸线搞得朦朦胧胧，这才领略了"湖面如镜"这一说法的由来。你把头倒置过来，湖面就像伸展在山谷间的一条纤细的薄纱带，背衬着远处的松树林闪闪发光，把一层大气与另一层大气分割开来。你会以为你能从湖底下滴水不沾地走到对面山里，还会以为掠过水面的燕子可以在湖面上栖息。其实，它们有时似乎也会误判，潜入这层薄雾底下，然后如梦初醒。你若是从湖上往西望去，你得用双手护住眼睛，遮住直射的太阳光和反射的太阳光，因为两者同样明亮；如果你在两者之间仔细地审视湖面，那它还真是平滑如镜，除了有些水黾，间隔均等地散布在整个湖中，凭借它们在阳光下的动作，在湖上产生了所能想象的细微踪迹，或者也许有只鸭子在整理身上的羽毛，或者如我所说，有燕子从湖上掠过，以至于触到了水面。远处可能有一条鱼跃出水面，在空中划出一道三四英尺的弧线，出水时一道亮光，入水时又一道亮光；有时整个银弧毕现出来；也许间或会有一根蓟种子冠毛在水面上漂浮，几条鱼朝它疾驰过去，又使水面泛起一片涟漪。这就像玻璃溶液冷却下来，但却没有凝结，内含少许尘埃，既纯净又瑰丽，犹如玻璃中的瑕疵。你经常会发现一片比这更光滑、更幽暗的湖水，仿佛被一个隐形的蜘蛛网与别处隔开了一样,成为水中仙女在湖上休息的水栅。从山顶上,你几乎可以看见到处有鱼在跳跃;因为不管梭鱼还是银鱼,只要在光滑的水面捕食昆虫,势必打破整个湖的宁静。这么简单的一件事,却要如此大肆渲染,真令人惊奇——这桩鱼类谋杀案终将暴露出来——我从高处遥望湖面,能看出直径达六杆的环形波纹。你甚至能看见一只水黾(Gyrinus),在四分之一英里以外的光滑水面上不停地向前游动;水黾在水上划出一道细纹,形成醒目的涟漪,旁边有两条岔开的斜线,但水黾滑行起来却激不起可以察觉的涟漪。水面颇为激荡的时候,湖上既没有水黾,也没有水蜻,可在风平浪静的日子里,它们显然都会离开自己的避风港,贸然从岸边跑出来,一戳一戳地向前滑行,直至滑完全程。在天朗气清的秋日,尽情享受了温馨的阳光之后,坐在高处的树桩上俯瞰着湖面,端详着水上泛起的涟漪,一圈一圈地不断映现在天空和树木的倒影之间,真是一桩令人心旷神怡的事,若是没有这些涟漪的话,那湖面就压根儿看不见。在这片广阔的水面上,不管出现什么骚动,都会很快平息下来,就像摇动一瓶水,颤动的波纹到了岸边之后,就全都复归于平静。湖上但凡有鱼儿跃起,或昆虫跌落,总要显现出环形的波纹、优美的线条,好像是泉水在不断涌出,生命在轻微悸动,胸脯在上下起伏。喜悦的颤动和痛苦的颤动是无法区分的。湖的景致何其静谧!人们干起活来又像春天一样出彩。啊,每片树叶、每根嫩枝、每块石头、每张蛛网,在这午后都会光彩熠熠,就像覆盖着春晨里晶莹的露珠。船桨或昆虫的每一个动作都会引起一道闪光;而船桨若是落水,那回声多么悦耳啊!

九、十月间,在这样的一天,瓦尔登湖是一面完美的林中明镜,四周用石头镶边，在我看来，那些石头像是些稀世珍宝。也许没有什么能像平卧在地球表面的湖泊那样美丽，那样纯洁，同时又那样气派。天国之水。不需要栅栏。一个个部落来了又去，而没有给它带来污染。它是一面石头砸不碎的镜子，镜上的水银永远不会脱落，造物在不停地修补它上面的镀金；任何风暴或尘埃都不能使它那常新的镜面黯淡无光；这面镜子不管沾上什么杂质，都会被太阳那把朦胧的刷子清除得无影无踪——这就是光的拭尘布——即使往上面哈气也不留痕迹，而只会把自己的气送上云霄，变成云彩在高空飘浮，又反射在自己的怀中。

一泓水能展露出天上的精灵。它不断接受来自天上的新生命和新动态。就其本性而言，它介乎天地之间。在地上，只有草木能摇摆起伏，但是水却被风吹起了涟漪。从一道道、一片片的光影中，我能看见微风从湖上掠过。奇妙的是我们可以俯视水面。也许我们最终可以同样俯视空气的表面，并且注意到一个更加神秘莫测的精灵打它上面掠过。

十月下旬，严霜已至，水黾和水蜢终于消失了；这时直至十一月，在风平浪静的日子里，通常没有什么能在水面搅起涟漪。十一月的一天下午，持续几天的暴雨之后，终于平静下来，但天空仍然阴云密布，雾气蒙蒙，我发觉湖水异常平静，因而很难辨认出湖面；不过它反射出的并不是十月的明媚色彩，而是十一月周围山峦的暗淡色调。虽然我尽可能轻缓地荡舟湖上，但是船儿激起的微波却几乎扩展到我的目力所及之处，并使倒影呈现出一条条罗纹。但是，往湖面上望去，只见远处不时有隐约的闪光，仿佛一些逃过了霜冻的水黾聚集在那里，也可能由于湖面过于平滑，把从湖底涌起的泉水显露出来了。我轻轻地将船划到这样一个地方，惊讶地发现周围有不计其数的小鲈鱼，大约五英寸长，碧水映着鲜艳的古铜色，鱼儿在那里嬉戏，不时浮出水面，激起涟漪，有时还留下小水泡。在这清澈透明、看似无底、倒映着云彩的水中，我像是乘坐气球在空中飘浮，而小鲈鱼的游动则让我觉得是在飞行或翱翔，仿佛它们就是一群密集的鸟儿，就从我的左下侧或右下侧飞过，它们的鳍就像风帆一样，在四周挂了起来。湖里有许多这样的鱼群，显然想赶在冬天行将给广阔的天窗拉上冰幕之前，好好享受一下这短暂的季节，有时让湖面看上去像是掠过一缕清风，又好像落下零星几个雨点。当我漫不经心地靠近惊动了它们时，它们会把尾巴突然扑啦一甩，激起一片涟漪，好像有人用毛刷般的树枝击打水面似的，并立即钻进深水里藏起来了。最后起风了，雾越来越浓，波涛开始奔涌，鲈鱼蹦得比先前更高，有半数出了水，上百个三英寸长的黑点同时出现在水面之上。有一年，甚至到了十二月五日，我看见湖面上有几个涟漪，空气中湿气很重，以为马上要下大雨，便急忙跑去抓起桨，划回家去；雨已似乎在急剧下大，可我并不觉得脸上浇到了雨点，但却预感浑身要给淋个透湿。可是突然间，涟漪消失了，原来涟漪是鲈鱼引起的，我的桨声吓得它们躲进了深水里，我眼见着它们隐隐约约地不见了踪影；因而我终究还是干干爽爽地过了一下午。

有一个老人，将近六十年前常来瓦尔登湖，当时湖边林木茂盛，四周黑黝黝的，他告诉我说，在那些日子里，他有时看见湖上栖满野鸭和其他水禽，周围还有许多老鹰。他是来这里钓鱼的，用的是在岸边找到的一条旧独木舟。独木舟由两根白松原木挖空钉在一起，两端削方做成的。虽然很笨拙，但也用了许多年，后来浸满了水，或许还沉到了湖底。他不知道这独木舟是谁的；它归这湖所有。他经常把一条条的山核桃树皮扎起来，当作锚链来用。有一次，独立战争前住在湖边的一个老陶工跟他说，湖底有一只铁柜，他曾亲眼看见过。有时那柜子会浮上来，漂到岸边；但是你一走近，它就会沉入深水没了踪影。我很高兴听人说起那只旧独木舟，它取代了印第安人取自同样材料、但造得比较精美的一只独木舟，那原先也许是岸边的一棵树，后来似乎倒入湖中，在水里漂浮了二三十年，倒是这湖里再合适不过的小船了。我记得，我第一次往深水里看的时候，依稀见到许多大树干躺在湖底，不是以前被狂风吹倒的，就是上次砍伐后因木料便宜放在冰面上没拉走；但现在大多见不到了。

我第一次泛舟瓦尔登湖时，这里完全被浓密高大的松树和橡树所环抱，在一些小湾里，葡萄藤攀上了湖边的树木，形成了一个个下面可以行船的凉棚。构成湖岸的山峦非常陡峭，山上的树木又非常高大，因此，从西岸望下去，宛如一个可供林间演出的圆形剧场。我年轻的时候，曾花费许多时光泛舟湖上，随着和风漂游。秋天一个上午，我把船划到湖心，仰面躺在舱座上，如梦似醒，直至船触沙滩才把我唤醒，于是我站起来，看看命运把我推到哪一片湖岸；在那些日子里，闲散是最具吸引力，也最富有成效的行业。多少个上午让我偷闲混过去了，我宁愿以这种方式度过一天中最弥足珍贵的光阴；因为我即便没有多少钱，却有的是明媚的时光和夏日，便大肆加以挥霍；我也不后悔没把更多的时光耗费在作坊或教师的办公桌上。但是，自我离开湖畔之后，伐木工人把那里砍伐得越发荒芜了，今后的多年间，再也不能穿过林中小径漫步了，也不能通过林木间的罅隙窥见湖光水色了。我的缪斯今后若是缄默不语，也是情有可原。鸟儿的树林都被砍伐了,你又怎能期望鸟儿歌唱呢?

如今,湖底的树干,那条旧独木舟,以及周围黑黝黝的树林,都已不复存在,村民们简直不知道湖在何处,也就不到湖里沐浴或饮水,而在考虑把那至少像恒河水一样神圣的湖水,拿管子引到村里来,用来洗碟子!靠拧一下水龙头,或拔去塞子,就能得到瓦尔登湖的湖水!那匹恶魔似的铁马,刺耳的嘶鸣整个镇子都能听到,其铁蹄搅浑了沸泉的湖水,也正是它吞噬了瓦尔登湖岸的所有树林,这就是唯利是图的希腊人所采用的,肚子里藏着上千人的特洛伊木马!这个国家的勇士,穆尔厅的穆尔[1],现在何处?应该由他在深通道[2]去迎击那庞大的害群之马,把复仇的长矛刺向它的肋间。

然而,在我所熟悉的种种特性中,瓦尔登湖也许最能经久不变,最能保持纯净无瑕。许多人被比作瓦尔登湖,但很少有人当之无愧。尽管伐木人先砍光了这个岸边的树木,接着又砍光了那个岸边的树木,尽管爱尔兰人在湖边建起了猪圈似的住所,铁路也侵入了它的边界,卖冰人还在此凿过一次冰,但是湖本身却未曾改变,依然是我年轻时见过的同样的湖水;变化全在我身上。湖水尽管涟漪不绝,却没留下一条永恒的皱纹。它青春长在,我可驻足观看燕子像往常一样飞落下去,分明从水面叼走一只小虫。今夜,我又突然感到,好像二十多年来我并非几乎天天见到这般情景似的——啊,这就是瓦尔登湖,依然是我多年前所发现的那个林中湖泊;在这里,去年冬天砍伐掉了一片树林,另一片树林又一如既往地在岸边茂然拔地

---

[1] 穆尔厅的穆尔,英国民谣中的屠龙英雄。
[2] 深通道,瓦尔登湖附近的火车通道。

而起；同样的思绪像往昔那样涌出它的水面；对它自己和造物主来说，那是同样欢欣和愉悦的清澈流水，啊，对我来说，也**可能**同样如此。无疑，此乃勇者之所为，绝无诡诈之嫌！他亲手围起湖水，在心里将之深化、净化，在遗嘱中将之传给康科德。我从其容颜可以看出，湖上反射出来的是同样的倒影；我几乎可以说：瓦尔登湖，是你吗？

> 装饰一句诗行，
> 绝非我的梦想；
> 只有住在瓦尔登湖之滨，
> 才能离上帝和天堂最近。
> 我就是它石砌的湖岸，
> 也是那微风拂过的湖面；
> 我的手里别无其他，
> 唯有湖水和细沙，
> 而它最深幽的胜地，
> 却高踞在我的心里。

火车从未停下瞧一瞧瓦尔登湖；然而我想，那些火车司机、司炉工和制动手，还有那些持有季票、经常看到瓦尔登湖的乘客，受到了这景色的陶冶。火车司机到了夜间不会忘记，或者说他的天性不会忘记，白天他至少见过一次这宁静而纯洁的景象。尽管只见到一次，可它却有助于洗刷掉国务大街和机车上的煤烟。有人提议，应该把它称为"上帝的水珠"。

我说过，瓦尔登湖没有明显的入水口或出水口，不过它一方面通过一连串的小湖，与距离较远、地势较高的弗林特湖间接相连，另一方面它又通过类似的一连串小湖，直接而明显地与地势较低的康科德河相连，而在别的地质时代康科德河可能流经那些小湖，只要稍加挖掘，康科德河可能再次流向那里，不过千万别这样。如果说瓦尔登湖就像林中的隐士，长期过着克制而清贫的生活，从而获得了令人惊叹的纯洁，那么，要让弗林特湖不大纯洁的水与瓦尔登湖的水混杂在一起，或者让瓦尔登湖把自己的甘美之水报废在大海的波涛之中，谁能不感到遗憾呢？

林肯的弗林特湖，或称沙湖，是我们这里最大的湖泊和内海，位于瓦尔登湖东边约一英里处。它要大得多，据说有一百九十七英亩，鱼类更丰富；不过湖水较浅，也算不上特别纯净。我经常把穿过树林到那儿散步视为消遣。哪怕只是为了感受清风自由地吹拂你的面颊，观看波涛涌动，回味水手的生活，这工夫花得也值。在秋风吹起的日子，我去那里捡栗子，这时栗子直往水里落，冲到我脚边；一天，我沿着莎草丛生的岸边缓缓走着，刚溅起的浪花打在我脸上，我突然遇见一条船腐烂的残骸，两侧的船舷不见了，看样子只是平船底遗弃在灯芯草丛中；但是，从上面的纹路来看，好似一块腐烂的大垫板，清晰地显现出船的轮廓。这像海滩上失事船舶的残骸一样令人触目惊心，也给人带来同样深刻的教训。而今，它仅仅成了腐殖质，与湖岸混为一体，上面长出了灯芯草和菖蒲。我经常赞叹湖北端沙底上留下的波痕，由于水的压力的缘故，涉水者脚踩上去觉得非常硬实；还有那些灯芯草，它们成单行生长，一道道

### 灯芯草

灯芯草（Rush），草本植物，常生在土壤湿润、腐殖质丰富的地区。

灯芯草茎主要分为两大部分：外围坚韧的绿色秆与中央虚软的白色絮状髓。灯芯草的秆在古代是常见的编织植物。在英语中，有 not worth a rush（不值一张草席）的俗语，意为"毫无价值"。

灯芯草中央的白色髓质可以吸附油脂，古代欧洲和中国都曾用它做灯芯以替代烛芯。

---

的波状纹路，与湖底的波痕正相对应，一行接着一行，仿佛是波浪把它们种植出来的。在那里，我还发现了大量奇特的球形植物，显然是由细草或细草根构成，也许是谷精草，直径从半英寸到四英寸不等，呈完美的球状。它们在沙质湖底的浅水中被冲来冲去，有时被冲到岸边。它们要么是实心的草球，要么中间夹杂少许细沙。起初你会说，它们是波浪冲刷而成的，就像鹅卵石一样；然而，最小的草球只有半英寸大小，也是由同样粗糙的材料构成的，只在一年中的一个季节里产生。此外，对于一种已经成形的物质，波浪与其说是把它建造出来，毋宁说是把它消磨掉。这些草球干了以后，还会无限期地保持原状。

**弗林特湖！** 我们的命名术竟然如此贫乏。那个肮脏愚蠢的农夫，他的农场与这片天水毗连，而他又无情地将这天水的岸边糟蹋成了不毛之地，他有什么权利拿他的名字给这个湖命名？好一个一毛不拔的弗吝特[1],他更喜欢那明晃晃的银币,或亮晶晶的分币,他可以从中照见他那厚颜无耻的黄脸;他甚至把栖息在湖里的野鸭视为非法侵入者;他的手指由于长期养成了像哈比[2]一样的攫取习惯,而长成了弯曲的硬爪;因此,他给湖起这个名字我可不买账。我去那里并不是要见他,也不是要听到人家说起他;他从没**见到**这个湖,从没在湖里洗浴过,从没爱过它,从没保护过它,从没赞赏过它,从没感谢上帝创造了它。倒不如把湖取名于湖中的鱼,常到湖上来的飞禽走兽,生长在岸边的野花,或者人生历程与这个湖交织在一起的某个野人或野孩子;而不是用他的名字来命名,他除了某个与他趣味相投的邻人或司法机构给予他的一纸契约之外,没有任何权利拥有这个湖泊——他考虑的只是它的金钱价值;他的出现说不定给整个湖带来了灾难;他耗尽了周围的土地,还恨不得把湖里的水全部淘光;他唯一感到遗憾的是,这不是英国的干草或越橘牧场——在他看来,这的确是无法补救的——假若湖底的淤泥能卖钱,他早就会把湖水排干了。湖水并不能转动他的磨粉机,他也决不会有**幸**去观赏湖光水色。我并不尊重他的劳动,他的农场上样样东西都有标价,如果他能有利可图的话,他会把风景,把他的上帝,全都带到市场上;事实上他是**为了**他的上帝而去市场;在他的农场里,没

---

[1] 梭罗原打算寄居在弗林特湖畔,但遭到湖主人弗林特的拒绝,因此作者在此有意挖苦他。原文所用的 Skin-flint,本是"吝啬鬼,一毛不拔"的意思,其后半截又是"弗林特"的姓,一语双关。
[2] 哈比,古希腊神话中,一种脸及身躯似女人,而翼、尾、爪似鸟的怪物,生性残忍贪婪。

有什么东西是自由生长的,他的地里不长庄稼,他的牧场不开花朵,他的树上不结果实,只结美元;他爱的不是他的果实有多美,在他看来,他的果实只有变成了美元,才能算是成熟。给我贫穷吧,那才能享受真正的财富。在我看来,农夫们越是贫穷,就越是可敬,越是有趣——贫穷的农夫们。模范农场啊!房子像是立在粪堆里的菌类植物,人、马、牛、猪的住处,干净的与龌龊的,全都连成一片!竟是人畜杂居!好大的一个油渍,散发着粪肥和乳酪的浓烈气味!在高度耕耘的状态下,居然把人心和人脑用作肥料!仿佛要在教堂墓地种植土豆一样!好一个模范农场。

不,不;如果最美的自然景观要以人的名字命名,那就只能选择最高尚、最当之无愧的人物。让我们的湖泊得到起码像伊卡洛斯①海那样实至名归的名字,在那里,"海岸上依然回响着一次勇敢的尝试"。②

面积较小的鹅湖,位于我去弗林特湖的路上;费尔黑文湾是康科德河的延伸,据说约有七十英亩,在西南面一英里处;大约四十英亩的白湖,又在费尔黑文那边一英里半的地方。这是我的湖区。这些湖泊,连同康科德河,就成为我可以享用的水上特区;日日夜夜,年复一年,它们碾磨着我带去的谷物。

自从伐木者、铁路和我本人亵渎了瓦尔登湖以来,在我们的诸

---

① 伊卡洛斯,古希腊神话中的巧匠,与其父插上蜡制翅膀逃离克里特岛,因飞得太高,蜡翼被阳光熔化,坠入爱琴海而死。
② 引自苏格兰诗人威廉·德拉蒙德(1585—1649)的《伊卡洛斯》一诗。

**蓝菖蒲**

蓝菖蒲（Blue flag），学名 *Iris versicolor*，也名紫色鸢尾、变色鸢尾。该种植物颜色繁多，其名 Iris 源于希腊语，意为"彩虹"。蓝菖蒲原产于北美，常见于莎草草甸、沼泽及溪岸等地；常吸引蜂鸟和蝴蝶，也是美国田纳西州的州花。

湖当中，即便算不得最美，或许也是最迷人的，那林中的瑰宝，当属白湖——不知是源自其湖水的异常纯净，还是源自其沙子的颜色，这都是一个因为平淡无奇而起的俗名。然而，不论在这些方面，还是在其他方面，它与瓦尔登湖宛如孪生。它们彼此十分相像，你会认为它们在地下一定相通。白湖有相同的石岸，湖水也有同样的颜色。像瓦尔登湖一样，在闷热的酷暑天里，透过树林俯视一些小湾的时候，可以望见湖水泛出蒙蒙的蓝绿色或淡灰绿色，那是因为这些小湾不是很深，因而湖底的反射给湖水抹上了色彩。多年以前，我常推车到那里运沙子，用来制造砂纸，自那以后，我就常去那里观光。一个常去那里游览的人提出，应该把它称作绿湖。鉴于如下情况，倒不妨将之称为黄松湖。大约十五年前，你能看到一棵北美油松，这一带的人称之为黄松，尽管那并非什么特别的树种，油松的树梢从深水里伸出到湖面之上，距离湖岸许多杆。有人甚至认为，这个湖曾经下沉过，那里原先是一片原始森林，那棵油松就是那原始树林中的一棵。我发现，甚至早在一七九二年，在马萨诸塞历史学会的藏书中，有一本《康科德镇地形志》，作者是本镇的一位居民，他在谈到瓦尔登湖和白湖之后，接着写道："当水位很低的时

**蜂鸟**

蜂鸟（Hummingbird），学名 *Trochilidae*，体型最小的鸟类类群。蜂鸟因飞行时振翅产生的与蜂类似的嗡嗡声（humming）而得名，它们可以通过快速振翅而在空中悬停。

蜂鸟90%的食物来源是花蜜，它们喜爱蜜源植物，擅长用长喙吸食花蜜。

候，在白湖中央可以见到一棵树，虽然树根扎在水下五十英尺的地方，但那树似乎就长在它现在所处的位置；这棵树的顶部已经折断，而折断之处直径达十四英寸。"一八四九年春天，我同住在萨德伯里离这湖最近的一个人交谈过，他告诉我说，正是他在十年或十五年前，把那棵树打捞上来。他隐约记得，那棵树离湖岸十二到十五杆远，那里水深三十到四十英尺。当时是冬天，上午他一直在采冰，便决定下午请邻人帮忙，把那棵老黄松树打捞出来。他用锯在冰上锯出了一条通往岸边的水道，然后用牛把它拖出来，拽到了冰面上；但是还没拉到多远，他便惊奇地发现，树给拽颠倒了，残枝全部朝下，枝梢牢牢地扎在沙底里。树的大头直径大约一英尺，他本来期望能得到一根上好的锯材原木，可是这棵树早已腐烂得只能当柴烧。当时他的棚屋里还有几块这样的木头。木头的残端有斧子砍过和啄木鸟啄过的痕迹。他以为这或许是岸边的一棵死树，后来被风吹进了湖里，树梢泡在水里，树根又干又轻，于是便滑入水中，颠倒过来沉了下去。他父亲已年过八十，记不清这棵树是什么时候不见的。如今仍然可以看见几根相当大的原木躺在湖底，由于湖面波浪起伏，看起来好像巨大的水蛇在游动。

这个湖很少受到船只的侵扰，因为它对渔人几无诱惑力。湖中没有需要泥土的白百合，也没有寻常的白菖蒲，只有蓝菖蒲（*Iris versicolor*）稀稀拉拉地长在洁净的水中，从湖岸周围多石的湖底立起身来，到了六月又有蜂鸟前来造访；其蓝色的叶片，加上花的颜色，尤其是它们在水中的倒影，与那淡灰蓝色的湖水显得极其和谐。

白湖和瓦尔登湖是地球表面上的两块大水晶，两个光明之湖。如果它们能永远凝结，并且小得足以用手抓住，那它们或许会像宝石那样被奴隶运走，用以装点帝王的王冠；但由于是液体，而又取之不尽，永远为我们和子孙后代所享用，我们也就不把它们当作一回事，而去追求科依诺尔钻石[①]。它们纯洁得没有市场价值；也不含有瑕疵。比我们的生活不知要美丽多少，比我们的品格不知要清澈多少！从没听说它们有什么卑微之处。比起农夫门前的水池，它们不知要绚丽多少！在农夫水池戏水的是农夫的鸭子，而来这两个湖嬉戏的则是洁净的野鸭。大自然还没找到能赏识她的尘世居民。鸟儿用其羽毛和歌声，同花儿达成了和谐，但怎样的少男少女能与大自然既粗犷又华贵的美融会在一起呢？大自然独自绽放，远离世人居住的城镇。还奢谈天国！你可羞辱了大地。

---

[①] 科依诺尔钻石，产于印度的历史最悠久的大金刚石，1849年成为英王御宝，1937年成为英王王冠宝石。

⊙ **通识漫谈**

**米开朗琪罗**

米开朗琪罗（Michelangelo），与达·芬奇、拉斐尔并称"文艺复兴三杰"，对西方艺术的发展产生了无与伦比的影响。

米开朗琪罗的创作追求身体与灵性的完美，塑造的人物形象以"健美"著称，充满肌肉感。他对人体的描绘为人类形态的表现树立了标杆，对后世艺术家影响甚大。

米开朗琪罗曾声称："塑像本来就在石头里，我只是把不需要的部分去掉。塑像对每个人来说就是你自己，而需要去除的是外界的期望。这把雕刻的凿子是人格的独立。"

\* 瓦尔登湖的水像水晶一样纯净，给浴者的身体敷上一层雪花石膏般的白色，随着那人的四肢在水中被放大、扭曲，产生了一种怪异的效果，成为类似于研究米开朗琪罗作品那样的绝佳研究对象。

**伊卡洛斯在海上飞翔　18世纪插图**

伊卡洛斯（Icarus），古希腊神话中，建筑师兼发明家代达罗斯的儿子。代达罗斯为克里特岛国王建造好巧妙的迷宫，以困住国王米诺斯牛头人身的儿子弥诺陶洛斯。国王担心迷宫的秘密走漏，欲将代达罗斯父子囚禁。代达罗斯父子故而试图借助用羽毛和蜡制成的飞行翼逃离克里特岛。

伊卡洛斯因为不听父亲告诫，飞得过高，以致蜡翼融化，坠海而亡。在英语中，至今仍有 don't fly too close to the sun（不要飞得离太阳太近）的俗谚。

\* 在伊卡洛斯海岸上，依然回响着一次勇敢的尝试。

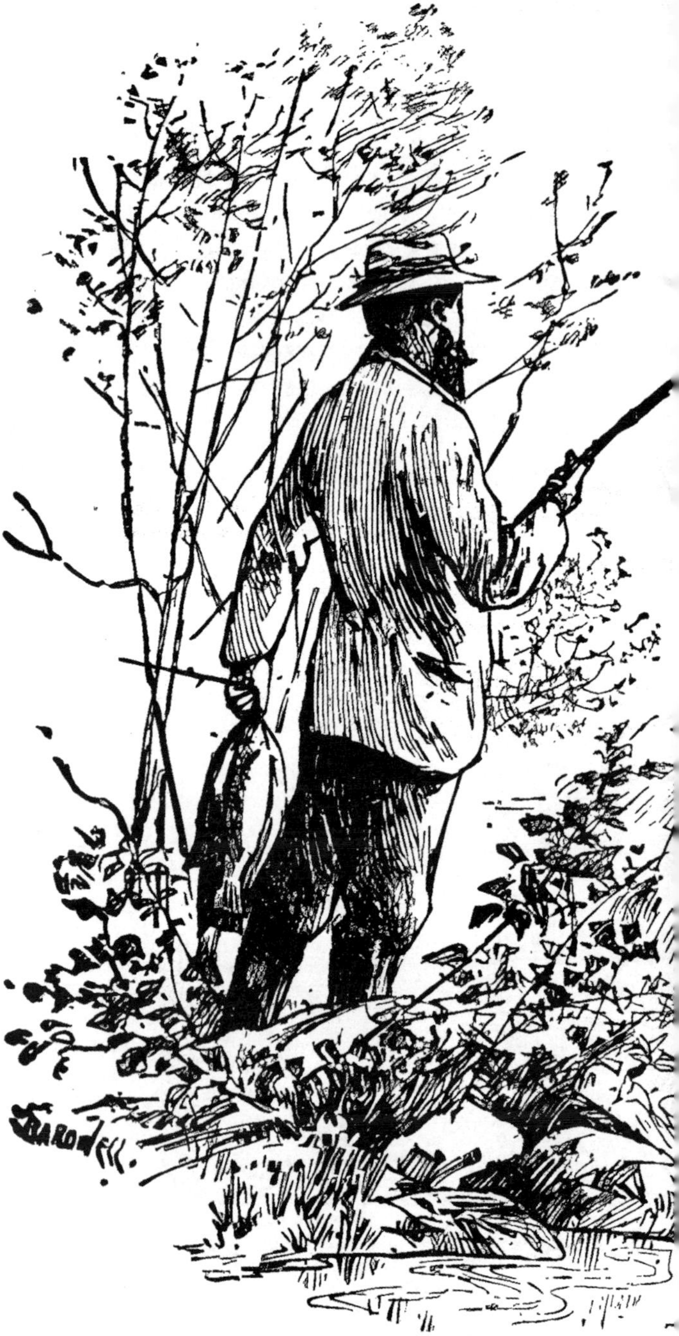

## 十 贝克农场

不要把谋生当作你的职业,而是你的娱乐。
要享用大地,但不是占有大地。

我有时会到松树林里漫步，那松树就像庙宇一样矗立着，又像装备齐全的海上舰队，树枝如波浪起伏，随着光线轻轻荡漾，一派柔和、葱郁、阴翳的景象，就是德鲁伊特教①派的人也会丢下他们的橡树，到松树林这里来顶礼膜拜；或者到弗林特湖那边的雪松林游逛，那里的雪松挂满了灰蓝的浆果，一株株高耸挺拔，越长越高，适合立于瓦尔哈拉圣殿②面前，而蔓生刺柏则叶茎覆地，果实累累；或者到沼泽地溜达，那里的松萝地衣像花彩一样，从黑云杉树上垂下来，而伞菌，亦即沼泽众神的圆桌，则遍地皆是，更美丽的真菌点缀着树桩，犹如蝴蝶或贝壳（即植物滨螺）；那里长有沼泽石竹和山茱萸，红色的桤木浆果像小妖精的眼睛一样红彤彤的，南蛇藤缠着最坚硬的树木，勒出了一道道沟槽，野冬青的浆果越发娇艳，令观者流连忘返，还有一些不知名目的野生禁果让人眼花缭乱，情不自禁，怎奈又美得让凡人品尝不得。我不是去拜访某位学者，而是去瞧瞧某些特别的树木，一些在附近很少见的树木，远在某个牧场的中央，或者在树林或沼泽的深处，或者在山顶；比如黑桦，我们这里有一些漂亮的标本，直径为两英尺；与之同类的黄桦，身着宽松的金黄色马甲，像黑桦一样散发着芳香；还有山毛榉，树干整洁匀称，披着美丽的地衣，每个枝节都完美无瑕，除了零零散散的几株标本之外，据我所知，镇里只剩下一小片比较高大的树木，有人

---

① 德鲁伊特教，在基督教之前，古代不列颠、爱尔兰和法兰西等境内的凯尔特人所信仰的宗教，他们在橡树丛里举行敬神仪式。
② 瓦尔哈拉圣殿，北欧神话中主神兼死亡之神奥丁接待战死者英灵的殿堂。

树林就是我在夏天和冬天参拜过的圣殿。

认为，那是鸽子吃了附近山毛榉的果实而播种下来的；你劈开这树木时，那闪烁的银色纹理倒也不无观赏价值；还有椴树、鹅耳枥树，还有 *Celtis occidentalis*，也即假榆树，我们这里只有一棵是长得好的；还有一棵较高的形似桅杆的松树，一种能做木瓦的树，或者一种异常完美的铁杉，像宝塔一样屹立在树林中间；当然还可列举许多。这些就是我在夏天和冬天参拜过的圣殿。

有一次，我恰巧站在一道彩虹拱顶的支撑点上，那彩虹横贯大气层的低层，给周围的青草和树叶染上了颜色，令我眼花缭乱，仿佛我是透过彩色水晶观看似的。这成了一个虹光之湖，霎时间我像海豚一样生活在其中。假若彩虹持续的时间再长一些，那就可能给我的事业和生活染上色彩。我顺着铁路的铺道走时，常常会对我身影周围的光晕感到惊异，于是便欣然把自己想象成上帝的选民。有一个看望过我的人声称，在他前面的某些爱尔兰人的影子没有光晕，只有本地人才会如此杰出。本维努托·切利尼[①]在回忆录里告诉我们，他被关押在圣安杰洛城堡期间做过一个噩梦，或者说出现过一个可怕的幻觉，此后不论他在意大利还是在法国，每到早晨和傍晚，他头部的影子上就出现一道灿烂的光环，而当青草被露水沾湿时，那光环尤为显著。这与我方才提到的大概是同一种现象，这种现象在清晨尤其可以察觉到，不过在别的时候，甚至在月光下，也都可以见到。虽然不断出现，但却并不常被人察觉，遇到切利尼那种容易激发想象力的人，就足以构成迷信的基础。此外，他还告诉我们，他很少向他人展示这一现象。但是，那些意识到自己头上有光环的人，难道不是确实很杰出吗？

一天下午，为了弥补蔬菜之不足，我动身穿过树林，前往费尔黑文湾钓鱼。途中经过快乐草甸，它附属于贝克农场，对于这幽静

---

[①] 本维努托·切利尼（1500—1571），意大利雕塑家、金匠，曾被关押在罗马的圣安杰洛城堡。

的去处,一位诗人[1]曾作过吟咏,开头写道:

> "你门前是一片怡人的田间,
> 那儿的果树布满了苔藓,
> 树旁有一条淡红的小溪,
> 麝鼠在溪边悄悄嬉戏,
> 而那四处穿梭的鲑鱼,
> 来去悠忽好生欢愉。"

我没去瓦尔登湖之前,曾想过到那里寄居。我"钓"过苹果,跳过小溪,吓坏了麝鼠和鲑鱼。人在世上会遇到一些似乎特别漫长的下午,那期间可能发生许多事,成为我们生命中的一大部分,我那天就遇到这样一个下午,尽管我动身的时候时间已经过去了一半。途中下了一场阵雨,迫使我在一棵松树下站了半个小时,在头顶上架起一堆树枝,还罩上手帕来遮雨;后来我站在齐腰深的水中,终于在眼子菜上抛下了钓钩,这才突然发现自己处于一片乌云的阴影下,雷声开始轰鸣,大有天崩地裂之势,我无可奈何,只能洗耳恭听。我心想,众神用这种叉状闪电,来击溃一个手无寸铁的可怜渔夫,一定不胜得意。于是我急忙跑到最近的小屋去躲避,这小屋离哪条大路都有半英里之遥,但是比回瓦尔登湖也还是近得多,而且已经好久无人居住了:

---

[1] 指作者的朋友威廉·埃勒里·钱宁,本章所有的诗歌都引自他的诗集《贝克农场》。

> "这是一位诗人所建,
> 而他已经年届暮节,
> 瞧这小小的陋屋,
> 已在走向毁灭。"

这就是缪斯的寓言故事。不过我发现,那里如今住着爱尔兰人约翰·菲尔德、他的妻子和几个孩子,孩子中最大的是个宽脸膛的男孩,已能帮助父亲干活了,眼下刚从沼泽地里逃到父亲身边躲雨,最小的是个满脸皱纹、像个女巫似的、长着圆锥形脑袋的婴儿,坐在父亲的膝头,就像坐在贵族的宫殿里,从潮湿饥饿的家中向外张望,带着婴儿的特权,好奇地瞅着我这个陌生人,并不知道自己是贵族世家的最后血脉,是世人的希望和关注的焦点,而不是约翰·菲尔德家面黄肌瘦的可怜娃娃。屋外暴雨如注,雷电交加,我们一起坐在屋顶漏得最轻的地方。早在把那条船建造出来,将这家人漂洋过海运到美国之前,我已经在那里坐过许多次了。显然,约翰·菲尔德是一个诚实勤劳,但却志气不高的人;他妻子也勇于担待,在那高炉子边一顿接一顿地做过多少次饭;她长着一张油乎乎的圆脸,袒露着胸脯,还总想有朝一日改善自己的境况;她一向是拖把不离手,然而从未见到在哪里发挥过作用。小鸡也跑进来躲雨,像家庭成员一样在屋里昂首阔步,我觉得它们太通人性了,做不成美味烤鸡。它们站在那儿,直瞪瞪地盯着我的眼睛,还煞有介事地啄我的鞋。就在这时,我的主人跟我讲了他的经历,说他如何为附近一个农夫"在沼泽地里卖苦力",用一把铁锹或沼泽专用锄头翻草地,每英亩能赚十美元,还能获得那块土地连同肥料一年的使用权,与此同时，他那宽脸膛的小不点儿子欢快地在父亲身边干活，全然不知道父亲这笔交易做得多不划算。我试图用我的经验开导他，告诉他说他是我最近的邻居之一，我来这里钓鱼，看起来好像是游手好闲，其实也像他本人一样为了谋生；说我住在一座坚实、亮堂而又干净的房子里，造价几乎不超过他这样一座破房子通常一年的租金；说他要是愿意，可以在一两个月之内为自己建造起一座宫殿；说我不喝茶、咖啡、牛奶，不吃黄油、鲜肉，因而不用干活购买这些食品；再说，由于我不用拼命干活，我也就不用拼命吃喝，因而在饮食上的花销也就微乎其微；但是，由于他首先要喝茶、咖啡和牛奶，要吃黄油和牛肉，因而不得不拼命干活好买这些食品，而一旦拼命干活了，又不得不拼命吃喝，以补充身体的损耗——于是，吃进的和损耗的也就两相抵消了，其实还是损耗的多于吃进的，因为他总不满足，而且浪费了生命；然而，他认为来美国还是占到了便宜，因为在这里你每天都能喝茶、喝咖啡和吃肉。但是，那个唯一的真正的美国，只能是这样一个国家：在这里，你可以自由地追求一种没有这些东西也照样过得去的生活方式；在这里，国家并不会因为你直接或间接地使用了这些物品，就逼迫你支撑蓄奴、战争等多余事务所需的开支。我是故意跟他这样讲话的，好像他是个哲人，或者想做一个哲人。倘若地球上的所有草地都处于荒芜状态，倘若这是人类开始救赎自己所带来的后果，那我当为之感到高兴。一个人无须研究历史就能找到最适合自己的文化。可是天哪！一个爱尔兰人的文化，却是需要用一种道义上的沼泽专用锄头来开发的事业。我告诉他，由于他在沼泽地里干得太卖力，他需要穿上厚实的靴子和结实的衣服，然而这样的靴子、衣服也会很快弄脏、穿破，可我却穿着轻便的鞋子和薄薄的衣服，费用还不及他的一半，尽管他可能认为我穿得像个绅士（实则不然），而且只要我愿意，我就能毫不费力，只当消遣，在一两个小时之内，捕到够我吃两天的鱼，或者挣到够我花费一周的钱。如果他和他的家人想生活得简单些，他们可以在夏天都去摘黑果，权当娱乐。听到这话，约翰叹了口气，他妻子则双手叉腰瞪着眼，两人似乎都在盘算他们是否有足够的资本开始这样的行程，或者是否有足够的算术知识来完成这次行程。对他们来说，那是一次要靠航位推算来进行的航程，他们拿不准如何到达港湾；因此我认为，他们仍然以自己的固有方式，勇敢地直面生活，拼尽了全力，却又缺乏技巧，不会将尖利的楔子敲进巨柱将其劈开，然后再细加雕琢——一心只想蛮干，就像对待蓟草那样。但是他们完全在劣势下作战——约翰·菲尔德啊！过着没有计算的生活，因而只能一败涂地。

"你钓鱼吗？"我问道。"哦，是的，我闲着时也时而能钓到够吃一顿的鱼；钓到的是不错的鲈鱼。""用的什么鱼饵？""我用蚯蚓钓小银鱼，然后用小银鱼钓鲈鱼。""你现在就去吧，约翰，"他妻子说道，脸上闪闪发光，满怀希望；但约翰犹豫不决。

这时阵雨停了，东边树林的上空架起一道彩虹，预示会有一个瑰丽的夜晚；于是我便告辞了。走出屋来，我向主人要杯水喝，实指望看看井底，以完成我对这个家庭的考察；可是天啊！井下只有浅水和流沙，而且井绳也断了，水桶也不见了。这时，主人终于找来了一个像样的厨具，水似乎也澄清了，经过商议和好一番磨蹭，水总算递到口渴者的手中——还没等水凉下来，也没沉淀下去。我想，就是这样的混浊物维持着这里的生命；于是，面对主人的真诚好客，我闭上眼睛，通过巧妙的转动，把水中的尘沙晃到了一边，竭诚地喝下了一大口。在事关礼貌的情况下，我可并不娇气。

雨后我离开了爱尔兰人的家，转身又朝湖边走去，急匆匆地去捕梭鱼，奔走在废弃的草甸、泥塘、沼泽地以及凄凉的荒野上，一时间只觉得，对我这个上过中学和大学的人来说，这似乎全都不足挂齿；但是，当我跑下山岗，朝满天彩霞的西边奔去时，一道彩虹挂在我的肩上，一阵轻微的丁零声透过明净的空气传到我的耳畔，这当儿，不知从何处，我的守护神似乎在说：日复一日地去四面八方钓鱼打猎吧——到更远、更宽广的地方——毫无顾忌地在许多溪流边和壁炉边休息吧。你趁着年幼，当纪念造你的主。[1]黎明即起，无所牵挂，寻求冒险。中午来到别的湖畔，夜间四处为家。没有比这里更广阔的田野，没有比这里更有趣的游戏。按照你的天性无拘无束地生长，就像这些莎草和蕨属植物一样，它们永远不会成为英国干草。让雷霆轰鸣吧；即便它要毁掉农夫的庄稼，那又怎么样？那不是它要交给你的使命。在众人逃往马车和棚屋的时候，你躲到云彩下面吧。不要把谋生当作你的职业，而是你的娱乐。要享用大地，但不是占有大地。人们由于缺乏进取心和信念，而落入这般境地，买进卖出，像农奴一样度过一生。

哦，贝克农场！

---

[1] 语见《圣经·旧约·传道书》第十二章第一节。

"风景元素中何为最充畅?
就是一点天真无邪的阳光……"

"在你围起的草地上
谁也不会跑去狂欢……"

"你从不与任何人辩论,
没有什么问题搞不清楚,
还像初见时那样温顺,
穿着黄褐色的粗布常服……"

"来吧,你这仁慈之士,
还有你这仇恨之辈,
圣鸽的孩子们,
盖伊·福克斯[①]这国贼,
将种种阴谋诡计
都吊死在粗壮的树枝!"

只有到了夜晚,人们才从邻近的田地或街道乖乖地回到家,那里回荡着他们操持家务的回声,他们的生命也在日趋憔悴,因为总是反复呼吸着自己呼出的气息;在清晨和傍晚,他们的影子到达的

---

[①] 盖伊·福克斯(1570—1606),英国天主教徒,因密谋杀害英国国王詹姆士一世而被处死。

地方比他们每天的脚步走得还远。我们每天应该从远方回家，从探险、历险和发现中回家，带着新经验和新品格回家。

我还没回到湖边，约翰·菲尔德又一时冲动跑了出来，他改变了主意，这次在太阳落山之前就不去沼泽地干活了。不过他这个可怜的家伙只钓到两条鱼，而我却钓到了一长串，于是他说这是他的运气；可是，我们在船上一换座位，运气也跟着换了位。可怜的约翰·菲尔德！我相信他不会读到本文，除非他读后能有所长进——想在这个原始的新国家，以某种从旧世界派生出来的生活模式来生活——用小银鱼去钓鲈鱼。我承认，小银鱼有时是一种不错的诱饵。尽管他的整个视野都是他自己的，但他又是一个穷人，生来就穷，所继承的是爱尔兰的贫穷或贫困生活，还有他的始祖亚当的祖母那种泥腿子的生活方式，因而不论是他还是他的后代，都无法在这个世界上出人头地，除非他们那双在沼泽里跋涉的长有蹼板的脚上，穿上了有翼的鞋[①]。

---

① 有翼的鞋，古希腊、古罗马神话中，众神的信使所穿的"有翼的凉鞋"。

⊙ **通识漫谈**

**赫尔墨斯和卡吕普索　19世纪插图**

　　有翼的鞋（Talaria），源于拉丁语 Talaris，意为"脚踝的"。在古希腊神话中，火神赫菲斯托斯用不朽的黄金为信使之神赫尔墨斯打造了一双有翅膀的鞋，让他像鸟儿一样飞得又高又快。

　　在古罗马神话中，赫尔墨斯对应的是神使墨丘利，墨丘利也经常被刻画为脚踩有翼的鞋的形象。古代西方神话中，借助飞马、飞行鞋等工具疾飞属于人类对飞翔的朴素幻想。

\* 不论是他还是他的后代，都无法在这个世界上出人头地，除非他们穿上了有翼的鞋。

**本维努托·切利尼　《伦敦新闻画报》19 世纪插图**

　　本维努托·切利尼是意大利文艺复兴时期的雕塑家、金匠,被认为是矫饰主义流派最重要的艺术家之一,曾因涉嫌侵占教皇珠宝被关入圣安杰洛城堡。
　　切利尼也是一位作家,他创作诗歌,并著有一本自传作品。切利尼在自传中记述了自己充满波折的一生:他是优秀的乐手,是受到教皇、皇帝、国王赏识的艺术家,是手刃仇人的凶神恶煞,也是保卫城堡的大将。切利尼的文字是文艺复兴欧洲最鲜活的记录,借此可以管窥当时的世俗风情和道德水平。歌德曾说:"我从这个人的忧虑之中看到的整个世纪,要比最清晰的历史记载还要真实。"

　　＊本维努托·切利尼在回忆录里告诉我们,他被关押在圣安杰洛城堡期间做过一个噩梦。

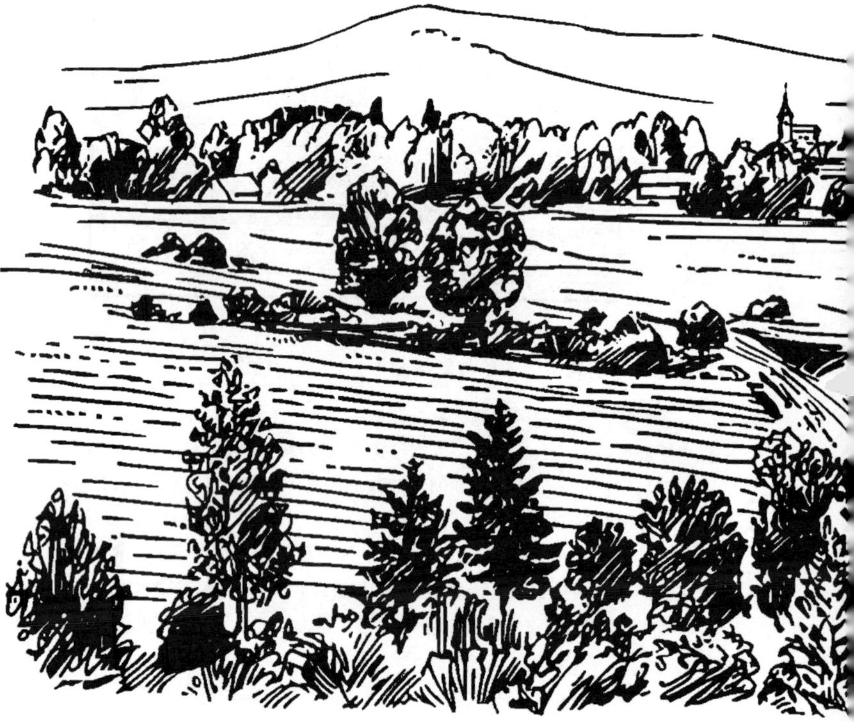

# 十一 更高法则

如果白天黑夜值得你欢天喜地地去迎接,而生活又散发着鲜花和香草那样的芬芳,更加轻灵、更加灿烂、更加不朽——那就是你的成功。

我提着那串鱼，拖着钓竿穿过树林往家走，这时天已很黑了，我突然瞥见一只土拨鼠悄悄从路上穿过，心里顿时感到一种奇异的野性狂喜的冲动，恨不得将它一把抓住生吞下去；倒不是因为我当时肚子饿了，而是土拨鼠所代表的野性所致。不过，我住在湖边的时候，曾有一两次不知不觉地在林中四处搜索，就像一条饿坏了的猎犬，带着一种奇异的放纵，寻觅某种可以吞噬的野味，其实还真没有什么让我觉得太野蛮而下不了口的。最野蛮的场景，对我来说已是莫名其妙的熟悉。我早就感觉到，现在仍然觉得，我跟大多数人一样，内心有一种追求更高生活，或者说追求所谓的精神生活的本能，还有一种追求原始族类和野蛮族类的本能，我对两者都崇尚有加。我喜好野性，并不亚于喜好善行。钓鱼中蕴涵的野性和冒险，仍然让我乐此不疲。有时我喜欢完全把生活把握在股掌之中，更像动物那样过日子。我之所以与大自然如此亲密无间，也许要归功于青少年时代的那些渔猎活动。钓鱼打猎让我们早早地领略了自然风光，与之结下了不解之缘，不然的话，在那个年龄，我们的自然风光知识该有多么贫乏。诸如渔夫、猎手、伐木者等在田野和树林里营生的人们，在某个特殊的意义上，他们本身就是大自然的一部分，因而往往能在劳作之余，以一种甚至比哲人或诗人还要好的心境来观察大自然，因为后者接近大自然总是另有所图。大自然并不害怕向他们展现自己。大草原上的旅行者自然是猎人，密苏里河与哥伦比亚河上游源头的旅行者自然是捕兽者，圣玛丽瀑布[①]的旅行者自

---

[①] 圣玛丽瀑布，指苏必利尔湖与休伦湖之间的圣玛丽瀑布。

钓鱼中蕴含的野性和冒险，让我乐此不疲。

然是渔夫。一个只是旅行者的人，获得的只是零零碎碎的二手知识，也就没有什么可信度。我们最感兴趣的事，是听科学报道说那些人有什么实践经验或直觉感受，因为只有这才是真正的**人学**，或称对人类经验的记述。

有人断言北方佬没有什么娱乐，因为他们没有那么多的公共假日，大人小孩玩的游戏没有英国多，此言差矣，因为在这里，诸如渔猎之类的较为原始而独来独往的娱乐活动，尚未被英国的娱乐方式所取代。与我同时代的人里，那些新英格兰男孩，在十到十四岁阶段，几乎个个都扛着一杆猎枪；他们的渔猎区域并不像英国贵族的私家渔猎区那样有所限制，而是甚至比野人的渔猎范围还广阔无边。这样一来，也就难怪他们不常到公共娱乐场玩耍了。不过情况已在发生变化，倒不是因为人变得越来越仁慈了，而是因为猎物越来越少了，也许猎手反倒成为猎物的最好朋友，就连动物保护协会也不例外。

另外,我在湖边时,有时希望用鱼来增进饮食的花样。实际上,我之所以要捕鱼,跟最早的渔夫出于同样的需要。不管我会想象出什么人道来抵制钓鱼,那都纯属矫揉造作,与其说是情有所系,不如说是关乎人生哲理。我现在只谈谈钓鱼,因为我早就改变了对捕猎野禽的看法,没去林中寄居之前便把猎枪卖掉了。倒不是说我不像别人那样有人情味,而是说我没有察觉自己情为所动。我并不怜悯鱼和饵虫。这是习惯。至于捕猎野禽,过去几年中我总带着枪,理由是我在研究鸟类学,而且专门寻找新鲜罕见的鸟类。不过我承认,我现在倾向于认为,有一种比这更好的研究鸟类的方式。它要求更密切地关注鸟类的习性,如果仅仅由于这个原因,我也愿意丢掉猎枪。然而,尽管对捕鸟还有基于人道的反对,我还是不得不怀疑,是否还有同样价值的活动可以取而代之;我有些朋友曾焦灼不安地问过我,是否该让他们的孩子去打猎,我回答说:可以呀——我记得这是我所受教育的最好内容之一——就让他们做猎手,虽然起初只是狩猎爱好者,但如果可能的话,最终成为极棒的猎手,从而在本地或任何草木丛生的荒野里也就见不到他们对付不了的大猎物——成为人类的猎手和渔夫。我至今仍然认同乔叟那位修女的观点,她

> "从未听见拔光了毛的雌禽
> 说什么猎手并非是圣人"[①]。

---

① 引自乔叟《坎特伯雷故事》总序。原诗说的是"修士",梭罗可能是误记,写成"修女"。

不管在人类历史中,还是在个人历史中,都有一个时期,猎人是"最棒的人",阿尔冈昆人①就这样称呼他们。我们只能可怜从未放过枪的孩子;他并非比别人仁厚,而是他的教育被可悲地忽略了。谈起对于那些热衷于打猎的年轻人的看法,我的回答是:我相信,随着年龄的增长,他们很快就会放弃打猎。任何人过了无忧无虑的童年之后,都不会肆无忌惮地滥杀像他一样拥有生命权利的任何生物。身处绝境的野兔会像孩子一样嘶叫。我告诫你们,母亲们,我的同情心并非总像通常那样有厚薄之分,仁慈的天平并非总是偏向**人类**②。

这就是青年人最常见的进入森林的方式,这也是他自身人之初的天性。他起初是跑到森林里打猎捕鱼,如果他内心蕴藏着美好生活的种子,最终会认定合适的目标,或许成为诗人或博物学家,从而丢掉猎枪和钓竿。在这方面,多数人依然总是稚嫩的。在某些国家,狩猎的牧师绝非罕见。这样的人可能会成为一条好牧羊犬,却远远当不成好牧羊人③。想起来真让我为之吃惊,除了伐木、凿冰之类的劳作之外,据我所知,唯一能让我们任何一个镇民(不论大人孩子,只有一个例外),在瓦尔登湖待上整整半天的一项寻常活动,就是钓鱼。尽管他们始终有机会观赏湖景,但他们通常并不觉得自

---

① 阿尔冈昆人,北美西北部的印第安民族。
② 梭罗别出心裁地使用 philanthropic(仁慈的)一词,将后半部分 anthropic(意为"人类的")书写成着重字体,译者理解其用心,将该词译为"仁慈的天平……偏向**人类**"。
③ 原文 Good Shepherd,意为"好牧羊人",因为用大写,又特指耶稣基督。另外,由于 shepherd 又有"牧师"之意,所以作者使用此语旨在一语双关,既明言"做不成好牧羊人",又暗喻"当不了好牧师"。

己很走运，也不觉得自己没有白费功夫，除非钓到一大长串的鱼。他们或许要跑到湖上一千次，才能把垂钓的积淀沉到湖底，使自己的动机得到净化；但毫无疑问，这个净化过程会一直进行下去。州长和他的顾问班子记不大清楚这个湖了，因为他们去那儿钓鱼时还是孩子；但他们现在又太老、太顾惜面子，不能去钓鱼了，因而也就永远不再了解这个湖了。然而即使这些人，也期望最终能去天国。如果立法机关顾惜它的话，那主要是限制在湖里可以抛下多少钓钩；然而，他们不明白还有钓钩的钓钩，用它可以赢得瓦尔登湖本身，因而立法机构只被视为一种诱饵。所以，即便在文明社会，处于胚胎状态的人在成长过程中也要经历狩猎这个阶段。

近年来，我屡屡发现，我每钓一次鱼就要丢掉一点自尊。我反复尝试过。我钓技娴熟，而且跟许多同伴一样，具有一定的钓鱼本能，这种本能会时不时活跃起来，但是一旦钓完了鱼，总觉得还是不钓为好。我觉得我没有搞错。那是一种隐约的暗示，然而黎明的第一道曙光也是如此。毫无疑问，我的这种本能属于一种低等动物的天性；然而一年年过去，我却钓得越来越少，倒不是因为越来越人道，或越来越明智；现在我是压根儿不钓鱼了。不过我心里有数，倘若我生活在旷野里，我会情不自禁再次一本正经地捕鱼打猎。此外，这种食物和各种肉食本质上是不洁的，于是我开始看到家务从何而起，又缘何做出这般努力：花费这么多钱，每天穿戴得又整洁又体面，房内保持清爽宜人，没有难闻的气味，不会有碍观瞻。我既是自己的屠夫、杂工和厨师，又是享用菜肴的家主，因此我也就能从异常完满的经验角度来说话。其实，我之所以厌弃动物食品，乃是因为它们属于不洁之物；另外，我把鱼捉住、洗净、煮熟、吃掉之后，并不觉得它们为我提供了实质的滋养。简直是微不足道，多此一举，得不偿失。一点面包、几块土豆，也能同样解决问题，还减少了麻烦和污秽。我跟不少同时代人一样，多年来很少吃肉、喝茶或喝咖啡等等；这与其说是因为我察觉了它们有什么不良后果，不如说是因为它们跟我想象的不尽一致。厌恶兽肉并不是经验所致，而是出于本能。各方面过着艰苦朴素的生活似乎更加美好；虽然我从未践行过，但为了满足我的想象力，我还是做出了一定的努力。我相信，每一个热衷于把自己更高级的、或更富有诗意的官能保持在最佳状态的人，都倾向于不吃兽肉，不多吃任何一种食品。昆虫学家阐述了一个意味深长的事实，这是我从科尔比和斯彭斯①的著作中读到的："某些发育成熟的昆虫，尽管配备了摄食器官，却从不加以使用。"他们总结了"一条普遍的规律，几乎所有的昆虫到了成虫阶段，都比幼虫阶段吃的少得多。贪吃的毛虫化作了蝴蝶……暴食的蛆变成了苍蝇"，都满足于饮用一两滴蜂蜜或别的什么甜液。蝴蝶羽翼下的腹部，仍然显露出幼虫的特征。正是这点小小的佳肴，给它招来了天敌，遭际杀身之祸。喜好滥吃者就是一个处于幼虫状态的人；有些民族则整个处于这种状态，他们缺乏幻想，也没有想象力，他们的便便大腹把他们出卖了。

要提供并烹饪一顿不会触犯想象力的简单而又洁净的饮食，并非易事；不过我认为，我们在为身体提供食品时，也要为想象力提供食品；这二者应该坐在同一张饭桌前。不过，这也许是可以做到

---

① 科尔比（1759—1850），斯彭斯（1783—1860），两人均为英国昆虫学家，合著《昆虫学引论》（1818）一书。

的。适度地吃点果蔬，不必让我们为自己的胃口感到羞愧，也不必妨碍我们那些最有价值的追求。但若是往你的菜盘里额外加点辛辣佐料，那就会让你中毒。靠丰盛的饭菜生活是不足取的。原本每天由别人供奉饭食的人，若亲手准备这样一顿饭菜，不管是荤是素，而恰好被别人看见，大多都会感到羞耻。然而这种情况未改变之前，我们就算不上文明人，即便是有身份的绅士和淑女，也算不上真正的男人和女人。这自然表明应该做出怎样的改变。如若要问想象力为何不能与肉和脂肪相调和，那可能是徒劳的。我很高兴它们之间是无可调和的。说人是食肉动物，这难道不是一种指责吗？诚然，人在很大程度上可以通过捕食别的动物而生存，而且也确实是这样生存的；但这是一种可悲的生存方式——任何一个诱捕过野兔或屠宰过羊羔的人，都会明白这一点——而谁要是教育人类把自己的饮食局限在更为纯洁、更有益于健康的范围之内，他就会被视为他的种族的恩人。不管我本人实践中会怎么样，我都不怀疑这是人类命运的一部分：在不断完善中放弃捕食动物，正如野蛮部落那样，在与文明人接触之后，也就不再彼此相食。

人的天性会发出极其微弱却又持续不断的暗示，这些暗示当然是真实可靠的，人即便能够聆听这种暗示，也无从知道他会被引向何种极端，甚至疯狂的境地；然而随着他变得越来越坚定、越来越忠诚，那也就成了他的必经之路。一个健康的人感受到的极其微弱而又毫不含糊的异议，最终会战胜人类的雄辩和积习。人不被天性引上歧途，是决不会按天性行事的。尽管结果造成了体质的虚弱，但也许谁也不会说结果令人遗憾，因为这是一种符合更高法则的生活。如果白天黑夜值得你欢天喜地地去迎接，而生活又散发着鲜花和香草那样的芬芳，更加轻灵、更加灿烂、更加不朽——那就是你的成功。整个大自然都在向你祝贺，你也有理由时刻为自己祈福。最大的收益和价值，也最难受到人们的赏识。我们很容易怀疑它们是否存在，很快就会把它们忘却。它们是最高形式的现实。也许最令人震惊、最确凿不移的事实，从未在人与人之间交流过。我日常生活的真正收获，有点像黎明或傍晚的色调一样不可捉摸、难以名状。像是捕捉到的一点小小的星尘，像是我抓住的一段彩虹。

然而，就我而言，我从未异常娇气；假若真有必要，我有时可以津津有味地吃下一只油煎老鼠。我很高兴长期都在饮用清水，基于同样的原因，我宁可要自然的天空，而不要瘾君子的天国；我乐意始终保持清醒；沉醉的程度可是无穷无尽的。我相信，水是智者的唯一饮料；酒并不是什么高贵饮品；想一想一杯热咖啡可以把一个上午的希望击得粉碎，一杯茶可以把一个晚上的希望化为泡影！啊，我要是受其诱惑，那会堕落到多么低贱的地步！甚至音乐也可能会令人陶醉。就是这看似微不足道的原因毁灭了希腊和罗马，还要毁灭英国和美国。在所有醉人的事物中，谁不愿意被自己呼吸的空气所陶醉呢？我发现，我之所以不喜欢长时间持续地做粗活，一个最重要的理由是，做粗活反过来又迫使我粗暴饮食。不过说实话，我觉得我如今在这些方面也不那么挑剔了。我在饭桌上不那么虔诚了，并不求神赐福；倒不是因为我比以前聪明了，而是我不得不承认，不管多么令人遗憾，随着岁月的流逝，我变得粗俗冷漠了。也许只有年轻的时候才会考虑这类问题，就像大多数人认为只有年轻的时候才会喜欢诗歌一样。我是"了无"体验，却有此概念。然而，我绝不将自己视为《吠陀经》所指的那种特权者，经文里说："谁真正信仰无所不在的、至高无上的上帝，谁就可以食用一切存在之物。"也就是说，他不一定非要询问他的食物是什么，或由何人为他备办；即使在这种情况下，也应该注意到，正如一位印度评注家所言，吠檀多①把这个特权限制在"危难时期"。

有时，尽管没有口腹之快，谁不会从进食中感受到一种难以言传的满足呢？我曾兴奋不已地想道：寻常粗俗的味觉给我带来精神上的启示，味觉激发了我的灵感，我在山腰上吃到的一些浆果滋养了我的天赋。"心不在焉，"曾子曰，"视而不见，听而不闻，食而不知其味。"②能辨别食物真实滋味的人绝不会成为暴食之徒；而辨不出真实滋味的人则不可能不是暴食之徒。一个清教徒可以带着粗俗的胃口去吃他的黑面包片，正如一个市政委员吃他的甲鱼一样。不是入口的食物玷污了人，而是吃食的胃口把人玷污了。③玷污人的既非食物的质量，也不在其数量，而是食者对口腹之乐的嗜好；如果所食之物并非为了支撑我们的肉体，也不是为了激励我们的精神生活，而只是为了供养我们体内的寄生虫。如果猎人喜欢吃甲鱼、麝鼠及类似的野味，优雅的女士则爱吃牛蹄冻，或来自海外的沙丁鱼，那他们可就旗鼓相当了。一个往磨坊水池跑，一个去找肉冻罐。令人惊讶的是，他们，还有你我，怎么能过着这种龌龊的禽兽生活，整天只顾吃吃喝喝。

---

① 吠檀多，印度六派正统哲学体系之一，构成大多数现代印度教派别的基础。
② 语出《大学》第八章。
③ 典出《圣经·新约·马太福音》第十五章第十一节："入口的不能污秽人，出口的乃能污秽人。"

我们整个人生带有令人震惊的道德意味。善与恶之争从未有过片刻的停息。善是唯一不会亏本的投资。在竖琴那响彻全世界的乐曲中，正是这种对善的刻意吟咏令我们兴奋不已。竖琴是宇宙保险公司的旅行推销员，兜销公司的法则，而一点小小的善行，则是我们所应偿付的全部保金。尽管青年人最终变得麻木不仁，但是宇宙的法则却不会麻木，而是永远站在最敏感者一边。听一听每一缕西风中的责备之音吧，那里面一定有责备，谁要是听不到，那他就太不幸了。每拨动一根琴弦，或拉动一个音栓，那蕴涵其中的道德魔力准能把我们惊呆。许多恼人的嘈杂声传到远处，听起来就像音乐，这是对我们的卑贱生活的一种得意而绝妙的讽刺。

我们意识到我们人身上有一种兽性，我们高尚的天性越是处于睡眠状态，这种兽性就越是活跃。它是卑下的，耽于酒色的，也许很难彻底驱除；就像寄生虫一样，即使在我们健康活着的时候，也盘踞在我们体内。我们或许可能避开它们，但绝不可能改变它们的本性。我担心它们自身可能是健康的；担心我们纵使挺健康，但却并不纯洁。几天前，我捡到一块猪下颔，上面的獠牙和其他牙齿洁白完好，这表明其有一种兽性的健康与活力，与其精神状态截然不同。除了节欲和纯洁之外，这种动物靠什么办法都会强健有力。"人之所以异于禽兽者几希，"孟子曰，"庶民去之，君子存之。"[①] 如果我们达到了纯洁的境界，谁知道那会是一种什么样的生活？倘若我知道有一位智者能教我纯洁，我会立即前去寻访他。"心灵欲臻于神

---

① 语见《孟子·离娄下》第十九章。

圣，"据《吠陀经》所言，"克制情欲、克制身躯的外部官能、行善，三者不可或缺。"然而，心灵又能暂时遍及并控制身体的各个器官和功能，并把形式上最粗俗的淫荡化为纯洁和虔诚。我们恣意放荡的时候，生殖能力就会消散，使得我们不洁，而一旦节制欲望，就会精力充沛、精神饱满。贞洁是人类的花朵；而所谓的天赋、英勇、神圣等等，只是接踵而来的种种果实。纯洁的渠道一旦敞开，人就会立刻奔向上帝。我们时而被自己的纯洁所鼓舞，时而又因自己的不洁而垂头丧气。一个人如果确信自己身上的兽性在日渐消逝，而神性在日渐确立，那他就是有福之人。一个人如果与低劣的兽性串联在一起，也许只会感到羞耻。我担心，我们只是像农牧之神和森林之神①那样的神或半神半人、神兽参半的怪物、充满欲望的动物，在某种程度上，我们的生命本身就是一种耻辱。

"他的畜兽各得其所，心田的杂木
尽皆清除，他是何等的幸福！
……
他可役使他的马、羊、狼，
别人不再把他当愚氓！
否则人不仅只是一群猪猡，
而且还是一帮恶魔，

---

① 农牧之神，古罗马神话中的神，长有羊角和羊腿；森林之神，古希腊神话中的神，具人形而有羊的耳、尾、角等。两者均以好色著称。

使他们更加鲁莽凶恶,更坏。"[1]

纵欲纵使有多种表现形式,但实质上全都一样;贞洁也全都一样。人不论吃喝,同居,还是享受床笫之欢,都是一回事。它们基于同一种欲望,我们只需看到一个人做上述任何一件事,便可知道他在多大程度上是个纵欲之徒。不洁与纯洁既不能为伍,也不能相伴。爬行动物在一个洞口受到攻击,就会出现在另一个洞口。你若是要贞洁,就必须节制有度。什么是贞洁?人怎么知道自己是否贞洁?他是不会知道的。我们听说过这种美德,但却不清楚何谓贞洁。我们只是道听途说,随声附和。智慧和纯洁来自勤奋;无知和纵欲来自懒惰。在学生身上,纵欲是一种慵懒的心性习气。不洁之人全是懒散之徒,坐在火炉旁,让太阳一晒趴在了地上,也没劳累就歇上了。你若是想避免不洁和种种罪孽,就认真地干活,哪怕是清扫马厩。天性是难以制服的,但又必须制服。如果你不比异教徒纯洁,如果你不再克制自己,如果你不是更虔诚,那你身为基督徒又有什么用呢?我了解不少被视为异教的宗教体系,它们的戒律使读者感到羞耻,激发他们作出新的努力,尽管那只是履行仪式罢了。

我是踌躇再三说出这些事的,但这并非出于话题的原因——我并不在乎我的**措辞**多么淫秽——而是因为我一旦说起这些事,就势必要暴露出我的不洁。我们不知羞耻地大谈特谈一种形式的纵欲,而对另一种形式的纵欲却绝口不提。我们堕落到何种地步,连人类

---

[1] 引自英国诗人约翰·多恩(1572—1631)的《致爱德华·赫伯特爵士》一诗。

天性的必要功能都不敢直言。在人类早期,有些国家即以虔敬的态度谈论每一种功能,并作出了法律规定。在古印度的立法者看来,没有什么事是无关紧要的,不管它是多么违背现代人的口味。古印度的立法者教育人们如何吃喝、如何同居、如何大小便等等,使卑琐之事得以升华,并未虚伪地以琐细为由避而不谈。

每个人都是一座庙宇的建造者,那庙宇也就是他的身体,专为他崇拜的神所建造,完全依照他自己的风格,想改用大理石打造都不成。我们全是雕刻家和画师,所用的材料是我们的血肉和骨骼。任何高尚的品质一出现就能使人立刻容光焕发,任何一种卑贱和淫荡一出现就能使人顿时粗野不堪。

九月的一个傍晚,约翰·法默辛劳了一天之后,坐在家门口,脑子里还多少牵挂着所干的活。沐浴之后,他又坐下来重塑他知识人的形象。那天晚上天很凉,他的一些邻人担心要下霜。他沉入遐想没多久,就听见有人吹起了笛子,那笛声与他的心境正相吻合。他依然念着他的活计;然而使他难以释怀的是,尽管他一直在惦念他的活计,尽管他还在违背自己的意志进行计划和筹谋,然而那与他又没有什么关系。那不过是他的一点皮屑,随时可以除掉。但是那笛声来自跟他劳作迥然不同的地域,传进他的耳朵,唤醒了他身上某些沉睡的官能。那些曲调轻柔地吹走了街道、村庄和他生活的境况。一个声音对他说:既然你可能拥有瑰丽的人生,为什么要固守在这里,过着这般卑贱劳苦的生活?这里的星星可以照样在别处的田野上空闪烁。但是如何才能摆脱这种境况,真正迁移到那里?他所能想到的,只是践行一种新的苦修生活,让他的心灵降入体内,使之获得救赎,并且日渐敬重地对待自己。

⊙ **通识漫谈**

### 乔叟

乔叟（Geoffrey Chaucer），英国中世纪作家，被称为"英国诗歌之父"。

代表作《坎特伯雷故事集》由一群朝圣者在前往坎特伯雷路上相互讲述的故事构成，塑造了三十余个个性鲜明的人物，故事涵盖宗教、爱情、喜剧、讽刺等主题，反映了当时的社会百态，不仅揭露了僧侣阶层的腐朽，还体现了对妇女问题的严肃思考。乔叟也因此被认为是英国中世纪文学与文艺复兴文学之间承上启下的人物。

\* 我至今仍然认同乔叟那位修女（修士）的观点。

### 科尔比

昆虫学的研究始于16世纪，至19世纪早期开始有很大进展。这要归功于"现代昆虫学奠基人"科尔比（William Kirby），科尔比自1815年，与斯彭斯（William Spence）合作，陆续出版四卷《昆虫学引论》，该书是当时昆虫学集大成的著作，极大提升了昆虫学的研究视域。

此外，科尔比于1833年成立伦敦昆虫学会，也是林奈学会的创始会员。

\* 我从科尔比和斯彭斯的著作中读到："某些发育成熟的昆虫，尽管配备了摄食器官，却从不加以使用。"

**《梨俱吠陀》手稿　19世纪复制品**

　　《吠陀经》(*Veda*)，印度吠陀教的重要教典，不特指一本或几本书典。"吠陀"的意思是"知识""启示"，世间的学问都可称为"吠陀"，该教典是印度宗教、哲学与文学的基础，是迄今为止最古老的世界文化遗产。

　　《梨俱吠陀》是《吠陀经》中的重要作品之一，该书记载了印度种姓制度的形成内涵。这一制度将人分为四个等级——婆罗门、刹帝利、吠舍、首陀罗。种姓等级越高，享有的特权也越多。

*我绝不将自己视为《吠陀经》所指的那种特权者。

## 萨蒂尔

　　萨蒂尔（Satyr），古希腊神话中半人半兽的森林之神，代表了人类兽性和肉欲的一面。一说其原型是古希腊神话中的牧神潘（对应古罗马神话中的法乌努斯），他们都有山羊角、山羊足等形象特征。

　　在西方文化中，绵羊常被比作好人，是驯服、善良的象征；山羊则代表威严、权力，同时也是邪恶和纵欲的象征。古希腊神话中，最高神宙斯是羊的化身；半羊身的牧神潘生性好色，是中世纪欧洲恶魔的原型。

\* 我担心，我们只是像农牧之神和森林之神那样的神或半神半人、神兽参半的怪物、充满欲望的动物，在某种程度上，我们的生命本身就是一种耻辱。

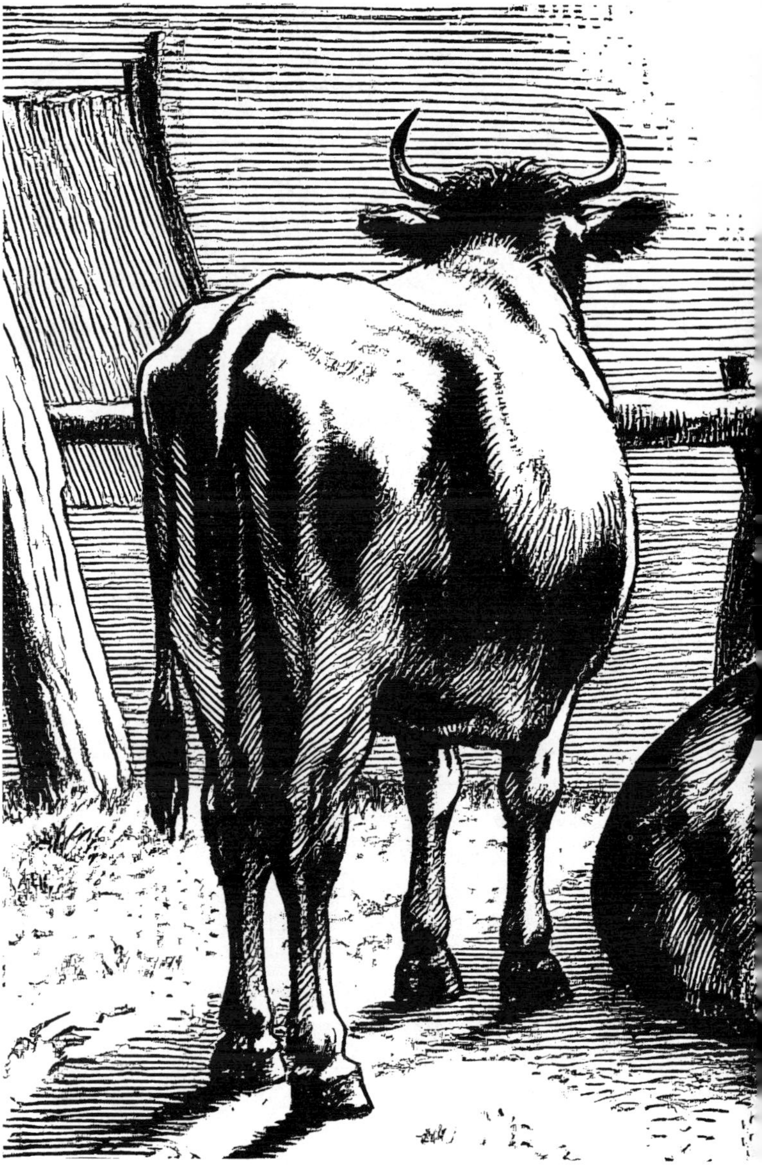

# 十二 动物邻居

在某种意义上,动物承载着我们的某些思想。

有时我和一位同伴①一起去钓鱼,他从镇子的另一头穿过村子来到我的小屋,而这捕鱼就像吃鱼一样,也是一项社交活动。

**隐士**。我不明白这个世界现在是怎么搞的。都过了三个小时,我居然没有听到香蕨木上有蝉鸣的声音。鸽子全都在窝里安歇——没有一个拍打翅膀的。刚从树林那边传来的,难道是农夫午间的号角?雇工们都回家去享用煮咸牛肉、苹果酒和面包。人为什么要这样自寻烦恼呢?不吃饭也就不必干活了。我不知道他们有多少收获。谁愿意住在一个让博斯犬的吠叫搅得无法思考的地方?哦,还有家务活呢!要把那该死的门把手擦得锃亮,还要在这样的好天气把浴盆冲洗干净!还不如没有家。比如说,住在空心树里;那还搞什么早上的拜访和晚上的宴会!只有啄木鸟笃笃的啄木声。啊,人蜂拥在一起;那里的太阳太热,我觉得他们生来也太沉湎于生活了。我从泉里打水,架子上有块黑面包。听!我听见树叶在飒飒作响。难道是村里哪条没有吃饱的猎犬出于本能在追猎?还是那头走失的猪,据说就在这树林里,而我在雨后还见过其足迹呢?它脚步急促地跑过;我的漆树和野蔷薇都在颤动。啊,诗人先生,是你吗?你觉得今天的世界怎么样?

**诗人**。瞧瞧那些云彩;灿然悬浮在天际!这是我今天所目睹的最壮丽的景象。古时的油画中没有这样的场面,域外的风情中也没有这样的场面——除非我们来到西班牙的沿海地带。那可是不折不扣的地中海天空。由于我需要谋生,而且今天还没有吃饭,因此我

---

① 指作者的朋友威廉·埃勒里·钱宁,即下文中的"诗人"。

想，我该去钓鱼了。这才是诗人的真正差事。这是我学会的唯一本事。来吧，一道去吧。

**隐士。**我无法抗拒。我的黑面包就快吃完了。我倒乐意马上奉陪，不过我正在认真思考一个问题，我想很快即将结束。因此，暂且先不要考虑我。但是为了我们两不耽误，你可以趁此机会去挖些钓饵。不过这一带的土地从不施肥，因而很难找到蚯蚓；蚯蚓差不多绝种了。只要肚子耐得住，挖掘钓饵几乎和钓鱼一样有意思；而且这活你可独自干上一整天。我劝你带着铁锹到那边的野豆地里去挖挖，就在金丝桃随风摆动的地方。我想，你要是能像锄草一样，在草根里仔细寻找，我管保你每翻起三块草皮，便能捉到一条蚯蚓。或者，你若是扩大搜寻范围，那也绝非不明智之举，因为我发现，好钓饵的多少，差不多跟距离的平方成正比。

**隐士独白。**让我想想；我刚才想到哪儿了？我想我差不多处于这种心态之中；周围的世界大致处于这个角度。我该去天堂，还是去垂钓？我若是尽快结束这种沉思，难道还会出现另一个同样美妙的机会吗？我几乎化解成万物的本质了，这可是我人生中前所未有的体验。我担心这样的思想不会再回到我的脑海中来。如果有所助益的话，我倒情愿吹口哨将它们召回。当思想表示愿意回归时，我们再说要考虑考虑，这是否明智？我的思想没有留下踪迹，我再也找不到途径。我在考虑什么呢？这是一个迷蒙混沌的日子。我还是来试试孔夫子的三句话吧；它们或许会让我回到先前的状态。我不知道这究竟是思想忧郁，还是萌发中的狂喜。切记，一种机会往往只会出现一次。

**诗人。**现在怎么了，隐士，是不是过得太快了？我只抓到十三条完整的，还有几条不完整或个头小的；不过用来钓小鱼还行；不会把钓钩全遮住。村里的蚯蚓可就太大了；一条小银鱼可以饱餐一顿，还碰不到那根串肉的鱼钩呢。

**隐士**。那好，我们动身吧。去康科德好吗？如果水位不太高的话，在那儿钓鱼可棒啦。

为什么恰好是我们目睹的这一切构成了一个世界？为什么人类恰好跟这些动物做邻居，好像只有老鼠才能把这个缝隙填充起来。我想，皮尔佩[①]等人把动物的作用发挥到了极致，因为在某种意义上，动物全都成了驮兽，承载着我们的某些思想。经常出没于我屋内的老鼠，并不是据说从外地引进的常见老鼠，而是村里没有见过的土生野鼠（*Mus leucopus*）。我给一位著名的博物学家送去了一只，激起了他的浓厚兴趣。我盖房子的时候，有这样一只老鼠在房子下面做了窝，我还没铺好第二层地板，没把刨花清扫掉，它就会定时地在午餐时刻跑出来，捡我脚边的面包屑吃。它以前或许从未见过人；不过很快就变得很随意了，从我的鞋上跑过去，爬上我的衣服。它还能突突地轻易爬上屋子的四壁，动作颇像松鼠。后来，有一天，我撑着胳膊肘靠在凳子上，它爬上我的衣服，顺着袖子，围着我用来包午餐的纸张转来转去，我便把纸包往近前拉，躲着它，跟它玩起了躲猫猫游戏；最后，我用拇指和食指一动不动地捏着一片奶酪，它便跑过来，蹲在我手上，一口一口地吃下去，然后像苍蝇那样抹

---

[①] 皮尔佩，印度古代著名的动物寓言作家。

## （美洲）知更鸟

（美洲）知更鸟（Robin），学名 *Turdus migratorius*，也称旅鸫，驯良不惧人。

这种知更鸟与"英国国鸟"知更鸟（红胸鸲）非同属生物。它们广泛分布于北美洲，是美国康涅狄格州、密歇根州和威斯康星州的州鸟。它们是北美最早开始繁殖的鸟类之一，在夏季回归后不久就开始产卵，巢穴由草叶、树枝和羽毛等组成，内部垫有细草，外部涂有泥巴。

抹脸和爪子，扬长而去。

过了不久，一只菲比霸鹟在我的小屋里筑了巢，还有一只知更鸟在屋边的松树上找到了庇护所。六月间，容易受惊的鹧鸪（*Tetrao umbellus*），带着她那窝幼雏经过我窗前，从屋后的树林走到屋前，像母鸡那样咯咯叫唤着幼雏，整个举止都证明它就是林中母鸡。你一走近，那母亲便发出信号，小鸟忽地散开了，仿佛被一阵旋风卷走了，而它们又活像枯叶和干树枝，许多游人一脚踩到了它们中间，只听老鸟呼的一声飞起，发出急促的惊叫和呼喊，或是看见它拖着翅膀吸引他们的注意力，而没有察觉雏鸟就在附近。那母鸟有时会在你面前打滚、旋转，折腾得羽翼不整，让你一时之间认不清它是什么鸟。小鸟则静静地平卧着，时常把脑袋藏在叶子底下，只留心听着母亲从远处发出的指示，你就是走近了，它们也不会再跑出来暴露自己。你哪怕踩着了它们，甚至目光在它们身上停留了一下，却都发现不了它们。有一次，我摊开手掌捧着它们，它们遵从母亲的指示和自己的本能，一心一意地蹲在那里，既不恐惧也不颤抖。这种本能达到登峰造极的地步，有一次我把它们重新放回到叶子上，其中有一只意外地侧倒了，过了十分钟，只见它仍然以那个姿势跟其他雏鸟待在一起。它们不像多数鸟类的幼雏那样稚嫩，而是比小

### 鹧鸪

鹧鸪（Partridge），也称披肩榛鸡，原学名 *Tetrao umbellus*，正式学名 *Bonasa umbellus*。

披肩榛鸡为林栖鸟类，平时多在松树枝杈间隐蔽，受惊时急跑后起飞或直接起飞，飞行时两翅鼓动很响，飞行迅速。

披肩榛鸡的羽毛与枯叶颜色相似，是很好的隐蔽色。但它们在冬天不会换羽伪装，如果没有雪穴，很容易被猛禽捕食。

鸡还要早熟，发育得更加完美。一双双睁大的宁静的眼睛，流露出老成而又天真的神情，令人难以忘怀。这样的眼睛似乎反映出一切的智慧。它们所展现出的，不仅仅是童稚的纯真，而且是被经验所净化的智慧。这样的眼睛不是鸟儿与生俱来的，而是与它所反映的天空一样悠久。树林里没有产生另外一颗这样的宝石。游人也并非常能瞧见如此清澈的眼睛。愚昧鲁莽的捕猎者往往会在这种时候射杀幼雏的父母，抛下这些无辜的幼雏沦为四处觅食的猛兽或猛禽的猎物，或者渐渐混同于跟它们好生相似的枯叶。据说它们若是由母鸡孵化出来，一受到什么惊吓，便会四散而去，并因此而走失，因为它们再也听不到母亲让它们回来的召唤。这些就是我的母鸡和小鸡。

令人惊讶的是，树林里有多少动物过着野生、自由而又隐秘的生活，却仍能在镇子附近得以生存，只有猎人才能察觉它们的踪迹。水獭在这里过着多么隐秘的生活啊！它可以长到四英尺长，像个小孩那么大，也许从没什么人见过它。我曾在我屋后的树林里见过浣熊，也许夜间还听见它们的哀鸣。中午，耕种之后，我通常会在阴凉地里休息一两个钟头，吃午饭，然后在泉水边看点书，那泉水是

## 水獭

水獭（Otter），学名 *Lutrinae*，水栖哺乳动物，水獭亚科动物的总称。梭罗能见到的应为北美水獭（*Lontra canadensis*），该种水獭分布于整个北美大陆的河岸与淡水水域。相比其他种类的水獭，北美水獭的脖子更长，脸更窄小，尾巴也更短。

水獭曾因皮毛昂贵，被大肆捕猎。此外，它们很容易受到环境污染的影响。十九世纪以来，它们已经在很多地区消失。

一片沼泽和一条溪流的源头，从距我那块地半英里的布里斯特山下冒出来。到泉边要穿过一条渐渐下降的山谷——谷里绿草丛生，长满北美油松的幼树——然后进入沼泽附近一片较大的树林。这是一个颇为僻静阴凉的去处，在一株枝叶舒展的白松下，还有一块干净硬实的草皮可以坐下。我把泉眼挖开，砌成了一眼井，井水是清澈的灰白色，我可以打满一桶水，而不至于把水搅浑，仲夏湖水最热时，我几乎每天都去那里打水。山鹬也会带着幼雏去那儿，在泥土中寻找蚯蚓，它在幼雏上方不过一英尺的泉边飞翔，而幼雏则在下面结队奔跑；可是山鹬后来发现了我，便离开了幼雏，围着我盘旋，越飞越近，离我只有四五英尺时，假装折断了翅膀和腿，来吸引我的注意力，让它的小家伙快点逃走，这时那些小家伙已经撒腿跑起来了，伴随着轻微的吱吱叫声，遵照妈妈的指示，排成一行穿过了沼泽。有时，我能听见小鸟的吱吱叫声，却看不见大鸟。斑鸠有时也停落在泉水上方，或者在我头顶上柔软的白松的枝条间飞来飞去；红松鼠会从最近的树枝上溜下来，显得无拘无束，异常好奇。你只需在林中某个诱人的地方静坐一段时间，林中的所有居民都会轮番

### 浣熊

浣熊（Raccoon），学名 *Procyon lotor*，原产于北美洲。它们眼周的黑色"面具"可以减少眩光，增强夜视能力。

浣熊擅长爬树和游泳。在如今的北美地区，浣熊已经适应了城市环境，经常翻垃圾桶觅食，有人称它们为垃圾熊猫（Trash panda）。有科学家认为，浣熊足以名列"十大最聪明动物"榜单。电影《银河护卫队3》的主角火箭就是一只聪明而敏捷的浣熊。

出来展示自己。

我还目睹过一些不那么平静的事件。有一天，我到我屋外的木柴堆，确切地说，是我堆树桩的地方，看见两只大蚂蚁，一只红的，另一只要大得多，几乎有半英寸长，是黑的，正在激烈搏斗。一旦交起手来，它们就决不相让，而是在木屑上持续不断地撕扯扭打，滚作一团。再往前一看，我不禁大吃一惊，只见木屑上遍布这样的格斗者，看来这不是一场 duellum[①]，而是一场 bellum[②]，两个蚁族之间的战争，红蚂蚁总是与黑蚂蚁搏斗，而且经常是二红对一黑。这些迈密登军团[③]遍布于我的木材场里所有山坡和谷地，地面上到处是已经丧命和即将丧命的蚂蚁，红的、黑的皆有。这是我所目睹过的唯一一场战斗，也是我在双方激战正酣时所涉足的唯一战场；一场自相残杀的战争；一方是红色的共和党，另一方是黑色的保皇党。双方在作殊死搏斗，我却听不到任何动静，人类的战士绝不会打得如

---

[①] 拉丁文，意为决斗。
[②] 拉丁文，意为战争。
[③] 迈密登，本指古希腊神话中跟随阿喀琉斯参加特洛伊战争的塞萨利人，传说是由蚂蚁变成的；因该词的希腊文拼写 myrmidon 与"蚂蚁"一词的拼写 myrmex 有些相近，作者便玩起了一语双关的文字游戏。

## 山鹬

山鹬（Woodcock），学名 *Scolopax*。原产于北美地区的山鹬也称小丘鹬（*Scolopax minor*），它们活跃在黄昏和黎明，主要以蚯蚓为食，也吃昆虫幼虫、蜗牛等，偶食植物根茎、浆果和种子。

小丘鹬行走方式奇特——先在同一位置反复地踩再前进，关于它们如此行走的原因，一说是它们在确认安全，一说是它们在使泥土中的蚯蚓等动物受惊跑出以便捕食。

此壮烈。一个阳光明媚的小山谷里，在木屑之间，我看见一对蚂蚁死死地扯住对方，眼下是正午时分，它们准备厮杀到太阳西沉，或生命完结。个头较小的红方斗士像老虎钳一样死死咬住对手的脸部，虽然一次次地翻来滚去，却片刻不停地要把对手的一根触须连根咬掉，而那另一根已早给咬断丢掉了；而比较强壮的黑蚂蚁则从不同方向发起了猛攻，我走近一看，发现红蚂蚁已经肢体不全。它们比斗牛犬拼得还凶。双方丝毫无意收兵。显然，它们的战斗口号是："不征服，毋宁死"。与此同时，从这个山谷的山腰上跑来一只红蚂蚁，显然非常兴奋，不是歼灭了敌人，就是尚未参加战斗；很可能是后一种情况，因为它没有丢肢断腿；它母亲命令它，要么带着盾牌凯旋，要么给放在盾牌上抬回来。[1] 或许它就像是阿喀琉斯，在一旁怒不可遏，来为普特洛克勒斯复仇，或来营救他。它从远处看出这不是一场势均力敌的战斗，因为黑蚂蚁的个头几乎是红蚂蚁的两倍——于是它迅疾地冲过去，在距离两个斗士不到半英寸的地方伺机以待；随即，瞅准时机向黑色勇士猛扑过去，朝它的右前腿的根

---

[1] 引自斯巴达人的古训。

**红松鼠**

红松鼠（Red squirrel），学名 *Sciurus vulgaris*，原产于欧亚大陆，后引进美国。北美洲北部地区有一种特有的北美红松鼠（*Tamiasciurus hudsonicus*），它们储存食物的方式比较奇特——储存松塔时，它们会选择一个比较潮湿的地方做固定粮仓，而不是分散储存；因为潮湿的环境可以防止松塔的鳞片张开而加速变质。此外，它们还经常取食蘑菇。

部发起了攻击，也不管对方选择它自己的哪个部位；于是三只蚂蚁拼命地搅作一团，仿佛发明了一种新的胶结剂，足以让所有的锁具和胶结剂相形见绌。这时我若见到双方都在显眼的木屑上布置了各自的乐队，一个劲儿地演奏国歌，激励行动迟缓的战士，并为行将死去的战士喝彩，那我绝不会感到奇怪。我自己都有几分激动，仿佛它们是人一样。心里越琢磨，越觉得人蚁之间并无什么差异。且不说美国历史，至少在康科德历史上记载的战斗中，不管在参战人数上，还是在展现的爱国精神和英雄气概上，都绝对没有哪一次能与这场战斗相比。就参战兵员和惨烈程度而言，这不啻是一场奥斯特里茨战役或德累斯顿战役[①]。康科德之战[②]！爱国者一方两人阵亡，

---

[①] 奥斯特里茨，今捷克的斯拉夫科夫，1805 年，拿破仑在此击溃了俄罗斯与奥地利联军；德累斯顿，德国城市，1813 年，拿破仑在此赢得了他最后一个战役的胜利。

[②] 1775 年 4 月 18 日夜晚，数百名英国殖民军从波士顿出发，去附近的康科德镇夺取一秘密武器点，美国民兵进行截击，大败英军，揭开了美国独立战争的序幕。

路德·布朗夏尔负伤①！可是在这里，个个蚂蚁都是巴特里克②。"开火！看在上帝的分上，开火！"③——成千上万的蚂蚁像戴维斯和霍斯默一样效命沙场。④这里没有一个雇佣兵。我毫不怀疑，它们就像我们的祖先一样，完全是为了道义而战，并非为了免缴三便士的茶叶税；对于参战者来说，这场战斗的结果至少像邦克山战役⑤一样重要，一样难以忘怀。

我捡起了那片我详细描述的三只蚂蚁在上面厮杀的木屑，把它带进了屋里，放在窗台上，罩在一只玻璃杯下面，以便观察其结局。我把显微镜对准了第一次提及的红蚂蚁，发现它尽管已把敌人剩余的那根触须咬断，眼下正死死地咬住敌人的前腿附近，然而它自己的胸部却被撕开了，把它的要害器官全暴露在黑勇士的嘴边，而黑勇士的胸甲显然太厚，它无法撕破；那位受难者的深红色的眼睛放射出只有战争才能激发出来的凶光。它们在玻璃杯里又搏斗了半个小时，我再往那儿一看，黑色战士已把敌手的脑袋咬下来了，那两个还活着的脑袋悬挂在它的两侧，像是搭在鞍桥上的可怕的战利品，显然还在死死地咬住对方不放，而它仍然在进行无力的挣扎，因为

---

① 在康科德战斗中，爱国者戴维斯和霍斯默被英军射死，年仅18岁的横笛手路德·布朗夏尔负伤后死去。
② 巴特里克，康科德战斗中的美军指挥官，指挥美国民兵击溃英军。
③ 康科德的战斗口号。
④ 戴维斯和霍斯默，康科德战斗中阵亡的两位美国民兵。
⑤ 邦克山战役，美国独立战争早期的一场战役，1775年6月17日英军进攻波士顿附近的邦克山，美国民众结成志愿者组织加以迎击，击退了进攻。

触须全被咬光，只剩下一条残腿，也不知道它还有多少创伤，要甩掉它们又谈何容易；然而，又过了半个小时，它终于挣脱了。我拿起玻璃杯，它一瘸一拐地爬过了窗台。它最终是否能存活下来，并在巴黎的老兵医院①里度过余生，我就不得而知了；不过我想，它以后再怎么努力也不会有多大作为了。我始终搞不清哪一方获胜，也搞不清战争的起因；但是在那天余下的时间里，我觉得我仿佛在家门口目睹了一场人类的搏斗、暴行和屠杀，情绪受到刺激和煎熬。

科尔比和斯彭斯告诉我们，蚂蚁之间的搏斗早就受人称颂，交战日期也有记载，不过他们又说，休伯②似乎是目睹过蚂蚁搏斗的唯一现代作家。"埃涅阿斯·西尔维乌斯③，"他们说，"对发生在梨树干上大小蚂蚁之间的一场殊死搏斗作了十分详细的描述之后，"随即补充说，"这场厮杀发生在教皇尤金四世在位期间④，当时著名律师尼古拉斯·皮斯托里安西斯也在场，他极其精确地记述了厮杀的全过程。"奥拉乌斯·马格纳斯⑤记载了另一场大小蚂蚁之间的争斗，这场争斗的胜者是小蚂蚁，据说它们掩埋了己方战士的遗体，却把敌方死者的硕大躯体留给鸟类去攫食。此事恰好发生在暴君克里斯蒂

---

① 指17世纪70年代，法国路易十四在巴黎为退伍士兵修建的医院。
② 皮埃尔·休伯（1777—1840），瑞士昆虫作家，著有《蚂蚁博物学》（1810）。
③ 埃涅阿斯·西尔维乌斯，意大利籍教皇庇护二世（1405—1464）的笔名，神学家兼历史学家。
④ 尤金四世于1431—1447年间任教皇。
⑤ 奥拉乌斯·马格纳斯（1490—1558），瑞士天主教牧师兼作家。

安二世[①]被逐出瑞典之前。我所目睹的这场厮杀发生在波尔克总统[②]任期之内,比韦伯斯特的逃亡奴隶法案[③]通过要早五年。

村里的许多博斯犬,本来只配去追逐食品窖里的泥龟,现在却要背着它的主人,跑到树林里显摆一下它那粗笨的后腿,还要徒劳地嗅嗅老狐狸穴和土拨鼠洞;也许是哪条能在林中灵活穿行的小杂种狗把它们引来的,或许还能引起林中动物的本能惊慌;现在,博斯犬远远落在向导的后面,就像一头长犬牙的公牛,冲着爬到树上观望的小松鼠吠叫,然后又慢腾腾地跑开了,笨重的身子压弯了灌木丛,还以为自己在追逐一只迷路的沙鼠。有一次,我惊讶地看见一只猫沿着多石的湖岸走着,要知道猫很少会游荡到离家这么远的地方。那猫见到我也感到惊讶。然而,最恋家的猫本来成天躺在地毯上,现在到了树林里似乎同样逍遥自在,而从它那鬼鬼祟祟的行为可以看出,它比林中的常住动物还要土生土长。一次,我在林中采野果,遇见一只猫带着一群凶恶的猫仔,它们全像它们的母亲一样弓起背,嘴里冲我发出恶狠狠的示威声。我还没住进林中的几年前,在林肯镇离瓦尔登湖最近的一家田庄里,也就是吉利安·贝克先生的田庄里,有一只所谓的"有翼飞猫"。一八四二年六月,我跑

---

[①] 克里斯蒂安二世(1481—1559),曾是丹麦、挪威和瑞典的残暴国王,其臣民于1532年暴动,将其终身监禁。
[②] 波尔克(1795—1849),美国第十一任总统(1845—1849在任)。
[③] 丹尼尔·韦伯斯特(Daniel Webster,1782—1852),美国政治家、外交家,曾任美国国务卿,在他的支持下,美国国会于1850年通过关于捉拿逃亡奴隶的"逃亡奴隶法案"(*Fugitive-Slave Bill*),后于1864年废除。

去想见识一下,不想她像惯常那样到林中猎食去了(我不知道这只猫是雌是雄,因此便采用了猫属常用的"她"字代词),但是她的主人告诉我,她是一年多以前的四月跑到这一带的,后来他们就收留了她;还说她的毛是深棕灰色,喉部有个白点,四脚都是白色,有一条像狐狸那样浓密的大尾巴;还说冬天毛长厚了,沿着两侧伸展出去,构成一条条十到十二英寸长、两英寸半宽的带子,下巴像个皮手笼,上边蓬松,下边结得像毡块一样,到了春天,这些附属物也就脱落了。他们给了我一对猫"翼",我如今还保存着。猫"翼"外面好像没有膜。有人认为她有飞鼠或别的野生动物的血统,这并非不可能,因为据博物学家说,貂和家猫交配产生了许多杂种。假如我养猫的话,这还正适合于我饲养;诗人的猫为什么不能像他的马一样长有双翼呢?①

秋天,潜鸟(*Colymbus glacialis*)照例飞到湖里换毛洗浴,我还没有起床,林中便响起了它那狂放的笑声。一听说潜鸟已经到来,磨坊水坝那儿的猎手们全都活跃起来,带上特许专卖的来复枪、圆锥形的弹丸和小型望远镜,有的坐车,有的徒步,三三两两地赶来。他们像秋叶一样簌簌作响穿过林中,至少十个猎人对一只潜鸟。有的驻扎在湖这边,有的驻扎在对岸,因为这可怜的鸟儿并非随处可见;它在此处潜入水中,必定会在别处冒出来。不过现在刮起了十月的和风,吹得树叶沙沙作响,水面泛起涟漪,因此,既听不到潜鸟的鸣叫,也看不见它的身影,尽管敌人的望远镜在湖上扫来扫去,

---

① 古希腊神话中的珀伽索斯,系生有双翼的飞马、诗人的坐骑,其足踏出的泉水,诗人饮之可以获得灵感。

**马利筋草**

马利筋草（Milkweed），学名 *Asclepias*，原产于北美洲东北部，喜温暖多湿的环境。马利筋草的汁液有毒，但黑脉金斑蝶幼虫却以此为食，它们吸收马利筋的毒素从而避免被鸟类捕食。

马利筋草种子的顶部生有茸毛，这种茸毛有利于果实成熟裂开后，种子飞散传播。此外，马利筋草具有药用价值，学名源自希腊神话中的药神阿斯克勒庇俄斯。

枪声在林中四处回荡。湖水与水禽为伍，掀起了惊涛骇浪，我们的猎手们只好半途而废，回到镇上或店铺，去做先前没有做完的事情。不过他们通常都会如愿以偿。我清晨提着水桶去打水的时候，时常见到这种威严的鸟儿从水湾里游出来，离我只有几杆远。如果我想划船追上它，以便看看它都有些什么招数，它定会潜入水中不见踪影，有时要直到当天很晚才能再见到它。但在水面上它却不是我的对手。它通常在雨中飞去。

十月一个风平浪静的下午，我正沿着北岸荡舟，因为在这样的天气，潜鸟就像马利筋草的绒毛一样，特别喜欢在湖面上停留；可是我找来找去却没找着，就在这当儿，一只潜鸟突然从岸边冒了出来，朝我前面几杆远的湖心游去，发出一阵疯狂的笑声，暴露了自己。我荡桨追了上去，它便潜入水中，可等它钻出水时，我离它更近了。它又潜入水中，而我错误地判断了它可能选择的方向，因此它这次再冒出水面时，我们相距已有五十杆之遥，是我的帮助拉大了我们之间的距离；于是它又拖长嗓门大笑起来，而且也更有理由笑。它神出鬼没的，好生狡猾，我无法跟它靠近到六杆以内。它每次钻出水面,总要左顾右盼,冷静地观察水面和陆地,显然是在确定自己的航线,以便在水域最宽阔而又离小船最远的地方浮出水面。令人惊讶的是,它能在转瞬间打定主意,并付诸实施。它立即把我引到湖面最开阔的地方,我再也无法驱使它离开那里了。它脑子里琢磨什么事的时候,我脑子里也在揣测它在想什么。这是在平静的湖面上进行的人与潜鸟之间的一场奇妙的博弈。突然间,你的对手的棋子消失在棋盘下面了,你所面临的问题是把你的棋子摆在它的棋子再次出现时最靠近它的地方。有时它会出乎意料地在我对面浮出水面,显然是从我船底下穿过去的。它一口气能游很长距离,而且不会疲倦,即使游到了极限距离,还可以立即一个猛子再扎下去;这时,再聪明的人也无法猜测,在这平静的湖面下的深水处,它会像鱼儿一样飞速游至何处,因为它既有时间,又有能耐游览湖底的最深处。据说有人在纽约湖水下面八十英尺处,用捕捉鲑鱼的鱼钩钩住过潜鸟——不过瓦尔登湖比那还要深。鱼儿们看到这么一个其貌不扬的天外来客在鱼群中间畅游,该会多么吃惊!然而,潜鸟似乎对水下的路线像对水面一样熟悉,而且在水下游得快得多。有一两次,我看见它游近水面时泛起的涟漪,它只探出头来侦察一下,又立马扎入水中。我发现,与其煞费苦心地揣摩它会在哪儿冒出水,不如停下桨来静等着它再出现;因为我一次次地瞪大眼睛盯着水面的某个方向,却一次次地被身后突如其来的怪异笑声吓了一跳。可是,它耍了那么多狡诈的鬼把戏之后,为什么总要在钻出水面的一瞬间用大笑来暴露自己呢?难道它那白色的胸脯还不足以把它暴露出来吗?我觉得它真是一只愚蠢的潜鸟。它钻出水面时,我总能听到它浮现时激起的溅水声,由此也就察觉了它的行踪。然而,过了一个小时之后，它似乎依然精力充沛，乐此不疲地潜入水中，比最初游得还远。它浮出水面时，全靠蹼脚在下面划水，胸前的羽毛纹丝不乱，显得好生安详，让人多么惊异。它通常的叫声就是那恶魔般的狂笑，多少有点像水鸟的鸣叫；不过，它在得意地愚弄了我，离我远远地浮出水面时，偶尔会发出一声拖得很长的怪叫，与其说是鸟鸣，不如说是狼嚎；犹如野兽把口鼻贴近地面恣意嚎叫。这可是潜鸟的叫声——也许是这里能听到的最野性的吼叫，响彻整个森林。我断定，它是在讥笑我白费力气，坚信自己足智多谋。尽管此时天空阴云密布，但湖面却平静如镜，我虽然听不见潜鸟的叫声，却能看见它在何处破水露面。它的白色胸脯，宁静的空气，光洁的水面，全都对它不利。最后，它在五十杆远的地方浮出水面，发出一声长长的吼叫，好像在祈求它的上帝保佑它，霎时间，刮起一阵东风，吹皱了湖面，整个空中雾雨蒙蒙，我感觉仿佛它的祈祷得到了回应，它的上帝迁怒于我；于是，我只好任它远远地消失在波涛汹涌的湖面上。

秋日里，我可以一连几个钟头望着野鸭机敏地掉头转向，占据着湖中央，远离游猎家；而在路易斯安娜的小河湾里则不大需要玩弄这些伎俩。要是迫不得已飞起来，它们有时会在瓦尔登湖上方很高的天空盘旋来盘旋去，就像一个个黑点似的；而它们居高临下，可以轻易地望见别的湖泊与河流；当我以为它们早已飞到那里的时候，它们却斜着飞下四分之一英里，落在远处一个没有干扰的地方；但是，它们在瓦尔登湖中心游动，除了安全之外还能得到什么，我就不得而知了，除非它们出于和我一样的理由，而喜爱它的湖水。

⊙ **通识漫谈**

**阿喀琉斯率迈密登军团作战　朱利奥·罗马诺 16 世纪插图**

迈密登（Myrmidons）是希腊塞萨利的一个战争部落，跟随阿喀琉斯作战，看似弱不禁风，却具有惊人的速度，是所有兵种中行动最快的，他们常成群出动，凶猛而坚强，对领袖极度忠诚。

在传说中，他们本是一群蚂蚁，被宙斯变成人类，但仍身材矮小。法语中，myrmidon 有"侏儒、矮子"的意思，应该就是从迈密登人的外貌特征引申而来。

\* 这些迈密登军团遍布于我的木材场里所有山坡和谷地，地面上到处是已经丧命和即将丧命的蚂蚁。

**四名黑人男子在玉米地遭到伏击　19 世纪插画**

1850 年 9 月，美国通过逃亡奴隶法案，规定政府应制定法律帮助奴隶主捉拿逃亡的奴隶，奴隶即使从蓄奴州逃到自由州也不能成为自由公民；允许南方奴隶主到北方自由州追捕逃亡的奴隶。

这一法案威胁到包含奴隶和自由人在内的所有黑人的安全，也使许多北方人更加坚决地支持逃亡者。

\* 我所目睹的这场厮杀比韦伯斯特的逃亡奴隶法案通过要早五年。

**飞马珀伽索斯**

珀伽索斯（Pegasus），希腊神话中的双翼飞马，美杜莎与海神波塞冬所生，同母兄弟是巨人克律萨俄耳。它身形舒展，俊美而优雅，是文艺女神缪斯的伙伴，后化身为飞马座。

据说，珀伽索斯在赫利孔山上踏过时，希波克里尼灵感泉涌现，诗人饮之可获灵感，缪斯在此泉梳洗，从而能始终保持身心平和优雅。

\* 诗人的猫为什么不能像他的马一样长有双翼呢？

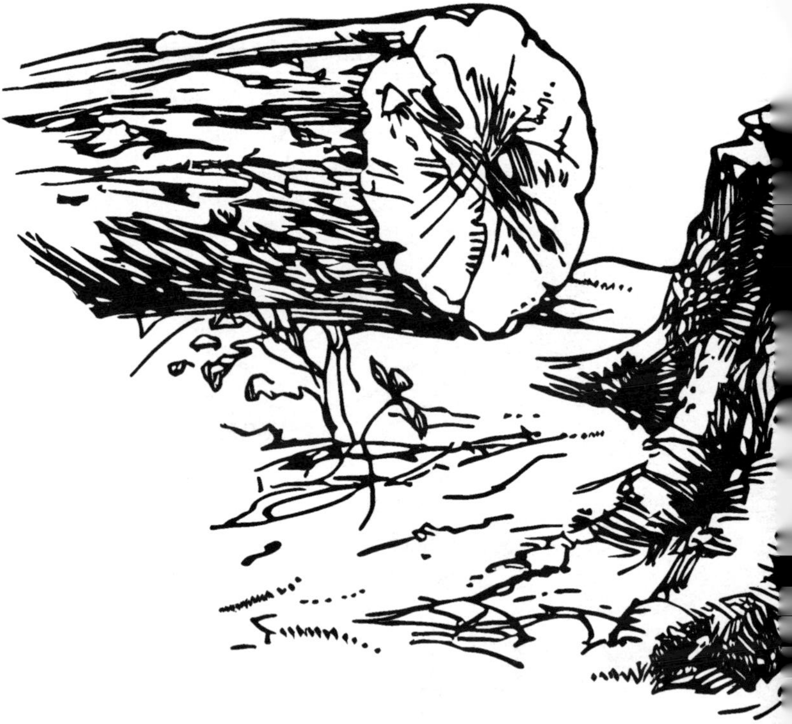

## 十三 屋内取暖

我有一把谁也不稀罕的旧斧头,冬天我会用来砍树桩。

十月，我到河边草地上采葡萄，采下的一串串果实不仅食之味美，而且晶莹剔透，芳香怡人，显得越发珍贵。我也欣赏那里的越橘，尽管并未采摘，它们像是上了蜡的小宝石，又如殷红的珍珠，垂挂在草叶上，农夫却用丑陋的钉耙来搜刮，把平整的草地搞得满目狼藉，漫不经心地只用蒲式耳和美元来衡量它们的价值，将从草地上掠获的赃物卖到波士顿和纽约；使之注定要做成**果酱**，以满足那里的大自然爱好者的口味。屠夫们还从大草原上大量猎获牛舌[①]，全然不顾遭了殃耷拉着脑袋的草木。小檗的璀璨果实同样只能供我饱饱眼福；不过，好在业主和游客没有看上眼，我还是采集了少量的野苹果，拿来煮着吃。等栗子成熟了，我会储存半蒲式耳用于过冬。在这个季节，到林肯镇无边无际的栗树林里漫游真令人兴奋——如今这些栗木已长眠在铁轨下面——我肩上挎着背包，手里抓着棍子好砸刺果，因为我并非总是等到霜冻才去，我来到沙沙作响的树叶中间，也不管红松鼠和樫鸟如何叽叽喳喳地责难，有时会偷走它们没有吃完的干果，它们采集的刺果中必定有一些完好的果仁。我偶尔爬上树去摇。我屋后也有栗子树，有一棵大树几乎把房子遮掩住了，到了花季，树上成了一个大花束，芳香四溢，不过松鼠和松鸦吃掉了大部分果实；松鸦在清晨成群飞来，赶在刺果尚未掉落之前，便把里面的栗子吃掉。我把这些树让给它们，自己则跑到更远处清一色的栗树林里。这些栗子，就其本身而言，可以作为面包的上好代用品。也许还会发现许多别的代用品。一天我挖鱼饵的时

---

[①] 据记载，19世纪中期，美国中西部掀起了一股牛皮、牛舌买卖热潮，为此每年要猎杀20万头野牛。

## 野豆

野豆（Groundnut），现学名 *Apios americana*，也称北美土圞儿。多年生藤本植物，原产于北美洲。

野豆耐寒且易栽种，春末到仲夏间会开红、紫等色花朵，块茎和种子可食，它的块茎富含淀粉与蛋白质，去皮后呈白色且坚硬，需烹熟食用。

野豆块茎曾是美洲原住民的主要食物来源，它还曾被出口到爱尔兰等欧洲国家，但它的产量有限，未能流行。

候，挖出了成串的野豆（*Apios tuberosa*），那是土著人的土豆，一种奇妙的果实，于是我开始怀疑，我是否真像我说的那样，在小时候曾经挖过、吃过这玩意，而不是在梦里梦见过。自那以后，我时常见到它那天鹅绒似的带皱褶的红花，由其他植物的枝茎支撑着，却不晓得原来就是它。人类的耕种几乎把它灭绝了。它略带一点甜味，很像霜冻后的土豆，我发觉烹煮比烧烤更好吃。这种块茎像是大自然的一个依稀许诺，只是为了将来某个时期抚育她自己的孩子，就在这里喂养他们。如今在这牛肥臕实、禾浪翻滚的时代，一度曾是印第安部落的**图腾**的这种不起眼的块茎，早已完全给遗忘了，或者只有它那开花的藤蔓还为人们所知晓；但是，若是让原始的大自然再次主宰这里，那些娇嫩金贵的英格兰谷物可能在无数的天敌面前消失，在无人关照的情况下，乌鸦甚至会把最后一粒玉米种子带回到西南方印第安天主的大玉米田里，据说那种子就是它从那边带过来的；但是这种现已几乎灭绝的野豆，尽管天寒地荒，也许仍能得以复活，茂盛生长，证明自己是土生土长的，并且重新获得了它作为游猎部落日常食品的悠久名望和尊严。印第安的某位刻瑞斯或密涅瓦①一定是它的创始者和赠予者;当诗歌开始在这里占统治地位的时候,它的叶子和成串的果实会在我们的艺术品里得到描绘。

九月一日,我就看到湖对面水边的一个岬角上,在三棵颤杨的白色枝干岔开处下方,有两三棵小槭树已经变红了。啊,这色彩讲述了多少故事!一个个星期过去了,每棵树的特性逐渐显露出来,都在光滑如镜的湖面上顾影自怜。每天早晨,画廊的经理总要用一幅色彩更绚丽或更协调的新画,取代墙上的旧画。

十月,数以千计的黄蜂飞进我的小屋,像是躲进过冬的巢穴,落在屋内的窗户上和头顶的墙头上,有时让来客都进不了屋。每天早晨,趁黄蜂冻僵之际,我会把有些黄蜂扫出去,不过我不会不遗余力地把它们都清除掉;它们能把我的小屋当作理想的栖身之地,我甚至感到荣幸。它们虽然与我同居一室,却从不过分地骚扰我。后来为了躲避冬天和酷寒,它们渐渐地消失了,不知道躲进什么缝隙里了。

像黄蜂一样,我最后在十一月搬进冬季住所之前,经常跑到瓦尔登湖的东北边,那里的阳光受到油松林和石岸的反射,倒成了瓦尔登湖的火炉;如果做得到的话,靠晒太阳取暖要比烤火取暖舒适得多,也健康得多。因此,夏天像猎手一样离去了,留下了仍在发光的余烬,我就用这余烬来暖和自己。

我着手要建烟囱的时候,先琢磨了一番砖瓦工技艺。我用的都是旧砖,需要用瓦刀刮干净,因此我对砖头瓦刀的特性比一般人了

---

① 密涅瓦,古罗马神话中的智慧、艺术、发明和武艺女神。

解得多些。那上面的泥浆已有五十年了，据说还会变得更加硬实；不过，这只是老生常谈的一个说法，不管说的是真是假。随着岁月的推移，这种说法变得更加坚实、更加牢固，你要让那些自以为是的老家伙清除这些念头，非得用瓦刀多敲刮敲刮才行。美索不达米亚①的许多村庄，都是用来自巴比伦废墟的质量极好的旧砖建成的，上面的水泥更有些年头，可能更加牢固。不管怎样，钢铁的特有坚韧给我留下了深刻的印象，猛敲猛砍了那么多次都不曾受到损坏。我用的砖头尽管没见到上面刻有尼布甲尼撒②的名字，却是从烟囱上拆下来的，因此为了省工省料，我尽量挑拣砌过壁炉的砖，并拿湖岸的石头把壁炉周围砖块之间的空隙填充起来，还用那里的白沙制成砂浆。我在壁炉上花费的工夫最多，将其视为屋子的要害部位。我干得真够用心的，尽管从早晨开始就从地面砌砖，到了晚上只砌起一道几英寸高的砖墙，正好拿它当枕头用；不过我记得倒没有因此落枕，我脖子僵硬是老毛病了。这期间我请一位诗人来家搭伙两个星期，好不容易才给他腾出地方来。我有两把刀子，他又带来了自己的刀子，我们经常把刀子插进地里，把它们擦亮。他跟我一起操劳做饭。我很高兴地看着我的壁炉在端端正正、牢牢靠靠地逐步升高，心想只要放慢速度，就可经久耐用。从某种意义上说，这烟囱是一个独立的建筑，它立于地上，穿过屋顶，升上天空；即使房

---

① 西南亚的一个地区，亦称"两河流域"，即底格里斯和幼发拉底两河流域平原，在叙利亚东部和伊拉克境内。
② 尼布甲尼撒（前642？—前562），古巴比伦国王，在位时兴建巴比伦塔和空中花园，所用砖头上都刻有他的名字。

子烧了，它可能依然矗立，由此可见其重要性和独立性。当时秋季快要结束。现在已是十一月。

北风吹拂着瓦尔登湖，湖水开始变凉了，不过要彻底吹凉还得持续不断地吹上好几个星期，因为湖水太深了。房里没抹灰泥之前，我就在晚上生起火来，由于墙壁的木板之间留有好多缝隙，烟囱的通烟效果特别好。尽管屋里很冷，四面透风，四周尽是些布满节疤的棕色粗木板，头上是高高的没有刨皮的橡木，我还是度过了几个愉快的夜晚。房子抹上灰泥就不那么悦目了，尽管我不得不承认，住起来反倒更舒适。难道人住的房屋不该都盖得高一些，从而在上方制造一种朦胧虚幻的景致，到了夜晚橡木四周出现闪闪烁烁的光影？比起湿壁画或别的昂贵家具来，这样的景致更易于激发幻觉和想象力。在我开始用房子既庇身又取暖的时候，我这才可以说真正住进了我的房子。我找来了两个旧薪架，把柴火架离炉床，这就既便于我查看烟囱背后积起的煤烟，也能让我比往常更恰当、更适意地拨弄炉火。我的房子是小，待在里面连个回声都感受不到；但是作为一个单间屋子，又远离邻人，它又显得很大。一幢房子所有的吸引人之处，全都集中在一间屋里；它是厨房、卧室、客厅和起居室；无论父母还是子女，主人还是仆人，住在一座房里所能得到的一切满足，我全都享受到了。加图说过，一家之主（patremfamilias）在他的乡间别墅里，得有"cellam oleariam, vinariam, dolia multa, uti lubeat caritatem expectare, et rei, et virtuti, et gloriae erit"，也就是说，"一个储油藏酒的地窖，储藏了许多桶，以备从容应对艰难时世；这可以维护他的利益、德行和荣誉。"我的地窖里放着一小桶土豆，大约两夸脱生有象鼻虫的豌豆,架子上有一点大米,一罐糖蜜,还有各为一配克的黑麦和玉米粉。

我有时也梦想有一间更大的、能住更多人的房屋,它屹立于一个黄金时代,用耐久的材料建成,没有华而不实的装饰,仍然只有一间屋子,一间宽敞、简朴、坚固、粗陋的大厅,没有天花板,也没有抹灰泥,光秃秃的橡木和檩条支撑着头顶一片低矮的天穹——用以遮蔽雨雪;当你跨过门槛,向远古朝代那被废黜的萨图恩致敬之后,桁架中柱和桁架双柱便矗立在那儿接受你的敬意;一个像洞穴般深邃的屋子,你必须把火炬架在杆子上高高举起,才能看见屋顶;在这里,有的人可能偎在壁炉边,有的人可能待在窗口,有的人靠在高背长椅上,有的人待在大厅的这一头,有的人则待在另一头,有的人若是乐意,则可能跟蜘蛛一起,高居于橡木上;就是这样一座房子,你一打开外门,就进到屋里,礼数就这么简单;疲惫的游客可以洗漱、吃喝、交谈、睡觉,不必再上路;碰到暴风雨之夜,你就乐于抵达这样的栖身之所,屋里的必需品应有尽有,而又无须料理家务;你一眼就能看见屋里的所有财宝,凡是人所要用的每样东西都挂在钉子上;屋子集厨房、配餐室、客厅、卧室、仓库和阁楼为一体;你可以看见像桶或梯子这样的必需品,像橱柜这样方便的设备,可以听见壶里的水在沸腾,可以向为你烧饭的炉火和为你烤面包的烤箱表示你的敬意,必要的家具和器皿就是主要的装饰;洗好的衣服不用晾到外面,炉火不会熄灭,女主人不必回避,等厨子要下地窖的时候,或许会时不时地要求你从地板的活板门那儿走开,以便不用跺脚也能知道脚下是空是实。一幢房屋内部像鸟巢一样无遮无掩、一目了然,你从前门进去再从后门出来,免不了会看见一些屋里的人；来这里做客，也就被赋予了家中的自由权，而不是被处心积虑地排除在它的八分之七之外，关在一间特定的斗室之中，还要叫你不必拘束——实则把你单独监禁起来。如今，房主人不会允许你来到**他**的壁炉边，而会让砖瓦匠在他过道的某个地方为你造个壁炉，热情好客就是与你**保持**最大距离的艺术。烧饭还要搞得鬼鬼祟祟的，好像要密谋毒死你。我知道我去过许多人的住处，而且可能被依法赶出来，因而我并不觉得进过许多人的家里。如果顺路的话，我会穿着破衣烂衫，前去拜访在我所描述过的那种房子里过着简朴生活的国王和王后；但是，假若我骤然发现自己闯入一座现代宫殿，那我一门心思就想怎么退出去。

看来我们的客厅语言好像要失去其全部的活力，而完全蜕化为客厅**胡言**，我们的生活远离了语言的象征意义，语言的隐喻和借喻必定相距遥远，仿佛要借助滑板和升降装置传送一样；换句话说，客厅距离厨房和作坊太远了。甚至连吃饭，通常也只有一顿饭的寓意。好像只有野蛮人离大自然和真理最近，可以从中借用点比喻。遥居在西北地区[①]或马恩岛[②]的学者，怎么能明白厨房里在议论什么呢？

然而，我的客人中只有一两个斗胆留下来跟我吃一顿玉米糊的；但是，一见危机迫近时，他们倒宁可仓皇离去，好像那玩意儿要把房子震塌似的。可是，煮了这么多玉米糊之后，那房子还依然屹立。

---

① 西北地区，指美国现在的俄亥俄州、印第安纳州、伊利诺伊州、密歇根州、威斯康星州、明尼苏达州一带。
② 马恩岛，英国的一个岛屿，位于爱尔兰海。

直到酷寒天气，我才给墙壁涂上灰泥。为此，我划着船从湖对岸运来一些比较洁白的沙子，船这种运输工具真够带劲的，若是有必要的话，即便让我划得再远，我也心甘情愿。与此同时，小屋的四壁从上到下都钉上了墙面板。在钉板子时，我能一锤子钉上一根钉子，感到十分快意，于是我越发来劲了，想把灰泥从灰泥板上干净利落地抹到墙上。我想起了一个自命不凡的家伙的故事，他有一阵就爱穿着漂亮衣服，在村里转悠来转悠去，对工人们指指点点。一天，他居然以行代言，卷起袖子，抓起灰泥板，安然铲了一刀泥，得意地瞧了瞧头顶的板条，猛地朝上糊上去；霎时间，使他狼狈不堪的是，他抹上去的灰泥全落在他那饰有褶边的胸口。我重又欣赏起涂灰泥的经济和方便，不仅能有效地将寒冷拒之屋外，还能把屋里装饰得美观一些，我也由此了解到泥水匠可能遭受的种种意外事故。我惊奇地发现，那些砖头是何等干渴，灰泥还没抹平，里面的水分就给吸干了，要建造一座新壁炉，需要用掉多少桶水啊。去年冬天，为了试验，我用我们河里的 Unio fluviatilis① 的壳烧了一点石灰；因此我也就知道从哪里可以搞到材料。当时我若是愿意的话，就可以在一两英里的范围内搞到优质的石灰石，自己动手烧成石灰。

就在这时候，瓦尔登湖最背阴、最浅的水湾里结了一层薄冰，比整个湖面封冻早了几天，甚至几周。最早结的冰特别有趣，特别完美，既坚硬，又阴暗，还透明，为考察浅水处的湖底提供了绝佳

---

① 拉丁文，意为蚌。

的机会；因为你可以像在水面上滑行的长足昆虫一样，伸展着身子趴在只有一英寸厚的冰上，悠闲地研究距冰面只有两三英寸的湖底，就像玻璃后面的一幅画，而那下面的水这时必定总是平静的。沙地上有许多沟槽，那是某种小生命来回爬行留下的痕迹；至于残骸，到处散布着白石英微粒形成的石蚕壳。这些沟槽可能就是石蚕留下的，因为沟槽里能见到石蚕的壳，不过这些沟槽又深又宽，石蚕未必能留下这样的痕迹。然而冰本身倒是最有趣的研究对象，只不过你得抓住最早的时机来研究。你要是在结冰后的第二天早上仔细观察，就会发现，起初像是夹在冰里的大部分气泡，其实就贴着冰的底面，而且还有更多的气泡不断从湖底冒上来；这时的冰层还比较坚硬黯淡，也就是说，可以透过冰层看到湖水。这些气泡的直径从八十分之一英寸到八分之一英寸不等，非常明澈瑰丽，你可以透过冰层看到你的面庞映照在一个个气泡里。每一平方英寸的地方，可能有三四十个气泡。在冰层里早就有一些狭长的垂直气泡，大约半英寸长，呈尖锥形，尖端向上；更为常见的是，如果是刚结的冰，就会有一些球形的小气泡一个个叠上去，宛如一串珠子。但是，冰层里的气泡没有冰层下的气泡来得那么多，那么醒目。有时我常会向冰面投掷石头，来试试冰的强度，砸碎冰的石头把空气带了进去，在水下形成偌大醒目的白色气泡。一天，我在四十八小时之后又来到同一地方，发现那些大气泡还依然完好无损，虽然冰层又加厚了一英寸，这我从一块冰块边缘的缝隙看得很清楚。不过，由于这两天天气很暖和，像是小阳春，眼下的冰就不那么清澈了，没有显现出湖水和湖底的暗绿色，而是混混沌沌的，有点发白或偏灰；虽然加厚了一倍，却并不比以前坚固，因为随着温度升高，气泡大大地

**石蚕**

石蚕（Caddisworm），石蛾（Caddis fly）的幼虫。它们生活在溪流、湖泊甚至海洋等地。石蚕会用丝来制作保护壳，并用砾石、沙子、树枝、植物碎片等为加固，它们的唾液有强力的黏性，可以将这些材料黏合在一起，被人称为"水下建筑师"。

石蚕在自己建筑的坚固小屋中为化蛹做充分的准备工作，以便有一天可以挣脱水中的牢笼，飞去更广阔的世界。

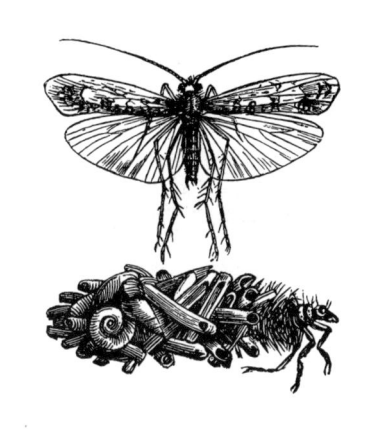

膨胀了，聚结到一起，失去了原有的秩序；不再是一个叠在另一个上面，而往往像是从袋子里倒出来的银币，一枚压着一枚，或者像是些小薄片，挤在细小的裂缝里。冰的艳美已不复存在，要探视湖底已为时过晚。我好奇地想知道我搞的那些大气泡在新结的冰层里占据什么位置，便挖出了一块含有中等大小气泡的冰块，把它翻转了过来。这是在气泡周围和下方结成的一块新冰，因此气泡便被夹在两块冰之间。这气泡完全夹在下面的冰块中，但又紧贴着上面的冰块，略显扁平，也许有点像透镜，圆圆的边缘，四分之一英寸厚，直径四英寸；我惊奇地发现，就在气泡的正下方，冰极有规律地融化了，形同一个倒置的茶碟，中间有八分之五英寸高，使湖水和气泡之间出现了一个不足八分之一英寸的隔层；在许多地方，这隔层里的小气泡纷纷向下冲去，可能在最大的气泡下面已经没有冰了，这些最大气泡的直径是一英尺。我猜想，我起初看见的附在冰块下方的无数小气泡，现在也照样冻结了，而且每个气泡都在不同程度上发挥了取火镜的作用，使下面的冰块融化。这些小气泡就是促成冰块噼啪破裂和砰砰作响的小气枪。

最后，冬天终于郑重其事地来了，这时我刚刷好了房子，风开始在屋子四周咆哮，好像在这之前一直没有获许嚎叫似的。一夜又一夜，甚至在雪漫大地之后，雁群也在黑暗中拍打着翅膀，笨拙地呼啸而至，有的落在瓦尔登湖上，有的低低地掠过树林，朝着费尔黑文，向墨西哥飞去。有几次，我夜晚十点、十一点回来，听见一群大雁，要么一群野鸭，脚踏屋后湖潭边树林里的枯叶，跑来觅食，还听见众禽匆匆飞去时，其头领发出的微微的呱呱声或嘎嘎声。一八四五年，瓦尔登湖于十二月二十二日夜晚首次完全冻结，而弗林特湖等较浅的湖和那条河早已冻结十来天了；一八四六年，瓦尔登湖于十二月十六日冻结；一八四九年，约在十二月三十一日；一八五〇年，约在十二月二十七日；一八五二年，是在一月五日；一八五三年，是在十二月三十一日。自十一月二十五日起，大雪早已覆盖了大地，我顿时置身于一派冬天的景色之中。我越发缩进了我的躯壳里，尽量在屋里和胸中保持一团明亮的火焰。我现在的户外差事就是去林中拾干柴，手抱或肩扛，有时则两边腋下各夹一棵枯松，带回小屋。有一截林区篱笆早已破旧不堪，要拖回去真够我受的。我把它献给了伍尔坎当柴火，因为已经无法给界标之神忒耳弥努斯作界标了[1]。一个人刚到雪地里去猎取，不，你会说是盗窃柴火来煮晚饭，这是多么有趣的一件事！他的面包和肉可真香[2]。在我

---

[1] 伍尔坎，古罗马神话中的司火之神；忒耳弥努斯，古罗马神话中的界标之神。

[2] 典出《圣经·旧约·箴言》第九章第十七节："偷得的水更甜，背地吃的饼更香。"

们大多数城镇的树林里,有着各种各样的柴火和废木料,可以多多地生火,但是现在却没给任何人带来温暖,有些人反倒觉得它们妨碍了小树的生长。湖里还有一些浮木。夏天的时候,我发现了一只还带树皮的北美油松做的木筏,是爱尔兰人在修铁路时扎起来的。我把木筏的部分木头拖上了岸。木头在水里浸泡了两年,出水后又放了六个月,依旧完好无损,尽管被水泡得再也晾不干了。冬季的一天,我自得其乐地把木头一根一根地运到湖对岸,将近半英里远。十五英尺长的木头,一头搭在我的肩上,另一头搁在冰上,由我拖着滑行;要不然我就用桦条把几根木头捆在一起,再用一根头上带钩的较长桦木或桤木把它们拖过来。一根根尽管浸透了水,几乎像铅一样沉,却很经烧,而且火很旺;其实,我觉得正是因为浸过水才烧得更旺,就像松脂一经水泡,点灯的时间格外长。

吉尔平[①]在描述英国森林边境居民时说,"非法侵入者所侵占的土地,以及在森林边界地区所建起的房屋和围篱",都会"被旧森林法视为严重的妨害行为,将以 purprestures[②] 的罪名予以严惩,因为此行有涉 ad terrorem ferarum-ad nocumentum forestae,也就是,惊吓猎物,破坏森林"。但是,比起狩猎者和伐木工来,我对保护野生动物和林中草木更为关注,好像我就是野生动植物监护官一样;如果任何一部分被烧掉,即便是我本人意外烧掉的,我也会感到悲戚,比森林业主悲戚的时间更长,更伤心欲绝;其实,就是业主亲自砍伐

---

① 威廉·吉尔平(1724—1804),英国作家和风景艺术家,下面引文见于他的《森林风景谈》(1791)。
② 拉丁文,意为侵占公产。

了,我也会为之悲伤。但愿我们的农夫砍倒一片森林时,能像古罗马人疏间树木,或让光线透进圣林(lucum conlucare)的时候,能有一种敬畏之感,也就是说,要相信那是某位神灵的圣物。罗马人先献上赎罪的祭品,然后祈祷说:不管您是哪位男神、女神,这片树林都是奉献给您的圣物,请降福于我、我的家庭和子孙。

即便在这样一个时代,在这样一个新的国度,人们依然赋予森林以极高的价值,比黄金还要恒久而普遍,真令人惊异。尽管人类有了众多的发现和发明,可是谁也不会轻易放弃一堆木头。木头对于我们,就像对于我们的撒克逊人和诺曼人祖先一样珍贵。他们用木材制造弓箭,我们则用木材制作枪托。米肖[①]在三十多年前说过:纽约和费城的木柴价格"几乎等于,有时还超过巴黎最好的木材价格,尽管这个大都市每年需要三十多万考得的木材,而且周围三百英里都是耕作的平原"。在康科德,木材的价格几乎在持续上涨,唯一的问题是,今年要比去年涨多少。机械师和商人亲自跑到树林里,没有别的什么事要办,一准是要参加木材拍卖,他们甚至情愿出高价,以便取得在伐木工走后捡拾木料的权利。迄今多少年来,人们总是向森林要燃料,要艺术品的材料:新英格兰人和新荷兰人、巴黎人和凯尔特人、农夫和罗宾汉、布莱克姥姥和哈里·吉尔[②];在世

---

[①] 安德鲁·米肖(1746—1802),法国植物学家,下面引文见于他的《北美森林志》。
[②] 出自英国诗人华兹华斯的《布莱克姥姥和哈里·吉尔——一个真实故事》,诗中的富人因为不肯把木柴送给贫穷的老妇人布莱克姥姥而受到诅咒。

界大多数地方，不论王子还是农夫，学者还是野蛮人，都同样需要来自树林的几根柴枝，用以取暖和煮饭。我也同样离不开它们。

每个人都会满怀爱恋之情看着他的柴垛。我喜欢把柴垛放在窗前，柴劈得越多越能让我想起这满心欢喜的劳作。我有一把谁也不稀罕的旧斧头，冬天我会在我屋子的向阳面，时不时地拿它来砍我从豆田里挖出来的树桩。犁田的时候，马夫预言说树桩会给我带来两次温暖——一次是劈柴的时候，另一次是烧柴的时候，因此，没有什么燃料能比它们发出更多的热量。至于那把斧头，有人建议我找村里的铁匠给"打理"一下；不过我还是自己打理了，用林子里的山核桃木给它装了个柄，搞得又可以用了。就算还有点钝，至少挂起来很像样。

几块多油脂的松木可是一大宝藏啊。一想起大地深处还隐藏着多少这样的燃料，就觉得颇为有趣。前些年，我常去"勘探"一些光秃秃的山坡，那里以前长着一片北美油松林，我把多油脂的油松根挖了出来。这些根几乎是坚不可摧的。树桩至少残留了三四十年，其芯材依然完好无损，尽管边材全都变成了腐殖质，这从厚厚的树皮的鳞苞可以看出，那些鳞苞在距离芯材四五英寸处形成一个与地面持平的圆圈。你用斧头和铲子便可探测这个矿藏，顺着这片黄得像牛脂的骨髓储藏所走下去，好像在地球深处发现了金矿脉。不过我通常用林中的枯叶来生火，这些枯叶没下雪之前就储存在柴棚里了。伐木工在林中宿营的时候，是用劈得很细的青核桃木引火的。我偶尔也用一点这样的引火物。村民们在地平线那边生起烟火时，我也用我烟囱里冒出的缕缕青烟，向瓦尔登山谷的各种野生居住者发出告示：我还醒着。

**北美油松**

北美油松（Pitch pine），学名 *Pinus Rigida*，原产于北美东部，可以在恶劣的条件下生存。北美油松为许多野生动物提供栖息地和食物——蓝背樫鸟、山雀等鸟类爱在其上筑巢，小型哺乳动物和鸟类也会食用油松种子充饥。北美油松油脂含量很高，有一定防腐性，是沥青和松节油的主要原料来源；此外，油松木可用作建筑材料，制造船舶、铁路枕木等。

> 长着轻盈翅膀的烟，伊卡洛斯之鸟，
> 你在冲天飞行中，将双翼熔化，
> 没有歌声的云雀，黎明的信使，
> 在小村庄上空盘旋，以为是你的巢，
> 要不然就是逝去的梦，以及午夜
> 朦胧的身影，在收拢你衣裙的下摆；
> 夜晚，你给星星蒙上面纱，白天，
> 你把光线遮暗，还遮蔽了太阳；
> 去吧，我的熏香，从这炉膛向上，
> 祈求诸神原谅这灿烂的火焰。

我刚砍下的坚硬的青木，虽然用得很少，却比什么都管用。我冬天午后去散步时，有时就让炉火烧得很旺；过了三四个小时返回来，火依然在熊熊燃烧。即使我出门了，我的小屋并没空着，我好像把一个快活的管家婆留在了家里。我是跟火生活在一起的，通常

## 鼹鼠

鼹鼠（Mole），学名 *Talpidae*，鼩形目鼹科的小型哺乳动物。
鼹鼠视力不好，但听觉和触觉敏锐，更是挖土高手，一生中大部分时间都在挖掘地下洞穴。鼹鼠多以蚯蚓和昆虫为食，也有杂食性种，吃其他无脊椎动物、小型哺乳动物或植物根茎。因为鼹鼠独特的习性与可爱的形象，催生了以鼹鼠为原型的艺术创作，如捷克卡通动画《鼹鼠的故事》。

我的女管家是靠得住的。可是有一天，我正在劈柴，心想还是往窗里瞧一瞧，看看屋里是否着火了；这是我记忆中唯一一次为这种事而特别担心；于是，我往窗里一望，只见一个火星落到我的床上，我赶紧跑进去把火扑灭，床上已给烧出了巴掌大一块地方。不过，由于我的房子处于向阳位置，又比较隐蔽，屋顶也很低，因而几乎在任何一个冬天的中午，我都可以把火熄灭。

鼹鼠在我的地窖里做窝，啃掉三分之一的土豆，还用我涂泥灰所剩下的毛发和牛皮纸做了一张舒适的床；因为即便最有野性的动物也像人一样喜欢舒适和温暖，它们正因为小心翼翼地要力保舒适和温暖，所以才度过了冬天。我有些朋友说起来，好像我到树林里是成心要冻死自己。动物仅仅在隐蔽之处搭个窝，用自己的体温把它焐热；但是人在发明了火之后，把空气关进一个宽敞的房间里，不靠他自身的热量而把那个房间烘暖，使之成为他的卧室，他可以在里面脱去累赘的衣服走来走去，把冬天当作夏天来过，甚至还能借助窗户透进光线，用灯火把白昼拉长。于是，他跨出了本能一两步，为精美的艺术腾出了少许时间。由于长期置身于狂风之中，我的整个身体开始变麻木，但是一回到我那温度宜人的屋子里，我又很快恢复了我的官能，延长了我的生命。不过，即使住在最奢侈的房子里，在这方面也没有什么可夸耀的，我们也不必劳神去猜测人类最后会怎样被毁灭。只需从北方刮来一阵稍微凛冽的狂风，便可轻而易举地割断他们的命脉。我们继续用"寒冷的星期五"和"大暴风雪"来计算日期；但是一个稍冷一点的星期五，或稍大一点的暴风雪，会为人类在地球上的生存画上句号。

第二年冬天，为了节俭，我用了一个小炉灶，因为树林并不归我所有；但这小炉灶并不像开放的壁炉烧得那么旺。于是，在多数情况下，烧饭不再富有诗意，而仅仅是个化学过程。在如今使用炉灶的日子里，人们很快就会忘记，我们以前往往采用印第安人的方式，放在炉灰里烤土豆。炉灶不仅占地方，还熏得屋里一股烟味，而且把火掩蔽起来，让我觉得好像失去了个伴侣似的。你总能在火里看见一张面孔。劳顿的人在晚上凝视着火焰，就能使白天头脑中淤积的杂质和俗念得到净化。但是我再也不能坐着凝视火焰了，一位诗人的贴切诗句带着新的力量，重新浮现在我的脑海之中：

"明亮的火焰啊，请永远不要对我收起

你那宝贵的、作为生命象征的、亲密的情意。

除了我的希望，还有什么会如此明亮地急遽上升？

除了我的命运，还有什么会在夜间落得如此低沉？

你既然受到众人的爱戴和欢迎，

为什么又被逐出我们的炉边和大厅?

莫非你的生存太沉湎于幻想,

不适于我们愚钝之辈的平凡之光?

难道你明亮的光焰不肯与我们灵犀相通的心灵

进行神秘的交谈?难道是大胆过人的秘密?

好啦,我们又平安又健壮,因为此刻

我们坐在壁炉边,这里没有阴影掠过,

既无欢乐又无悲伤,只有炉火在温暖

双脚和双手——也没有更多的企盼;

在这紧凑而实用的火堆旁

在场的人可以坐下来沉入梦乡,

不必惧怕鬼怪从朦胧的过去走上前,

在古老薪火不均衡的光线中与我们交谈。"[①]

---

[①] 引自超验主义者广为赞赏的美国女诗人埃伦·胡珀(1812—1848)所作《柴火》(1840)一诗。

## ⊙ 通识漫谈

*我用的砖头没见到上面刻有尼布甲尼撒的名字。

### 巴比伦空中花园
### 19 世纪复制版插画

传说，公元前 6 世纪，巴比伦王国的尼布甲尼撒二世（Nebuchadnezzar II）为宽慰王妃安美依迪丝（Amyitis）的思乡之情，主持建成了古代世界七大奇迹之一——巴比伦空中花园（悬苑）。

据说，该花园是有四层的梯形花园，平台由 25 米高的柱子支撑，每层平台上都种有各种花草树木，远看犹如悬在空中的绿色高山，由此得名空中花园。

### 伍尔坎

伍尔坎（Vulcan），罗马神话中的火与工匠之神，维纳斯的丈夫。

他天生就有控火之能，可以冶炼出各式各样威力无穷的武器，对应希腊神话中的赫菲斯托斯。

相传火山是他为众神打造武器的铁匠炉，英语中的火山（Volcano）一词来源于他。

*我把一截破旧不堪的林区篱笆献给伍尔坎当柴火。

### 忒耳弥努斯

忒耳弥努斯（Terminus），古罗马边界的保护神，以界碑形象示现，石身人像。

为纪念他的辛苦，罗马人在每年岁末准备盛大的祭祀仪式，他是罗马的重要年度节日 Terminalia 的焦点（2月23日举行，标志着旧罗马年的结束）。

其名及衍生词形 terminal 有终点、界限的意思。

\* 这截破旧不堪的篱笆已经无法给界标之神忒耳弥努斯作界标了。

### 胡珀夫人

埃伦·胡珀（Ellen Sturgis Hooper），美国田园诗人，与梭罗、爱默生等同为超验主义俱乐部成员，被广泛认为是新英格兰超验主义者中最有天赋的诗人之一。

她经常受超验主义代表人物，"美国文明之父"爱默生委托创作诗歌，并发表在杂志《日晷》上。36岁时，胡珀因患肺结核不幸离世。

\* 劳顿的人在晚上凝视着火焰，就能使白天头脑中淤积的杂质和俗念得到净化。但是我再也不能坐着凝视火焰了，胡珀夫人的贴切诗句带着新的力量，重新浮现在我的脑海之中。

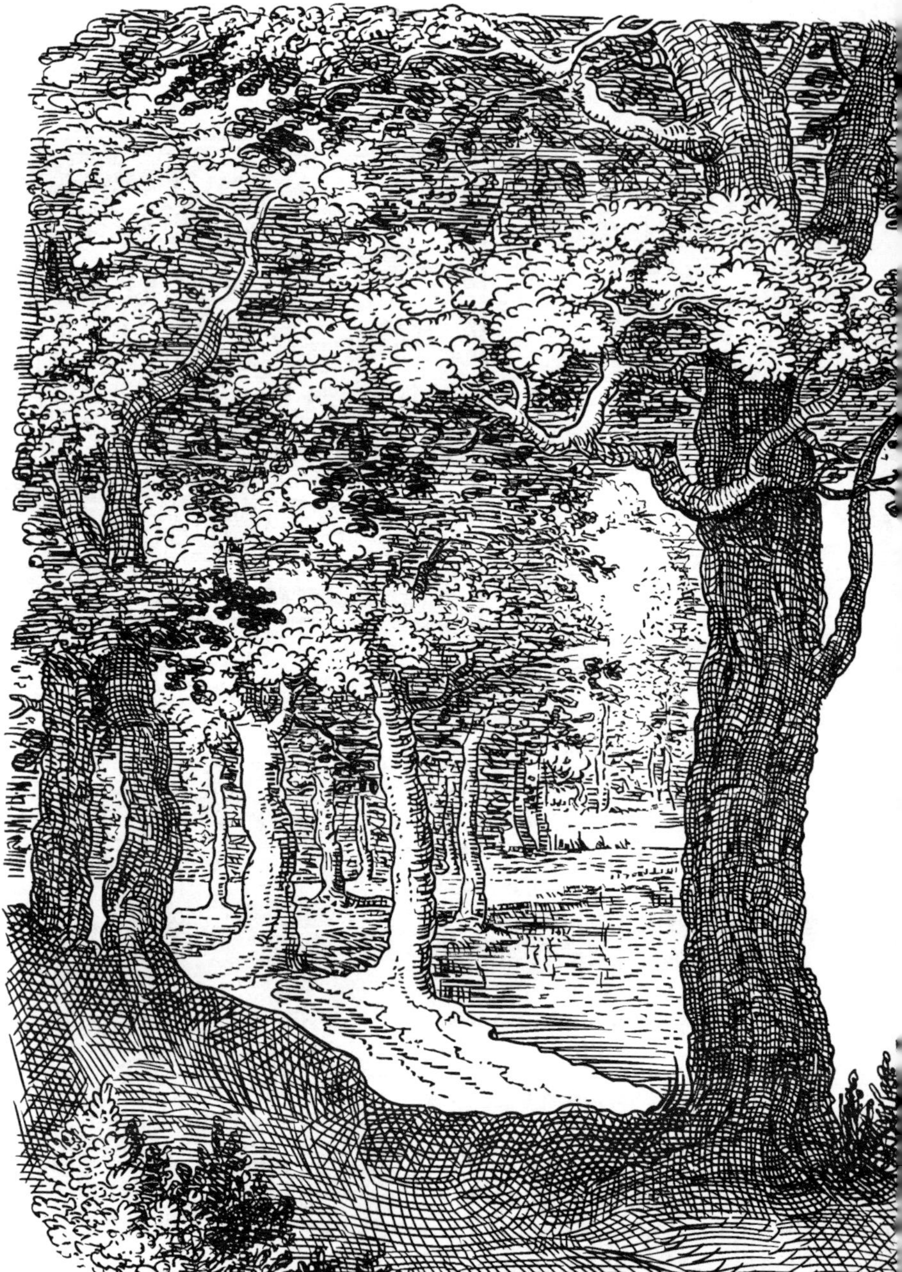

# 十四 昔日居民,冬天来客

我们让小屋时而荡起欢声笑语,时而回响着肃然交谈的喃喃细语。

我经历了几场欢快的暴风雪，在炉边度过了几个愉快的冬夜，屋外大雪狂飞乱舞，连猫头鹰的吼叫也沉寂下来。接连好几个星期，我在散步时就没碰到什么人，只见到几个偶尔来砍柴的，砍完之后用雪橇把木柴运到村里。不过，恶劣的天气却促使我在林中最深的雪地里劈出一条小径，因为我一走过，风就把橡树叶吹进我的足迹里，积储下来，吸收了阳光，把雪融化，于是，不仅为我的脚提供了干燥的路径，而且树叶连成的黑线成了我夜行的向导。至于人际交往，我只能想象这林中以前的居民。在许多镇民的记忆中，我房子附近的那条路上，曾回荡着林中居民的笑声和闲谈声，路边的林中零零落落地点缀着小花园和居所，尽管树林当时比现在茂密得多。在我的记忆中，轻便马车打某些地方走过时，松树会同时刮擦车厢两侧，因此，不得不只身徒步沿这条路前往林肯的女人和小孩，都有些提心吊胆，经常要奔跑一大段路。尽管这主要是一条通往邻村的荒僻小路，或者是伐木工的通道，但是过去由于多彩多姿，曾给行人带来更多乐趣，久久地萦绕在他们的脑海中。现在，从村头到林边是一片硬实空旷的田野，而当初，那条路却穿过一片槭树沼泽地，路基由原木垫成，毫无疑问，残留的原木仍然是今天这条尘土飞扬的公路的根基，这条公路从斯特拉顿农场，即现在的救济院，一直通到布里斯特山。

在路对面，我的豆田东边，住着加图·英格拉哈姆，他是康科德乡绅邓肯·英格拉哈姆先生的奴隶，乡绅给他的奴隶建了一座房

**光滑漆树**

光滑漆树（Smooth sumach），学名 *Rhus glabra*，又名光叶漆，产于北美东部。过去的美洲原住民会食用光滑漆树的叶片，光滑漆树的成熟红色浆果有酸味，可用于烹调，晒干的浆果还可做浸渍饮料。它的树皮、花、果实、根、枝和叶还可用于医药。

子，允许他住在瓦尔登树林——不是乌提卡的加图[①]，而是康科德的加图。有人说他是几内亚黑人。有几个人记得他在胡桃林中的那一小块地，他让胡桃一直长着，以备他老年之需；但是最后却落到一个比较年轻的白人投机家手里。不过，他眼下也住着一间同样狭小的蜗居。加图那行将灭迹的墓穴依然还在，不过周围都是松树，遮住了行人的视线，因此很少有人知晓。现在那里长满了光滑漆树（*Rhus glabra*），还有一种最早的物种黄花（*Solidago stricta*）也长得很茂盛。

就在我豆田的拐角处，离镇子更近一些的地方，坐落着黑人妇女齐尔发的小屋，她为镇上人织亚麻布，瓦尔登树林回荡着她尖利的歌声，她的嗓门又响亮又动听。后来，在一八一二年的战争中，一帮获假释的英国士兵囚犯趁她不在家，放火烧了她的小屋，她的猫、狗、母鸡全给烧死了。她活得很艰难，过着近乎非人的日子。一个常到这林中来的老人记得，一天中午他路过她的小屋时，听见

---

[①] 乌提卡的加图，指古罗马的政治家加图（前95—前46），死于北非的乌提卡。

她对咕咕作响的水壶喃喃自语："你们全是骨头，骨头！"我在那里的矮橡树林中看见过砖头。

从布里斯特山上顺路而下，右边住着布里斯特·弗里曼，他是"一个手巧的黑人"，曾经当过乡绅卡明斯的奴隶；那里仍然长着布里斯特培植过的苹果树；如今都成了粗壮的老树，不过那果实我吃起来仍然野味十足，苹果味儿很浓。不久以前，我在林肯旧墓地看到他的墓志铭，他的墓靠近边上，挨着从康科德撤退时阵亡的几个英国精锐部队士兵的无名公墓。他在碑文中被称为"西皮奥·布里斯特"——其实他倒有资格被称为西庇阿·阿弗里卡纳斯①——"一个有色人种"，好像他褪了色似的。墓碑还赫然告诉了我他去世的日期；这只不过是以间接的方式告诉我他曾活在人世。跟他长眠在一起的，是他热情好客的妻子芬达，她替人算命，却挺讨人喜欢。她长得高大、滚圆、黢黑，比任何黑夜的孩子都黑，这样一个大黑球在康科德可算是空前绝后了。

顺着林中的老路继续往山下走，左边有斯特拉顿家族的遗迹；他们家的果园曾经遍布整座布里斯特山，不过早已被北美油松灭绝了，只剩下几个树墩，那些老树根又衍生出许多枝繁叶茂的野树。

再向镇子走近些，刚好出了树林，在路的另一边，就是布里德的地盘；那地方因一恶魔作祟而出名，那恶魔在古代神话中没有明确命名，却在我们新英格兰的生活中扮演了一个显赫而又令人骇然的角色，从而像其他神话人物一样，有朝一日让人为他树碑立传。

---

① 西庇阿·阿弗里卡纳斯（前236？—前183），古罗马将军，曾率军入侵迦太基，战胜了汉尼拔，挽救了罗马。

他先乔装成朋友或雇工来到你家,然后动手抢劫并把全家人杀光灭绝——这就是新英格兰的朗姆酒。但历史不必把这里发生的一切悲剧都书写出来;让时间来多少冲淡悲剧,为之添加一种蔚蓝的色彩。据极其隐约、极为可疑的传言,这里曾有一家小客栈;那口水井还依然如旧,为路人冲淡含酒精的饮料,为他的坐骑注入活力。昔日人们在这里相互致意,交流新闻,然后又各奔东西。布里德的小屋仅在十二年前还在,不过早已无人居住了。小屋的大小跟我的房子差不多。如果我没搞错的话,那是在一个大选之夜,被一伙小淘气鬼放火烧了。我当时就住在村子边上,正在专心致志地读戴夫南特的《冈蒂伯特》[1],那年冬天我深受嗜睡病的折磨——顺便说一下,我始终搞不清楚是该将之视为家传的病症(因为我有位叔叔刮胡子时都会睡着,为了清醒地守安息日,他不得不在星期天去地窖里给土豆掐芽),还是将之归咎于我想一首不落地读完查默斯编选的《英国诗选》[2]。我的神经简直架不住了[3]。我刚埋头读起书来,就传来了火警的钟声,救火车急火火地朝那里开去,前面是一群男人和孩子在乱跑,我跑在最前面,因为我越过了小溪。我们这些以前救过火的人都认为,起火的地点远在森林的南端——谷仓,商店,或住宅,抑

---

① 《冈蒂伯特》(1651),英国剧作家威廉·戴夫南特(1606—1668)创作的史诗。
② 指亚历山大·查默斯于1810年发表的二十一卷本《从乔叟到考柏的英国诗人作品集》。
③ 原文为"我的内尔维完全被征服了"。"内尔维"(Nervii)是一个双关语,一方面指恺撒于前57年征服的一个凯尔特-日耳曼部落,另一方面指"神经、思维"。

或全都烧了。"是贝克的谷仓，"一个人嚷道。"是考德曼家，"另一个人断然说道。随即一片火花蹿到森林上空，好像屋顶塌下来了，我们全都喊叫："康科德人来救火呀！"马车火速驶了过去，车上坐满了人，其中说不定就有保险公司的代理人，不管距离火灾多远，他是必定要到场的；救火车的铃声不时从后面传来，变得沉稳了；后来人们私下议论说，最后赶到的就是放了火又报警的人。我们就这样继续向前走，像真正的理想主义者一样，全然无视耳闻目睹的事实，直至到了拐弯处听见了噼啪声，并且切实感受到了从墙那边涌来的热浪，这才意识到：哎呀！已经到了火灾现场。然而来到火跟前，反而使我们的热情冷却下来。起初，我们想把一池塘的水都泼上去；但后来还是决定让它烧吧，眼看大势已去，抢救也没有用。于是我们站在救火车四周，你推我搡，用喇叭筒来表达各自的情绪，或者低声谈及世人目睹过的大火，包括巴斯科姆商店的那场火灾；还有，我们私下说说，我们在想，要是我们能及时带去救火"泵"，旁边又有满池子的水，我们就能把那场扑救不及的漫天大火浇成一片汪洋大海。最后我们也没乱折腾就回去了——回去睡觉，看《冈蒂伯特》。不过，说到《冈蒂伯特》，我对序言中关于机智是灵魂的火药那话——说什么"但是大多数人不懂机智，就像印第安人不懂火药一样"，颇不以为然。

　　第二天晚上，大约同一时间，我恰巧又顺着那条路穿过田野，只听从那里传来低沉的呻吟声，我在黑暗中走上前去，发现了我所认识的这家人中唯一的幸存者，家族的美德和邪恶全让他继承下来了，只有他对这场火灾感兴趣，这时他趴在地上，从地窖墙头看着下面还在闷燃的余烬，一边又像惯常那样喃喃自语。他整天都在远处的河边草地上干活,一有空闲就来看望他祖辈和他自己年轻时的家。他始终趴在地上,从各个方面和各个角度凝视着地窖,好像他记得在石头之间藏着什么宝贝似的,其实那儿除了一堆破砖和灰烬,别的一无所有。房子烧掉了,他望着残垣断壁。我只不过出现在现场,却似有同情的意味,他为之感到欣慰,便尽量借助昏暗的光线,指给我看那口已被封堵的水井;谢天谢地,井是永远烧不掉的;他顺着墙摸索了很长时间,想找到他父亲砍来架好的提水吊桶竿,摸索着寻找那个铁钩或U形钉,水桶就系在那一端——这是现在他仅能抓住的了——要我相信那可不是普通的"提杆"。我摸了摸那玩意,几乎每天散步时还会注意到它,因为它承载着一个家族的历史。

还是在左边,在能看见水井和墙边丁香花的地方,如今的旷野里,曾经住着纳丁和李·格罗斯。不过还是回到林肯吧。

比这几家居于林中更深处,就在大路快通到瓦尔登湖边的地方,陶匠怀曼占下了一块地盘,他为镇上人供应陶器,还留下了子孙接替他制陶。他们都没有多少家当,人生在世只能勉强守住土地;治安官来收税常常是白跑,便走形式"抓点琐碎之物",因为我看过陶匠家的账目,治安官实在找不到什么值得拿走的东西。仲夏的一天,我正在锄地,一位拉着一车陶器到集上的人在我田边勒住马,向我问起了小怀曼的情况。他很久以前从他那里买过一个陶轮,想打听一下他近况如何。我曾在《圣经》里读到过陶土和陶轮,但我却从未想到,我们所用的罐子并不是从古时候完好无损地传下来的,也不是像葫芦那样长在什么地方的树上,听说附近就有人从事这种制陶艺术,真让我为之高兴。

在我之前,这片树林里的最后一位居民是个爱尔兰人,名叫休·夸伊尔（但愿我说他的名字时，舌头能尽量"卷"到位）[①]，他住的是怀曼的房子——人们称他夸伊尔上校。传说他在滑铁卢当兵打过仗。如果他还活着，我会让他再展示一番当年的勇武。他来这里是挖沟的。拿破仑去了圣赫勒拿岛；夸伊尔来到瓦尔登森林。我所了解的他的情况都很悲惨。他文质彬彬，像个见过世面的人，他谈吐优雅，简直让你收受不起。因为患有震颤性谵妄症，他在仲夏还要穿大衣，脸是胭脂红色的。我住到林中不久，他就死在布里斯特山脚的路上，因此我不记得有他这么个邻人。他的房子没拆除之前，他的同伴将之视为"不祥之宅"，都避而不去，我却去过一次。在他那垫高的板床上，堆着他那穿得皱皱巴巴的旧衣服，看起来就像他本人躺在那里。壁炉上摆着他的破烟斗，而不是泉边的破碗[②]。那泉绝不会成为他死亡的象征，因为他曾向我供认，虽然他对布里斯特泉有所耳闻，但从未目睹过。脏兮兮的扑克牌，方块老K、黑桃老K、红桃老K，撒了一地。行政官抓不走的一只黑鸡，像黑夜一样黑，也像黑夜一样静，连咯咯声都不发，就等列那狐[③]来抓，还要栖息在隔壁房间里。房后是一个轮廓模糊的花园，园里虽然种过东西，但是由于夸伊尔可怕的痉挛一阵阵发作，地却从来没锄过，尽管现已到了收获季节。苦艾和鬼针草在园子里滋生蔓延，后者尽往我衣

---

[①] 在原文中，Quoil（夸伊尔）这个姓是个拗口难发的卷舌音，作者用coil一词相调侃，一方面它与Quoil发音近似，另一方面它又有"卷（舌）"和"骚扰"之义，一语双关。

[②] 典出《圣经·旧约·传道书》第十二章第六节："金碗破裂了，那汲水的罐子也烂在泉边。"

[③] 中世纪寓言《列那狐的故事》中一狐狸名叫列那。

**鬼针草**

鬼针草（Beggar ticks），学名 *Bidens*，原产于美洲，世界各地均有分布。

鬼针草耐旱力强，适应性强，一般靠种子繁殖。鬼针草的刺果有硬毛和倒钩，可以附在人或其他动物身上，有人称之为粘人草。

鬼针草有药用价值，但在农业上属有害杂草——鬼针草会与农作物争抢养分，从而使农作物的产量与品质降低。

服上粘。房子的后墙上新近挂上了一张土拨鼠皮，这是他最后滑铁卢之战的战利品；但他已不再需要暖和的帽子和连指手套了。

现在只有地上的一个坑洼可以标明这里是那些住宅的遗址，下面埋着地窖的石头，草莓、覆盆子、糙莓、榛树丛、漆树在洒满阳光的草地上生长；原来烟囱所在的地方，现在长着北美油松或节节疤疤的橡树；而或许原是门槛石的地方，一棵芳香的黑桦在迎风飘展。有时可以看见井坑，那里曾有泉水冒出，现在只有干巴巴的枯草；也许是最后一位族人去世时，用一块石板把井口封住，再盖上草皮，深埋在底下，直到来日才有可能被发现。这该是多么可悲的举动——居然把井封起来！与此同时打开了泪水之井。这里曾经熙熙攘攘，生气勃勃，人们以某种形式、某种方言等，轮流谈论"命运、自由意志和绝对先知"①，而现在只剩下那些地窖坑，像被遗弃的狐狸洞，全是些破窟窿。但他们得出的结论，据我所知，无非是

---

① 引自弥尔顿的《失乐园》第二部。

"加图和布里斯特扯过羊毛"①,这差不多跟更为著名的哲学流派的历史一样富有教育意义。

在门、门楣和门槛消失了二三十年之后,那株丁香仍然充满生机,每年春天都开出芳香的花朵,任沉思的路人采摘;它们先前是由孩子的小手在前庭培植的——现在却长在废弃草地的断墙边,把地盘让给了新生的森林;这是那个品类的最后一根血脉,那个家族的唯一幸存者。皮肤黝黑的孩子们哪里想得到,只有两片芽眼的幼小枝条,让他们插在屋后的背阴处,每天浇浇水,居然会生根发芽,而且比那些孩子,比后面给它们庇荫的房子,以及大人们的花园和果园,活得都长,并在孩子们长大故去半个世纪后,还向一个孤独的游人朦胧地讲述他们的故事——依然像那第一个春天,开出美丽的花朵,散发着甜蜜的芳香。我还记得它那依然娇嫩、优雅、欢快的丁香色彩。

但是,这个小村庄本可萌生成一个大村镇,为什么在康科德依旧存在的情况下,它却化为乌有了呢?难道是没有自然优势——敢是没有水资源?啊,深幽的瓦尔登湖和清凉的布里斯特泉,本来可以长期提供健康饮水,然而这些人却没有善加利用,只是用来稀释杯中的酒。他们人人都是焦渴之徒。难道编篮子、做马厩扫把、织垫子、烘玉米、织亚麻布和制陶等生意,就不能在这儿兴隆起来,使荒野开出玫瑰般的花朵,让众多的后人继承祖先的土地吗?这贫瘠的土壤本来至少可以防止低地退化。唉!对这些人类居民的记忆

---

① 从羊皮上往下扯羊毛,其典故可能来自"将羊毛扯过某人的眼睛",意指欺骗某人。

## 丁香

丁香（Lilac），学名 *Syringa*，在春季及初夏开花。自1898年起，美国罗切斯特每年5月都会举办紫丁香节。

丁香的学名起源于希腊神话，传说森林和山野之神——潘神（Pan）爱上了一位名叫Syringa的仙女并紧紧跟随，仙女为躲避他化作了一株丁香灌木。因为丁香灌木枝干是中空的，潘剪下一小节树枝，创造出了世界上第一支笛子，从此山谷间时常回荡着潘神的笛声。

居然没有使景色变得更美！也许大自然会把我当作第一个定居者再做尝试，而我去年春天建造的房子，就会成为村里最古老的房子。

我不知道是否有人在我居住的地方建造过房子。一座城市建立在另一座更古老城市的遗址之上，用的是废墟里的材料，其花园曾是坟墓，快把我从这座城市中解救出来吧。土地白煞煞的，那就该遭诅咒了，而还没等到该遭诅咒，大地本身先给毁灭了。我怀着这样的联想，把人重新迁入树林里，哄着自己进入了梦乡。

在这个季节，我很少有来客。到积雪最深的时候，往往接连一两个星期，都没有一个人敢于走近我的小屋，不过我在那儿却过得像田鼠一样舒适，或者像牛和家禽那样，据说它们若是被埋在雪堆里，即使没有食物也能存活很久；或者就像本州萨顿镇那家早期移民一样，一七一七年的那场大雪把他的小屋全封住了，当时他不在家，一个印第安人凭借烟囱冒出的烟在积雪中融成的洞，才发现了他的小屋，从而救出了他一家人。然而却没有友善的印第安人来关

在门、门楣和门槛消失了二三十年之后,那株丁香仍然充满生机,每年春天都开出芳香的花朵,任沉思的路人采摘。

心我；他也没有必要关心我，因为房主人就在家里。好大的雪呀！听起来多么令人兴奋啊！农夫们没法赶着马车去树林里或沼泽地，不得不把屋前遮阴的树砍掉；等雪面结得更硬的时候，他们就把沼泽地的树砍掉，到来年春天一看，砍树的地方离地面竟有十英尺高。

在最深的积雪中，从公路到我家所走的那条小路大约有半英里长，呈现出一条蜿蜒的点线，点与点之间有很长的间隔。在一周平和的天气里，我来来去去迈着一模一样的步数，一模一样的步幅，小心翼翼地以两脚规的准确度踩着自己深深的脚印走——冬天就迫使我们如此规行矩步——然而脚印里经常映满天空的蔚蓝色。但不管什么天气都不能妨碍我散步，或说得确切点，阻止我出门，因为我经常迈着沉重的脚步，在厚厚的积雪中走上八英里或十英里，以恪守我与一棵山毛榉，或一棵黄桦，或松林中某位老相识的约会；这时，冰雪使它们枝杈低垂，树梢变尖，把松树变成了冷杉；我踏着近乎两英尺的积雪，艰难地向最高的山顶爬去，每迈一步都会劈头盖脸地再抖落一场雪暴；有时我双手和双膝并用，艰难地爬行着，而猎人却躲在家里过冬了。一天下午，我在饶有兴趣地观察一只花斑猫头鹰（*Strix nebulosa*），它在光天化日之下，栖息在一棵白松下面靠近树干的枯枝上，离我不到一杆的距离。它能听到我迈步踏雪的声音，但却看不清我的人。我发出很大声响的时候，它会伸长脖颈，竖起脖颈上的毛，瞪大眼睛；但它又很快合上眼帘，打起盹来。我观察了它半个小时，见它半睁着眼睛蹲在那儿，像猫一样，可谓猫的带翼的兄弟，我也染上了昏昏睡意。它眼帘之间只留下一条细缝，通过这条细缝，与我保持一种若即若离的关系；它就这样半闭着眼，从梦境里向外看，试图把我辨认清楚，究竟是个隐约的目标，

**花斑猫头鹰**

花斑猫头鹰（Barred owl），学名 *Strix nebulosa*，也称乌林鸮，是世界上体长最大的猫头鹰，头部、身体均有不同颜色的斑点。

花斑猫头鹰飞行迅速无声，常停留在高大乔木顶端观察猎物。它们的听觉非常敏锐，可以清晰地听到啮齿类动物的高频尖叫声。

在北美东北部，它们多生活在魁北克省和安大略省，但在冬季，它们有时会为了追寻更丰富的猎物，向南迁徙到纽约和新英格兰。

还是个妨碍它视线的尘埃。最后，由于声音更大了，或者我靠得更近了，它渐渐感到不安，在树枝上懒洋洋地转了个身，好像因为给搅了梦而感到不耐烦；当它忽地跃起，振翅掠过松树林时，两翼展开到令人惊讶的宽度，丝毫听不到鼓翼的声音。因此，它与其说是依靠视觉，不如说是借助对周围环境的敏锐感觉，穿梭在松枝中间，仿佛靠敏锐的翼尖摸索暮色中的路径，找到了一个新的栖息处，可以在那里静候黎明的来临。

  我走过贯穿草地的那条长长的铁路堤道时，曾多次遇到狂啸刺骨的寒风，因为只有在那里风才可以横行无阻；霜打在我一边脸上，尽管我是异教徒,我还是把另一边脸转过去让它打。[1]从布里斯特山下来的那条行车道也好不到哪里。我就像个友善的印第安人,还要到镇上去,这时风把旷野上的积雪全都吹到瓦尔登路的墙垣之间,半个小时就足以将最后一位行人的足迹清除得无影无踪。回来的时候,又会积上一层新雪,我走起来越发艰难,西北风刮个不停,在路的急转弯处堆起了粉状雪末,看不见野兔的足迹,甚至连白足鼠的细小脚印也看不到。然而,即便在深冬季节,我也能见到温暖而多泉的沼泽地,青草和臭菘仍然长出四季常青的绿叶,偶尔会有更耐寒的鸟儿在那里等候春天的回归。

有时,尽管下着雪,我晚间散步归来,会看到一位伐木工在门前留下的深深脚印,发现壁炉边有他削下的一堆碎木片,屋里充满了他的烟斗味。或者在某个星期天下午,我要是碰巧在家,就会听到一位精明的农夫的踏雪声,他从树林深处找到我家,想跟我"唠唠嗑";他是他那个行业中为数不多的"庄户人"之一;身穿一件工装,而不是教授的长袍,动不动喜欢搬弄教堂或官府的道德说教,就像从牲口棚里拉出一车粪一样随便。我们谈到了原始简朴的时代,在寒冷清新的天气里,人们围坐在熊熊燃烧的炉火前,各个头脑清醒;没有别的好吃的,我们就尝试用牙嗑聪明的松鼠早就丢弃的好多坚果,那些外壳最厚的坚果往往空空如也。

那位冒着严酷的暴风雪,踏着最深的积雪,从最远的地方来到

---

[1] 典出《圣经·新约·马太福音》第五章第三十九节:"有人打你的右脸,连左脸也转过来由他打。"

我住所的,是一位诗人。①农夫、猎手、士兵、记者,甚至哲人,都可能望而却步;但是什么也拦不住诗人,因为他被纯真的爱所驱使。谁能预测他的来来去去呢?他的使命在随时向他发出召唤,甚至在医生酣睡的时候。我们让小屋时而荡起欢声笑语,时而回响着肃然交谈的喃喃细语,算是对瓦尔登山谷沉寂已久做出的补偿。相形之下,百老汇也显得寂静荒凉了。在适当的间隙,总会爆发出一阵阵笑声,那可能是漫不经心地刚说过什么俏皮话,或即将冒出什么俏皮话。我们一边喝着稀粥,一边创造出许多"崭新的"人生哲理,这就将饮宴的实惠与哲学所要求的冷静头脑结合在一起了。

我不应该忘记,我在湖畔的最后一个冬天,还有一位受欢迎的客人,他曾穿过村庄,穿过雨雪和黑暗,直至透过树隙看见我的灯光,跟我一起度过了几个漫长的冬夜。他是最后一批哲人中的一位,康涅狄格州把他赐给了世人——他先是兜销商品,然后如他所言,又兜销他的智慧。如今他仍然在兜销他的智慧,颂扬上帝,贬低世人,结出的果实唯有他的头脑,就像坚果唯有果仁。我想他一定是世上活人中最有信仰的人。他的言语和态度总是认定,还存在一种比其他人所熟悉的更好的状态,而且随着时代的轮转,他是绝对不会悲观失望的。他目前尚未投入什么事业。不过,尽管他现在还不被世人所看重,等到他的有为之时,大多数人意想不到的法规就会发挥效力,那时一家之主和统治者都会来向他讨教。

---

① 指梭罗的好友威廉·埃勒里·钱宁。

"看不见宁静的人,何其盲目啊!"[1]

他是人类真正的朋友;几乎是人类进步的唯一朋友。一个修墓老人[2],确切地说是一个不朽的人,带着不倦的耐心和信念,把铭刻在人的躯体上的那个形象阐释清楚,那形象就是上帝,人的躯体只不过是一块块遭到损坏、行将倾颓的碑石。他满怀热情和智慧,拥抱孩子、乞丐、疯子和学者,接受所有人的思想,往往使这种思想变得更加宽宏,更加高雅。我想他应该在世界的干线上开一家大旅馆,让所有国家的哲人都可以在那里寄宿,招牌上就写着:"接待人,不接待人的兽性。凡有闲情逸致、心平气和、真诚走正路者,恭请入内。"也许他是头脑最清醒的人,在我认识的人中,数他的怪念奇想最少;昨天如此,明天也将如此。昔日,我们漫步交谈,把世界全然置诸脑后;因为他没有受制于世间的任何制度习俗,生来自由,是 ingenuus[3]。不论我们转向哪一条路,似乎天空与大地都连为一体,因为他为景观增添了美色。一个穿蓝袍的人,最适合他的屋顶就是映照着他的宁静的苍穹。我看不出他怎么还会死亡;大自然不会舍弃他。

我们把各自思想的木瓦都风干了,便坐下来试着用刀来切削,

---

[1] 摘自英国诗人托马斯·斯特勒(1571?—1604)的长诗《红衣主教托马斯·沃尔西的生与死》中的一句诗。
[2] 英国小说家司各特的同名小说《修墓老人》中的主人公,他在苏格兰四处流浪,修缮、清扫、保护福音派教徒的墓碑。
[3] 拉丁文,意为自由民。

一边欣赏南瓜松[1]清晰泛黄的纹理。我们如此缓慢而虔诚地涉水而行,或者安然地同心协力,以便思想的鱼儿不会从溪中吓跑,也不惧怕岸上的任何垂钓者,而是欢快地游来游去,就像飘过西天的云彩,又像泛着珍珠母光泽的絮团时聚时散。我们在那儿忙活,修订神话,完善寓言,建造大地没有提供可靠基础的空中城堡。了不起的观察家!了不起的预言家!与他交谈是新英格兰的天方夜谭。啊!我们谈得多么投契,隐士和哲人,还有我提到的老移民——我们三人——谈得我的小屋膨胀变形;我不敢说,除了大气压之外,小屋的每一方寸承受了多少磅的压力;那里已经裂开了缝,必须塞上好多废料,以免渗漏;不过,我已捡来了足够的填絮。

还有一个人[2],我曾和他在他村里的家中一起度过了久久不能忘怀的"美好时光",他还不时地来看我;不过,我在那里也没有别人可以来往了。

像在别处一样,我有时也期盼那位永远不会光顾的客人。《毗湿奴往世书》说:"傍晚时分,户主应该待在院子里,待到给一头牛挤完奶的工夫,或者他若愿意,就多待些时间,等到客人到来。"我经常履行这种好客的职责,等待的时间足以给整群奶牛挤完奶,但是从未瞧见那人从镇上走来。

---

[1] 美国的南瓜多为金黄色,所以南瓜松又称黄松。
[2] 指梭罗的好友爱默生(1803—1882)。

## ⊙ 通识漫谈

**西庇阿·阿弗里卡纳斯的凯旋游行　19 世纪插画**

西庇阿·阿弗里卡纳斯（Scipio Africanus），古罗马统帅、政治家，也称大西庇阿。

由于大西庇阿在前 202 年的扎马战役中，打败迦太基统帅汉尼拔，这次胜利使罗马人以绝对有利的条件结束了第二次布匿战争（地中海两大豪强——罗马与迦太基为争夺沿岸霸权展开的争夺战），他获得了"征服非洲者"（Africanus）的称号。

\* 弗里曼在碑文中被称为"西皮奥·布里斯特"——其实他倒有资格被称为西庇阿·阿弗里卡纳斯——"一个有色人种"，好像他褪了色似的。

**滑铁卢战役　19 世纪插画**

　　1815 年 6 月的滑铁卢战役,是拿破仑战争的最后一次战役,也是军事史上最著名的战役之一。这场战役以反法联军获得了决定性胜利告终,拿破仑所领导的法兰西第一帝国就此覆灭,拿破仑则被放逐至圣赫勒拿岛,自此退出历史舞台。

　　滑铁卢因此成为闻名于世界的失败代名词。

\* 在我之前,这片树林里的最后一位居民是夸伊尔上校,传说他在滑铁卢打过仗。拿破仑去了圣赫勒拿岛,夸伊尔来到瓦尔登森林。

**诗人钱宁**

威廉·埃勒里·钱宁（William Ellery Channing），废奴主义者，诗人。因表达清晰、热情洋溢的演讲和布道而闻名，是当时自由派神学的杰出思想家。

钱宁的诗歌常以赞美自然、探索灵性和自力更生为主题。著名文学评论家劳伦斯·布尔曾说，倘若钱宁"生在斯宾塞或德莱顿时代，他一定能成为'诗人中的诗人'"。

钱宁家世显赫，父亲从医，母亲来自富商珀金斯家族，他的祖父是《美国独立宣言》签署者之一威廉·埃勒里（William Ellery，1727—1820）。

\* 那位冒着严酷的暴风雪，踏着最深的积雪，从最远的地方来到我住所的，是一位诗人。

**往世书**

往世书（Purana）是一类古印度文献的总称，多以梵语写成，内容包括宇宙论、神谱、帝王世系和宗教活动，通常为问答式诗歌体。

《毗湿奴往世书》（The Vishnu Purana）是印度教毗湿奴派的重要典籍，后吠陀时代神圣文学的一个分支。全书大部分为梵文的诗体作品，中间夹杂片段散文，书中不乏哲思性的句子："知识有两种，一种来自经典，一种来自反思。""财富、快乐、美德，尽在弹指之间。"

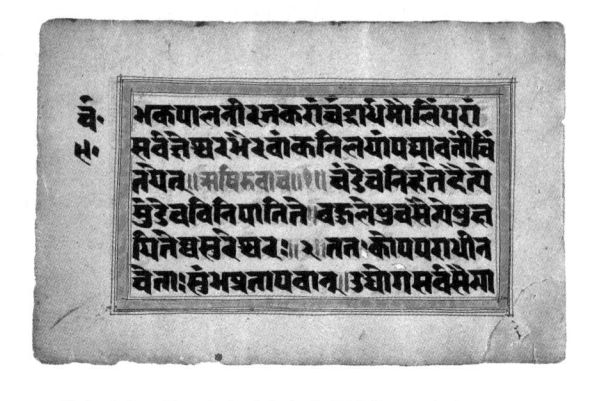

\* 像在别处一样，我有时也期盼那位永远不会光顾的客人。《毗湿奴往世书》说："傍晚时分，户主应该待在院子里，待到给一头牛挤完奶的工夫，或者他若愿意，就多待些时间，等到客人到来。"

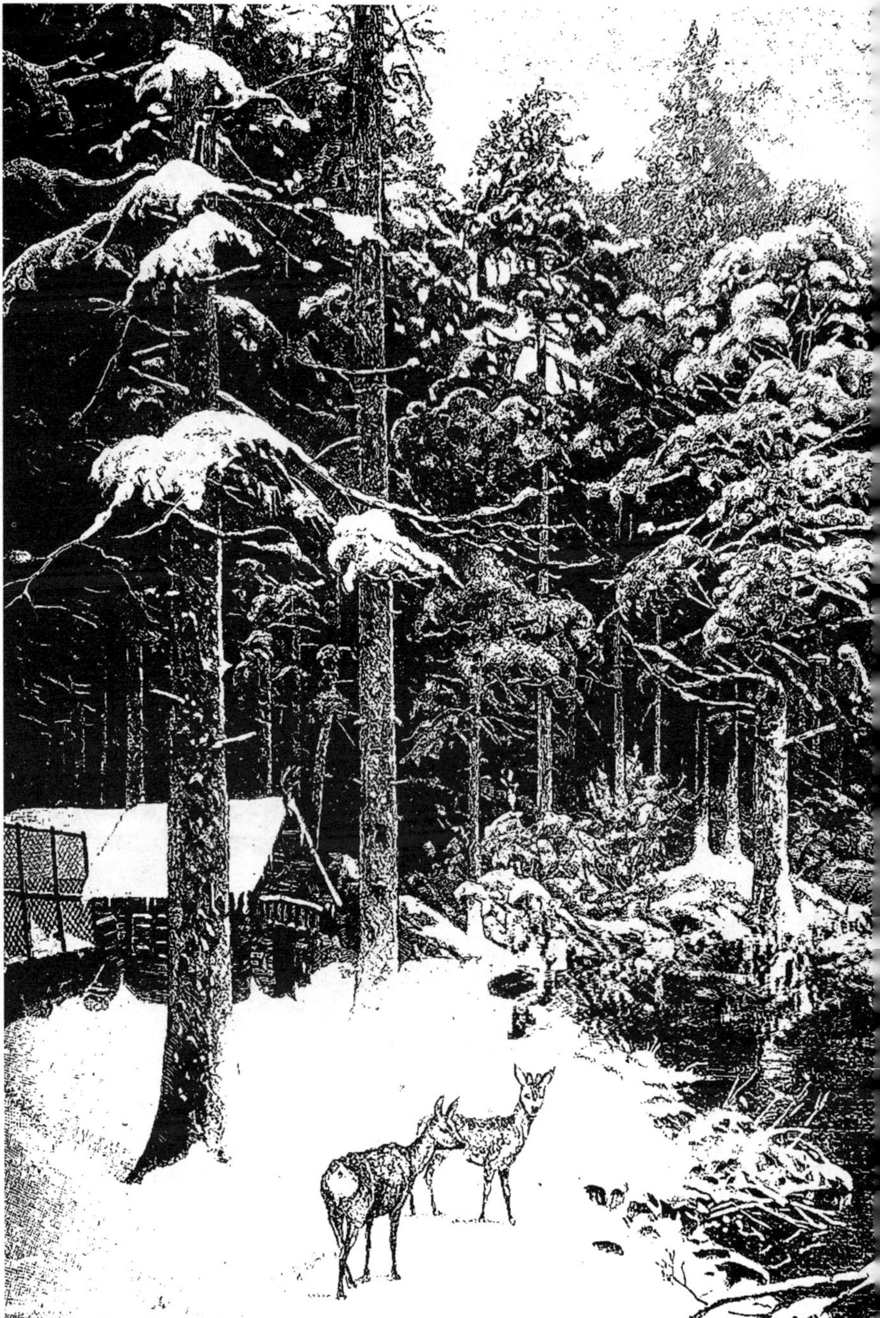

## 十五 冬天的动物

野生的自由动物,显示了自己的活力和大自然的尊严。

湖面给冻坚实了以后，不仅为去许多地方提供了新的捷径，而且从湖面上看去，为周围原本熟悉的风景带来了新的景观。我以前常在弗林特湖上泛舟溜冰，但在湖被雪覆盖之后，我再从湖面穿过时，发现这湖出乎意料地宽阔、陌生，不由得想起了巴芬湾①。我周围是矗立在茫茫雪原尽头的林肯山，我不记得以前来过这里；在冰上说不准有多远的地方，渔夫们带着像狼一样的猎犬缓缓移动，犹如海豹捕猎者，或爱斯基摩人，或在有雾天气里，影影绰绰地像神话中的生灵，我不知道究竟是巨人还是侏儒。我晚上去林肯作演讲，走的就是这条路线，在我的小屋和演讲厅之间，并没有走哪条路，也没路过哪座房舍。我要途经的鹅湖上，住着一群麝鼠，把窝高高地筑在冰面上，不过我从湖上穿过时，却没见到一只出来活动。瓦尔登湖跟其他湖一样，通常是不积雪的，抑或只是断断续续地有点薄薄的积雪，它就是我的庭院，当别处的积雪快到两英尺厚，村民们都被困在各自居住的街巷时，我可以在湖上悠然信步。那里远离村里的街道，难得听到雪橇的铃声，我就在那里滑雪、溜冰，好像置身于一个常有人出入的广阔驼鹿苑中，只见橡树林和庄严的松树悬在头顶，一棵棵被雪压弯了腰，或者挂满了冰凌。

冬日的夜晚，白天也常有，我听到不知从多远传来的猫头鹰凄凉而又悠扬的鸣叫；这就像用适当的拔子敲击冰冻的大地发出的声音，是瓦尔登森林的 linqua vernacular②，虽然我从未在猫头鹰发出这声音时见到它，但后来我对这声音却很熟悉了。冬天夜晚，我几乎

---

① 巴芬湾位于北冰洋，在格陵兰和加拿大的巴芬岛之间。
② 拉丁文，意为土语。

**大雕鸮**

大雕鸮（Great horned owl），学名 *Bubo virginianus*，原产于美洲的大型猫头鹰，翼展很长，有"空中之虎"的美誉。

大雕鸮通常在夜间猎食，从高处俯冲而下，抓走猎物。它们叫声音调低沉，但十分响亮，人们对其叫声有庄严、恐怖等截然不同的描述。有时，它们还会发出难以形容的叫声，这可能是因为它们受到惊扰而愤怒，或在求偶期间与同类发生了领土争端。

一开门就会听到这声音；"呼呼呼，呼勒呼"，声音洪亮，前三个音节读起来有点像 how der do（你好）；有时只是一声"呼呼"。初冬的一个夜晚，湖面还没有封冻，大约九点钟，我被大雁嘎的一声大叫吓了一跳，便走到门口，又听见雁群低飞掠过小屋上空时拍动翅膀的声音，像是林中的一场大风。它们越过湖面，向费尔黑文飞去，好像我的灯光吓得它们不敢降落下来，领头的雁一直在有节奏地鸣叫。突然，从离我特近的地方传出一种叫声，一听就是大雕鸮的叫声，带着我从林中栖居者那儿听到的最刺耳、最洪亮的声音，对那只鸣雁做出了有节奏的回应，仿佛决计通过展示本地嗓门的更大音域和响度，来暴露和羞辱来自哈得孙湾的入侵者，将其轰出康科德的地界。夜晚这个时候对我来说是神圣的，你怎么胆敢在这时把这城堡搅得不得安宁？你是不是以为我在这个时候会打盹儿，以为我没有像你那样的肺活量和嗓门？"布—呼，布—呼，布—呼！"这是我听到的最令人震惊、最不堪入耳的声音了。不过，如果你有两只敏锐的耳朵，你就会发现，这叫声中倒有这些平原上从未耳闻目睹过的和谐因素。

我还听到湖上的冰层劈劈啪啪的响声,这可是康科德那块地方陪我入睡的良伴,它仿佛躺在床上睡不安稳,就想辗转反侧,好像胃积气胀,做起了噩梦;有时我会被地面冰冻发出的爆裂声惊醒,好像有人赶着马车来撞我的房门,到了早晨会发现地上有一道四分之一英里长、三分之一英寸宽的裂缝。

有时我会听到狐狸趁着月色在冰雪覆盖的地面上漫游,寻找鹧鸪或别的猎物,像林中恶犬一样发出尖厉凶恶的叫声,似乎在焦灼地拼命嘶叫,或者想表达什么,苦苦寻求光明,成为不折不扣的狗,能在大街上自由自在地奔驰;因为,如果我们考虑到时代的变迁,难道兽类不该像人类一样拥有文明吗?在我看来,它们就是早期掘洞而居的人类,仍然处于戒备状态,等候自己的转化。有时一只狐狸会受灯光吸引,来到我的窗前,向我发出一声奸诈的诅咒,然后溜走。

通常,红松鼠(*Sciurus Hudsonius*)在黎明时分把我唤醒,在房顶上奔来奔去,在四壁上跑上跑下,好像它是为此目的而被打发出了树林。在冬季期间,我把半蒲式耳尚未成熟的甜玉米穗扔在门前的雪地上,然后饶有兴味地观看受到引诱的各种动物的举动。在黄昏和夜间,兔子会定时跑来饱餐一顿。红松鼠则整日来来往往,变着法子耍花招。有一只红松鼠先是小心翼翼地穿过橡树丛,像是风中的叶片忽跑忽停地越过雪地,时而朝这个方向跑几步,速度快得惊人,也消耗了不少力气,好像迈开"脚步"以不可置信的急速奔跑,仿佛是在打赌,时而又朝那个方向跑几步,但每次都跑不出半杆远的距离;随即又带着滑稽的表情,无端地翻个筋斗,便突然停了下来,好像全世界的眼睛都在盯着它——因为即使在最僻静的树林里，松鼠的一切举动也像舞女的举动一样，必须有观众才行——它磨磨蹭蹭、考虑再三所费的工夫，足够它走完全程的了——我从未看见一只松鼠走过来——随即，突然间，你还没反应过来，它已跳上一棵小油松树顶，给它的钟上紧了发条，骂着假想的观众，一边自言自语，一边对全人类讲话——我无从得知是基于什么原因，我想它自己也未必清楚。它终于来到玉米跟前，挑了一穗合适的，还是循着那种没有定准的三角形路线跳来跳去，跃上了我窗前柴垛最高的那根杆子，直瞪瞪地盯着我的脸，在那里一坐就是几个小时，不时地给自己换一根新玉米穗，起初狼吞虎咽地啃着，把啃了一半的玉米棒子芯四处乱扔；后来变得越发挑剔，索性耍弄起食物来，只尝一尝玉米粒的芯。它用一只爪子把玉米穗平举在棍子上方，一不小心玉米穗滑落到地上，这时它以捉摸不定的滑稽神情望着玉米，似乎在揣摩它是不是有生命，心里犹豫不决，不知是该把掉下的玉米捡回来，还是另拿一个，或者就此离去；时而想着玉米，时而又在倾听风里有什么动静。就这样，这个愣头愣脑的小家伙一上午要糟蹋掉好多玉米穗；直到后来，它会抓起一个更长、更饱满、比它自己大得多的玉米棒，灵巧地使其保持平衡，拖着它向树林里走去，就像老虎拖着水牛似的，走的还是那条弯弯曲曲的路线，不断地停下来，勉强地拖着玉米棒子往前走，看样子那东西太重，在垂直线和水平线之间形成一条对角线，老是往地上掉，不过它决意无论如何要把这东西拖回去——真是个极其轻佻、想入非非的家伙。就这样，它要把玉米棒子拖到它的住处，可能是在四五十杆之外的一棵松树顶上，后来我就见到散落在林中各处的玉米芯。

最后松鸦终于来了，我早就听到了它们那刺耳的尖叫声，它们从八分之一英里远的地方，小心翼翼飞来，鬼鬼祟祟、偷偷摸摸地从一棵树飞到另一棵树，越来越近，还要啄起松鼠掉下的玉米粒。随后栖息在一棵油松枝头，想匆匆吞下一颗玉米粒，不想那玉米粒太大，一下卡在了喉咙里；费了很大劲儿才吐出来，然后又花费一个小时反复啄个不休，试图把它啄碎。它们分明是贼，我可看不大起它们；倒是那些松鼠，尽管起初羞羞答答，但是后来忙活起来就像在搬运自己的东西。

与此同时，山雀也会成群而至，啄起松鼠掉下的玉米粒碎屑，飞到就近的树枝上，把碎屑放在爪子下面，用小小的喙啄击，似乎那是树皮上的一只虫子，直至啄得能让细小的喉咙吞下。每天都有一小群这样的山雀飞来，从我的柴堆上捞取一顿餐食，或者拣起我门口的玉米粒碎屑，一边发出微弱、急促、含混的声音，犹如草丛中冰凌的丁零声，不然就是发出轻快的"得，得，得"的声音，或者更难得的是，在温暖如春的日子里，从树林边传来夏日琴弦般的"菲——比"声。后来它们跟我熟悉了，居然有一只山雀落在我正在往屋里抱的一捆木柴上，肆无忌惮地啄着柴枝。有一次我在村庄的园子里锄地，一只麻雀落在我肩上停了停，我觉得纵使我戴上任何肩章，也没有这一机缘来得荣耀。松鼠后来也跟我混熟了，偶尔为了抄近路就从我的脚背上踩过去。

当大地尚未完全被雪覆盖，而又到了残冬季节，我南边山坡上和我那堆柴火周围的雪融化以后，鹧鸪早晚都要从树林里跑出来觅食。不管你在林中哪一边走，都会有鹧鸪呼啦一声拍翅飞走，把雪从高处的枯枝败叶上震落下来，雪花在太阳光下像金粉一样往下飘洒；要知道这种勇敢的鸟儿并不惧怕冬天。它们经常被积雪埋住，据说"有时会飞扑着一头扎进柔软的雪堆,在里面隐藏一两天"。我也经常在旷野里惊动它们,它们是在日落时分从树林里飞来,好给野苹果树"啄芽"。它们每天傍晚会来到特定的树上,狡猾的猎手正在那里等着它们,远处紧挨着树林的果园也因此受害不浅。不管怎么说,让我感到高兴的是,鹧鸪还是找到了食物。它是大自然自己的鸟儿,以嫩芽和水为生。

在冬天昏暗的早晨或短暂的午后,我有时听见一群猎犬在树林里奔来奔去,无法遏制追猎的冲动,不停地嚎叫和狂吠,不时听到狩猎的号角,说明猎人紧随其后。树林里又喧腾起来,然而却既没有狐狸冲到开阔的湖面上,也见不到成群的猎犬追逐它们的阿克泰翁[①]。或许到了晚上,我会看见猎手们返回寻找客栈,雪橇后面拖着一条毛茸茸的狐狸尾巴,算是战利品。他们告诉我,如果狐狸躲在冰冻大地的温暖怀抱中,就会安然无恙,或者若是沿直线逃窜,也没有猎犬能追上它;但是,它把追猎者甩得老远以后,却要停下来休息探听,直至对方又追上来,它再跑的时候,会兜着圈子回到它的老窝,而狩猎者就在那里等着它。不过,它有时会在墙上跑好几杆远,然后远远地跳到另一侧,它似乎知道在水里不会留下自己的气味。有个猎人告诉我,他曾看见一只狐狸被猎犬追逐冲到了瓦尔登湖上,当时冰面上有些浅水坑,它先向对岸跑了一段,然后又回到原来的岸边。不久猎犬追来了,却嗅不到狐狸的气味了。有时,一群猎犬会自己出来捕猎,冲过我的门前,绕着屋子转圈,只顾嚎

---

① 阿克泰翁,古希腊神话中的猎人,因看见月神和狩猎女神沐浴而被变为牡鹿,被自己的猎犬追逐吃掉。

叫追逐，全然不把我放在眼里，好像得了癫狂病似的，什么也无法让它们停止追逐。它们就这样兜着圈子转，直至发现一只狐狸的最新踪迹，因为每一只聪明的猎犬都会心无旁骛地专注于此。一天，有个人从列克星敦来到我的小屋寻找他的猎犬，那条狗留下了明显的足迹，而它独自去追猎已有一个星期了。不过我担心，我再跟他怎么说，他还是听不明白，以至于我每次回答他的问题时，他总是打断我，问道："你在这里是干什么的？"他丢掉了一条狗，却找到了一个人。

一个谈吐乏味的老猎人，每年在湖水最暖的时候，都会到瓦尔登湖洗一次澡，也顺便来看看我，他告诉我说，多年前的一个下午，他拿起枪到瓦尔登树林里巡视；走在韦兰德公路上，听见猎犬的嚎叫声越来越近，过了不久，一只狐狸越过墙跳到公路上，而且转眼间又越过另一堵墙离开了马路，他举枪便打，却没击中目标。随后跑来一只老猎犬和三只小猎犬，它们全力以赴地独自追逐，随即又消失在林中。傍晚时分，他在瓦尔登湖南边的密林中休息，听见远在费尔黑文那边犬吠的声音，它们仍在追逐狐狸；它们跑过来了，追猎的吠叫声响彻整个树林，声音越来越近，时而从韦尔草地传来，时而从贝克农场传来。他久久地伫立在那儿，听着猎犬发现猎物时的吠叫声，在猎手听来那吠叫声何等悦耳。这时那狐狸突然出现了，迈着轻快的步伐穿行在黝黯的林间小径上，它的声音被树叶那怜悯的沙沙声掩盖住了，它轻捷安静，贴着地面，把追捕者远远抛在身后；后来它跳上林中的一块岩石，竖起身子倾听，背对着猎手。猎手出于恻隐之心，没有立马下手；不过那只是一闪之念，说时迟那时快，只见他端起枪来，砰的一声，狐狸从岩石上滚下来，落地而

那狐狸突然出现了，迈着轻快的步伐穿行在黝黯的林间小径上，它的声音被树叶那怜悯的沙沙声掩盖住了，它轻捷安静，贴着地面。

死。猎手仍然待在原地，倾听猎犬的动静。它们还在追击，这时附近树林的各条小道上回荡着它们恶魔般的狂吠。最后，老猎犬终于闯入视野，它鼻子触地，着魔似的朝空中狂咬，径直向岩石冲去；但是一见到狐狸死了，便立刻停止了追捕，好像惊呆了一样，一声不响地围着狐狸打转转；小狗崽一个接一个地到了，也像妈妈一样，见到这神秘的景象也变得沉静不语了。接着，猎人走上前来，立在它们中间，这谜也就解开了。猎人给狐狸剥皮时，它们静静地等着，然而跟着狐狸尾巴走了一会，便又转到林中去了。当晚，韦斯顿[①]的

---

[①] 韦斯顿，康科德附近的小镇。

一位乡绅来到康科德的猎人小屋，打听他的猎犬的下落，说是它们独自跑出韦斯顿树林捕猎已经一个星期了。康科德的猎手把他了解的情况告诉了他，还想把狐皮送给他；但对方谢绝了他的好意，然后离开了。那位乡绅当晚没有找到猎犬，但第二天获悉，它们都过了河，在一家农舍里过夜，在那里饱餐了一顿，然后一大早便离开了。

告诉我这件事的猎人还记得一个名叫山姆·纳丁的人，以前常在费尔黑文岩脊上猎熊，然后拿熊皮在康科德镇换酒喝；纳丁甚至跟猎人说，他在那儿见过一只驼鹿。纳丁有一条著名的猎狐犬，名叫伯戈因——猎人把它念成了布盖因——告诉我这件事的人还借用过这条犬。镇上有一个老商人，也是个老板、镇文书和州议员。我在他的"流水账簿"里看到这样的记录：一七四二年至一七四三年，一月十八日，"约翰·梅尔黑文以一只灰狐狸贷款二角三分"；现在这里已没有这种事了；在他一七四三年二月七日的分类账中，赫齐卡亚·斯特拉顿以"半张猫皮贷款一角四点五分"，当然是野猫皮，因为斯特拉顿在早年的法兰西战争中当过中士，当然不会拿连野猫还不如的猎物来贷款。也有用鹿皮来贷款的，而且每天都有鹿皮卖出。有一个人还保留着在附近一带杀死的最后一只鹿的鹿角，另一个人给我讲述过他叔叔参与过的一次狩猎的细节。以前猎人在本地是一个人数众多、积极活跃的群体。我还清楚地记得一个瘦削憔悴的宁录[①]，我若是没有记错的话，他往往顺手扯下路边的一片叶子，吹出一段粗犷悠扬的曲子，比任何猎号都动听。

---

[①] 宁录，《圣经》中的人物。《圣经·旧约·创世纪》第十章第九节中说："像宁录那样在耶和华面前是个英勇的猎手。"作者在此喻指狩猎高手。

**野兔**

野兔（Hare），学名 *Lepus Americanus*，又名白靴兔，广泛分布于美国和加拿大。白靴兔体型较小，但有很大的后脚掌，它们的大脚掌可以防止它们在行走或跳跃时陷入雪中，脚掌上的长兔毛还可以抵御风寒。白靴兔的毛在夏天是锈褐色，冬天转为白色。主要在夜间活动，不会冬眠。
白靴兔夏天吃草、蕨类等植物，冬天吃树枝、树皮等，有时也吃其他动物。

有时在月明的午夜，我会遇见猎犬在林中四处觅食，一个个偷偷摸摸地躺着，好像害怕似的，悄悄地躲在矮树丛里，直至我走过去。

松鼠和野鼠会为我储存的坚果而争吵。我的小屋周围有好几十棵油松，直径从一英寸到四英寸不等，头一年冬天被老鼠啃光——对它们来说，那是个挪威式的冬天，因为雪积得又深又久，它们不得不把大量的松树皮与其他食物混着吃。这些树虽然被整整啃去了一圈皮，但依然还活着，到了夏天还很茂盛，有好多还长高了一英尺；但是又过了一个冬天之后，这些树无一例外地全死了。让人惊奇的是，仅仅一只老鼠居然可以吃掉一整棵松树，还不是上下啃，而是转着圈啃；不过，为了使这些树长得稀疏一些，也许还有必要这样做，否则树长得太密了。

野兔（*Lepus Americanus*）倒是很熟悉了。有一只整个冬天都把穴做在我屋子下面，与我只隔着一层地板，每天早晨我刚开始动弹，它便匆匆离开，把我吓一跳——嘭，嘭，嘭，它在匆忙之中把头撞在地板上。它们常在黄昏时分来到我的门口，吃我扔掉的土豆皮，毛色与地面的颜色非常接近，不动的时候很难分辨出来。有时在暮色中，一只野兔一动不动地蹲在我的窗下，我时而看不见，时而看得见。晚上我打开门时，它们便会吱吱叫着蹦蹦跳跳跑开。它们近在眼前，只会激起我的怜悯。一天晚上，有只兔子蹲在我的门口，离我两步远，起初吓得发抖，然而又不愿意离开；可怜的小东西，瘦骨嶙峋，蓬乱的耳朵，尖尖的鼻子，秃秃的尾巴，细细的爪子。看来大自然没有良种血缘了，只能依靠它最后的物种了。它那双大眼睛显得稚嫩而不健康，似乎患有水肿。我向前迈了一步，瞧，它忽地跑开了，像弹簧似的越过雪地，身子和四肢伸展成一道修长优美的线条，转眼就奔到树林那头去了——这个野生的自由动物，又显示了自己的活力和大自然的尊严。它那样纤弱不是没有理由的。它天性如此。（Lepus，有人认为是 levipes，步履轻盈的意思。）

要是没有野兔和鹧鸪，那还叫乡村吗？野兔和鹧鸪是最纯朴、最土生土长的动物产品；是自古至今众所周知的古老而珍贵的种群；它们是大自然的本色和本质，与树叶和地面最为贴近——彼此之间又是近亲；不管是靠翅飞，还是靠脚走。如果看到兔子或鹧鸪突然离去，你几乎不会觉得自己见到了野生动物，你会觉得纯属自然，就像树叶沙沙作响一样。不管发生什么变革，鹧鸪和兔子肯定还会繁衍，就像在大地上真正土生土长的一样。如果树林遭到砍伐，那些冒出的嫩枝和树丛足以给它们提供隐身之地，而且会比以前更加繁茂。如果连一只野兔也养活不了，那该是多么贫瘠的田野。我们的树林里到处都是鹧鸪和野兔，在每一片沼泽地都可以看到它们在出没，周围是牧童用嫩枝编成的篱笆、用马鬃织成的圈套。

◉ **通识漫谈**

**阿克泰翁被猎犬撕咬　19世纪插画**

　　古希腊神话中，阿克泰翁（Actaeon）由半人马神喀戎（Chiron）带大，捕猎技能超群。阿尔忒弥斯（月神和狩猎女神，对应罗马神话中的狄安娜，与灶神赫斯提亚、智慧女神雅典娜等并称三大处女神）发现其偷窥自己沐浴后，震怒之下将其变为牡鹿，驱使猎犬将其追逐吃掉。

　　后世有很多以阿克泰翁为主要形象的艺术作品，如威尼斯画家提香（Titian）的油画《狄安娜与阿克泰翁》等。

＊树林里又喧腾起来，然而却既没有狐狸冲到开阔的湖面上，也见不到成群的猎犬追逐它们的亚克托安。

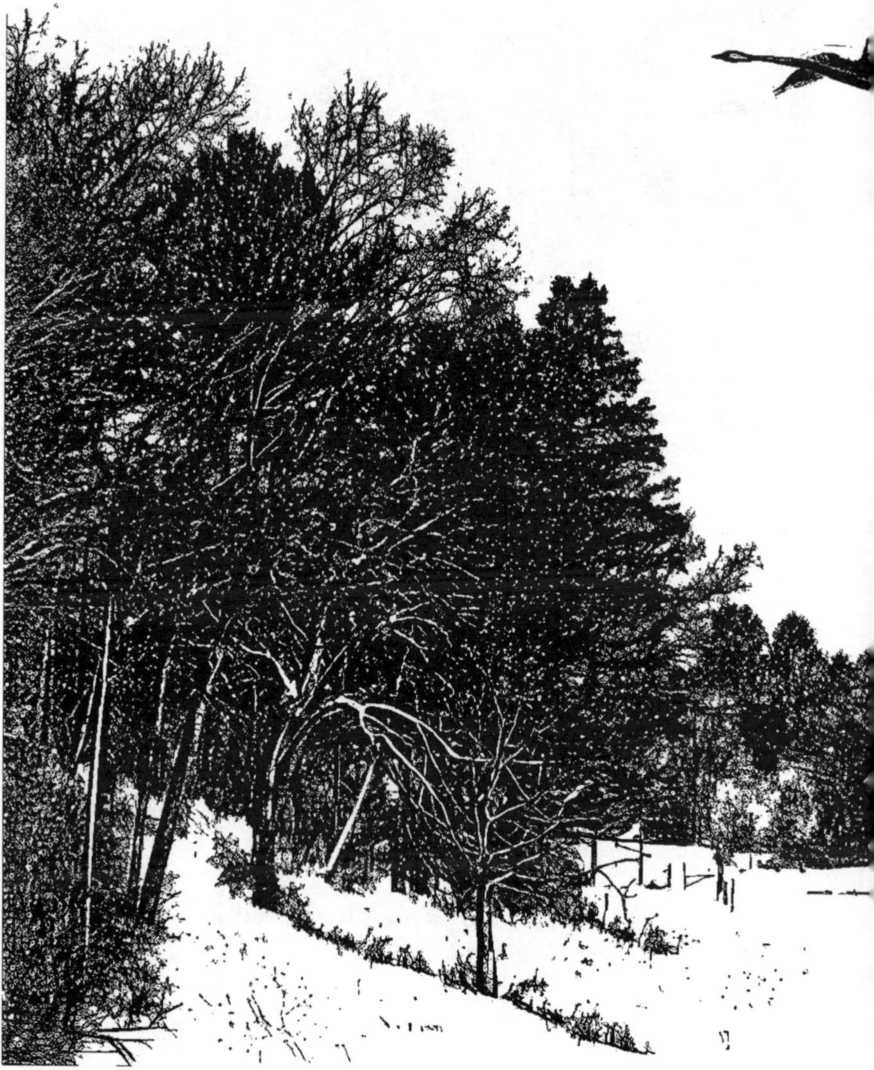

## 十六 冬天的瓦尔登湖

度过一个寂静的冬夜之后,我醒来时仿佛觉得有人给我提出了一个问题,——诸如为何——如何——何时——何地?

度过一个寂静的冬夜之后，我醒来时仿佛觉得有人给我提出了一个问题，我在梦中试图回答却答不上来——诸如为何——如何——何时——何地？不过，所有的生灵都生活在其间的大自然露出了黎明的曙光，她面带安详满足的神情，向我宽敞的窗户里探视，**她的**嘴上却没提出任何问题。我醒来时领悟了一个有了答案的问题，领悟了大自然和白昼。大地上覆盖着厚厚的雪，上面点缀着一棵棵幼松，而我的小屋所处的那个山坡似乎在说：前进！大自然没有提出问题，也没回答我们凡人提出的任何问题。她早就下定了决心。"哦，王子，我们以赞赏的目光凝视着，并把宇宙那光怪陆离、五彩斑斓的景象传递给灵魂。夜幕无疑遮掩了那荣光造就的一部分；但是，白昼会向我们展示这伟大的作品，这部杰作从大地甚至延伸到茫茫太空。"[①]

接着便干我早上的活计。我先拿起斧头和桶去找水，如果那不算是梦的话。过了一个寒冷的雪夜之后，要有一根占卜杖才能找到水。原来水波荡漾的湖面对每一缕气息都很敏感，可以折射每一道光线和阴影，而一到冬天，湖面就结起一英尺或一英尺半厚的冰，从而可以承受最笨重的马车从湖面驶过，也许冰上还要覆盖上同样厚的雪，以至于分不出哪里是湖面哪里是平地。湖水就像周围群山里的土拨鼠一样，也闭上了眼睛，冬眠上三个月或更久。站在这雪原上，就像置身于群山环绕的草场上，我先要在一英尺厚的雪中开辟出一条路，接着要刨开一英尺厚的冰，在脚下开启一扇窗户，然

---

① 引自梭罗翻译的朗格卢瓦法语译本的印度史诗《诃利世系》。

一大早，万物被冻得发脆，人们带着钓丝螺旋轮和简单的午餐赶来了，在雪地里布下细钓线，用以钓取梭鱼和鲈鱼。

后跪下喝水，朝下望着鱼儿的寂静客厅，柔和的光线照彻湖水，宛如透过一扇毛玻璃窗，明亮的沙子湖底和夏天一样；那里笼罩着一种四季不变、微波不兴的宁静，好似琥珀色的朦胧天空，与其居民沉静平和的性情相一致。天国既在我们的头顶，又在我们的脚下。

一大早，万物被冻得发脆，人们带着钓丝螺旋轮和简单的午餐赶来了，在雪地里布下细钓线，用以钓取梭鱼和鲈鱼；这是些野性未泯的人，他们跟镇里的同乡不同，本能地仿效别的时尚，信奉别的权威，他们来来去去，把零零散散的村镇联结在一起，不然镇子间就会搞得支离破碎。他们穿着厚实的粗呢大衣，坐在岸边的枯橡树叶上吃午餐，他们有着丰富的自然知识，而城里人只有丰富的人工知识。他们从不查阅书本，与他们所做的事情相比，他们所知道的和能说出的要少得多。他们所做的事据说还不为人所知。这里就有一个人，在用长大的鲈鱼为饵钓梭鱼。你瞧瞧他的桶里会感到诧异，像是在观看夏日的湖水一样，仿佛他把夏天锁在家里，或者知道夏天躲在了哪里。请问，他在仲冬时节怎么抓到这些鱼的？哦，大地封冻以后，他从朽木里捉到虫子，进而钓到了这些鱼。他的生命本身就植根于大自然之中，比博物学家钻研得还深；他本人就是博物学家的一个研究课题。博物学家用刀子轻轻地挑起苔藓和树皮，寻找虫子；而他则用斧头劈开原木，直至树心，苔藓和树皮飞得到处都是。他以剥树皮为生。这样的人有权利捕鱼，我很高兴看到大自然在他们身上得以呈现。鲈鱼吞食蛆虫，梭鱼吞食鲈鱼，渔夫吞食梭鱼；于是，生物等级中的各个缺口就这样给填满了。

  我在雾蒙蒙的天气里绕湖漫步时，时而会让某个比较粗野的农夫所采取的原始垂钓方式逗乐。他也许会把桤木树枝放在小小的冰洞上面，冰洞之间相距四五杆远，与湖岸的距离相等，他把钓线的一头系在一根桤木条上，以防被拽入水中，把松弛的钓线扔过高出冰面一英尺多高的桤木条上，在线上绑一片枯橡树叶，橡树叶一旦被拽下去，就说明有鱼上钩了。你绕湖走上半圈，便可看见这些间隔均匀的桤木枝条在雾气中若隐若现。

  啊，瓦尔登湖的梭鱼！我眼看着它们躺在冰上，或是待在渔夫为了引进湖水而在冰上开凿的小洞里，总是被它们那罕见的美感到震惊，仿佛它们是神话中的鱼，它们在街头，甚至在林中，都很少见，就像阿拉伯对于我们的康科德生活一样陌生。它们有一种令人眼花缭乱、超凡脱俗的美，与鱼贩子在街头用号角吹出名的惨白的鳕鱼和黑线鳕真有天壤之别。①它们并不像松树那么苍翠,不像石头那么灰白,也不像天空那么蔚蓝;但是在我看来,如果可能的话,它们有着更为罕见的色彩,像鲜花和宝石,犹如珍珠一般,是瓦尔登湖动物化的核心或结晶。当然,它们是不折不扣、彻头彻尾的瓦尔登;它们本身就是动物王国里的小瓦尔登,瓦尔登居民或韦尔多教派②。令人惊讶的是,能在这里捕捉到它们——就在瓦尔登大道上车马辚辚、雪橇叮当的下方深谷中,这种金色和翠绿色的大鱼,在这幽深宽敞的泉水中遨游。我从未在任何集市上见到过这种鱼;倘若见到了,那就会成为众人瞩目的中心。只需剧烈地抽动几下,就能轻易地甩掉那水淋淋的幽灵,好似一个凡夫没到时候就升入浩渺的天堂。

瓦尔登湖的湖底消失已久,我急于把它重新找回,于是在一八四六年初,在湖冰融化之前,我带着罗盘、测链和测深绳,在湖上认真测量起来。关于这个湖的湖底,或者说没底,已有很多传说,当然这些传说肯定是没有根据的。令人惊奇的是,人们也不费心测一测,居然会长期相信一个湖没有底。我在这附近一带的一次散步中,就曾寻访过两个这样的无底之湖。许多人相信瓦尔登湖直通到地球的另一边。有人曾长时间地趴在冰上,透过幻觉似的媒介物朝下看,而且两眼也许还水汪汪的,加之惧怕胸部着凉,便匆匆

---

① 19世纪,鱼贩子吹着渔号在大街上卖鱼。
② 原文 Waldenses 是双关语,一方面指瓦尔湖的居民,另一方面指1170年出现于法国南部的一个基督教派别,16世纪参加了宗教改革运动。

得出结论：他看到了一个个"可以驾车运进一车干草的"大洞，如果有人肯往里运的话，这无疑是冥河的源头、冥界的入口。还有人带着五十六磅重的秤砣和一车一英寸粗的绳子从村里赶来，但是却没找到湖底；因为他们把五十六磅重的秤砣放在路旁歇着，只放出绳子去探测那不可思议、确实无法测量的深度，结果只能是徒劳无益。不过，我可以向诸位读者保证，瓦尔登湖尽管异乎寻常地深，但并非深得匪夷所思，它总有一个相当密实的湖底。我用一根钓鳕鱼的细绳和一块大约一磅半重的石头，便轻而易举地测量了它的深度，可以准确地知道石头何时离开湖底，因为石头沉底之后下面没有水的浮力，我拉起来要费力得多。最深的地方恰好是一百零二英尺；再加上后来上涨的五英尺，那就是一百零七英尺。这么小的面积，能有这样的深度真是非同寻常；然而，即便如此，也不能凭借想象，将其减去哪怕一英寸。若是所有的湖底都很浅，那又会怎么样呢？那难道不会影响人们的思想吗？我感到欣慰的是，这个湖来得既深邃又纯洁，不啻是一种象征。人既然相信无限，有些湖也就被认为是无底的。

有一个工厂主听说我测出的深度后，便认为这不可能，凭他对堤坝的了解来判断，沙子无法沉淀在如此陡峭的坡度上。但是，最深的湖并不像大多数人料想的那样，其深度与面积成正比，如将湖水抽干，也不会留下惹人瞩目的峡谷。它们不像山峦之间的谷地；因为这道沟谷，与其面积相比，可以说是异乎寻常地深，但沿其中心的纵断面来看，似乎不比一个浅盘子来得深。大多数湖泊干涸以后，只会剩下一片草地，不会比我们常见的草地低洼。威廉·吉尔平描绘起景物来总是令人赞叹不已，而且往往十分精确，他站在苏格兰的费因湖源头,将其描述为"一个咸水湾,六七十英寻[①]深,四英里宽",大约五十英里长,为群山环抱,他进而评论道:"如果我们能在洪水刚一爆发,或者出现别的自然突变之后,在洪水尚未涌入之前就看到它,那该是多么令人惊恐的深渊啊!"[②]

"高高隆起的群山,
幽谷沉陷,又宽又深,
好一张洪水的卧榻——"[③]

但是,我们已经看到,从纵断面来看,瓦尔登湖已经像个浅盘,如果我们用费因湖最短的直径,将这样的比例运用到瓦尔登湖上,那么费因湖的深度只有瓦尔登湖的四分之一。因此,若是将费因湖的水排干,那么它那个越发恐怖的深渊也不过如此而已。毫无疑问,许多欣欣向荣的山谷,一片片玉米田绵延其间,恰好就是洪水退去之后形成的"可怕深渊",尽管要让毫无猜疑的居民相信这个事实,还需要有地质学家的慧眼和远见才行。好奇的目光往往会在低矮的群山中发现一个原始湖泊的湖岸,以后即便平原地势升高,也不足以掩盖这段历史。不过修过公路的人都知道,在阵雨之后通过水坑找到洼地,这再容易不过。只要让想象力稍作发挥,它就会比大自然钻得更深,飞得更高。这样一来,人们或许会发现,海洋的纵深

---

① 1英寻等于6英尺,等于1.8288米。
② 此文引自威廉·吉尔平的《大不列颠几个地区的考察报告》。
③ 引自弥尔顿的《失乐园》第七卷。

与辽阔相比是微不足道的。

我透过冰层探测湖水的深度，要比测量没有封冻的水面更能准确地判定湖底的形状，而且湖底总是显得很规则，着实令我感到惊奇。在最深处，有那么几英亩，几乎比经过日晒、风吹和犁耕的任何田野还要平坦。在一次测量中，我随意选取了一条线，在三十杆的距离内深度变化不超过一英尺；一般说来，在靠近湖心部位，不管朝哪个方向，我都能预先计算出，每一百英尺的深度变化不会超过三四英寸。有人总说像瓦尔登这样平静多沙的湖中也有又深又险的洞，不过即便在这种情况下，湖水的流动也会抹平那些坑坑洼洼。湖底的平整，及其与湖岸和附近山脉的协调一致，真是尽善尽美，以至于远处的一个岬角在湖对面就能测量出来，而且通过观察湖对岸，便可确定它的方向。岬角变成了沙洲，平原变成了浅滩，山谷和峡谷变成了深潭和沟渠。

我用十杆对一英寸的比例绘制了瓦尔登湖的地图，记下了总共一百多处的水深，发现了这个异乎寻常的巧合。我注意到，那个标明最大深度的数字，显然处在地图的中心位置。我把一个直尺先是纵向，继而横向地放在地图上，惊奇地发现：最长的线和最宽的线恰好在最深处相交，尽管湖的中央几乎是水平的，湖的轮廓极不规则，而其纵横两条线都是一直测量到小湾里；于是我便自言自语道：既然湖泊和水湾情况如此，谁能说海洋的最深处情况不是如此呢？山脉既然被视为倒置的山谷，难道这个规则不可以用来测量山脉的高度吗？我们知道，一座山的最窄处并不是它的最高点。

在已测量过的五个水湾中，三个甚至全部都能看到在湾口对面有一个沙洲，里面的水甚至更深，因此，那水湾也就会成为内陆水

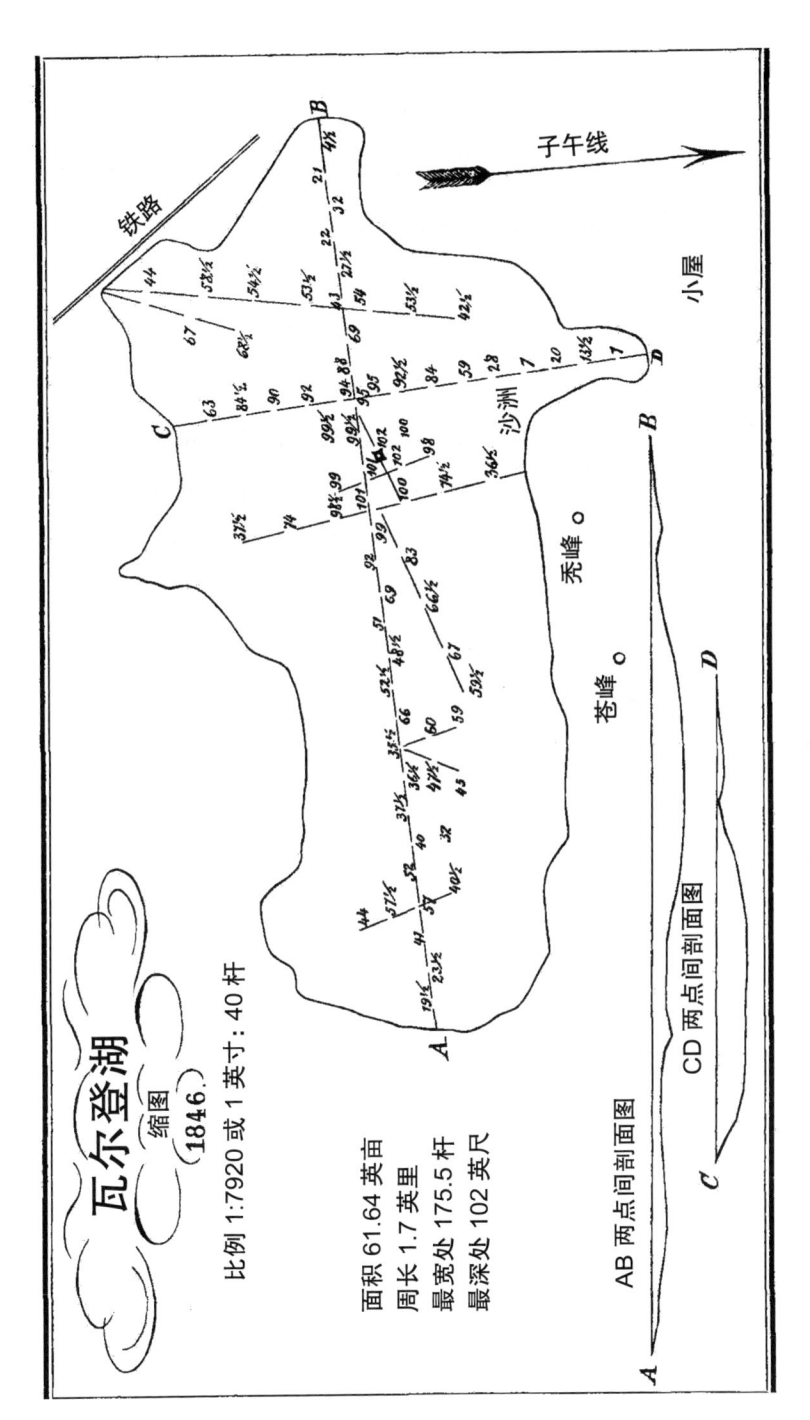

《瓦尔登湖》地图 梭罗/绘

域，不仅是横向，而且是纵向地延伸，进而形成一个内湾或独立的湖，而那两个岬角也就展示了沙洲的走位。海岸上的每一个港湾也都在入口处有一个沙洲。由于湾口的宽度大于长度，沙洲里的水也就比内湾里的水相应要深。既然已经知道了水湾的长度和宽度，以及周围湖岸的特点，那你也就几乎掌握了足够的要素，可以为所有的实例列出一条公式。

为了验证我以此为经验，仅仅通过观察湖面的轮廓和湖岸的特征，就能颇为准确地推测湖的最深点，我便画了一张白湖的平面图。该湖面积大约四十一英亩，像瓦尔登湖一样，湖中没有岛屿，也没有可见的出水口或入水口；由于最宽的线和最窄的线挨得很近，两个彼此相对的岬角在此相接，两个相对的水湾却又遥遥相对，我便大胆地在离那条最窄的线不远处标了一个点，不过仍然在那条最长的线上，将之视为最深处。我发现，湖的最深处距离这个点不到一百英尺，比我原来设想的还要远一点，只不过深了一英尺，也就是六十英尺深。当然，若是有一条溪水在湖里流过，或是湖里有一个岛屿，那问题就要复杂得多。

假如我们了解大自然的一切法则，那我们也就只需要一个事实，或者对一个实际现象的描述，就可以在那一点上推断出所有的具体结果。现在我们只知道少数几个法则，因此我们推断的结果便会失去说服力，当然并非因为大自然的混乱或不规则，而是由于我们还不了解推断过程中的基本要素。我们有关法规与和谐的概念，通常局限于我们所发现的那些事例；但是我们从尚未发现的看似相悖则相符的大量事例中产生的和谐，还会更加奇妙。那些特殊的法则就像我们的观点一样，在游人看来，他每移动一步，山的轮廓都有所变化，尽管那山绝对只有一个形态，它却会呈现出不计其数的侧影。即便你把它劈开或钻透，也难以尽窥其全貌。

我对瓦尔登湖的观察，同样适用于伦理道德问题。这是常规。这种两个直径的法则，不仅指引我们观察天体中的太阳和人的心灵，而且还把人所特有的日常行为和生命波动聚集起来，在其长度和宽度上画出两条线，通往他的小湾和入水口，那两条线的交叉点便是他个性的高度或深度。我们也许只需要了解他的湖岸的走向，了解他邻近的区域或环境，便可推断出他的深度和隐秘的底蕴。如果他被群山所环绕，就像阿喀琉斯式的海岸那样①，山峦耸立，又映照在他的胸膛中，让人联想到他内心相应的深度。不过又低又平的沙滩却又证明他在这方面是肤浅的。在我们身上，一个轮廓分明向前突出的额头，意味着相应的思想深度。在我们每个小湾的入口处，也都有一个沙洲，或者说是特殊的斜坡；这每一处都是我们某一阶段的港湾，我们滞留在这里，在某种程度上被陆地所包围。这些斜坡通常并非心血来潮的产物，它们的形状、大小和方向是由岸边的岬角所决定的，也就是由古代地面隆起的轴线所决定的。由于受到暴风雨、潮汐或湍流的冲击，这沙洲逐渐扩大，或者由于水位退落，沙洲露出了水面，起初那只是藏匿着一个思想的浅湾，后来就成为一个独立的湖泊，从海洋中分离出来，那思想从中获得了自身的条件——它或许由咸水变成淡水，成为一个淡水海，死海，或沼泽。每个人来到人世的时候，难道我们不可以设想这样一个浅滩已在某

---

① 阿喀琉斯的家乡塞萨利地区山峦起伏。

处升到了水面？我们真是一群蹩脚的航海家，我们的思想往往在没有港湾的海岸漂来漂去，只熟悉一些富有诗意的小海湾，或者驶向公共的港口，进入干涸的科学码头，在那里只为重新适应这个世界，没有自然潮流来赋予他们独立的个性。

至于瓦尔登湖的进出水渠道，除了雨雪和蒸发之外，我没发现别的途径，尽管用一个温度计和一根绳子，也许就能找到这样的地方，因为水流入湖中的地方，很可能在夏天是最凉的，在冬天是最暖的。一八四六至一八四七年，凿冰人在这里干活时，有一天冰块送到岸上，在那儿码冰的人拒不接受，说那些冰块不够厚，没法和别的冰块摆在一起；于是凿冰的人发现，有一小块地方的冰比别处的冰要薄两三英寸，因而想到那里有一个入水口。他们还指给我看了另一个地方，觉得那是一个"滤洞"，湖水从洞中渗漏到山下的一块草地上，还让我坐在一块冰上推着我出去看。那是水下十英尺处的一个小空穴；不过我想我敢担保，这个湖是用不着补漏的，除非能找到比这更糟糕的漏洞。有人建议，如果真能找到这样一个"滤洞"，如果这滤洞与草场真有联系的话，那只要在洞口放些有色的粉末或木屑，再在草地的泉口放一张滤网，那滤网便会截住水流带来的一些粉末或木屑，从而印证这种关联。

就在我测量的时候，十六英寸厚的冰在微风下像水一样波动。众所周知，水准仪是无法在冰上使用的。在冰上放一根有刻度的标杆，再在岸边放置一个水准仪对着它来观察，尽管那冰看起来与湖岸紧密相连，但在距离岸边一杆远的地方，冰层的最大波幅是四分之三英寸。湖心的波幅可能更大。要是我们的仪器够精密的话，说不定能测出地壳的波动，谁能说得准呢？我把水准仪的两条腿撑在岸上，第三条腿撑在冰上，观测器就朝第三条腿上方望去，冰上极细微的波动在对岸一棵树上却造成了几英尺的差异。我为了测量，在冰上凿洞时发现，在厚厚的积雪下边有三四英寸的水，正是这积雪使冰面下陷到这个地步；不过这积水立即流入这些冰洞，深深的水流持续流了两天，侵蚀着四面的冰层，因此即便这不是促使湖面干燥的主要因素，那也是重要因素，因为水流入之后，就会使冰面上升浮起。这有点像在船底凿洞往外排水。这些洞冻结之后，再下上一场雨，最后又重新结冰，整个湖面罩上一层新的光滑冰层，这时冰层内部呈现出斑驳陆离的黑色图案，那是水从四面八方流向中心冲积成的沟槽导致的结果，形同蜘蛛网，你可以称之为冰玫瑰结。有时，冰上布满浅水坑，我便看到了自己的重影，两个影子头脚相接，一个在冰上，另一个在树上或山坡上。

依然是天寒地冻的一月，冰雪又厚又硬，深谋远虑的农场主从村里赶来取冰，好冰镇夏天的饮料；眼下才是一月，还穿着厚厚的大衣，戴着粗拙的连指手套，在许多东西还没准备好的情况下，却预见到七月的酷热和干渴，真是精明得令人钦佩，甚至令人怜悯啊！也许他在今生没有储存什么宝贝供他来世冰镇夏日的饮料。他凿着、锯着坚硬的湖面，揭掉鱼儿的屋顶，把它们的活命空间和气体用链条和桩杆捆绑起来，然后用马车拉走，穿过适意的冬天空气，运到冬天的地窖里，在那里等候夏天的来临。冰给远远地拉过街头，看上去像是凝固的蔚蓝色。这些凿冰人是快乐的一族，喜欢嬉戏逗趣，我凑到他们中间时，他们往往邀我一起拉大锯，他们待在上方，

天寒地冻的一月，农场主从村里赶来取冰。冰被远远地拉过街头，看上去是凝固的蔚蓝色。

我立于下方。①

一八四六年至一八四七年冬天的某个早晨，上百个极北乐土之民②的后裔骤然扑向瓦尔登湖，拉着好多车粗拙的农具，雪橇、犁、播种机、刈草机、铁锹、锯、耙，人人都带着一柄双股叉，这种叉子在《新英格兰农夫》和《耕种者》杂志上都没有描述过。我不知道他们是来播种冬天的黑麦，还是最近从冰岛引进的别的谷物。因

---

① 旧时双人竖拉大锯时，立在下方的为操锯手。
② 极北乐土之民，古希腊神话中居住在阳光普照、北风不到、四季长春之地。

为没见到肥料，我便断定他们和我一样，认为泥土太厚，而且休耕已久，所以只想来整整地。他们说一位幕后的乡绅想让自己的钱财翻一番，尽管就我所知，他的钱已有五十万之多；但是，为了在他的每个美元上再添一美元，他在这严冬之中剥去了瓦尔登湖仅有的外套，哦，那可是她的皮啊。他们立即忙活起来了，犁地，耙地，滚压，开沟，搞得井井有条，好像一心想把这里建成一个模范农场；可是就在我睁大眼睛要看清他们往犁沟里撒的什么种子时，我旁边的一帮家伙突然把那处女地钩起来，猛地一下直钩到沙地，或者确切地说直钩到水里——因为那是一片泉水多的泥土——的确，那里所有的 terra firma① 都是如此——然后放在雪橇上拉走，于是我想他们一定是在沼泽里挖泥炭。他们就是这样每天来来去去，火车头发出奇特的尖叫声，来回往返于极地的某个地方，在我看来就像一群极地的雪鸟。不过瓦尔登湖这位印第安女子有时也会报复，有一个雇工掉在队伍的后面，从地缝里滑向了冥界，他本是个很勇敢的人，却突然吓得魂飞魄散，差一点送了命，便感激不尽地到我屋里避难，也承认火炉有几分好处；有时冰冻的土块会折断犁头上的钢片，或者那犁会卡在犁沟里，必须凿开冻土才能挖出来。

照实说吧，每天有上百个爱尔兰人，与北方佬监工一起，从剑桥来这里挖冰。他们把冰切成碎块，采用的方法众所周知，无须赘述；这些冰块用雪橇运到岸上，迅即拉到一个冰台上，然后用马拉的抓钩和滑轮垒成冰垛，就像堆码面粉桶一样稳妥，齐整地一块接

---

① 拉丁语，意为坚实的土地。

一块，一排挨一排，好像在为一个刺破云霄的方尖塔构筑坚实的基座。他们告诉我，干得好的话，他们一天就可挖一千吨冰，这是大约一英亩的产量。冰上磨出了深深的车辙和"坑洼"，就像在 terra firma 一样，雪橇是沿同一轨道通过，而马总是从挖成桶状的冰块中吃燕麦。他们就这样在露天把冰块码成冰垛，三十五英尺高，六七杆见方，外层塞上干草不让空气进入，因为天气虽然从来没有这么冷，但风从中间吹过时，还是会吹出很大的洞，只是间或地留下些脆弱的支撑或立柱，最后导致冰垛坍塌。起初，这冰块看起来像一个巨大的蓝色堡垒，或瓦尔哈拉圣殿；但是，他们动手把粗糙的干草塞进缝里，而这草上又盖满了白霜和冰柱，使那冰垛看起来像个古色古香、生满苔藓的古老废墟，用蓝色大理石建成的冬神的住所，就是我们在历书中见过的那位老人——他的棚屋，好像他有意要和我们一起消夏。他们估计，百分之二十五的冰块运不到目的地，百分之二三会损耗在车上。不管怎样，更大一部分冰块的命运与原来设想的不同；要么由于冰里含有较多的空气，因而并不像预期的那样好保存，要么由于其他原因，根本送不到市场上。这堆冰是一八四六至一八四七年冬天垒起的，估计重达一万吨，最后用干草和木板封住；虽然第二年七月会揭了顶，其中一部分被运走，剩余的部分仍然暴露在太阳之下，度过夏天和冬天，直至一八四八年九月才完全融化。因此，湖里的水大半还是收回去了。

瓦尔登湖的冰跟水一样，近看泛出绿色，远看则是绚丽的蓝色，你就是看到四分之一英里以外的白色河冰，或其他湖泊仅仅泛绿的湖冰，也能一眼就区分开来。有时，这样的大冰块会从送冰人的雪橇上滑落到村里的街道上，像一块巨大的翡翠在那里躺上一个星期，引起所有过路人的兴趣。我注意到，瓦尔登的部分湖水在液体状态下是绿色的，而在冻结后从同一角度看去却往往成了蓝色。因此，在冬天，该湖周围的洼地有时充溢着绿色的湖水，而第二天就冻成了蓝色。也许水和冰的蓝色是由于它们所包含的光线和空气所致，最清澈的也是最蓝的。冰是一个耐人寻味的有趣主题。他们告诉我，他们在弗雷什湖的冰屋里有一些存放了五年的冰块，还照样完好如初。为什么一桶水很快就会腐臭，而冰冻之后就永远清新呢？人们常说，这是理智与情感的差别所在。

就这样，十六天来，我从窗口看见一百个人像农夫一样忙忙碌碌，赶着马车，带着各种农具，构成我们在历书扉页所能见到的这种画面；我每次往窗外望去，便油然想起云雀和收割者的神话，或播种者的寓言之类的小故事；现在他们都走了，也许再过三十来天，我就能从同一个窗口看到瓦尔登湖那纯净海绿的湖水，映照出云彩和树木，孤寂地把水汽蒸发到空中，而不会留下有人涉足其间的痕迹。也许我还能听见一只孤独的潜鸟在潜水和修理羽毛时，发出笑一般的鸣叫，或者看见孤独的渔夫泛舟湖上，就像一枚漂浮的树叶，凝视着自己在水波上的倒影，而不久前就有上百人在那里忙碌劳作。这样看来，查尔斯顿、新奥尔良、马德拉斯、孟买和加尔各答[①]那些酷热难耐的居民，喝的都是我井里的水。早晨，我的心智沐浴在《薄伽梵歌》那令人惊叹的天体演化的哲学之中，自从这部书写成之

---

[①] 查尔斯顿是美国弗吉尼亚州首府，新奥尔良为美国路易斯安那州东南部港市，而马德拉斯、孟买和加尔各答则是印度的三大都市，当年全都从新英格兰购买冰块。

后，又过了多少神年①，而与其相比，我们的现代世界及其文学显得多么渺小，多么微不足道；我怀疑，那种哲学是否指从前的一个存在状态，因为它的崇高距离我们的观念何等遥远。我放下书，到我的井边去取水，瞧啊！我在那里遇见了婆罗门的仆人，梵天、毗湿奴和因陀罗②的司祭，他仍坐在恒河之畔的神庙里，诵读《吠陀经》，或者带着面包片和水钵住在一棵树下。我遇见他的仆人来为主人汲水，我们的水桶似乎在同一眼井里碰在了一起。瓦尔登湖的纯净湖水与恒河的圣水混合在一起。借助风的力量，这水流过了传说中的亚特兰蒂斯岛③和赫斯珀里得斯岛④，沿着汉诺的探险路线，漂过德那第岛、蒂多雷岛⑤和波斯湾的入口，融入印度洋的热带风暴，在亚历山大大帝也只曾耳闻的海港登陆。

---

① 在印度的时光循环中，神的一年等于人的三百六十年。
② 梵天、毗湿奴和因陀罗，印度教的三大神祇。
③ 亚特兰蒂斯岛，传说中直布罗陀海峡以西的大西洋岛屿，后沉入海底。
④ 赫斯珀里得斯岛，古希腊神话中的西方极乐群岛。
⑤ 德那第岛、蒂多雷岛，均为印度尼西亚岛屿。

## ⊙ 通识漫谈

**亚历山大大帝与狮子　19 世纪插图**

亚历山大大帝是古希腊的马其顿国王，他的统治期间基本都在进行军事征服活动，在三十岁时，他已经建立了疆域最大的帝国之一。

前 327—前 325 年，在征服了阿契美尼德帝国的大部分地区后，亚历山大大帝将目光转向了印度。他率军队从阿富汗穿越兴都库什山脉进入印度，但由于后勤供应不足，不得不半途而返。

\* 瓦尔登湖的纯净湖水与恒河的圣水混合在一起，在亚历山大大帝也只曾耳闻的海港登陆。

**瓦尔哈拉圣殿　19 世纪插画**

在北欧神话中，瓦尔哈拉圣殿（Valhalla）是位于阿斯加德的一座雄伟殿堂，由主神兼死神奥丁（Odin）统治。

奥丁会命令女武神瓦尔基里（Valkyrie）前往凡间战场，挑选一半阵亡的勇者带来此处，这些战士的灵魂将成为英灵战士，他们会在"诸神黄昏"（北欧神话中预言的一连串巨大灾难）中帮助奥丁。这一意象作为英灵神殿，给予许多艺术家以启发。

\* 起初，冰块看起来像一个蓝色的巨大堡垒，或瓦尔哈拉圣殿。

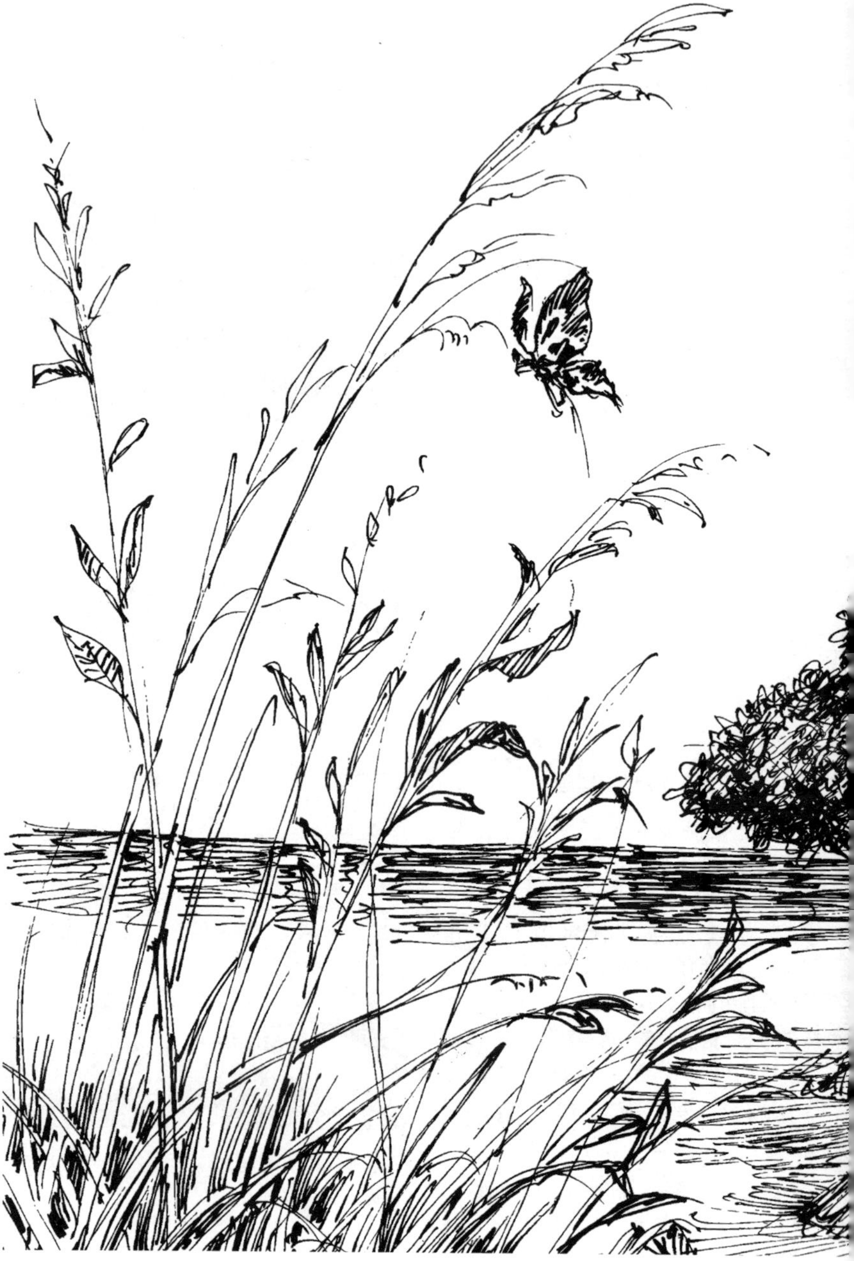

## 十七 春天

四季转换中,每个季节似乎与我们都最相宜,因而春天的到来就像宇宙从混沌中开创出来,黄金时代得以实现。

掘冰人大片大片的挖掘，往往会使湖泊提早解冻，因为即便在寒冷的天气，水受到风的吹动，也会销蚀周围的冰块。但是那年瓦尔登湖却并未出现这种情况，因为她很快就披上一件厚厚的新装，取代了那件旧装。这个湖一是由于水太深，二是由于没有溪流从中流过把冰融化或消融掉，因而从来不像附近其他的湖泊解冻那么快。我从未见过它在冬天解冻，一八五二至一八五三年那个冬天也不例外，那可是对各个湖泊的一次严峻考验。瓦尔登湖通常约在四月一日解冻，比弗林特湖和费尔黑文湖晚一周或十天，从最早冻结的北边和浅水区域开始融化。这比这一带的任何水域都更能展示季节的整个进展，因为它最少受到气温瞬息多变的影响。三月间一场持续数日的酷寒很可能延缓弗林特湖和费尔黑文湖的解冻，而瓦尔登湖的水温则几乎不断地升高。一八四七年三月六日，置于瓦尔登湖中央的温度计测出的温度为三十二度，也就是冰点；而湖岸附近则是三十三度；同一天，弗林特湖中央是三十二点五度；在离岸十来杆远的浅水区，在一英尺厚的冰下面，水温为三十六度。该湖深水区和浅水区的这三点五度的温差，加上它大部分区域相对比较浅，都可以说明它为何比瓦尔登湖早解冻这么长时间。这时最浅处的冰要比湖中央薄上几英寸。仲冬时节，湖中央水温最高，那里的冰也最薄。因而，夏天在湖边涉过水的人定会觉得，岸边只有三四英寸深的水要比离岸远一点的水暖和得多，而深水区水面的温度也比靠近湖底的温度高得多。春天，太阳所起的作用不仅体现在让空气和大地升温上，而且其热量能穿过一英尺多厚的冰层，在浅水区那热量还能从湖底反射上来，从而也使湖水变暖，融化了冰层的下缘，与此同时，太阳又从上方更直接地将冰融化，使其变得不平滑，使冰层里的气泡朝上下两个方向扩展，直至完全变成了蜂窝状，最后在一场春雨中突然消失。冰跟木头一样也有纹理，当冰块开始融化，或"出蜂窝"，不管是在什么位置，气泡都会跟水面保持垂直。贴近水面如有石头或木头，那上面的冰要薄得多，而且常常被这折射的热量所融化；我听说，有人在剑桥做过一个实验，让一个浅木槽里的水结冰，虽然冷空气在下方循环，可以到达木槽两侧，但是阳光从槽底折射的热量却大大抵消了这一优势。当仲冬的一场暖雨融化了瓦尔登湖上的雪冰，使湖中央留下一块或暗或明的坚硬冰层时，那这折射的热量就会在沿岸造出一条虽然更厚但却易碎的白色冰带。而且我已说过，冰中的气泡就像凸透镜那样，从下面将冰融化。

一年中的各种现象每天都会在湖上小规模地展现出来。一般说来，每天上午浅水比深水升温更快，尽管最终温度也不会有多高，而每到晚上浅水又冷却得更快，直至第二天早上。一天是一年的缩影。夜间是冬天，早晚是春秋，中午是夏天。冰的破裂鸣响表明气温的变化。一八五〇年二月二十四日，寒夜之后的一个宜人的早晨，我跑到弗林特湖区消磨一天，当我用斧头敲击冰面时，惊奇地发现，周围好几杆的范围内发出了锣一样的回响，又好像我敲击的是一个绷紧的鼓面。日出后约一小时，湖面感受到阳光从群山之上斜射过来的热力，湖里便开始隆隆作响；湖像个刚睡醒的人，在渐起的喧闹声中伸伸懒腰，打打呵欠，前后持续了三四个小时。中午，它休息了一会儿，临近晚上，太阳收回它的威力，湖又开始隆隆作响。天气若是适宜的话，湖会很定时地鸣放晚间礼炮。但在中午，由于冰上布满裂缝，空气也不那么具有弹性，湖便完全无法产生回响，鱼和麝鼠或许也不会被湖上遭受的打击震晕。渔夫们说，"湖上的雷

### 歌雀

歌雀（Song sparrow），学名 *Melospiza melodia*，也名歌带鹀，常见于北美洲。歌雀因叫声婉转动听而著名，它能唱出 10 种不同的调子，听起来很有节奏，十分生动，可以发出颤声。

鸣"吓得鱼儿不敢上钩。湖不是每天晚上都发出轰鸣，我也说不准它什么时候能发出轰鸣；不过，尽管我察觉不到天气的变化，但瓦尔登湖却感觉得到。谁会想到这么巨大、这么冰冷、这么厚实的家伙居然会如此敏感？然而，它却有自己的法则，并雷鸣般地表示服从这一法则，就像蓓蕾必然是春天绽放一样。大地充满生机，浑身布满乳突。最大的湖泊对大气的变化，就像温度计里的水银球一样敏感。

吸引我来林中居住的一个诱因，是我有闲暇和机会看到春天的来临。湖上的冰终于呈现蜂窝状了，我走上去脚跟都可以踩进去。雾和雨以及更暖和的阳光逐渐把雪融化；白天明显变长了；我意识到不用再扩充柴堆就能度过冬天了，因为不需要再烧很旺的火了。我密切关注着春天的最初讯息，想听听飞来的鸟儿偶然的啼鸣，或者满身条纹的松鼠叽叽喳喳的叫声，因为它储藏的食物现在一定快吃光了，或者看看土拨鼠如何贸然走出它的越冬之处。三月十三日，我听见蓝色鸣鸟、歌雀和红翼鸫鸣叫之后，湖冰仍有将近一英尺厚。随着天气越来越暖和，冰没有明显地被水侵蚀，也没有像在河里那

**红翼鸫**

红翼鸫（Red-winged blackbird），学名 *Agelaius phoeniceus*，主要分布于北美洲，是北美洲数量最多的陆禽。
红翼鸫的两性异形特征十分明显，雄性通体黑色，有红色肩部与黄色色带；雌性则通体深褐色。

样破裂漂走，虽然沿岸有半杆宽的冰块已全部融化，但湖中央还仅仅呈蜂窝状，浸满了水，因而当冰有六英寸厚时，你能一脚将其踩穿；但是第二天晚上，在一阵暖雨之后再来一场大雾，这冰也许会完全消失，跟雾一起消散，不见了踪迹。有一年，在冰面完全消失五天之前，我还打湖心走过。一八四五年，瓦尔登湖是在四月一日彻底解冻；一八四六年是在三月二十五日；一八四七年是在四月八日；一八五一年是在三月二十八日；一八五二年是在四月十八日；一八五三年是在三月二十三日；一八五四年是在四月七日前后。

我们这些生活在极端气候中的人们，对于与河流湖泊解冻和天气变化有关的每件事都特别关注。天气变暖时，住在河边的人夜里听见冰裂的声音，那惊人的轰鸣像放炮一样响亮，仿佛冰的镣铐被彻底击碎了，不几天工夫便无影无踪了。因此，随着大地的震动，鳄鱼从泥潭里爬了出来。有一位老人一直在仔细观察大自然，对于大自然的一切运作似乎了若指掌，仿佛大自然是在他小时候放上船台打造的，他还帮助她装上了龙骨——他已经完全成熟了，即使让他活到玛士撒拉①的寿数,大自然也没有更多的知识供他攫取了——我听他讲起他对大自然的运作表示惊叹,不禁感到颇为惊讶,因为在我看来,他与大自然之间已没有什么秘密可言。他告诉我说,春季的一天,他带上猎枪,划着船儿,心想猎取几只野鸭。草地上仍然有冰,但河里的冰却全部化为乌有,他从他的住地萨德波利,顺当地漂到了费尔黑文湖,出乎意料地发现,那湖面上绝大部分覆盖着一层坚冰。那是个温暖日子,他没有料到会见到湖上还残留着这么大的冰块。由于没有看到野鸭,他把小船藏在湖中一个小岛的北边或者说背面,然后自己躲在南边的灌木丛里等候野鸭。冰化到了离岸三四杆的地方,水面平静温和,湖底泥泞,这正是野鸭所喜爱的,因此他想,很快会有一些野鸭出现。他在那里静卧了大约一个小时,听到一种低沉而又似乎颇为遥远的声音,但却出奇地雄浑动人,不像他听过的任何声音,渐渐扩充,不断增强,随着一番沉闷的奔腾与吼叫,似乎要来一个响彻寰宇、恒久难忘的尾声,他当即觉得像是一大群飞禽就要降落在这里,便一把抓起枪,一跃而起,兴奋不已;但是他惊奇地发现,就在他躲在灌木丛里的时候,那一大块冰便开始移动了,向岸边漂去,他听到的是冰块边缘摩擦湖岸的声音——起初是轻轻磕碰,蹭成碎末,但最后却拱了起来,把碎冰凌空撒向小岛边沿,然后才恢复平静。

最后阳光终于直射下来,暖风驱散了雾和雨,融化了路边的雪堆,太阳驱散了薄雾,笑盈盈地迎来一片赤白相间、香烟缭绕的风

---

① 玛士撒拉,《圣经·旧约·创世纪》中以诺之子,据传享年969岁,见《创世纪》第五章第二十七节。

景，旅人取道其间，从一个小岛走向另一个小岛，上千条溪流在淙淙流淌，令人心旷神怡，溪流的血管中注满了冬天的血液，正在奔涌而去。

我去村里要经过铁路，泥沙解冻后会沿铁路上的深沟流淌下去，呈现出种种形态，几乎没有什么比观察这一现象更让我快乐的了——如此大规模的奇观实属罕见，尽管自从铁路发明以来，以相宜材料新近构筑的路基势必已大大增加。那材料就是粗细相异、色彩斑斓的沙子，通常掺进少许黏土。春天，甚至冬天解冻之日，霜冻一经化解，沙子便像熔岩一样顺着山坡往下流动，有时在雪地上奔涌，泛滥到以前见不到沙子的地方。无数的沙溪彼此重叠交错，呈现为一种杂交物，半从流水法则，半从植物法则。沙溪流动时，展现出多汁叶片或藤蔓形态，形成一堆堆一英尺多厚的浆沫状物，低头望去，就像是某种地衣的锯齿形的、裂片式的、覆瓦状的菌体；或者你会想到珊瑚、豹掌、鸟爪，或脑浆、肺、肚肠，以及各种各样的粪便。这确实是**一种怪异**的植物，我们在青铜器中看到的对其形态和色彩的仿效，好似一种建筑叶饰，比爵床叶、菊苣、常青藤、藤蔓或任何菜叶都更古老、更典型，在某些情况下，也许注定会让未来的地质学家感到困惑不解。我觉得这整个坑道像是一个溶洞，其钟乳石暴露在阳光之下。色泽斑斓的沙粒极其富丽，极其悦目，铁的色彩褐、灰、黄、红一应俱全。这流体来到路基脚下的排水沟时，就形成了一个个平坦的浅滩，互不连接的沙流失去了半圆柱的形状，渐渐变得更平更宽，等到更潮湿一些，便流到了一起，直至形成一个近乎平展的**沙滩**，却仍然丰富多彩，美不胜收，不过你仍能从中看出原本的植物外观；直至最后，它们在水中变成了堤岸，

**爵床叶**

爵床叶（Acanthus），其名源于希腊语，意为针、刺，指叶边缘有锐刺状的齿缺，也称老鼠簕、莨苕。在希腊神话中，仙女阿坎莎（Akantha）因拒绝太阳神阿波罗的示好并抓伤了他的脸，而遭到报复，被变成一株带刺的植物。

以这种植物为基本元素的纹样被称为老鼠簕纹、莨苕纹，是古希腊、罗马卷草纹饰的典型题材，被大量用于建筑作品的装饰及艺术设计中。

就像在河口形成的堤岸一样，植物的形态消失在底部的波痕中。

整个堤岸有二十到四十英尺高，有时覆盖着大量的这种叶饰，或称沙裂纹，在一侧或两侧绵延四分之一英里，可谓春日的产物。这种沙叶之所以如此奇异，乃在于它萌发得如此突然。当我看到一边是毫无生气的堤岸——因为太阳先照到一边——而另一边则是这郁郁葱葱的叶簇，仅仅是一个钟头的产物，我有一种奇特的感触，仿佛我站在创造了世界和我的艺术大师的实验室里——来到了他依然在劳作的地方，只见他在这堤岸上干得正欢，满怀不竭的精力，四处散播着他的新颖设计。我觉得自己好像更加贴近大地的命脉，因为这沙流呈现的叶状形态，就像动物体内的要害器官。于是，你从这沙流中感受到了植物的叶片。怪不得大地用叶片来表现自己的外在形象，在内里又为这种意念而劳作。原子已经学会了这一法规，并由此而有所孕育。高悬的叶片在此看到了它的原型。不论地球还是动物，**就内部而言**，都是一个潮湿的厚叶（lobe），这个词尤其适用于肝、肺和脂肪叶（希腊语的 λείβω，即 labor, lapsus，意为向下流或向下滑，亦即流逝；希腊语的 λοβος，即 globus，意为叶、球；

还有下摆、拍打等众多的词）；**表面**看来是一片薄薄的**枯叶**，甚至如 f 和 v 被挤压成了干瘪的 b 音。Lobe（叶）的根音是 lb,b 的浊音（系单叶片，双叶片则是 B），由流音 l 在后面往前推。在 globe（球体）一词中，glb 的喉音 g 增加了喉部容量的意蕴。鸟的羽毛和翅膀是更干更薄的叶子。这样一来，你也就能从土壤中笨拙的幼虫进而看到翩翩飞舞的蝴蝶。地球总在不断地超越自己，改造自己，沿着轨道展翅飞翔。甚至冰也是从晶莹剔透的叶子结起的，好像流进了水生植物的叶子在水镜上压出的模子。整棵树本身只是一片叶子，河流是更加巨大的叶子，叶的肉质是河流之间的大地，而城镇则是寄生在叶腋间的虫卵。

  太阳落下后，沙子便停止了流动，但是到了早晨，沙流又开始了，而且一条又一条地分离出无数条支流。你也许从这里可以看出血管是怎么形成的。你如果仔细观察，就会发现，那解冻的沙块中最先向前涌动的，是一条软化了的沙流，尖端像水滴，犹如指头一般，缓慢而盲目地摸索着向下流动，后来随着太阳升高，天气变得更热更潮湿，那最易流动的部分在尽力服从即使最迟钝的部分也要服从的那个法则的过程中，便与后者分离开来，自行形成一条蜿蜒曲折的渠道或动脉，中间可以看到一条银色小溪，像闪电一般，从多汁的枝叶的一端闪到另一端，还时不时地被沙子吞没。令人惊奇的是，沙子一流动起来，能迅速做到井然有条，完美无瑕，利用沙团所提供的最好材料，形成其通道清晰的边缘。河流的源头都是如此。水流中沉积的硅砂也许是其骨骼系统，而更精细的泥土和有机物质则是肌肉纤维或细胞组织。人若不是一团消融的黏土，还能是什么？人的手指头只不过是一滴凝结的水珠。手指和脚趾从身体正在溶解的部位向各自的范围流淌。在更为适宜的气候里，谁知道人体会扩展流淌到什么地方？难道手不是一片带有叶片和经络的铺开的**棕榈叶**吗？凭想象，耳朵，连同耳垂或耳坠，可以被视为头侧面的地衣（umbilicaria）。嘴唇（labium，来自 labor？）伸出或悬挂在洞穴似的嘴巴两侧。鼻子显然是个凝结了的水滴或钟乳石。下巴是个更大的水滴，是脸部所有水滴的总汇。面颊是从眉毛下滑到面部的山谷，由颧骨挡住后再向左右扩展。植物叶子的每一片圆形裂片，也是一滴浓浓的、缓缓游动的水滴，不管是大是小；裂片是叶子的手指；有多少裂片，就有多少流动方向，也就有更多的热量或别的良性影响，促使它流得更远。

由此看来，这面山坡似乎阐明了大自然的所有运作原理。这大地的创造者只不过发明了一片叶子而已。哪位商博良[①]能为我们破译这些象形文字，以使我们最终翻开新的一页？这个现象比繁盛富饶的葡萄园更令我振奋。诚然，这种状况带有排泄的性质，而且肝、肺、肠的排泄物无穷无尽，好像地球从里往外翻了个个儿；但是，这至少说明大自然也有内脏，而且在这一点上又是人类的母亲。这是来自地下的霜；这就是春天。它先于草木青翠、鲜花开放的春天，就像神话先于工整的诗歌。我不知道还有什么更能清除冬天的烟霭和郁积。这就使我意识到，地球仍然处于襁褓期，将其婴儿的手指向四处伸展，光秃秃的额顶冒着新生的卷发。没有什么是无机物。沿着堤岸是一堆堆的叶状物，就像锅炉中的溶渣，表明大自然

---

[①] 商博良（1790—1832），法国历史学家、埃及学家，根据刻有希腊文字、埃及象形文字及通俗文字的罗塞塔石碑铭文译解了埃及象形文字。

内部"开足马力"。大地并非只是僵死历史的片段,像书页那样一层叠着一层,主要供地质学家和古物专家来研究,而是像那先于鲜花和果实的树叶一样充满活力的诗歌——并非石化的大地,而是鲜活的大地;与其伟大的中心生命相比,所有动植物的生命只是一种寄生的形式。它承受的剧痛会把我们的化石从坟墓中抛出。你也许可以把金属熔化,并且尽可能将之浇铸成最美的铸镆,但是它们绝不会像那熔化了的大地所浇铸成的形态那样令我兴奋。不仅仅是大地,而且大地上的种种机构体制,也像陶工手中的黏土一样具有可塑性。

没过多久,不仅在这堤岸上,而且在每座山峦、每片平原、每块洼地,霜像一只冬眠的四足动物从洞中爬到地面,伴着乐曲寻找大海,或者升上云天另觅去处。悄声细语的融化,比挥舞铁锤的托尔①更有威力。一个是融化,一个是击碎。

当部分地面没了积雪后,又暖和了几天把地皮晒得干燥了一些,这时将幼年初露的稚嫩迹象,与熬过冬天的枯萎植物的庄重之美相比,真令人赏心悦目——长生草、一枝黄花、北美岩蔷薇和优雅的野草,往往比夏天还要惹人注目,也更为有趣,好像它们的美到那时才臻于成熟似的;就连羊胡子草、香蒲、毛蕊花、金丝桃、绒毛绣线菊、宽叶绣线菊以及其他硬茎植物,这是最早飞来的鸟儿取之不尽的粮仓——也至少是孀居的大自然体面的丧服。莎草那拱起的、好像禾束似的顶端,格外引起了我的关注;它把夏天带回到我们对

---

① 托尔,北欧神话中的雷神。

冬天的记忆之中，而且都是以艺术喜欢模仿的形式，而在植物王国里，这些形式与人类心中已有的类型之间的关系，与天文学的情况相同。那是一种上古的风格，比希腊风格和埃及风格还要古老。冬天的许多现象使人联想到一种难以言状的娇嫩和脆弱的柔美。我们习惯于听人把这位帝王描绘成粗鲁残虐的暴君；但他却满怀情人的温柔，装饰着夏天的秀发。

春天临近的时候，红松鼠来到我的房子底下，一次来两只，趁我坐着看书或写作时，径直钻到我脚下，不停地咯咯唧唧的，嗓子总是叽里咕噜的，汩汩作响，从没听到这么怪异的声音；我跺脚的时候，它们唧唧地闹得更凶，好像一疯闹起来，也就没有什么可惧可敬的，哪里还会理睬人的禁令。别闹了——红松鼠呀——红松鼠。它们对我的抗议完全充耳不闻，要么就是意识不到那抗议的威力，因而压抑不住地破口大骂一通。

春天的第一只麻雀！新年伊始，充满了前所未有的朝气！从部分光秃潮湿的田野里，传来了蓝色鸣鸟、歌雀和红翼鸫那孱弱的银铃般的啭鸣，好像冬天最后的雪花落地时发出的丁零声！在这种时候，历史、编年表、传统及所有的启示录又算得了什么？溪流唱起了春天的颂歌和欢乐曲。白尾鹞在草地上低飞，还在寻找最早醒来的覆有黏液的生物。从所有的山谷里传来积雪消融下陷的声音，湖里的冰也在迅速融化。山坡上的草像春天的火一样燃烧起来——"et primitus oritur herba imbribus primoribus evocata"[①]——好像大地

---

[①] 拉丁文，意为第一场雨催生出第一批青草。出自古罗马学者、作家瓦罗所著的《论农业》。

释放出内热,去迎接太阳的归来;它那火焰不是黄色的,而是绿色的——永恒青春的象征,那草叶像一条绿色的长丝带,从草地上流入夏天,途中确实遭到霜冻的阻击,但很快又向前推进了,让去年的干草从下面获得新的生机,又长出了嫩芽。像小溪从地下潺潺流出,它在不停地生长。它与小溪几乎同为一体,因为在六月的生长期里,小溪干涸了,草叶就成了小溪的渠道,畜群便年复一年地在这长青溪流里饮水,而割草人也及时跑来收割动物们冬天的口粮。因此,人类的生命即便灭绝了,仍会长出永恒的绿叶。瓦尔登湖在迅速融化。湖的北侧和西侧有一条两杆宽的水道,而在湖的东端,水道还要宽。一大片冰从主体上断裂开来。我听见从岸边的灌木丛里传来歌雀的歌声——奥利,奥利,奥利——奇普,奇普,奇普,切嚓——切维斯,维斯,维斯。它也在力促破冰。冰块边缘的大幅度曲线与岸边的曲线有点遥相呼应,不过更加规则,显得何等漂亮啊!由于最近出现了短暂的严寒,冰块变得异常坚硬,全都像宫殿的地板一样泛着水纹和波纹。风徒然向东吹过那不透明的湖面,直至吹到远处的活水区域。看着这条水的缎带在阳光下闪闪发光,没有遮掩的湖面充溢着欢乐和青春,仿佛诉说着湖中鱼儿和岸边沙子的欢欣,真是一桩赏心乐事——那是发自 leuciscus[①] 鱼鳞的银色光泽,仿佛整个湖就是一条活生生的鱼。这就是冬天和春天的比照。瓦尔登湖一度死去,现在又复活了。但是,如我所言,今年春天,它的解冻比以往来得平稳。

---

[①] 拉丁文,一种淡水鱼,可能是小银鱼。

天气从风暴和寒冬转向静谧和温和,时光由阴郁滞缓变为明晰轻快,这是万物称颂的、令人难忘的契机。最后仿佛是转瞬之间完成的。尽管已近黄昏,冬云弥漫,屋檐上沥沥拉拉地滴着冻雨,我的房里豁然一片通明。我朝窗外望去,瞧,昨天还是一片灰白结着寒冰的地方,现在已变成了清澈的湖水,像夏天傍晚一样宁静,充满希望,湖面映照着夏日的暮色天空,尽管头顶上什么也看不见,仿佛它与遥远的天际息息相通。我听见一只知更鸟在远处啼鸣,我想这是几千年来我所听见的第一只知更鸟的啼鸣,再过几千年我也不会忘记——那是与很久以前同样悦耳、同样嘹亮的歌声。哦,夜晚的知更鸟,在新英格兰夏日的傍晚!但愿我能找到它栖息的那根树枝!我指的是**那鸟**;我指的是**那树枝**。那起码不是 *Turdus migratorius*[①]。我小屋周围的北美油松和灌木橡树已经丧失活力那么久了,却突然恢复了其独有的特性,显得更光亮,更葱绿,更挺拔,更有活力,好像被雨水有效地洗净、复原了。我知道天不会再下雨了。只要看看树林里的任何树枝,看看你自己的柴垛,你就知道冬天是不是过去了。天色渐暗,我被低飞过树林的大雁的鸣叫声吓了一跳,它们像是疲惫的旅人,迟迟地从南方的湖边飞来,最后尽情地诉诉苦,彼此安慰一番。我站在门口,能听见它们急速拍打翅膀的声音;它们朝我的小屋飞来时,突然发现了我的灯火,便静下声来,盘旋着落在了湖上。我这才走进屋,关上门,在林中度过了第一个春宵。清晨,我从门里透过薄雾,观察雁群在五十杆之遥的湖

---

① 拉丁文,意为北美迁徙画眉,统称北美知更鸟。

**紫崖燕**

紫崖燕（Purple martin），学名 *Progne subis*，北美地区最大的燕子。

古希腊神话中，普洛克涅（Progne，也名 Procne）是雅典国王潘迪翁（Pantion）的女儿、色雷斯国王蒂留斯（Tereus）的妻子，她和妹妹在抵抗蒂留斯恶行的逃跑途中，分别被众神变为夜莺和燕子。

紫崖燕通常在早春（四月到五月之间）抵达北美东部，为繁殖做准备。它们的叫声动听悦耳、宛转悠扬。

---

心游荡，声势浩大，一片喧腾，瓦尔登湖就像是供它们娱乐的人工湖。但是，我往湖边一站，它们的指挥官便发出号令，众雁便立刻奋力拍动翅膀飞了起来，总共二十九只雁，列好队之后，在我头顶盘旋，随后径直朝加拿大飞去，领头雁定时地发出"嘎嘎"的叫声，期待能在浑浊的湖里吃到早餐。一群野鸭同时飞了起来，尾随它们更加喧闹的远房亲戚，向北飞去。

有一周的时间，我听见一只孤雁在雾蒙蒙的清晨盘旋、探索、嘶鸣，它在寻找它的伴侣，仍栖息在林中，一听那叫声，就知这林中养不起这么大的生灵。四月，又会看见鸽子一小群一小群地飞过，紫崖燕也会适时而至，在我的林中空地上方啁啾，尽管看样子并非因为镇里的燕子太多，以至于可以分给我几只，我想象，它们是一种奇特的古老鸟类，早在白人到来之前就栖息在中空的树里了。几乎在所有的气候区，乌龟和青蛙都是这个季节的先驱和信使，鸟儿一边飞行一边唱歌，羽毛闪闪发光，植物茁壮成长，花儿绽放，和风吹拂，以便抵消两极之间的轻微震颤，保持大自然的平衡。

四季转换中，每个季节似乎与我们都最相宜，因而春天的到来就像宇宙从混沌中开创出来，黄金时代得以实现。

"Eurus ad Auroram Nabathaeaque regna recessit,
Persidaque,et radiis juga subdita matutinis."

"东风退到奥罗拉和纳巴泰王国，
退到波斯和晨曦下的山脊。
……
人诞生了。究竟是那万物的创造者，
更美好世界之源，用神圣的种子创造出来；
还是最近刚与太空分离
而保留下的同宗天国的某些种子。"①

只要一场细雨，便能使青草葱绿许多。同样的道理，我们若是有更好的思想注入，我们的前景就会越发光明。如果我们总能生活在当下，善于利用落在我们身上的每一桩不测事件，就像青草坦然接受落在它身上的最微小露珠的滋润一样，而不是把时间耗费在我们所谓尽责地弥补错失的机会上，那就是我们的福祉了。春天已经来临，我们却在冬天里流连。在春光明媚的早晨，人们的一切罪孽都会得到宽恕。这样的一天是对罪恶的休战。在太阳的持续照耀下，

---

① 引自古罗马诗人奥维德《变形记》中的诗句。

最邪恶的罪人也会回头。我们自己恢复了纯真，也就能认识到邻人的纯真。你也许昨天把邻人视为盗贼、酒鬼或好色之徒，因而只是怜悯他，或鄙视他，并对人世感到绝望；但在这春天的第一个早晨，太阳发出灿烂温煦的光芒，使世界焕然一新，你遇见他在安详地干活，看见他那干瘪放荡的血管带着沉静的欢欣扩张开来，祈神赐福这新的一天，以婴儿般的天真无邪感受春天的滋润，他的一切过错也就被人遗忘。他周身不仅洋溢着一种善意的氛围，甚至有一种圣洁的芳香试图表露出来，尽管就像新生的本能，也许有些盲目徒劳，于是片刻之间，南边的山腰也不会对粗俗的玩笑发出回声。你会看见一些纯真的嫩芽准备从节节疤疤的树皮中冒出来，尝试又一年的生活，像最嫩的幼苗一样鲜嫩。甚至它已经享受到上帝赐予的欢乐。为什么狱吏不把牢门打开——为什么法官不驳回他的案子——为什么牧师不解散他的教堂会众！那是因为他们没有遵从上帝的启示，没有接受上帝毫无保留地赐予众人的宽恕。

"是其日夜之所息，雨露之所润，非无萌蘖之生焉，牛羊又从而牧之，是以若彼濯濯也，人见其濯濯也，以为未尝有材焉，此岂山之性也哉？虽存乎人者，岂无仁义之心哉？其所以放其良心者，亦犹斧斤之于木也，旦旦而伐之，可以为美乎？"

"其日夜之所息，平旦之气，其好恶与人相近也者几希，则其旦昼之所为，有梏亡之矣。梏之反复，则其夜气不足以存；夜气不足以存，则其违禽兽不远矣。人见其禽兽也，而以为未尝有才焉者，是岂人之情也哉？"①

"黄金时代初创之际，并无复仇者

也没有法律，而是自然珍惜真诚正直

没有惩罚和恐惧；也没有在铜版上

挂着威慑的文字；恳求的人群无须惧怕

法官的判词；没有复仇者而相安无事。

高山上砍伐的松树尚未落入

波涛之中，让它看到一个异邦世界，

而凡人只知道他们自己的河岸。

……

在那永恒的春天，阵阵和煦的微风

吹拂着无种而自生的花朵。"②

四月二十九日，我在九英亩角桥附近的河边钓鱼，站在潜伏着麝鼠的晃晃悠悠的草丛和柳树根上，听到一阵奇特的咯咯声，有点像小孩用手指摆弄棍子的声音，抬头一看，只见一只颇为小巧、好生优雅的鹰，好似夜鹰，时而像波纹似的腾飞，时而又一次次地翻落一两杆，展露出双翼的内侧，亮晶晶的像是阳光下的缎带，又像是贝壳珠玉般的内壁。这一情景使我想起了放鹰狩猎，以及与此项运动相关的高尚情操和诗意。我觉得那是灰背隼，不过我不在乎它

---

① 引自《孟子·告子上》第八章。
② 引自奥维德《变形记》第一卷。

叫什么名字。这是我所见过的最轻灵的飞翔。它不像蝴蝶那样仅仅拍翅而飞,也不像巨鹰一样搏击长空,而只是自豪自信地在天宇翱翔;伴着奇特的咯咯声,一次次地攀升,然后反复潇洒自如地下落,像鸢一样翻腾,接着又从高空翻滚中恢复了常态,仿佛它从未在大地上落过脚。它似乎在宇宙间没有伙伴——独自嬉戏在其间——除了供它戏耍的清晨和苍穹,它别无所需。它并不孤独,但是它使下方的大地感到孤独。孵化它的母亲,它的亲属,它的父亲在天宇的什么地方?它是天宇的居民,好像除了一度由蛋在峭壁的缝隙中孵化以外,它与大地再无任何关系——或者,它出生的巢穴就筑在云彩的一角,用彩虹和晚霞编织而成,又用地面浮起的柔软的仲夏薄雾作衬里?它那猛禽巢就筑在峻峭的云朵上。

此外,我还钓到一堆罕见的金色的、银色的、鲜铜色的鱼,就像一串珠宝。啊!在许多个早春的清晨,我深入到那片草地上,从一个小圆丘跳到另一个小圆丘,从一棵柳树根跳到另一棵柳树根,这时荒野的河谷和森林沐浴在清纯明媚的阳光里,有人认为,如果死者真是在坟墓里沉睡的话,那阳光能将亡灵唤醒。永生不需要更强劲的证据。在这种光芒中,万物必定会活着。哦,死亡,你的毒刺在哪里?哦,坟墓,你的荣耀又在哪里?①

我们村子周围假若没有那些未经开发的森林和草地,那我们的乡村生活就会变得死气沉沉。我们需要荒野的滋补——时不时地在麻鸭和草地鸡出没的沼泽地里跋涉,听一听鹬的鸣叫声,闻一闻飒

---

① 典出《圣经·新约·哥林多前书》第十五章第五十五节,原文为:"死啊,你得胜的权势在哪里?死啊,你的毒钩在哪里?"

飒作响的莎草,只有更野、更孤独的禽鸟才会在那里筑巢,水貂才会在那里贴着地面爬行。我们在认真探索和了解万物的同时,却又想要万物神秘莫测,让大地和海洋无限荒凉,我们没有探测过,因为它们是深不可测的。我们永远不会厌倦大自然。我们看到用之不竭的活力、壮阔浩瀚的景观、残骸浪迹的海岸、活树和枯木杂陈的荒野、雷云、持续三周造成山洪的大雨,定会为之精神振奋。我们必须看见自己的局限被超越,看到某个生灵在我们从未涉足的地方自由自在地吃草。当我们看到兀鹫在吃令人作呕、让人沮丧的腐尸,并且从中获取了健康和力量时,我们为之兴奋。通往我家的路边的坑里有一只死马,有时逼得我绕道而行,尤其晚间空气沉闷的时候,却使我从中得到了补偿,感受到了大自然的强大胃口和不可摧毁的健康。我喜欢看到大自然充满各种生命,无数的生命可以经得起相互祭祀、相互捕食;纤弱的生物像果泥一样被无声无息地毁灭掉——苍鹭吞食蝌蚪,乌龟和蛤蟆在马路上被碾死,有时血肉像雨水般落下!既然事故不可避免,我们必定明白人们对此多么在意。在智者看来,万物都是无辜的。毒药终究并非有毒,也没有任何伤口是致命的。怜悯是很不牢靠的,必定是转瞬即逝的,对怜悯的诉求也不能一成不变。

五月初,橡树、栎树、山核桃、枫树等树木,刚从湖周围的松树林中抽出芽来,给风景抹上了一层类似阳光的亮丽,在阴天里尤其如此,好像太阳冲破薄雾,隐约照耀着各处的山腰。五月三日或四日,我看见湖里有只潜鸟,而在五月的第一周,我听见了三声夜莺、棕鸫、威尔逊鸫、美洲小鹟、棕胁唧鹀以及别的鸟的鸣叫。我早就听到鸫科鸣鸟的叫声。菲比霸鹟早就又来过一次,往我的门窗里张望，看看我的小屋是否像洞穴似的适合它筑巢，它勘测巢址时，捏紧爪子，嗡嗡地扑腾着翅膀悬在空中，好像被空气托住一样。北美油松硫磺似的花粉很快就洒满了湖面和沿岸的石头与朽木，你可以满满地收集上一桶。这就是我们常听说的"硫磺雨"。甚至在迦梨陀娑的剧作《沙恭达罗》<sup>①</sup>中，我们就读到"莲花的金粉染黄了小溪"。于是季节流转到了夏天，你也就漫步走进越来越高的青草之中。

我在林中的第一年生活就这样结束了，第二年的情况也与之相仿。我于一八四七年九月六日最终离开了瓦尔登湖。

---

① 迦梨陀娑，公元4世纪至5世纪的印度古典梵语诗人，《沙恭达罗》为古印度文学的经典。

⊙ **通识漫谈**

**商博良**

　　商博良（Champollion），第一位识出古埃及象形文字结构并破译罗塞塔石碑的学者，并因此成为埃及学的创始人。

　　商博良具有出色的语言天赋，20岁时就已经掌握拉丁语、希腊语和许多古代东方语言。他对古埃及的科普特语尤其感兴趣，这也是他系统研究罗塞塔石碑的契机。

\* 哪位商博良能为我们破译这些象形文字，以使我们最终翻开新的一页？

**托尔和山羊战车**
**卡尔·埃伦伯格19世纪插图**

　　托尔（Thor），北欧神话中的雷电与力量之神，同时还司掌风暴、战争、农业。

　　北欧人认为，每当雷雨交加，就是托尔乘坐山羊战车外出巡视。

　　托尔的武器是雷神之锤（Mjollnir），该名在古诺斯语中有"粉碎"的意思，事实上，这柄锤子具有祝福婚姻、生产、复活和安抚亡灵等力量，在很多艺术作品中几乎成了力量的代表。

\* 悄声细语的融化，比挥舞铁锤的托尔更有威力。一个是融化，一个是击碎。

**伦敦《变形记》封面　乔治·桑迪斯 17 世纪插图**

奥维德《变形记》是使用六部格诗体记录的关于变形的神话作品，以古希腊哲学家毕达哥拉斯"灵魂转回"说为理论基础，描述了罗马和希腊神话中的世界历史——从宇宙的创立、大地的形成、人类的出现开始，一直讲述至罗马的建立、恺撒遇刺变为星辰、奥古斯都顺应天意建立统治。

《变形记》堪称一部伟大的"神话辞典"，从首次发行开始就广受欢迎，并对后世的创作者产生深远影响，除了梭罗，还有卡夫卡、但丁、莎士比亚、歌德等人。

\* 东风退到奥罗拉和纳巴泰王国，退到波斯和晨曦下的山脊。(《变形记》)

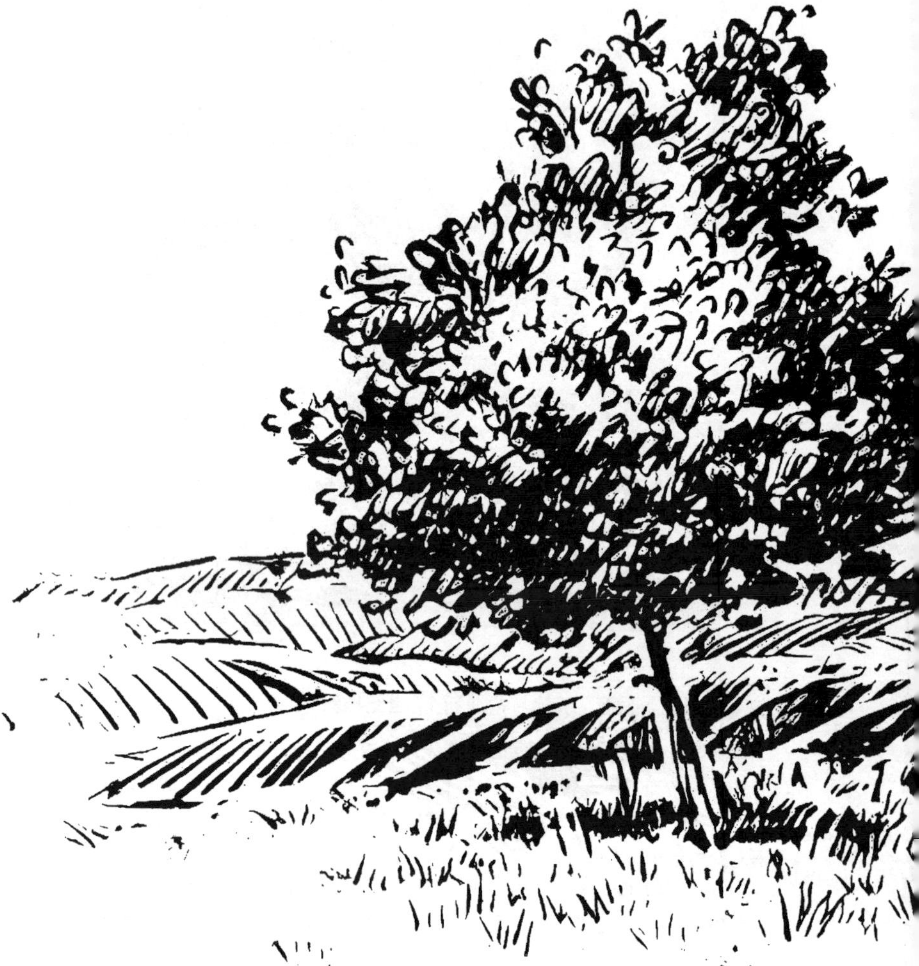

## 十八 结语

> 生活越是简单,宇宙的法则将变得越不复杂。

对于病人，医生会明智地建议换换空气和环境。谢天谢地，这里并非整个世界。新英格兰不长七叶树，这里也绝少听到嘲鸫的鸣叫。大雁比我们更像世界公民；它在加拿大进早餐，在俄亥俄吃午餐，而在南方一个河口梳理羽毛过夜。即便是野牛，也会在某种程度上跟上季节的步伐，先在科罗拉多的牧场上吃草，直到黄石公园里有更葱绿、更美味的青草等着它，它才肯离开。然而我们又认为，如果我们把农场的栅栏拆掉，垒起石头墙来，我们的生活从此便有了限制范围，我们的命运也就决定下来了。你若是被选作镇文书，无疑你今年夏天就不能去火地岛了；不过，你反倒可能去火地狱。宇宙比我们目力之所及还要浩瀚。

然而我们应该像好奇的乘客，经常往艉栏杆后面望去，而不是像愚蠢的水手那样，整个航程只是埋头挑拣麻絮①。地球的另一端只不过是跟我们相对应的居民的家园。我们只不过是兜着大圆圈航行，而医生只是给皮肤病开列方子。有人匆匆赶到南非，去追猎长颈鹿；不过，那想必并不是他要追捕的猎物。请问，一个人即便能够追捕长颈鹿，那他又能追捕多久呢？沙锥和山鹬也能提供难得的消遣，但是我相信猎杀自己是更高尚的运动。

> "把你的视线向内心转去，
> 你会发现心中还有上千个领域，
> 尚未开发。快去这些领域巡游，

---

① 挑拣麻絮是水手常做的单调工作，从旧绳子中挑拣出麻絮，用以填塞船缝。

做一个家庭宇宙学的里手。"①

非洲代表什么——西部又代表什么？难道我们自己的内心在图表上不是一片空白吗？尽管一旦发现，也许会证明它是黑色的，像海岸一样。难道我们发现的是尼罗河的源头，或尼日尔河的源头，或密西西比河的源头，或环美洲大陆的一条西北通道的源头？难道这些是跟人类休戚相关的问题吗？难道富兰克林②是唯一失踪的人，致使他的妻子迫不及待地要找到他？格林内尔先生③是否知道他自己置身何处？还是做你自己的溪流和海洋的芒戈·帕克、刘易斯、克拉克和弗罗比歇④吧；探索你自己的高纬度地带吧——如有必要，就带上一船船的肉罐头作补养；还可以把空罐头盒垒到半空中当作标记。难道发明肉罐头仅仅为了保存肉吗？不，你要成为发现你内心的整个新大陆和新世界的哥伦布，开辟的不是贸易的新渠道，而是思想的新渠道。每个人都是一个王国的君主，与这王国相比，沙皇的尘

---

① 引自英国诗人威廉·哈宾顿（1605—1654）的诗作《致尊敬的朋友爱德华·P 爵士》。
② 约翰·富兰克林爵士（1786—1847），英国探险家，在寻找美洲西北水道时失踪。
③ 亨利·格林内尔（1799—1874），英国商人，曾出资寻找失踪的富兰克林。
④ 芒戈·帕克（1771—1806），苏格兰探险家，在非洲尼日尔河探险时丧生；刘易斯（1774—1809）、克拉克（1770—1838），美国著名的探险搭档，发现了一条通往太平洋的陆上通道；马丁·弗罗比歇（1535—1594），英国航海家、探险家，三次试图找到西北通道；西北水道是北冰洋中一条连接太平洋与大西洋的航道。

世帝国只不过是个区区小国,冰川退却后留下的一个小丘。然而,有人不讲自尊却要爱国,舍大求小。他们热爱筑成他们坟墓的土地,却对还能为他们的泥土之躯赋予生机的精神没有感应。爱国主义是他们头脑中的一种狂想。那南海探险①有什么意义,搞得声势浩大,耗用甚巨,只不过间接地认可这样一个事实:在道德世界里也有大陆和海洋,每个人都是其中的地峡或小湾,只是自己尚未探索过,不过若是乘坐政府的船,有五百名水手和仆役相助,航行成千上万英里,历经严寒、风暴和食人族的考验,要比独自去探索自己内心的海洋,要比独自去探索自己的大西洋、太平洋来得容易。

"Erret, et extremos alter scrutetur Iberos.
Plus habet hic vitae, plus habet ille viae."

"让他们去游逛,去考察远方的澳大利亚人,
我更多地想着上帝,他们更多地想着旅程。"②

周游世界去数桑给巴尔岛上的猫,这就有所不值了吧?不过,在没有多大能耐的情况下,即便这种事做做也无妨,说不定你会发现某

---

① 指1838—1842年间,美国海军对南太平洋和南极地区进行的探险。
② 这两行诗引自罗马诗人克劳狄的《维罗纳的老人》。梭罗在翻译中将拉丁文原文中的"伊比利亚人"改为"澳大利亚人",将"更多地想着生活"改为"更多地想着上帝"。

个"西姆斯洞"①,通过这个洞最终可以进入地球内部。英国和法国、西班牙和葡萄牙、黄金海岸和奴隶海岸,全都面向这个隐秘的海域;但是这些地方还没有一艘船敢于驶出陆地的视野,尽管那里无疑直通印度。如果你能学会讲所有的语言,适应所有民族的风俗,如果你能比所有的旅人走得更远,适应所有的气候,能让斯芬克斯②以头撞石,甚至遵循古代哲人的箴言,探索你自己。这样做是要有决断和胆识的。只有战败者和逃兵才去参战,他们是逃跑了而又应征的懦夫。现在就起程吧,向最遥远的西行之路前进,这条路不会在密西西比河或太平洋停顿,也不会引向衰迈的中国或日本,而是要直接引导你进入这个领域,不论冬夏,不分昼夜,管它日落月落,最后连地球也落下。据说米拉波③曾到公路上抢劫,以便"确定一个人需要下多大的决心,才能把自己置于跟最神圣的社会法律正经对抗的位置"。他声称,"一个普通士兵用不着一个拦路抢劫犯的一半勇气"。还说:"荣耀和宗教从未妨碍一个深思熟虑而又坚定不移的决心。"在世人看来,这很有男子汉气概;然而,这即便不是铤而走险,也是徒劳无益。一个头脑比较清醒的人会发现,他因为遵从了更为神圣的法则,因此便常跟人们视为"最神圣的社会法则"处于"正经对抗的位置",这样一来,他也就无须特意努力,便能使他的

---

① 西姆斯(1779—1829),美国退役军官,于1818年宣称地球是空心的,里面可以住人,两极都有通往地球内部的洞口。
② 斯芬克斯,古希腊神话中的狮身带翼女怪,叫所有的过路行人猜谜,猜不出者即被她吃掉。俄狄浦斯猜到了谜底,她于是以头撞石而死。
③ 米拉波(1749—1791),法国政治家。

我离开树林跟进入树林一样都有充足的理由。看来我好像还有几种生活要过，因而腾不出更多时间去过那林中生活。

决心得到验证。一个人无须以这种态度对待社会，但他必须坚持自己在恪守生存之道上所形成的任何态度，如果他有幸遇上一个公正的政府，他的态度是绝对不会与这样一个政府相对抗的。

我离开树林跟进入树林一样都有充足的理由。看来我好像还有几种生活要过，因而腾不出更多时间去过那林中生活。令人惊奇的是，人们轻而易举、不知不觉地陷入一种特定的生活方式，最终成为自己的常规。我在那里还没住上一个星期，双脚便从门口到湖边踏出了一条小路；尽管踏出来五六年了，小路依然清晰可辨。说真的，我还就怕别人也循踪而行，给踏出一条通道来。地球的表面是松软的，人走过便会留下脚印；心灵旅行的道路也是如此。这样一来，世界上的公路该是多么破损不堪、尘土飞扬，而传统和习俗的车辙又是多么根深蒂固！我可不愿挤在船舱的过道里，而倒宁愿待在桅杆前面，站在世界的甲板上，因为在那里我才能最清楚地看到群山中的月光。现在，我不想下到客舱里。

至少，我通过实践明白了这一点：一个人如果能充满自信地朝他梦想的方向前进，并且尽量过着他所想象的那种生活，那他就会遇见寻常时刻意想不到的成功。他要把某些事情置于身后，将会跨越一种无形的界限；在他周围，在他心里，将会建立全新的、普遍的、也更自由的法则；或者，旧的法则会得到扩充，并在更自由的意义上作出对他有利的解释，他可以在一种更高存在秩序的许可下生活。他的生活越是简单，宇宙的法则将变得越不复杂，孤独将不再是孤独，贫穷不再是贫穷，软弱也不再是软弱。如果你建起了空中楼阁，你的劳动也不会白费；空中楼阁就应该建在空中。现在就在下面打地基吧。

英国和美国提出了一个可笑的要求,就是你要说话,这样他们才能理解你。人和毒菌都生不出这般本领的。这个要求似乎很重要。没有言论,就没有足够的信息来理解你。好像大自然只支持一种理解模式,无法既供养鸟又供养四足动物,既供养飞行生物又供养爬行生物,好像老牛能听懂的"哈嘘"和"吁"是最好的英语。似乎只有愚蠢才保险。我主要担心我的表达还不够超脱,还没有超越我日常经验的狭窄界限,还不足以表达我所确信的真理。超脱!这取决于你受局限的程度。迁徙的水牛跑到另一个纬度区寻找新牧场的时候,并不像奶牛在挤奶时那样肆无忌惮,踢翻奶桶,越过牛栏去追牛犊。我渴望在一个没有限制的地方说话;就像一个刚醒过来的人,在跟刚醒过来的人说话;因为我相信,我再怎么过甚其辞,也无法给真正的表达打下基础。凡是听过乐曲的人,有谁担心自己会夸大其词呢?考虑到未来和可能性,我们应该从从容容地生活,不必事先界定一切,我们的轮廓应该模糊朦胧一些;就像我们的影子对着太阳也会蒸腾出难以觉察的蒸汽。我们的言语中那变幻莫测的真理,总要暴露出残言片语的缺陷。真理立即被传译升华了,留下的只是文字的丰碑。表达忠诚虔敬的话语是含糊不定的,然而对高尚的天性来说,它们又意味深长,芳如乳香。

为什么总要把我们的认知降低到最愚钝的地步,并且美其名为共识呢?人最普通的感识是睡眠时的感识,是以打鼾表达出来的。有时,我们常把智力超常的人与智力欠缺的人混为一谈,因为我们只能赏识他们三分之一的才智。有的人哪天起早了,就会对朝霞吹

**乳香**

乳香（Frankincense），其名源于古法语，意为"上等熏香"，古埃及称阿曼苏丹国所产的最上乘乳香为"上帝之汗"。

乳香常用于西方的宗教场合，有几千年的应用历史。据说，耶稣基督降生时，东方三博士送来了三种礼物：黄金、乳香和没药。自此，乳香与基督教、伊斯兰教乃至佛教等多个宗教产生了千丝万缕的联系，被认为是一种神圣的灵性媒介。

毛求疵。"他们佯称，"我听说，"迦比尔①的诗有四种不同的含义：幻觉、精神、智力和《吠陀经》的通俗教义"。但是，在这天地间，如果一个人的作品可以作出不止一种解释，那就势必引起人们的诟病。英国既然在努力防治土豆腐烂，难道就没有人致力于防治脑腐这种流行更广、更为致命的病症吗？

我并不觉得我已达到晦涩难懂的境地，不过，如果我书中在这一点上所发现的致命疵瑕并不比瓦尔登湖冰上的多，那我会感到自豪。南方的顾客不喜欢它那本是纯洁象征的蓝色，似乎觉得浑浊不清，而更喜欢剑桥的冰，那冰是白色的，但却有水草的腥味。人所喜爱的纯洁就像笼罩着大地的薄雾，并不像雾层之外的蓝色天空。

有人总在我们耳边聒噪，说什么跟古人相比，甚至跟伊丽莎白时代的人相比，我们美国人，和广义上的现代人，都是智力上的侏儒。不过这样比较的目的何在？活着的狗比死了的狮子要强②。难道

---

① 迦比尔（1440？—1518），印度教虔诚派领袖，曾试图将印度教和伊斯兰教调和在一起。
② 语出《圣经·旧约·传道书》第九章第四节。

一个人因为属于矮人族就要去上吊，而不是尽可能成为最高大的矮人吗？让每个人都管自己的事，并且尽力保持自己的本色。

我们为什么如此不顾一切、迫不及待地要获得成功，如此不顾一切地贸然从事？如果一个人不能跟同伴步调一致，那也许是因为他想标新立异。任他标新立异去吧，不管是否有板有眼，不管距离有多远。他是否能像苹果树或橡树那样尽快成熟并不重要。难道要他把春天变成夏天？如果适合于我们的环境尚未成熟，那我们又能用什么环境加以替代呢？我们可不要在幻境之中翻船。难道我们要不辞辛苦地在头顶上建起一个蓝色玻璃的天国，而建成之后却又觉得那并非天国，定要仰望那更高处的真实天国？

库鲁城里有一位艺术家，他遇事喜欢追求完美。一天，他心里突生一念，想做一根手杖。考虑到时间是造成艺术品不完美的一个因素，而完美的艺术品是不受时间制约的，于是他告诫自己，这根手杖应该在各方面尽善尽美，哪怕我此生旁无所骛。他立马钻进树林去选材，打定主意决不选取不相宜的材料来做；他找来找去，一根又一根的全都看不中，他的朋友渐渐离开了他，因为他们一个个干到老，都死去了，而他却丝毫不见老。他目标专一，矢志不移，加上高度的虔诚，让他青春常驻，而他自己却浑然不觉。因为他不跟时间妥协，时间便避开他，因为奈何不了他，只好远远地站在一旁叹息。他还没找到一根各方面都适宜的木料，库鲁城早已成了一片废墟，他便坐在一个废墟堆上给那木棍剥皮。他还没削出型来，坎达哈王朝就已经消亡了，他便用木棍的尖头在沙地上写下了那个种族最后一个人的名字，接着继续做他的手杖。等他把手杖削好磨光，劫①不再是极星了；他还没给手杖装上金属箍，还没给杖头装上珍贵的宝石，梵天已经醒来又睡去许多次了。可我为何要在这里提起这些事呢？当他修饰最后一笔时，突然间，使艺术家不胜惊讶的是，他眼见着他的手杖大放异彩，成为梵天所有创造物中最精美的作品。他在制杖的过程中，创造了一个新的体系，一个完美匀称的世界；虽然古城和旧王朝都已消失，但是更美的城市、更辉煌的王朝已经取代了它们。现在他看见脚边那堆削下的木花依然新鲜，便领悟到，对他和他的作品来说，以前逝去的时光只是一种幻觉，其实，这个过程也就是梵天脑中闪出一粒火花，落下来点燃凡人心头的火种所需的时间。材料是纯净无瑕的，工艺也是纯净无瑕的，结果怎么能不奇妙绝伦呢？

  人再怎么关注事物的表象，最终都不及关注真相来得有利。只有真相经得起考验。通常，我们并非身处正确的位置，而是身处错误的位置。由于天性薄弱，我们设想了一种情况，将自己置身于其中，因此我们同时身处两种境况，要摆脱出来也就加倍困难。在清醒的时候，我们只考虑事实，也就是实情。讲你能讲的话，而不是你应该讲的话。只要是真话总比假话好。补锅匠汤姆·海德站在绞刑架下，有人问他是否有什么话要说。"告诉裁缝，"他说，"记住在缝第一针时线要打结。"而他同伴的祈祷却被世人遗忘。

  不管你的生活多么卑微，你都要迎上去，活下去；不要逃避，不要恶言恶语。生活不像你那么糟糕。你最富有的时候，生活却显

---

① 古印度传说世界经历若千万年毁灭一次，重新再生，这一周期称为一劫。

得最贫穷。爱挑剔的人即使在天堂也会吹毛求疵。生活纵使贫穷，还要热爱生活。即使在济贫院里，你也许还会享受些许愉快、激动、荣耀的时光。济贫院窗口反射的夕阳的光辉，像有钱人寓所窗口反射出的一样明亮；济贫院门前的雪也同样在早春融化。我相信，一个内心平静的人住在那里会像在宫殿里一样心满意足，满怀喜悦。在我看来，城里的穷人往往过着最独立的生活。也许他们只不过太超乎寻常，可以无所顾忌地接受施予。大多数人认为，他们不屑于让城里人养活他们；但是，更为常见的是，他们并非不屑于凭借不正当手段养活自己，其实那才更不光彩呢。把贫穷当作花园里的草，当作鼠尾草来培育。不要劳心费神去搞新东西，不管是衣物还是朋友。翻出旧的，重新利用。万物不变，我们在变。卖掉你的衣物，保留你的思想。上帝会确保你不需交友。如果我整天关在阁楼的一角，像蜘蛛一样，只要还有思想，我会觉得世界照样开阔。哲人曾说："三军可以夺帅，而匹夫不可夺志也。"① 不要急切地寻求发展，也不要把接受种种影响当儿戏，那全要消耗精力的。谦恭像黑暗一样，展示了天国的光亮。贫穷和卑微的阴影聚集在我们四周，"瞧！天地万物开阔了我们的视野。"② 我们经常被提醒，假若我们获得了克洛伊斯③的财富，我们的目标必须一如既往，我们的手段也要基本上一如既往。此外，如果你被贫穷局限在自己的范围之内，比如你没钱购书买报，那你只是被局限在最有意义、最为重要的经历之中；

---

① 语见《论语·子罕》第二十六章。
② 语出西班牙诗人怀特（1775—1841）的《夜晚与死亡》一诗。
③ 克洛伊斯，公元前6世纪小亚细亚的吕底亚国王，以富有著称。

不得不与能提供最多糖分、最多淀粉的物质打交道。贴近骨头的生活也是最甜美的生活。你不会堕落为轻浮无聊之辈。人只要气度恢宏，绝不会因为境遇卑微而黯然失色。过量的财富只能购买过量的物品。灵魂所需要的东西，不需金钱购买。

我住在铅墙的一隅，墙里注入了少许用以铸钟的铜锡合金。我午间休息的时候，耳朵里常听到外面传来一阵嘈杂的叮当声。那是我的同时代人发出的噪声。邻人跟我说起过他们与著名的绅士淑女的奇遇，说他们在餐桌上遇见了哪些显贵名流；但是我对这种事情，就像对《每日时报》的内容一样不感兴趣。他们的兴趣和话题主要集中在服饰和仪态上；但是，任你怎么装扮，鹅总归是鹅。他们跟我谈到加利福尼亚和得克萨斯，谈到英国和印度群岛，谈到佐治亚或马萨诸塞的尊敬的某某先生，全都是些转瞬即逝的过眼云烟，听得我就想像马穆鲁克的军官那样从院子里越墙而走[①]。我很高兴又回到自己的方位——不是耀武扬威地夹在队列中，行进在招人惹眼的地方，如有可能，我甚至要与宇宙的建造者同行——不想生活在这个不得安宁的、神经质的、闹哄哄的、琐琐碎碎的19世纪，而只想站着或坐着沉思默想，听任这个时代流逝。人们在庆祝什么？他们全都是一个筹备委员会的会员，随时都在恭候哪位要人训话。上帝只是当天的主席，韦伯斯特[②]则是他的演说家。我喜欢掂量、确定

---

① 马穆鲁克是中世纪效命于哈里发和苏丹的奴隶兵，后成为一个军人集团。1811年，埃及督抚阿里下令屠杀马穆鲁克，传说一个马穆鲁克骑兵翻墙骑马逃走。
② 指丹尼尔·韦伯斯特（1782—1852），美国政治家，著名演说家。

并且趋向那些最强烈、最有理由吸引我的东西——而不是抓住秤杆,试图减少点重量——不是假定一种情况,而是接受现实;走我唯一能走的路,也是没有什么力量能阻挡我的路。还没奠定牢固的基础就着手建造一座拱门,我绝不会满足于这么做。我们还是不要在薄冰上奔来奔去耍儿戏了。什么都要有一个牢固的基础。我们从书上看到,旅人问小孩他眼前的沼泽是否有坚实的底部。孩子回答说有。但是旅人的马不久便陷入齐腰的地方,他便又对孩子说:"我还以为你是说这沼泽有坚实的底部呢。""是有啊,"孩子回答说,"可你连一半深还没到呢。"社会的沼泽和流沙也是如此;但明白这一点的定是老大不小的人了。一件事只有想的、说的、做的出现了难得的巧合,才能算是好事。有人愚蠢地硬往木板条和灰泥墙里钉钉子,我才不会与他们为伍呢,我要是干出这样的事,那会害得我整夜睡不着觉。给我一把锤子,让我摸索着来钉板条。不要指望油灰。把钉子钉进去,钉得牢牢的,以便夜里醒来,可以得意地想起自己干的活——这是一桩你不会羞于乞求缪斯来嘉许的活计。因此,上帝便会助你,而且只会如此。所钉入的每颗钉子都是宇宙大机器中的一颗铆钉,你在把这项工作持续下去。

不要给我爱,不要给我钱,不要给我名望,而要给我真理。我坐在摆满美酒佳肴的餐桌前,受到曲意逢迎的招待,但没有真诚和实意;我饥肠辘辘地离开冷漠的餐桌。这种款待冷酷如冰。我想这伙人不必用冰便可冷冻。他们跟我讲起那酒的年份和佳酿的名头;但我却想到一种更陈、更新、更纯的葡萄酒,一种更负盛誉的佳酿,这种酒他们没有,也无法买到。在我看来,这派头、这房屋、这庭院和这"款待",都一文不值。我拜访过国王,他却让我在大厅里等候,他的行为就像个不谙好客之道的人。我有一个邻人,住在空心树里。他有真正的帝王气派。我不如索性去拜访他,那会得到更好的待遇。

我们还要在走廊里坐上多久,奉行跟任何工作都不相干的那些乏味而又陈腐的美德呢?好像一个人一日伊始就要忍受长期的痛苦,雇一个人给他的土豆锄草;到了下午又怀着预谋已久的善心去修行基督徒的谦卑和仁爱!想一想中国人的自大和人类停滞不前的自负吧。我们这一代人略微倾向于庆幸自己是一个卓著民族的最后一代;而在波士顿、伦敦、巴黎和罗马,这一代人想到自己的悠久血统,便洋洋得意地谈起了他们在艺术、科学和文学上的进步。哲学协会档案丛书和**伟人**的公开颂词,都有记录在案。虔诚的亚当沉湎于自己的美德。"是的,我们成就了伟大的业绩,吟诵圣歌,圣歌永垂不朽。"——也就是说,只要**我们**铭记不忘。亚述的博识学会和伟人——如今都在哪里?我们是何等年轻的哲人和实验者!我的读者中尚无一人度过完整的人生。这只不过是人类生命中的春天时光。我们即便有过七年之痒①,却还没在康科德见过十七年之蝉。我们熟悉的只不过是我们所生活的地球的一层表皮。大多数人没有探索过地球表面以下六英尺,也没有向上跃起过六英尺。我们不知道自己身在何处。此外,我们几乎有一半时间是在酣睡。可我们还自以为聪明,在地面上建立了秩序。确实,我们是深邃的思想家,我们是雄心勃勃的精灵!当我俯身注视一只虫子在林中地面松针中间爬行,

---

① 英语中的幽默语,又译七年之患,指夫妻间婚后七年开始的厌烦、焦躁、思淫欲的情绪。

**十七年之蝉**

十七年之蝉（Seventeen-year locust），学名 *Magicicada septendecim*，原产于加拿大和美国的周期蝉，从卵到成虫自然死亡的中位生命周期约为十七年，是世界上最长寿的昆虫之一。

十七年蝉几乎一生都生存于地下，一旦破土，就只剩三周左右的生命。十七年蝉也因此被赋予"隐忍""坚守"等象征意义。

尽量避开我的视线时，我便问自己它怎么会抱有如此卑恭的念头，非要藏头缩脑地避开我，殊不知我可能就是它的恩主，能给它的族类传达可喜的信息，这不禁让我联想到，更伟大的恩主和智者在俯视我这个人类昆虫。

新奇的事物在源源不断地涌入这个世界，而我们却在容忍不可思议的沉闷。我只需提及，在最开明的国家里，人们还在聆听何种的布道。那里面也有喜和哀之类的字眼，可那都只不过是用鼻音哼出的赞美诗中的主题，而我们却相信平凡和中庸。我们认为，我们只能换换衣服而已。据说不列颠帝国幅员辽阔，可尊可敬，美国则是一流强国。我们并不认为，每个人身后都有潮起潮落，这潮起潮落能将不列颠帝国像木屑一样飘来浮去，只要他心里怀有这样的念头。谁知道下一次从地下冒出的会是哪一类的十七年之蝉？我所生活的那个世界的政府，并不像是在饭后喝酒聊天中构筑出来的不列颠政府。

我们体内的生命就像河里的水。这水今年可能上涨到人类从未知晓的高度，淹没干枯的高地；甚至这一年可能成为多事之秋，把所有的麝鼠都淹死。我们的住处并非总是干燥的陆地。我看到远在内陆地带，在科学还没开始记录山洪之前，古时候的洪水就冲刷过河岸。人人都听说过在新英格兰广为流传的故事：一只强壮漂亮的虫子，从一张用苹果树木料做成的旧桌面中钻了出来，而这张桌子摆在一家农夫厨房里放了六十年之久，起初在康涅狄格，后来到了马萨诸塞。它是从一颗多年前就下在活树中的虫卵里爬出来的，这数一下树的年轮便能看出。当时，人们有几个星期都听到虫咬的声音，也许它是被水壶的热量孵化出来的。听到这个故事，谁不会增强对复活和不朽的信心呢？谁会知道何等美丽的带翼的生命，在死气沉沉而又枯燥乏味的社会生活中，其虫卵长年埋在层层围裹的木头之中，起初居于绿意葱茏的边材里面，继而那木头逐渐变得像是它完全风干的坟墓——就在一家子围坐在欢宴桌前时，那啃咬多年的声音也许会传进那惊恐万状的家人的耳朵——那生命可能出乎意料地从社会上最不值钱、随手送人的家具中出现，最终享受它完美的夏日生活！

我并非说约翰或约纳森①会意识到这一切；但这就是明天的特性，仅凭时光的流逝绝不会迎来它的黎明。令我们目盲的光线，对我们来说就是黑暗。只有我们觉醒之际，黎明才能来临，来日方长，太阳只不过是一颗晨星。

---

① 约翰和约纳森，是常见的英国人和美国人的名字，因此分别代表英国人和美国人。

## ⊙ 通识漫谈

*你要成为发现你内心的整个新大陆和新世界的哥伦布,开辟的不是贸易的新渠道,而是思想的新渠道。

### 哥伦布首次横渡大西洋时所用的圣玛利亚号　19世纪插图

哥伦布(Christopher Columbus, 1451—1506),历史上最著名的航海家和探险家,第一个发现美洲的欧洲人。1492年,哥伦布发现美洲之后,塞维利亚成为西班牙帝国的经济中心,大航海时代的重要港口。

曾有"小罗马"之称的塞维利亚,不止有哥伦布长眠,还有吉卜赛女郎卡门、剑侠唐璜、堂吉诃德、费加罗……

*遵循古代哲人的箴言,探索你自己。

### 意大利圣格雷戈里奥修道院出土的箴言"认识你自己"

相传,刻在古希腊圣地德尔斐的阿波罗神庙的三句箴言之一是"认识你自己"(Know thyself,希腊语 γνῶθι σεαυτόν),关于这句话的出处,说法不一,但无疑问的是,奇伦、苏格拉底、泰勒斯等思想家曾深刻思考过这一问题。

苏格拉底生前未曾著述,其言论与思想多见于弟子柏拉图和色诺芬的著作,"认识你自己"被公认是苏格拉底哲学探究的重要命题,也是哲学领域研究的一次重大转向,古罗马著名政治家西塞罗因而评价苏格拉底"是第一个把哲学从天上拉回人间的人"。

＊假若我们获得了克洛伊斯的财富，我们的目标必须一如既往，我们的手段也要基本上一如既往。

**克洛伊斯向哲人梭伦展示藏宝**
**海因里希·洛依特曼19世纪插画**

公元前6世纪，吕底亚王国的最后一位君主克洛伊斯继位，王国进入全盛时期。

在古希腊和古波斯文化中，克洛伊斯的名字业已成为富有的代名词。许多英语国家会用"as rich as Croesus"形容人经济上的富有。克洛伊斯还被认为是第一个发行纯金和纯银货币，影响了西方世界千年货币历史的人。

据说，古希腊七贤之一梭伦曾拜访克洛伊斯，与他就"什么样的人才是幸福的人"这一话题进行探讨。